Luxun Zuopinji Sanwenjuan

鲁迅作品集 散文卷

鲁迅 著
金隐铭 编

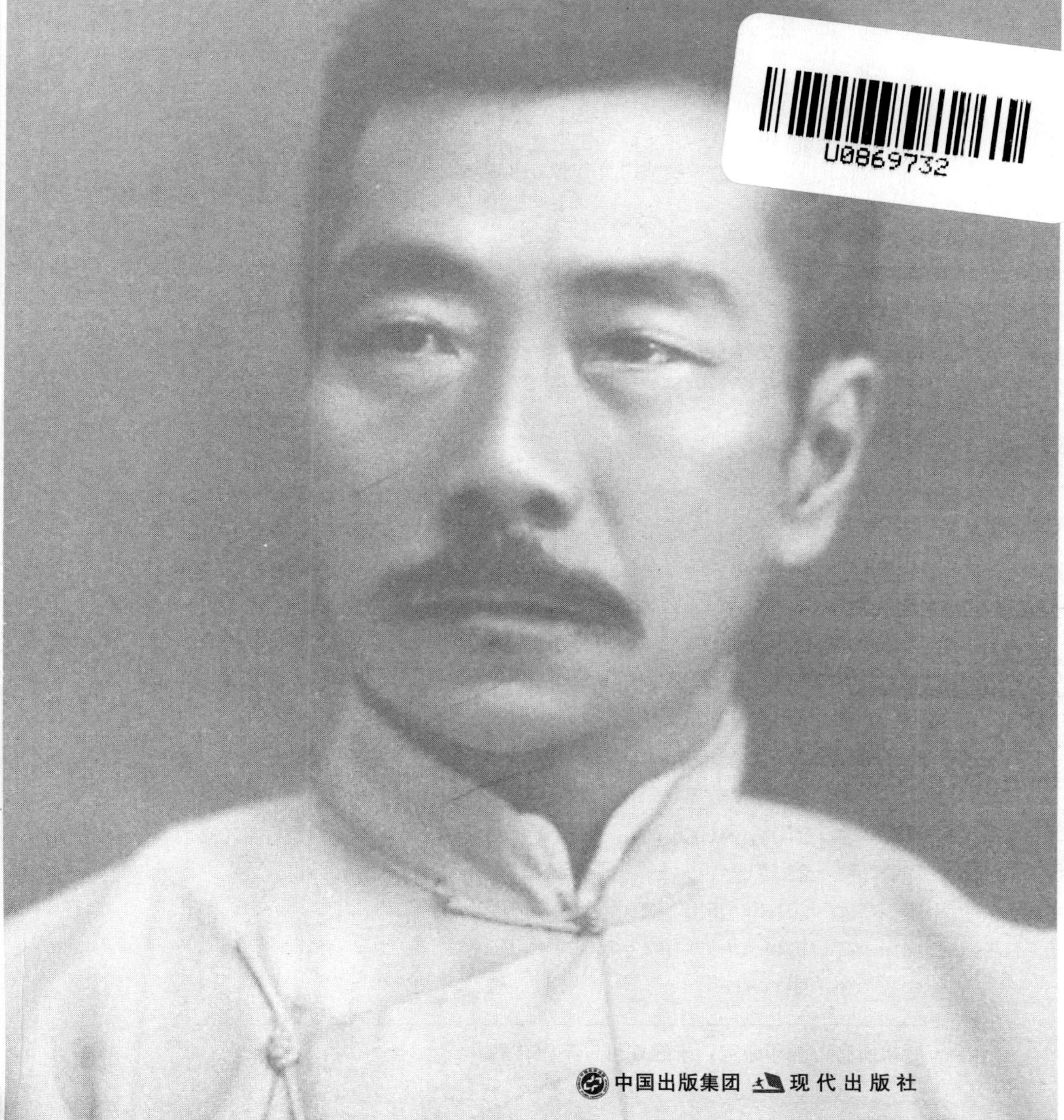

中国出版集团 现代出版社

图书在版编目(CIP)数据

鲁迅作品集. 散文卷 / 鲁迅著；金隐铭编.
—北京：现代出版社，2016.1（2021.5 重印）
ISBN 978-7-5143-4285-7

Ⅰ. ①鲁…　Ⅱ. ①鲁…②金…　Ⅲ. ①鲁迅散文－散文集
Ⅳ. ①I210.2

中国版本图书馆CIP数据核字(2016)第001860号

鲁迅作品集. 散文卷

作　　者	鲁　迅
编　　者	金隐铭
策划编辑	庞俭克
责任编辑	申　晶
出版发行	现代出版社
地　　址	北京市安定门外安华里504号
邮政编码	100011
电　　话	010-64267325　010-64245264（兼传真）
网　　址	www.1980xd.com
电子邮箱	xiandai@vip.sina.com
印　　刷	永清县晔盛亚胶印有限公司
开　　本	710mm×1000 mm　1/16
印　　张	23.5
版　　次	2016年1月第1版　2021年5月第4次印刷
书　　号	ISBN 978-7-5143-4285-7
定　　价	58.00元

出版说明

散文（Prose）是一种相对于韵文（Verse）的最不拘于形式的文体，它不要求押韵，不受对偶或字句限制。在广义上，抒情文、议论文、说明文，以及在现代文学发展过程中新产生的小品、随笔、速写、杂文等，均可划归散文范畴。不同文体的交融是散文发展的新趋势。不少作者尝试以散文为母体，吸收其他文类的特色，产生出具有“混血”成分的变体散文，从而使散文的定义愈趋模糊。

狭义的散文（或称纯散文）应该是美文，它是现代散文的正宗。周作人在《美文》中所作的界定是：“记述的，是艺术性的，又称作美文，这里边又可分出叙事与抒情，但也很多两者夹杂的。”（1921年6月8日《晨报副刊》）

现代散文具有三个鲜明特征：其一是鲜明的个性色彩，其二是最不拘于形式，其三是人性、社会性与大自然的高度融合，亦即郁达夫所说的“一粒沙里见世界，半瓣花上说人情”（《中国新文学大系·散文二集导言》）。

鲁迅的散文是中国现代散文的典范。本书收入了鲁迅生前编定的回忆散文集《朝花夕拾》、散文诗集《野草》，同时又从鲁迅杂文集中钩稽出了其他散文，如美文，随感，纪实散文，怀人散文，书信、日记散文，序跋散文，讲演散文等。抒情性和文采相对淡薄而偏重于析理辩难的正宗杂文概未收入。附录鲁迅对《朝花夕拾》、《野草》和对散文的论述，有助于读者对正文的理解。

为使这本书成为鲁迅散文多种版本中最为准确的一种，本书除收录比较齐备之外，还以1938年鲁迅先生纪念委员会编、上海复社出版的《鲁迅全集》为底本，参照现存鲁迅手稿和其他版本进行会校，订正了一些讹误，择善而从，是目前流行的各种版本中较好的一种。

本书附录了鲁迅先生论散文创作的有关资料。

现代出版社

2016年1月

鲁迅　1933 年 5 月 1 日摄于上海

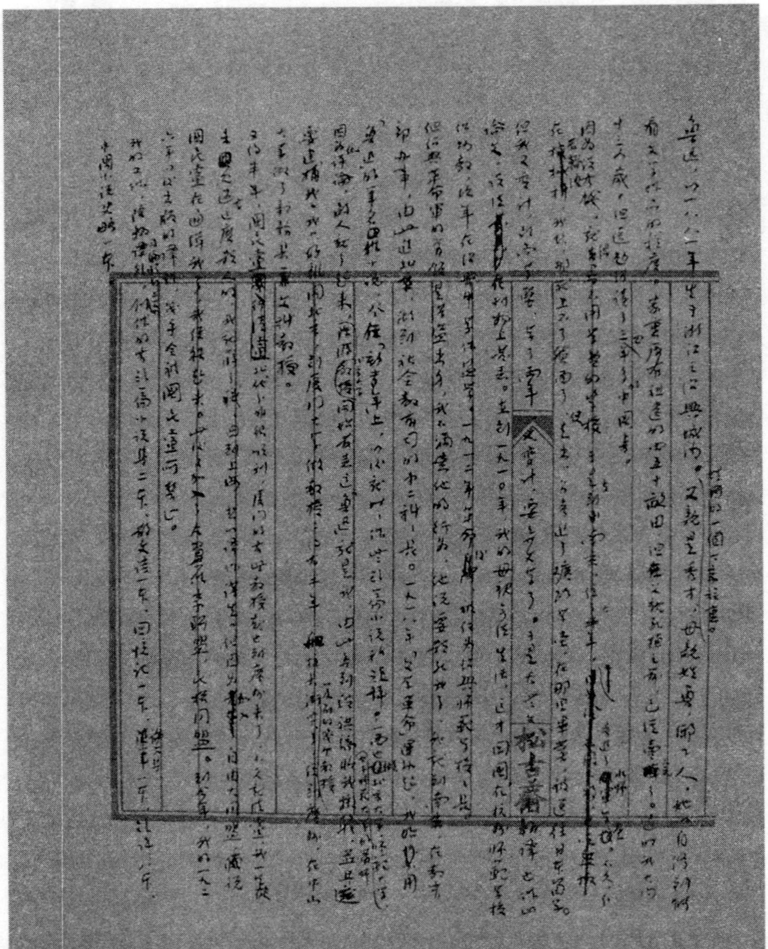

鲁迅自传　作于一九三五年

总目

朝花夕拾 ›››››

目　录

小　引

我常想在纷扰中寻出一点闲静来，然而委实不容易。目前是这么离奇，心里是这么芜杂。一个人做到只剩了回忆的时候，生涯大概总要算是无聊了罢，但有时竟会连回忆也没有。中国的做文章有轨范，世事也仍然是螺旋。前几天我离开中山大学的时候，便想起四个月以前的离开厦门大学；听到飞机在头上鸣叫，竟记得了一年前在北京城上日日旋绕的飞机。我那时还做了一篇短文，叫做《一觉》。现在是，连这“一觉”也没有了。

广州的天气热得真早，夕阳从西窗射入，逼得人只能勉强穿一件单衣。书桌上的一盆“水横枝”，是我先前没有见过的：就是一段树，只要浸在水中，枝叶便青葱得可爱。看看绿叶，编编旧稿，总算也在做一点事。做着这等事，真是虽生之日，犹死之年，很可以驱除炎热的。

前天，已将《野草》编定了；这回便轮到陆续载在《莽原》上的《旧事重提》，我还替他改了一个名称：《朝花夕拾》。带露折花，色香自然要好得多，但是我不能够。便是现在心目中的离奇和芜杂，我也还不能使他即刻幻化，转成离奇和芜杂的文章。或者，他日仰看流云时，会在我的眼前一闪烁罢。

我有一时，曾经屡次忆起儿时在故乡所吃的蔬果：菱角，罗汉豆，茭白，香瓜。凡这些，都是极其鲜美可口的；都曾是使我思乡的蛊惑。后来，我在久别之后尝到了，也不过如此；惟独在记忆上，还有旧来的意味留存。他们也许要哄骗我一生，使我时时反顾。

这十篇就是从记忆中抄出来的，与实际内容或有些不同，然而我现在只记得是这样。文体大概很杂乱，因为是或作或辍，经了九个月之多。环境也不一：前两篇写于北京寓所的东壁下；中三篇是流离中所作，地方是医院和木匠房；后五篇却在厦门大学的图书馆的楼上，已经是被学者们挤出集团之后了。

（五月一日，广州。）

狗·猫·鼠

从去年起，仿佛听得有人说我是仇猫的。那根据自然是在我的那一篇《兔和猫》；这是自画招供，当然无话可说，——但倒也毫不介意。一到今年，我可很有点担心了。我是常不免于弄弄笔墨的，写了下来，印了出去，对于有些人似乎总是搔着痒处的时候少，碰着痛处的时候多。万一不谨，甚而至于得罪了名人或名教授，或者更甚而至于得罪了“负有指导青年责任的前辈”之流，可就危险已极。为什么呢？因为这些大脚色是“不好惹”的。怎地“不好惹”呢？就是怕要浑身发热之后，做一封信登在报纸上，广告道：“看哪！狗不是仇猫的么？鲁迅先生却自己承认是仇猫的，而他还说要打‘落水狗’！”这“逻辑”的奥义，即在用我的话，来证明我倒是狗，于是而凡有言说，全都根本推翻，即使我说二二得四，三三见九，也没有一字不错。这些既然都错，则绅士口头的二二得七，三三见千等等，自然就不错了。

我于是就间或留心着查考它们成仇的“动机”。这也并非敢妄学现下的学者以动机来褒贬作品的那些时髦，不过想给自己预先洗刷洗刷。据我想，这在动物心理学家，是用不着费什么力气的，可惜我没有这学问。后来，在覃哈特博士（Dr. O.Dähnhardt）的《自然史底国民童话》里，总算发现了那原因了。据说，是这么一回事：动物们因为要商议要事，开了一个会议，鸟，鱼，兽都齐集了，单是缺了象。大会议定，派伙计去迎接它，拈到了当这差使的阄的就是狗。“我怎么找到那象呢？我没有见过它，也和它不认识。”它问。“那容易，”大众说，“它是驼背的。”狗去了，遇见一匹猫，立刻弓起脊梁来，它便招待，同行，将弓着脊梁的猫介绍给大家道：“象在这里！”但是大家都嗤笑它了。从此以后，狗和猫便成了仇家。

日耳曼人走出森林虽然还不很久，学术文艺却已经很可观，便是书籍的装潢，玩具的工致，也无不令人心爱。独有这一篇童话却实在不漂亮；结怨也结得没有意思。猫的弓起脊梁，并不是希图冒充，故意摆架子的，其咎却在狗的自己没眼力。然而原因也总可以算作一个原因。我的仇猫，是和这大大两样的。

其实人禽之辨，本不必这样严。在动物界，虽然并不如古人所幻想的那样舒适自由，可是噜苏做作的事总比人间少。它们适性任情，对就对，错就错，不说一句分辩话。虫蛆也许是不干净的，但它们并没有自鸣清高；鸷禽猛兽以较弱的动物为饵，不妨说是凶残的罢，但它们从来就没有竖过“公理”“正义”的旗子，使牺牲者直到被吃的时候为止，还是一味佩服赞叹它们。人呢，能直立了，自然是一大进步；能说话了，自然又是一大进步；能写字作文了，自然又是一大进步。然而也就堕落，因为那时也开始了说空话。说空话尚无不可，甚至于连自己也不知道说着违心之论，则对于只能嗥叫的动物，实在免不得“颜厚有忸怩”。假使真有一位一视同仁的造物主，高高在上，那么，对于人类的这些小聪明，也许倒以为多事，正如我们在万生园里，看见猴子翻筋斗，母象请安，虽然往往破颜一笑，但同时也觉得不舒服，甚至于感到悲哀，以为这些多余的聪明，倒不如没有的好罢。然而，既经为人，便也只好“党同伐异”，学着人们的说话，随俗来谈一谈，——辩一辩了。

现在说起我仇猫的原因来，自己觉得是理由充足，而且光明正大的。一，它的性情就和别的猛兽不同，凡捕食雀鼠，总不肯一口咬死，定要尽情玩弄，放走，又捉住，捉住，又放走，直待自己玩厌了，这才吃下去，颇与人们的幸灾乐祸，慢慢地折磨弱者的坏脾气相同。二，它不是和狮虎同族的么？可是有这么一副媚态！但这也许是限于天分之故罢，假使它的身材比现在大十倍，那就真不知道它所取的是怎么一种态度。然而，这些口实，仿佛又是现在提起笔来的时候添出来的，虽然也像是当时涌上心来的理由。要说得可靠一点，或者倒不如说不过因为它们配合时候的嗥叫，手续竟有这么繁重，闹得别人心烦，尤其是夜间要看书，睡觉的时候。当这些时候，我便要用长竹竿去攻击它们。狗们在大道上配合时，常有闲汉拿了木棍痛打；我曾见大勃吕该尔（P. Bruegel d.Ä）的一张铜版画 Allegorie der Wollust 上，也画着这回事，可见这样的举动，是中外古今一致的。自从那执拗的奥国学者弗罗特（S. Freud）提倡了精神分析说——Psychoanalysis，听说章士钊先生是译作“心解”的，虽然简古，可是实在难解得很——以来，我们的名人名教授也颇有隐隐约约，检来应用的了，这些事便不免又要归宿到性欲上去。打狗的事我不管，至于我的打猫，却只因为它们嚷嚷，此外并无恶意，我自信我的嫉妒心还没有这么博大，当现下“动辄获咎”之秋，这是不可不预先声明的。例如人们当配合之前，也很有些手续，新的是写情书，少则一束，多则一捆；旧的是什么“问名”“纳采”，磕头作揖，去年海昌蒋氏在北京举行婚礼，拜来拜去，就十足拜了三天，还印有一本红面子的《婚礼节文》，《序论》里大发议论道：“平心论之，既名为礼，当必繁重。专图简易，何用礼为？……然则世之有志于礼者，可以兴矣！不可退居于礼所不下之庶人矣！”然而我毫不生气，这是因为无须我到场；因此也可见我的仇猫，理由实在简简单单，只为了它们在我的耳朵边尽嚷的缘故。人们的各种礼式，局外人可以不见不闻，我就满不管，但如果当我正要看书或睡觉的时候，有人来勒令朗诵情书，奉陪作揖，那是为自卫起见，还要用长竹竿来抵御的。还有，平素不大交往的人，忽而寄给我一个红帖子，上面印着“为舍妹出阁”，“小儿完姻”，“敬请观礼”或“阖第光临”这些含有“阴险的暗示”的句子，使我不化钱便总觉得有些过意不去的，我也不十分高兴。

但是，这都是近时的话。再一回忆，我的仇猫却远在能够说出这些理由之前，也许是还在十岁上下的时候了。至今还分明记得，那原因是极其简单的：只因为它吃老鼠，——吃了我饲养着的可爱的小小的隐鼠。

听说西洋是不很喜欢黑猫的，不知道可确；但 Edgar Allan Poe 的小说里的黑猫，却实在有点骇人。日本的猫善于成精，传说中的“猫婆”，那食人的惨酷确是更可怕。中国古时候虽然曾有“猫鬼”，近来却很少听到猫的兴妖作怪，似乎古法已经失传，老实起来了。只是我在童年，总觉得它有点妖气，没有什么好感。那是一个我的幼时的夏夜，我躺在一株大桂树下的小板桌上乘凉，祖母摇着芭蕉扇坐在桌旁，给我猜谜，讲故事。忽然，桂树上沙沙地有趾爪的爬搔声，一对闪闪的眼睛在暗中随声而下，使我吃惊，也将祖母讲着的话打断，另讲猫的故事了——

“你知道么？猫是老虎的先生。”她说。“小孩子怎么会知道呢，猫是老虎的师父。老虎本来是什么也不会的，就投到猫的门下来。猫就教给它扑的方法，捉的方法，吃的方法，像自己的捉老鼠一样。这些教完了；老虎想，本领都学到了，谁也比不过它了，只有老师的猫还比自己强，要是杀掉猫，自己便是最强的脚色了。它打定主意，就上前去扑猫。猫是早知道它的来意的，一跳，便上了树，老虎却只能眼睁睁地在树下蹲着。它还没有将一切本领传授完，还没有教给它上树。”

这是侥幸的，我想，幸而老虎很性急，否则从桂树上就会爬下一匹老虎来。然而究竟很怕人，我要进屋子里睡觉去了。夜色更加黯然；桂叶瑟瑟地作响，微风也吹动了，想来草席定已微凉，躺着也不至于烦得翻来覆去了。

几百年的老屋中的豆油灯的微光下，是老鼠跳梁的世界，飘忽地走着，吱吱地叫着，那态度往往比“名人名教授”还轩昂。猫是饲养着的，然而吃饭不管事。祖母她们虽然常恨鼠子们啮破了箱柜，偷吃了东西，我却以为这也算不得什么大罪，也和我不相干，况且这类坏事大概是大个子的老鼠做的，决不能诬陷到我所爱的小鼠身上去。这类小鼠大抵在地上走动，只有拇指那么大，也不很畏惧人，我们那里叫它“隐鼠”，与专住在屋上的伟大者是两种。我的床前就帖着两张花纸，一是“八戒招赘”，满纸长嘴大耳，我以为不甚雅观；别的一张“老鼠成亲”却可爱，自新郎新妇以至傧相，宾客，执事，没有一个不是尖腮细腿，像煞读书人的，但穿的都是红衫绿裤。我想，能举办这样大仪式的，一定只有我所喜欢的那些隐鼠。现在是粗俗了，在路上遇见人类的迎娶仪仗，也不过当作性交的广告看，不甚留心；但那时的想看“老鼠成亲”的仪式，却极其神往，即使像海昌蒋氏似的连拜三夜，怕也未必会看得心烦。正月十四的夜，是我不肯轻易便睡，等候它们的仪仗从床下出来的夜。然而仍然只看见几个光着身子的隐鼠在地面游行，不像正在办着喜事。直到我熬不住了，怏怏睡去，一睁眼却已经天明，到了灯节了。也许鼠族的婚仪，不但不分请帖，来收罗贺礼，虽是真的“观礼”，也绝对不欢迎的罢，我想，这是它们向来的习惯，无法抗议的。

老鼠的大敌其实并不是猫。春后，你听到它“咋！咋咋咋咋！”地叫着，大家称为“老鼠数铜钱”的，便知道它的可怕的屠伯已经光降了。这声音是表现绝望的惊恐的，虽然遇见猫，还不至于这样叫。猫自然也可怕，但老鼠只要窜进一个小洞去，它也就奈何不得，逃命的机会还很多。独有那可怕的屠伯——蛇，身体是细长的，圆径和鼠子差不多，凡鼠子能到的地方，它也能到，追逐的时间也格外长，而且万难幸免，当“数钱”的时候，大概是已经没有第二步办法的了。

有一回，我就听得一间空屋里有着这种“数钱”的声音，推门进去，一条蛇伏在横梁上，看地上，躺着一匹隐鼠，口角流血，但两胁还是一起一落的。取来给躺在一个纸盒子里，大半天，竟醒过来了，渐渐地能够饮食，行走，到第二日，似乎就复了原，但是不逃走。放在地上，也时时跑到人面前来，而且缘腿而上，一直爬到膝髁。给放在饭桌上，便检吃些菜渣，舐舐碗沿；放在我的书桌上，则从容地游行，看见砚台便舐吃了研着的墨汁。这使我非常惊喜了。我听父亲说过的，中国有一种墨猴，只有拇指一般大，全身的毛是漆黑而且发亮的。它睡在笔筒里，一听到磨墨，便跳出来，等着，等到人写完字，套上笔，就舔尽了砚上的余墨，仍旧跳进笔筒里去了。我就极愿意有这样的一个墨猴，可是得不到；问那里有，那里买的呢，谁也不知道。“慰情聊胜无”，这隐鼠总可以算是我的墨猴了罢，虽然它舔吃墨汁，并不一定肯等到我写完字。

现在已经记不分明，这样地大约有一两月；有一天，我忽然感到寂寞了，真所谓“若有所失”。我的隐鼠，是常在眼前游行的，或桌上，或地上。而这一日却大半天没有见，大家吃午饭了，也不见它走出来，平时，是一定出现的。我再等着，再等它一半天，然而仍然没有见。

长妈妈，一个一向带领着我的女工，也许是以为我等得太苦了罢，轻轻地来告诉我一句话。这即刻使我愤怒而且悲哀，决心和猫们为敌。她说：隐鼠是昨天晚上被猫吃去了！

当我失掉了所爱的，心中有着空虚时，我要充填以报仇的恶念！

我的报仇，就从家里饲养着的一匹花猫起手，逐渐推广，至于凡所遇见的诸猫。最先不过是追赶，袭击；后来却愈加巧妙了，能飞石击中它们的头，或诱入空屋里面，打得它垂头丧气。这作战继续得颇长久，此后似乎猫都不来近我了。但对于它们纵使怎样战胜，大约也算不得一个英雄；况且中国毕生和猫打仗的人也未必多，所以一切韬略，战绩，还是全部省略了罢。

但许多天之后，也许是已经经过了大半年，我竟偶然得到一个意外的消息：那隐鼠其实并非被猫所害，倒是它缘着长妈妈的腿要爬上去，被她一脚踏死了。

这确是先前所没有料想到的。现在我已经记不清当时是怎样一个感想，但和猫的感情却终于没有融和；到了北京，还因为它伤害了兔的儿女们，便旧隙夹新嫌，使出更辣的辣手。“仇猫”的话柄，也从此传扬开来。然而在现在，这些早已是过去的事了，我已经改变态度，对猫颇为客气，倘其万不得已，则赶走而已，决不打伤它们，更何况杀害。这是我近几年的进步。经验既多，一旦大悟，知道猫的偷鱼肉，拖小鸡，深夜大叫，人们自然十之九是憎恶的，而这憎恶是在猫身上。假如我出而为人们驱除这憎恶，打伤或杀害了它，它便立刻变为可怜，那憎恶倒移在我身上了。所以，目下的办法，是凡遇猫们捣乱，至于有人讨厌时，我便站出去，在门口大声叱曰：“嘘！滚！”小小平静，即回书房，这样，就长保着御侮保家的资格。其实这方法，中国的官兵就常在实做的，他们总不肯扫清土匪或扑灭敌人，因为这么一来，就要不被重视，甚至于因失其用处而被裁汰。我想，如果能将这方法推广应用，我大概也总可望成为所谓“指导青年”的“前辈”的罢，但现下也还未决心实践，正在研究而且推敲。

一九二六年二月二十一日。

阿长与《山海经》

长妈妈，已经说过，是一个一向带领着我的女工，说得阔气一点，就是我的保姆。我的母亲和许多别的人都这样称呼她，似乎略带些客气的意思。只有祖母叫她阿长。我平时叫她“阿妈”，连“长”字也不带；但到憎恶她的时候，——例如知道了谋死我那隐鼠的却是她的时候，就叫她阿长。

我们那里没有姓长的；她生得黄胖而矮，“长”也不是形容词。又不是她的名字，记得她自己说过，她的名字是叫作什么姑娘的。什么姑娘，我现在已经忘却了，总之不是长姑娘；也终于不知道她姓什么。记得她也曾告诉过我这个名称的来历：先前的先前，我家有一个女工，身材生得很高大，这就是真阿长。后来她回去了，我那什么姑娘才来补她的缺，然而大家因为叫惯了，没有再改口，于是她从此也就成为长妈妈了。

虽然背地里说人长短不是好事情，但倘使要我说句真心话，我可只得说：我实在不大佩服她。最讨厌的是常喜欢切切察察，向人们低声絮说些什么事，还竖起第二个手指，在空中上下摇动，或者点着对手或自己的鼻尖。我的家里一有些小风波，不知怎的我总疑心和这“切切察察”有些关系。又不许我走动，拔一株草，翻一块石头，就说我顽皮，要告诉我的母亲去了。一到夏天，睡觉时她又伸开两脚两手，在床中间摆成一个“大”字，挤得我没有余地翻身，久睡在一角的席子上，又已经烤得那么热。推她呢，不动；叫她呢，也不闻。

“长妈妈生得那么胖，一定很怕热罢？晚上的睡相，怕不见得很好罢？……”

母亲听到我多回诉苦之后，曾经这样地问过她。我也知道这意思是要她多给我一些空席。她不开口。但到夜里，我热得醒来的时候，却仍然看见满床摆着一个“大”字，一条臂膊还搁在我的颈子上。我想，这实在是无法可想了。

但是她懂得许多规矩；这些规矩，也大概是我所不耐烦的。一年中最高兴的时节，自然要数除夕了。辞岁之后，从长辈得到压岁钱，红纸包着，放在枕边，只要过一宵，便可以随意使用。睡在枕上，看着红包，想到明天买来的小鼓，刀枪，泥人，糖菩萨……。然而她进来，又将一个福橘放在床头了。

“哥儿，你牢牢记住！”她极其郑重地说。“明天是正月初一，清早一睁开眼睛，第一句话就得对我说：‘阿妈，恭喜恭喜！’记得么？你要记着，这是一年的运气的事情。不许说别的话！说过之后，还得吃一点福橘。”她又拿起那橘子来在我的眼前摇了两摇，“那么，一年到头，顺顺流流……。”

梦里也记得元旦的，第二天醒得特别早，一醒，就要坐起来。她却立刻伸出臂膊，一把将我按住。我惊异地看她时，只见她惶急地看着我。

她又有所要求似的，摇着我的肩。我忽而记得了——

“阿妈，恭喜……。”

“恭喜恭喜！大家恭喜！真聪明！恭喜恭喜！”她于是十分喜欢似的，笑将起来，同时将一点冰冷的东西，塞在我的嘴里。我大吃一惊之后，也就忽而记得，这就是所谓福橘，元旦辟头的磨难，总算已经受完，可以下床玩耍去了。

她教给我的道理还很多，例如说人死了，不该说死掉，必须说“老掉了”；死了人，生了孩子的屋子里，不应该走进去；饭粒落在地上，必须拣起来，最好是吃下去；晒裤子用的竹竿底下，是万不可钻过去的……。此外，现在大抵忘却了，只有元旦的古怪仪式记得最清楚。总之：都是些烦琐之至，至今想起来还觉得非常麻烦的事情。

然而我有一时也对她发生过空前的敬意。她常常对我讲“长毛”。她之所谓“长毛”者，不但洪秀全军，似乎连后来一切土匪强盗都在内，但除却革命党，因为那时还没有。她说得长毛非常可怕，他们的话就听不懂。她说先前长毛进城的时候，我家全都逃到海边去了，只留一个门房和年老的煮饭老妈子看家。后来长毛果然进门来了，那老妈子便叫他们“大王”，——据说对长毛就应该这样叫，——诉说自己的饥饿。长毛笑道：“那么，这东西就给你吃了罢！”将一个圆圆的东西掷了过来，还带着一条小辫子，正是那门房的头。煮饭老妈子从此就骇破了胆，后来一提起，还是立刻面如土色，自己轻轻地拍着胸脯道：“阿呀，骇死我了，骇死我了……。”

我那时似乎倒并不怕，因为我觉得这些事和我毫不相干的，我不是一个门房。但她大概也即觉到了，说道：“像你似的小孩子，长毛也要掳的，掳去做小长毛。还有好看的姑娘，也要掳。”

“那么，你是不要紧的。”我以为她一定最安全了，既不做门房，又不是小孩子，也生得不好看，况且颈子上还有许多灸疮疤。

“那里的话？！”她严肃地说。“我们就没有用么？我们也要被掳去。城外有兵来攻的时候，长毛就叫我们脱下裤子，一排一排地站在城墙上，外面的大炮就放不出来；再要放，就炸了！”

这实在是出于我意想之外的，不能不惊异。我一向只以为她满肚子是麻烦的礼节罢了，却不料她还有这样伟大的神力。从此对于她就有了特别的敬意，似乎实在深不可测；夜间的伸开手脚，占领全床，那当然是情有可原的了，倒应该我退让。

这种敬意，虽然也逐渐淡薄起来，但完全消失，大概是在知道她谋害了我的隐鼠之后。那时就极严重地诘问，而且当面叫她阿长。我想我又不真做小长毛，不去攻城，也不放炮，更不怕炮炸，我惧惮她什么呢！

但当我哀悼隐鼠，给它复仇的时候，一面又在渴慕着绘图的《山海经》了。这渴慕是从一个远房的叔祖惹起来的。他是一个胖胖的，和蔼的老人，爱种一点花木，如珠兰，茉莉之类，还有极其少见的，据说从北边带回去的马缨花。他的太太却正相反，什么也莫名其妙，曾将晒衣服的竹竿搁在珠兰的枝条上，枝折了，还要愤愤地咒骂道："死尸！"这老人是个寂寞者，因为无人可谈，就很爱和孩子们往来，有时简直称我们为"小友"。在我们聚族而居的宅子里，只有他书多，而且特别。制艺和试帖诗，自然也是有的；但我却只在他的书斋里，看见过陆玑的《毛诗草木鸟兽虫鱼疏》，还有许多名目很生的书籍。我那时最爱看的是《花镜》，上面有许多图。他说给我听，曾经有过一部绘图的《山海经》，画着人面的兽，九头的蛇，三脚的鸟，生着翅膀的人，没有头而以两乳当作眼睛的怪物，……可惜现在不知道放在那里了。

我很愿意看看这样的图画，但不好意思力逼他去寻找，他是很疏懒的。问别人呢，谁也不肯真实地回答我。压岁钱还有几百文，买罢，又没有好机会。有书买的大街离我家远得很，我一年中只能在正月间去玩一趟，那时候，两家书店都紧紧地关着门。

玩的时候倒是没有什么的，但一坐下，我就记得绘图的《山海经》。

大概是太过于念念不忘了，连阿长也来问《山海经》是怎么一回事。这是我向来没有和她说过的，我知道她并非学者，说了也无益；但既然来问，也就都对她说了。

过了十多天，或者一个月罢，我还很记得，是她告假回家以后的四五天，她穿着新的蓝布衫回来了，一见面，就将一包书递给我，高兴地说道：

"哥儿，有画儿的'三哼经'，我给你买来了！"

我似乎遇着了一个霹雳，全体都震悚起来；赶紧去接过来，打开纸包，是四本小小的书，略略一翻，人面的兽，九头的蛇，……果然都在内。

这又使我发生新的敬意了，别人不肯做，或不能做的事，她却能够做成功。她确有伟大的神力。谋害隐鼠的怨恨，从此完全消灭了。

这四本书，乃是我最初得到，最为心爱的宝书。

书的模样，到现在还在眼前。可是从还在眼前的模样来说，却是一部刻印都十分粗拙的本子。纸张很黄；图像也很坏，甚至于几乎全用直线凑合，连动物的眼睛也都是长方形的。但那是我最为心爱的宝书，看起来，确是人面的兽；九头的蛇；一脚的牛；袋子似的帝江；没有头而"以乳为目，以脐为口"，还要"执干戚而舞"的刑天。

此后我就更其搜集绘图的书，于是有了石印的《尔雅音图》和《毛诗品物图考》，又有了《点石斋丛画》和《诗画舫》。《山海经》也另买了一部石印的，每卷都有图赞，绿色的画，字是红的，比那木刻的精致得多了。这一部直到前年还在，是缩印的郝懿行疏。木刻的却已经记不清是什么时候失掉了。

我的保姆，长妈妈即阿长，辞了这人世，大概也有了三十年了罢。我终于不知道她的姓名，她的经历；仅知道有一个过继的儿子，她大约是青年守寡的孤孀。

仁厚黑暗的地母呵，愿在你怀里永安她的魂灵！

三月十日。

（一九二六年）

《二十四孝图》

我总要上下四方寻求，得到一种最黑，最黑，最黑的咒文，先来诅咒一切反对白话，妨害白话者。即使人死了真有灵魂，因这最恶的心，应该堕入地狱，也将决不改悔，总要先来诅咒一切反对白话，妨害白话者。

自从所谓“文学革命”以来，供给孩子的书籍，和欧，美，日本的一比较，虽然很可怜，但总算有图有说，只要能读下去，就可以懂得的了。可是一班别有心肠的人们，便竭力来阻遏它，要使孩子的世界中，没有一丝乐趣。北京现在常用“马虎子”这一句话来恐吓孩子们。或者说，那就是《开河记》上所载的，给隋炀帝开河，蒸死小儿的麻叔谋；正确地写起来，须是“麻胡子”。那么，这麻叔谋乃是胡人了。但无论他是甚么人，他的吃小孩究竟也还有限，不过尽他的一生。妨害白话者的流毒却甚于洪水猛兽，非常广大，也非常长久，能使全中国化成一个麻胡，凡有孩子都死在他肚子里。

只要对于白话来加以谋害者，都应该灭亡！

这些话，绅士们自然难免要掩住耳朵的，因为就是所谓“跳到半天空，骂得体无完肤，——还不肯罢休。”而且文士们一定也要骂，以为大悖于“文格”，亦即大损于“人格”。岂不是“言者心声也”么？“文”和“人”当然是相关的，虽然人间世本来千奇百怪，教授们中也有“不尊敬”作者的人格而不能“不说他的小说好”的特别种族。但这些我都不管，因为我幸而还没有爬上“象牙之塔”去，正无须怎样小心。倘若无意中竟已撞上了，那就即刻跌下来罢。然而在跌下来的中途，当还未到地之前，还要说一遍：

只要对于白话来加以谋害者，都应该灭亡！

每看见小学生欢天喜地地看着一本粗拙的《儿童世界》之类，另想到别国的儿童用书的精美，自然要觉得中国儿童的可怜。但回忆起我和我的同窗小友的童年，却不能不以为他幸福，给我们的永逝的韶光一个悲哀的吊唁。我们那时有什么可看呢，只要略有图画的本子，就要被塾师，就是当时的“引导青年的前辈”禁止，呵斥，甚而至于打手心。我的小同学因为专读“人之初性本善”读得要枯燥而死了，只好偷偷地翻开第一叶，看那题着“文星高照”四个字的恶鬼一般的魁星像，来满足他幼稚的爱美的天性。昨天看这个，今天也看这个，然而他们的眼睛里还闪出苏醒和欢喜的光辉来。

在书塾以外，禁令可比较的宽了，但这是说自己的事，各人大概不一样。我能在大众面前，冠冕堂皇地阅看的，是《文昌帝君阴骘文图说》和《玉历钞传》，都画着冥冥之中赏善罚恶的故事，雷公电母站在云中，牛头马面布满地下，不但“跳到半天空”是触犯天条的，即使半语不合，一念偶差，也都得受相当的报应。这所报的也并非“睚眦之怨”，因为那地方是鬼神为君，“公理”作宰，请酒下跪，全都无功，简直是无法可想。在中国的天地间，不但做人，便是做鬼，也艰难极了。然而究竟很有比阳间更好的处所：无所谓“绅士”，也没有“流言”。

阴间，倘要稳妥，是颂扬不得的。尤其是常常好弄笔墨的人，在现在的中国，流言的治下，而又大谈“言行一致”的时候。前车可鉴，听说阿尔志跋绥夫曾答一个少女的质问说，“惟有在人生的事实这本身中寻出欢喜者，可以活下去。倘若在那里什么也不见，他们其实倒不如死。”于是乎有一个叫作密哈罗夫的，寄信嘲骂他道，“……所以我完全诚实地劝你自杀来祸福你自己的生命，因为这第一是合于逻辑，第二是你的言语和行为不至于背驰。”

其实这论法就是谋杀，他就这样地在他的人生中寻出欢喜来。阿尔志跋绥夫只发了一大通牢骚，没有自杀。密哈罗夫先生后来不知道怎样，这一个欢喜失掉了，或者另外又寻到了“什么”了罢。诚然，“这些时候，勇敢，是安稳的；情热，是毫无危险的。”

然而，对于阴间，我终于已经颂扬过了，无法追改；虽有“言行不符”之嫌，但确没有受过阎王或小鬼的半文津贴，则差可以自解。总而言之，还是仍然写下去罢——

我所看的那些阴间的图画，都是家藏的老书，并非我所专有。我所收得的最先的画图本子，是一位长辈的赠品：《二十四孝图》。这虽然不过薄薄的一本，但是下图上说，鬼少人多，又为我一人所独有，使我高兴极了。那里面的故事，似乎是谁都知道的；便是不识字的人，例如阿长，也只要一看图画便能够滔滔地讲出这一段的事迹。但是，我于高兴之余，接着就是扫兴，因为我请人讲完了二十四个故事之后，才知道“孝”有如此之难，对于先前痴心妄想，想做孝子的计划，完全绝望了。

“人之初，性本善”么？这并非现在要加研究的问题。但我还依稀记得，我幼小时候实未尝蓄意忤逆，对于父母，倒是极愿意孝顺的。不过年幼无知，只用了私见来解释“孝顺”的做法，以为无非是“听话”，“从命”，以及长大之后，给年老的父母好好地吃饭罢了。自从得了这一本孝子的教科书以后，才知道并不然，而且还要难到几十几百倍。其中自然也有可以勉力仿效的，如“子路负米”，“黄香扇枕”

之类。“陆绩怀橘”也并不难，只要有阔人请我吃饭。“鲁迅先生作宾客而怀橘乎？”我便跪答云，“吾母性之所爱，欲归以遗母。”阔人大佩服，于是孝子就做定了，也非常省事。“哭竹生笋”就可疑，怕我的精诚未必会这样感动天地。但是哭不出笋来，还不过抛脸而已，一到“卧冰求鲤”，可就有性命之虞了。我乡的天气是温和的，严冬中，水面也只结一层薄冰，即使孩子的重量怎样小，躺上去，也一定哗喇一声，冰破落水，鲤鱼还不及游过来。自然，必须不顾性命，这才孝感神明，会有出乎意料之外的奇迹，但那时我还小，实在不明白这些。

其中最使我不解，甚至于发生反感的，是“老莱娱亲”和“郭巨埋儿”两件事。

我至今还记得，一个躺在父母跟前的老头子，一个抱在母亲手上的小孩子，是怎样地使我发生不同的感想呵。他们一手都拿着“摇咕咚”。这玩意儿确是可爱的，北京称为小鼓，盖即鼗也，朱熹曰，“鼗，小鼓，两旁有耳；持其柄而摇之，则旁耳还自击。”咕咚咕咚地响起来。然而这东西是不该拿在老莱子手里的，他应该扶一枝拐杖。现在这模样，简直是装佯，侮辱了孩子。我没有再看第二回，一到这一叶，便急速地翻过去了。

那时的《二十四孝图》，早已不知去向了，目下所有的只是一本日本小田海僊所画的本子，叙老莱子事云，“行年七十，言不称老，常著五色斑斓之衣，为婴儿戏于亲侧。又常取水上堂，诈跌仆地，作婴儿啼，以娱亲意。”大约旧本也差不多，而招我反感的便是“诈跌”。无论忤逆，无论孝顺，小孩子多不愿意“诈”作，听故事也不喜欢是谣言，这是凡有稍稍留心儿童心理的都知道的。

然而在较古的书上一查，却还不至于如此虚伪。师觉授《孝子传》云，“老莱子……常著斑斓之衣，为亲取饮，上堂脚跌，恐伤父母之心，僵仆为婴儿啼。”（《太平御览》四百十三引）较之今说，似稍近于人情。不知怎地，后之君子却一定要改得他“诈”起来，心里才能舒服。邓伯道弃子救侄，想来也不过“弃”而已矣，昏妄人也必须说他将儿子捆在树上，使他追不上来才肯歇手。正如将“肉麻当作有趣”一般，以不情为伦纪，诬蔑了古人，教坏了后人。老莱子即是一例，道学先生以为他白璧无瑕时，他却已在孩子的心中死掉了。

至于玩着“摇咕咚”的郭巨的儿子，却实在值得同情。他被抱在他母亲的臂膊上，高高兴兴地笑着；他的父亲却正在掘窟窿，要将他埋掉了。说明云，“汉郭巨家贫，有子三岁，母尝减食与之。巨谓妻曰，贫乏不能供母，子又分母之食。盍埋此子？”但是刘向《孝子传》所说，却又有些不同：巨家是富的，他都给了两弟；孩子是才生的，并没有到三岁。结末又大略相像了，“及掘坑二尺，得黄金一釜，上云：天赐郭巨，官不得取，民不得夺！”

我最初实在替这孩子捏一把汗，待到掘出黄金一釜，这才觉得轻松。然而我已经不但自己不敢再想做孝子，并且怕我父亲去做孝子了。家景正在坏下去，常听到父母愁柴米；祖母又老了，倘使我的父亲竟学了郭巨，那么，该埋的不正是我么？如果一丝不走样，也掘出一釜黄金来，那自然是如天之福，但是，那时我虽然年纪小，似乎也明白天下未必有这样的巧事。

现在想起来，实在很觉得傻气。这是因为现在已经知道了这些老玩意，本来谁也不实行。整饬伦纪的文电是常有的，却很少见绅士赤条条地躺在冰上面，将军跳下汽车去负米。何况现在早长大了，看过几部古书，买过几本新书，什么《太平御览》咧,《古孝子传》咧,《人口问题》咧,《节制生育》咧,《二十世纪是儿童的世界》咧，可以抵抗被埋的理由多得很。不过彼一时，此一时，彼时我委实有点害怕：掘好深坑，不见黄金，连“摇咕咚”一同埋下去，盖上土，踏得实实的，又有什么法子可想呢。我想，事情虽然未必实现，但我从此总怕听到我的父母愁穷，怕看见我的白发的祖母，总觉得她是和我不两立，至少，也是一个和我的生命有些妨碍的人。后来这印象日见其淡了，但总有一些留遗，一直到她去世——这大概是送给《二十四孝图》的儒者所万料不到的罢。

五月十日。

（一九二六年）

五 猖 会

孩子们所盼望的，过年过节之外，大概要数迎神赛会的时候了。但我家的所在很偏僻，待到赛会的行列经过时，一定已在下午，仪仗之类，也减而又减，所剩的极其寥寥。往往伸着颈子等候多时，却只见十几个人抬着一个金脸或蓝脸红脸的神像匆匆地跑过去。于是，完了。

我常存着这样的一个希望：这一次所见的赛会，比前一次繁盛些。可是结果总是一个“差不多”；也总是只留下一个纪念品，就是当神像还未抬过之前，化一文钱买下的，用一点烂泥，一点颜色纸，一枝竹签和两三枝鸡毛所做的，吹起来会发出一种刺耳的声音的哨子，叫作“吹都都”的，吡吡地吹它两三天。

现在看看《陶庵梦忆》，觉得那时的赛会，真是豪奢极了，虽然明人的文章，怕难免有些夸大。因为祷雨而迎龙王，现在也还有的，但办法却已经很简单，不过是十多人盘旋着一条龙，以及村童们扮些海鬼。那时却还要扮故事，而且实在奇拔得可观。他记扮《水浒传》中人物云：“……于是分头四出，寻黑矮汉，寻梢长大汉，寻头陀，寻胖大和尚，寻茁壮妇人，寻姣长妇人，寻青面，寻歪头，寻赤须，寻美髯，寻黑大汉，寻赤脸长须。大索城中；无，则之郭，之村，之山僻，之邻府州县。用重价聘之，得三十六人，梁山泊好汉，个个呵活，臻臻至至，人马称娖而行。……”这样的白描的活古人，谁能不动一看的雅兴呢？可惜这种盛举，早已和明社一同消灭了。

赛会虽然不像现在上海的旗袍，北京的谈国事，为当局所禁止，然而妇孺们是不许看的，读书人即所谓士子，也大抵不肯赶去看。只有游手好闲的闲人，这才跑到庙前或衙门前去看热闹；我关于赛会的知识，多半是从他们的叙述上得来的，并非考据家所贵重的“眼学”。然而记得有一回，也亲见过较盛的赛会。开首是一个孩子骑马先来，称为“塘报”；过了许久，“高照”到了，长竹竿揭起一条很长的旗，一个汗流浃背的胖大汉用两手托着；他高兴的时候，就肯将竿头放在头顶或牙齿上，甚而至于鼻尖。其次是所谓“高跷”，“抬阁”，“马头”了；还有扮犯人的，红衣枷锁，内中也有孩子。我那时觉得这些都是有光荣的事业，与闻其事的即全是大有运气的人，——大概羡慕他们的出风头罢。我想，我为什么不生一场重病，使我的母亲也好到庙里去许下一个“扮犯人”的心愿的呢？……然而我到现在终于没有和赛会发生关系过。

要到东关看五猖会去了。这是我儿时所罕逢的一件盛事。因为那会是全县中最盛的会，东关又是离我家很远的地方，出城还有六十多里水路，在那里有两座特别的庙。一是梅姑庙，就是《聊斋志异》所记，室女守节，死后成神，却篡取别人的丈夫的；现在神座上确塑着一对少年男女，眉开眼笑，殊与“礼教”有妨。其一便是五猖庙了，名目就奇特。据有考据癖的人说：这就是五通神。然而也并无确据。神像是五个男人，也不见有什么猖獗之状；后面列坐着五位太太，却并不“分坐”，远不及北京戏园里界限之谨严。其实呢，这也是殊与“礼教”有妨的，——但他们既然是五猖，便也无法可想，而且自然也就“又作别论”了。

因为东关离城远，大清早大家就起来。昨夜预定好的三道明瓦窗的大船，已经泊在河埠头，船椅，饭菜，茶炊，点心盒子，都在陆续搬下去了。我笑着跳着，催他们要搬得快。忽然，工人的脸色很谨肃了，我知道有些蹊跷，四面一看，父亲就站在我背后。

“去拿你的书来。”他慢慢地说。

这所谓“书”，是指我开蒙时候所读的《鉴略》，因为我再没有第二本了。我们那里上学的岁数是多拣单数的，所以这使我记住我其时是七岁。

我忐忑着，拿了书来了。他使我同坐在堂中央的桌子前，教我一句一句地读下去。我担着心，一句一句地读下去。

两句一行，大约读了二三十行罢，他说：

“给我读熟。背不出，就不准去看会。”

他说完，便站起来，走进房里去了。

我似乎从头上浇了一盆冷水。但是，有什么法子呢？自然是读着，读着，强记着，——而且要背出来。

粤自盘古，生于太荒，
首出御世，肇开混茫。

就是这样的书，我现在只记得前四句，别的都忘却了；那时所强记的二三十行，自然也一齐忘却在里面了。记得那时听人说，读《鉴略》比读《千字文》，《百家姓》有用得多，因为可以知道从古到今的大概。知道从古到今的大概，那当然是很好的，然而我一字也不懂。“粤自盘古”就是“粤自盘古”，读下去，记住它，“粤自盘古”呵！“生于太荒”呵！……

应用的物件已经搬完，家中由忙乱转成静肃了。朝阳照着西墙，天气很清朗。母亲，工人，长妈妈即阿长，都无法营救，只默默地静候着我读熟，而且背出来。在百静中，我似乎头里要伸出许多铁钳，将什么“生于太荒”之流夹住；也听到自己急急诵读的声音发着抖，仿佛深秋的蟋蟀，在夜中鸣叫似的。

他们都等候着；太阳也升得更高了。

我忽然似乎已经很有把握，便即站了起来，拿书走进父亲的书房，一气背将下去，梦似的就背完了。

“不错。去罢。”父亲点着头，说。

大家同时活动起来，脸上都露出笑容，向河埠走去。工人将我高高地抱起，仿佛在祝贺我的成功一般，快步走在最前头。

我却并没有他们那么高兴。开船以后，水路中的风景，盒子里的点心，以及到了东关的五猖会的热闹，对于我似乎都没有什么大意思。

直到现在，别的完全忘却，不留一点痕迹了，只有背诵《鉴略》这一段，却还分明如昨日事。

我至今一想起，还诧异我的父亲何以要在那时候叫我来背书。

五月二十五日。

（一九二六年）

无　常

迎神赛会这一天出巡的神，如果是掌握生杀之权的，——不，这生杀之权四个字不大妥，凡是神，在中国仿佛都有些随意杀人的权柄似的，倒不如说是职掌人民的生死大事的罢，就如城隍和东岳大帝之类，那么，他的卤簿中间就另有一群特别的脚色：鬼卒，鬼王，还有活无常。

这些鬼物们，大概都是由粗人和乡下人扮演的。鬼卒和鬼王是红红绿绿的衣裳，赤着脚；蓝脸，上面又画些鱼鳞，也许是龙鳞或别的什么鳞罢，我不大清楚。鬼卒拿着钢叉，叉环振得琅琅地响，鬼王拿的是一块小小的虎头牌。据传说，鬼王是只用一只脚走路的；但他究竟是乡下人，虽然脸上已经画上些鱼鳞或者别的什么鳞，却仍然只得用了两只脚走路。所以看客对于他们不很敬畏，也不大留心，除了念佛老妪和她的孙子们为面面圆到起见，也照例给他们一个"不胜屏营待命之至"的仪节。

至于我们——我相信：我和许多人——所最愿意看的，却在活无常。他不但活泼而诙谐，单是那浑身雪白这一点，在红红绿绿中就有"鹤立鸡群"之概。只要望见一顶白纸的高帽子和他手里的破芭蕉扇的影子，大家就都有些紧张，而且高兴起来了。

人民之于鬼物，惟独与他最为稔熟，也最为亲密，平时也常常可以遇见他。譬如城隍庙或东岳庙中，大殿后面就有一间暗室，叫作"阴司间"，在才可辨色的昏暗中，塑着各种鬼：吊死鬼，跌死鬼，虎伤鬼，科场鬼，……而一进门口所看见的长而白的东西就是他。我虽然也曾瞻仰过一回这"阴司间"，但那时胆子小，没有看明白。听说他一手还拿着铁索，因为他是勾摄生魂的使者。相传樊江东岳庙的"阴司间"的构造，本来是极其特别的：门口是一块活板，人一进门，踏着活板的这一端，塑在那一端的他便扑过来，铁索正套在你脖子上。后来吓死了一个人，钉实了，所以在我幼小的时候，这就已不能动。

倘使要看个分明，那么，《玉历钞传》上就画着他的像。不过《玉历钞传》也有繁简不同的本子的，倘是繁本，就一定有。身上穿的是斩衰凶服，腰间束的是草绳，脚穿草鞋，项挂纸锭；手上是破芭蕉扇，铁索，算盘；肩膀是耸起的，头发却披下来；眉眼的外梢都向下，像一个“八”字。头上一顶长方帽，下大顶小，按比例一算，该有二尺来高罢；在正面，就是遗老遗少们所戴瓜皮小帽的缀一粒珠子或一块宝石的地方，直写着四个字道：“一见有喜”。有一种本子上，却写的是“你也来了”。这四个字，是有时也见于包公殿的扁额上的，至于他的帽上是何人所写，他自己还是阎罗王，我可没有研究出。

《玉历钞传》上还有一种和活无常相对的鬼物，装束也相仿，叫作“死有分”。这在迎神时候也有的，但名称却讹作死无常了，黑脸，黑衣，谁也不爱看。在“阴司间”里也有的，胸口靠着墙壁，阴森森地站着；那才真真是“碰壁”。凡有进去烧香的人们，必须摩一摩他的脊梁，据说可以摆脱了晦气；我小时也曾摩过这脊梁来，然而晦气似乎终于没有脱，——也许那时不摩，现在的晦气还要重罢，这一节也还是没有研究出。

我也没有研究过小乘佛教的经典，但据耳食之谈，则在印度的佛经里，焰摩天是有的，牛首阿旁也有的，都在地狱里做主任。至于勾摄生魂的使者的这无常先生，却似乎于古无征，耳所习闻的只有什么“人生无常”之类的话。大概这意思传到中国之后，人们便将他具象化了。这实在是我们中国人的创作。

然而人们一见他，为什么就都有些紧张，而且高兴起来呢？

凡有一处地方，如果出了文士学者或名流，他将笔头一扭，就很容易变成“模范县”。我的故乡，在汉末虽曾经虞仲翔先生揄扬过，但是那究竟太早了，后来到底免不了产生所谓“绍兴师爷”，不过也并非男女老小全是“绍兴师爷”，别的“下等人”也不少。这些“下等人”，要他们发什么“我们现在走的是一条狭窄险阻的小路，左面是一个广漠无际的泥潭，右面也是一片广漠无际的浮砂，前面是遥遥茫茫荫在薄雾的里面的目的地”那样热昏似的妙语，是办不到的，可是在无意中，看得往这“荫在薄雾的里面的目的地”的道路很明白：求婚，结婚，养孩子，死亡。但这自然是专就我的故乡而言，若是“模范县”里的人民，那当然又作别论。他们——敝同乡“下等人”——的许多，活着，苦着，被流言，被反噬，因了积久的经验，知道阳间维持“公理”的只有一个会，而且这会的本身就是“遥遥茫茫”，于是乎势不得不发生对于阴间的神往。人是大抵自以为衔些冤抑的；活的“正人君子”们只能骗鸟，若问愚民，他就可以不假思索地回答你：公正的裁判是在阴间！

想到生的乐趣，生固然可以留恋；但想到生的苦趣，无常也不一定是恶客。无论贵贱，无论贫富，其时都是“一双空手见阎王”，有冤的得伸，有罪的就得罚。然而虽说是“下等人”，也何尝没有反省？自己做了一世人，又怎么样呢？未曾“跳到半天空”么？没有“放冷箭”么？无常的手里就拿着大算盘，你摆尽臭架子也无益。对付别人要滴水不羼的公理，对自己总还不如虽在阴司里也还能够寻到一点私情。

然而那又究竟是阴间，阎罗天子，牛首阿旁，还有中国人自己想出来的马面，都是并不兼差，真正主持公理的脚色，虽然他们并没有在报上发表过什么大文章。当还未做鬼之前，有时先不欺心的人们，遥想着将来，就又不能不想在整块的公理中，来寻一点情面的末屑，这时候，我们的活无常先生便见得可亲爱了，利中取大，害中取小，我们的古哲墨翟先生谓之“小取”云。

在庙里泥塑的，在书上墨印的模样上，是看不出他那可爱来的。最好是去看戏。但看普通的戏也不行，必须看“大戏”或者“目连戏”。目连戏的热闹，张岱在《陶庵梦忆》上也曾夸张过，说是要连演两三天。在我幼小时候可已经不然了，也如大戏一样，始于黄昏，到次日的天明便完结。这都是敬神禳灾的演剧，全本里一定有一个恶人，次日的将近天明便是这恶人的收场的时候，“恶贯满盈”，阎王出票来勾摄了，于是乎这活的活无常便在戏台上出现。

我还记得自己坐在这一种戏台下的船上的情形，看客的心情和普通是两样的。平常愈夜深愈懒散，这时却愈起劲。他所戴的纸糊的高帽子，本来是挂在台角上的，这时预先拿进去了；一种特别乐器，也准备使劲地吹。这乐器好像喇叭，细而长，可有七八尺，大约是鬼物所爱听的罢，和鬼无关的时候就不用；吹起来，Nharu，nhatu，nhatututuu 地响，所以我们叫它“目连嗐头”。

在许多人期待着恶人的没落的凝望中，他出来了，服饰比画上还简单，不拿铁索，也不带算盘，就是雪白的一条莽汉，粉面朱唇，眉黑如漆，蹙着，不知道是在笑还是在哭。但他一出台就须打一百零八个嚏，同时也放一百零八个屁，这才自述他的履历。可惜我记不清楚了，其中有一段大概是这样：

“…………

大王出了牌票，叫我去拿隔壁的瘌子。
问了起来呢，原来是我堂房的阿侄。
生的是什么病？伤寒，还带痢疾。
看的是什么郎中？下方桥的陈念义 la 儿子。
开的是怎样的药方？附子，肉桂，外加牛膝。
第一煎吃下去，冷汗发出；
第二煎吃下去，两脚笔直。
我道 nga 阿嫂哭得悲伤，暂放他还阳半刻。
大王道我是得钱买放，就将我捆打四十！”

这叙述里的“子”字都读作入声。陈念义是越中的名医，俞仲华曾将他写入《荡寇志》里，拟为神仙；可是一到他的令郎，似乎便不大高明了。la 者“的”也；“儿”

读若“倪”，倒是古音罢；nga 者，“我的”或“我们的”之意也。

他口里的阎罗天子仿佛也不大高明，竟会误解他的人格，——不，鬼格。但连“还阳半刻”都知道，究竟还不失其“聪明正直之谓神”。不过这惩罚，却给了我们的活无常以不可磨灭的冤苦的印象，一提起，就使他更加蹙紧双眉，捏定破芭蕉扇，脸向着地，鸭子浮水似的跳舞起来。

Nhatu，nhatu，nhatu，nhatu，nhatututuu！目连嗐头也冤苦不堪似的吹着。

他因此决定了：

“难是弗放者个！
那怕你，铜墙铁壁！
那怕你，皇亲国戚！
…………”

“难”者，“今”也；“者个”者“的了”之意，词之决也。“虽有忮心，不怨飘瓦”，他现在毫不留情了，然而这是受了阎罗老子的督责之故，不得已也。一切鬼众中，就是他有点人情；我们不变鬼则已，如果要变鬼，自然就只有他可以比较的相亲近。

我至今还确凿记得，在故乡时候，和“下等人”一同，常常这样高兴地正视过这鬼而人，理而情，可怖而可爱的无常；而且欣赏他脸上的哭或笑，口头的硬语与谐谈……。

迎神时候的无常，可和演剧上的又有些不同了。他只有动作，没有言语，跟定了一个捧着一盘饭菜的小丑似的脚色走，他要去吃；他却不给他。另外还加添了两名脚色，就是“正人君子”之所谓“老婆儿女”。凡“下等人”，都有一种通病：常喜欢以己之所欲，施之于人。虽是对于鬼，也不肯给他孤寂，凡有鬼神，大概总要给他们一对一对地配起来。无常也不在例外。所以，一个是漂亮的女人，只是很有些村妇样，大家都称她无常嫂；这样看来，无常是和我们平辈的，无怪他不摆教授先生的架子。一个是小孩子，小高帽，小白衣；虽然小，两肩却已经耸起了，眉目的外梢也向下。这分明是无常少爷了，大家却叫他阿领，对于他似乎都不很表敬意；猜起来，仿佛是无常嫂的前夫之子似的。但不知何以相貌又和无常有这么像？吁！鬼神之事，难言之矣，只得姑且置之弗论。至于无常何以没有亲儿女，到今年可很容易解释了；鬼神能前知，他怕儿女一多，爱说闲话的就要旁敲侧击地锻成他拿卢布，所以不但研究，还早已实行了“节育”了。

这捧着饭菜的一幕，就是“送无常”。因为他是勾魂使者，所以民间凡有一个人死掉之后，就得用酒饭恭送他。至于不给他吃，那是赛会时候的开玩笑，实际上并不然。但是，和无常开玩笑，是大家都有此意的，因为他爽直，爱发议论，有人情，——要寻真实的朋友，倒还是他妥当。

有人说，他是生人走阴，就是原是人，梦中却入冥去当差的，所以很有些人情。我还记得住在离我家不远的小屋子里的一个男人，便自称是“走无常”，门外常常燃着香烛。但我看他脸上的鬼气反而多。莫非入冥做了鬼，倒会增加人气的么？吁！鬼神之事，难言之矣，这也只得姑且置之弗论了。

六月二十三日。

（一九二六年）

从百草园到三味书屋

我家的后面有一个很大的园，相传叫作百草园。现在是早已并屋子一起卖给朱文公的子孙了，连那最末次的相见也已经隔了七八年，其中似乎确凿只有一些野草；但那时却是我的乐园。

不必说碧绿的菜畦，光滑的石井栏，高大的皂荚树，紫红的桑椹；也不必说鸣蝉在树叶里长吟，肥胖的黄蜂伏在菜花上，轻捷的叫天子（云雀）忽然从草间直窜向云霄里去了。单是周围的短短的泥墙根一带，就有无限趣味。油蛉在这里低唱，蟋蟀们在这里弹琴。翻开断砖来，有时会遇见蜈蚣；还有斑蝥，倘若用手指按住它的脊梁，便会拍的一声，从后窍喷出一阵烟雾。何首乌藤和木莲藤缠络着，木莲有莲房一般的果实，何首乌有拥肿的根。有人说，何首乌根是有像人形的，吃了便可以成仙，我于是常常拔它起来，牵连不断地拔起来，也曾因此弄坏了泥墙，却从来没有见过有一块根像人样。如果不怕刺，还可以摘到覆盆子，像小珊瑚珠攒成的小球，又酸又甜，色味都比桑椹要好得远。

长的草里是不去的，因为相传这园里有一条很大的赤练蛇。

长妈妈曾经讲给我一个故事听：先前，有一个读书人住在古庙里用功，晚间，在院子里纳凉的时候，突然听到有人在叫他。答应着，四面看时，却见一个美女的脸露在墙头上，向他一笑，隐去了。他很高兴；但竟给那走来夜谈的老和尚识破了机关。说他脸上有些妖气，一定遇见“美女蛇”了；这是人首蛇身的怪物，能唤人名，倘一答应，夜间便要来吃这人的肉的。他自然吓得要死，而那老和尚却道无妨，给他一个小盒子，说只要放在枕边，便可高枕而卧。他虽然照样办，却总是睡不着，——当然睡不着的。到半夜，果然来了，沙沙沙！门外像是风雨声。他正抖作一团时，却听得豁的一声，一道金光从枕边飞出，外面便什么声音也没有了，那金光也就飞回来，敛在盒子里。后来呢？后来，老和尚说，这是飞蜈蚣，它能吸蛇的脑髓，美女蛇就被它治死了。

结末的教训是：所以倘有陌生的声音叫你的名字，你万不可答应他。

这故事很使我觉得做人之险，夏夜乘凉，往往有些担心，不敢去看墙上，而且极想得到一盒老和尚那样的飞蜈蚣。走到百草园的草丛旁边时，也常常这样想。但直到现在，总还是没有得到，但也没有遇见过赤练蛇和美女蛇。叫我名字的陌生声音自然是常有的，然而都不是美女蛇。

冬天的百草园比较的无味；雪一下，可就两样了。拍雪人（将自己的全形印在雪上）和塑雪罗汉需要人们鉴赏，这是荒园，人迹罕至，所以不相宜，只好来捕鸟。薄薄的雪，是不行的；总须积雪盖了地面一两天，鸟雀们久已无处觅食的时候才好。扫开一块雪，露出地面，用一枝短棒支起一面大的竹筛来，下面撒些秕谷，棒上系一条长绳，人远远地牵着，看鸟雀下来啄食，走到竹筛底下的时候，将绳子一拉，便罩住了。但所得的是麻雀居多，也有白颊的"张飞鸟"，性子很躁，养不过夜的。

这是闰土的父亲所传授的方法，我却不大能用。明明见它们进去了，拉了绳，跑去一看，却什么都没有，费了半天力，捉住的不过三四只。闰土的父亲是小半天便能捕获几十只，装在叉袋里叫着撞着的。我曾经问他得失的缘由，他只静静地笑道：你太性急，来不及等它走到中间去。

我不知道为什么家里的人要将我送进书塾里去了，而且还是全城中称为最严厉的书塾。也许是因为拔何首乌毁了泥墙罢，也许是因为将砖头抛到间壁的梁家去了罢，也许是因为站在石井栏上跳了下来罢，……都无从知道。总而言之：我将不能常到百草园了。Ade，我的蟋蟀们！ Ade，我的覆盆子们和木莲们！……

出门向东，不上半里，走过一道石桥，便是我的先生的家了。从一扇黑油的竹门进去，第三间是书房。中间挂着一块扁道：三味书屋；扁下面是一幅画，画着一只很肥大的梅花鹿伏在古树下。没有孔子牌位，我们便对着那扁和鹿行礼。第一次算是拜孔子，第二次算是拜先生。

第二次行礼时，先生便和蔼地在一旁答礼。他是一个高而瘦的老人，须发都花白了，还戴着大眼镜。我对他很恭敬，因为我早就听到，他是本城中极方正，质朴，博学的人。

不知从那里听来的，东方朔也很渊博，他认识一种虫，名曰"怪哉"，冤气所化，用酒一浇，就消释了。我很想详细地知道这故事，但阿长是不知道的，因为她毕竟不渊博。现在得到机会了，可以问先生。

"先生，'怪哉'这虫，是怎么一回事？……"我上了生书，将要退下来的时候，赶忙问。

"不知道！"他似乎很不高兴，脸上还有怒色了。

我才知道做学生是不应该问这些事的，只要读书，因为他是渊博的宿儒，决不至于不知道，所谓不知道者，乃是不愿意说。年纪比我大的人，往往如此，我遇见过好几回了。

我就只读书，正午习字，晚上对课。先生最初这几天对我很严厉，后来却好起来了，不过给我读的书渐渐加多，对课也渐渐地加上字去，从三言到五言，终于到七言。

三味书屋后面也有一个园，虽然小，但在那里也可以爬上花坛去折蜡梅花，在地上或桂花树上寻蝉蜕。最好的工作是捉了苍蝇喂蚂蚁，静悄悄地没有声音。然而同窗们到园里的太多，太久，可就不行了，先生在书房里便大叫起来：

“人都到那里去了?!”

人们便一个一个陆续走回去；一同回去，也不行的。他有一条戒尺，但是不常用，也有罚跪的规则，但也不常用，普通总不过瞪几眼，大声道：

“读书！”

于是大家放开喉咙读一阵书，真是人声鼎沸。有念“仁远乎哉我欲仁斯仁至矣”的，有念“笑人齿缺曰狗窦大开”的，有念“上九潜龙勿用”的，有念“厥土下上上错厥贡苞茅橘柚”的……。先生自己也念书。后来，我们的声音便低下去，静下去了，只有他还大声朗读着：

“铁如意，指挥倜傥，一座皆惊呢……；金叵罗，颠倒淋漓噫，千杯未醉嗬……。”

我疑心这是极好的文章，因为读到这里，他总是微笑起来，而且将头仰起，摇着，向后面拗过去，拗过去。

先生读书入神的时候，于我们是很相宜的。有几个便用纸糊的盔甲套在指甲上做戏。我是画画儿，用一种叫作“荆川纸”的，蒙在小说的绣像上一个个描下来，像习字时候的影写一样。读的书多起来，画的画也多起来；书没有读成，画的成绩却不少了，最成片断的是《荡寇志》和《西游记》的绣像，都有一大本。后来，因为要钱用，卖给一个有钱的同窗了。他的父亲是开锡箔店的；听说现在自己已经做了店主，而且快要升到绅士的地位了。这东西早已没有了罢。

九月十八日。

（一九二六年）

父亲的病

大约十多年前罢，S城中曾经盛传过一个名医的故事：

他出诊原来是一元四角，特拔十元，深夜加倍，出城又加倍。有一夜，一家城外人家的闺女生急病，来请他了，因为他其时已经阔得不耐烦，便非一百元不去。他们只得都依他。待去时，却只是草草地一看，说道“不要紧的”，开一张方，拿了一百元就走。那病家似乎很有钱，第二天又来请了。他一到门，只见主人笑面承迎，道，“昨晚服了先生的药，好得多了，所以再请你来复诊一回。”仍旧引到房里，老妈子便将病人的手拉出帐外来。他一按，冷冰冰的，也没有脉，于是点点头道，“唔，这病我明白了。”从从容容走到桌前，取了药方纸，提笔写道：

“凭票付英洋壹百元正。”下面是署名，画押。

“先生，这病看来很不轻了，用药怕还得重一点罢。”主人在背后说。

“可以。”他说。于是另开了一张方：

“凭票付英洋贰百元正。”下面仍是署名，画押。

这样，主人就收了药方，很客气地送他出来了。

我曾经和这名医周旋过两整年，因为他隔日一回，来诊我的父亲的病。那时虽然已经很有名，但还不至于阔得这样不耐烦；可是诊金却已经是一元四角。现在的都市上，诊金一次十元并不算奇，可是那时是一元四角已是巨款，很不容易张罗的了；又何况是隔日一次。他大概的确有些特别，据舆论说，用药就与众不同。我不知道药品，所觉得的，就是“药引”的难得，新方一换，就得忙一大场。先买药，再寻药引。“生姜”两片，竹叶十片去尖，他是不用的了。起码是芦根，须到河边去掘；一到经霜三年的甘蔗，便至少也得搜寻两三天。可是说也奇怪，大约后来总没有购求不到的。

据舆论说，神妙就在这地方。先前有一个病人，百药无效；待到遇见了什么叶天士先生，只在旧方上加了一味药引：梧桐叶。只一服，便霍然而愈了。“医者，意也。”其时是秋天，而梧桐先知秋气。其先百药不投，今以秋气动之，以气感气，所以……。我虽然并不了然，但也十分佩服，知道凡有灵药，一定是很不容易得到的，求仙的人，甚至于还要拼了性命，跑进深山里去采呢。

这样有两年，渐渐地熟识，几乎是朋友了。父亲的水肿是逐日利害，将要不能起床；我对于经霜三年的甘蔗之流也逐渐失了信仰，采办药引似乎再没有先前一般踊跃了。正在这时候，他有一天来诊，问过病状，便极其诚恳地说：

“我所有的学问，都用尽了。这里还有一位陈莲河先生，本领比我高。我荐他来看一看，我可以写一封信。可是，病是不要紧的，不过经他的手，可以格外好得快……。”

这一天似乎大家都有些不欢，仍然由我恭敬地送他上轿。进来时，看见父亲的脸色很异样，和大家谈论，大意是说自己的病大概没有希望的了；他因为看了两年，毫无效验，脸又太熟了，未免有些难以为情，所以等到危急时候，便荐一个生手自代，和自己完全脱了干系。但另外有什么法子呢？本城的名医，除他之外，只有一个陈莲河了。明天就请陈莲河。

陈莲河的诊金也是一元四角。但前回的名医的脸是圆而胖的，他却长而胖了：这一点颇不同。还有用药也不同，前回的名医是一个人还可以办的，这一回却是一个人有些办不妥帖了，因为他一张药方上，总兼有一种特别的丸散和一种奇特的药引。

芦根和经霜三年的甘蔗，他就从来没有用过。最平常的是“蟋蟀一对”，旁注小字道：“要原配，即本在一窠中者。”似乎昆虫也要贞节，续弦或再醮，连做药资格也丧失了。但这差使在我并不为难，走进百草园，十对也容易得，将它们用线一缚，活活地掷入沸汤中完事。然而还有“平地木十株”呢，这可谁也不知道是什么东西了，问药店，问乡下人，问卖草药的，问老年人，问读书人，问木匠，都只是摇摇头，临末才记起了那远房的叔祖，爱种一点花木的老人，跑去一问，他果然知道，是生在山中树下的一种小树，能结红子如小珊瑚珠的，普通都称为“老弗大”。

“踏破铁鞋无觅处，得来全不费工夫。”药引寻到了，然而还有一种特别的丸药：败鼓皮丸。这“败鼓皮丸”就是用打破的旧鼓皮做成；水肿一名鼓胀，一用打破的鼓皮自然就可以克伏他。清朝的刚毅因为憎恨“洋鬼子”，预备打他们，练了些兵称作“虎神营”，取虎能食羊，神能伏鬼的意思，也就是这道理。可惜这一种神药，全城中只有一家出售的，离我家就有五里，但这却不像平地木那样，必须暗中摸索了，陈莲河先生开方之后，就恳切详细地给我们说明。

“我有一种丹，”有一回陈莲河先生说，“点在舌上，我想一定可以见效。因为舌乃心之灵苗……。价钱也并不贵，只要两块钱一盒……。”

我父亲沉思了一会，摇摇头。

“我这样地用药还会不大见效，”有一回陈莲河先生又说，“我想，可以请人看一看，可有什么冤愆……。医能医病，不能医命，对不对？自然，这也许是前世的事……。”

我的父亲沉思了一会，摇摇头。

凡国手，都能够起死回生的，我们走过医生的门前，常可以看见这样的扁额。现在是让步一点了，连医生自己也说道：“西医长于外科，中医长于内科。”但是S城那时不但没有西医，并且谁也还没有想到天下有所谓西医，因此无论什么，都只能由轩辕岐伯的嫡派门徒包办。轩辕时候是巫医不分的，所以直到现在，他的门徒就还见鬼，而且觉得“舌乃心之灵苗”。这就是中国人的“命”，连名医也无从医治的。

不肯用灵丹点在舌头上，又想不出“冤愆”来，自然，单吃了一百多天的“败鼓皮丸”有什么用呢？依然打不破水肿，父亲终于躺在床上喘气了。还请一回陈莲河先生，这回是特拔，大洋十元。他仍旧泰然的开了一张方，但已停止败鼓皮丸不用，药引也不很神妙了，所以只消半天，药就煎好，灌下去，却从口角上回了出来。

从此我便不再和陈莲河先生周旋，只在街上有时看见他坐在三名轿夫的快轿里飞一般抬过；听说他现在还康健，一面行医，一面还做中医什么学报，正在和只长于外科的西医奋斗哩。

中西的思想确乎有一点不同。听说中国的孝子们，一到将要“罪孽深重祸延父母”的时候，就买几斤人参，煎汤灌下去，希望父母多喘几天气，即使半天也好。我的一位教医学的先生却教给我医生的职务道：可医的应该给他医治，不可医的应该给他死得没有痛苦。——但这先生自然是西医。

父亲的喘气颇长久，连我也听得很吃力，然而谁也不能帮助他。我有时竟至于电光一闪似的想道：“还是快一点喘完了罢……。”立刻觉得这思想就不该，就是犯了罪；但同时又觉得这思想实在是正当的，我很爱我的父亲。便是现在，也还是这样想。

早晨，住在一门里的衍太太进来了。她是一个精通礼节的妇人，说我们不应该空等着。于是给他换衣服；又将纸锭和一种什么《高王经》烧成灰，用纸包了给他捏在拳头里……。

“叫呀，你父亲要断气了。快叫呀！”衍太太说。

“父亲！父亲！”我就叫起来。

“大声！他听不见。还不快叫？！”

“父亲！！！父亲！！！”

他已经平静下去的脸，忽然紧张了，将眼微微一睁，仿佛有一些苦痛。

“叫呀！快叫呀！”她催促说。

“父亲！！！”

“什么呢？……不要嚷。……不……。”他低低地说，又较急地喘着气，好一会，这才复了原状，平静下去了。

“父亲!!!”我还叫他，一直到他咽了气。

我现在还听到那时的自己的这声音，每听到时，就觉得这却是我对于父亲的最大的错处。

十月七日。

（一九二六年）

琐　记

衍太太现在是早经做了祖母，也许竟做了曾祖母了；那时却还年青，只有一个儿子比我大三四岁。她对自己的儿子虽然狠，对别家的孩子却好的，无论闹出什么乱子来，也决不去告诉各人的父母，因此我们就最愿意在她家里或她家的四近玩。

举一个例说罢，冬天，水缸里结了薄冰的时候，我们大清早起一看见，便吃冰。有一回给沈四太太看到了，大声说道："莫吃呀，要肚子疼的呢！"这声音又给我母亲听到了，跑出来我们都挨了一顿骂，并且有大半天不准玩。我们推论祸首，认定是沈四太太，于是提起她就不用尊称了，给她另外起了一个绰号，叫作"肚子疼"。

衍太太却决不如此。假如她看见我们吃冰，一定和蔼地笑着说，"好，再吃一块。我记着，看谁吃的多。"

但我对于她也有不满足的地方。一回是很早的时候了，我还很小，偶然走进她家去，她正在和她的男人看书。我走近去，她便将书塞在我的眼前道，"你看，你知道这是什么？"我看那书上画着房屋，有两个人光着身子仿佛在打架，但又不很像。正迟疑间，他们便大笑起来了。这使我很不高兴，似乎受了一个极大的侮辱，不到那里去大约有十多天。一回是我已经十多岁了，和几个孩子比赛打旋子，看谁旋得多。她就从旁计着数，说道，"好，八十二个了！再旋一个，八十三！好，八十四！……"但正在旋着的阿祥，忽然跌倒了，阿祥的婶母也恰恰走进来。她便接着说道，"你看，不是跌了么？不听我的话。我叫你不要旋，不要旋……。"

虽然如此，孩子们总还喜欢到她那里去。假如头上碰得肿了一大块的时候，去寻母亲去罢，好的是骂一通，再给擦一点药；坏的是没有药擦，还添几个栗凿和一通骂。衍太太却决不埋怨，立刻给你用烧酒调了水粉，搽在疙瘩上，说这不但止痛，将来还没有瘢痕。

父亲故去之后，我也还常到她家里去，不过已不是和孩子们玩耍了，却是和衍太太或她的男人谈闲天。我其时觉得很有许多东西要买，看的和吃的，只是没有钱。有一天谈到这里，她便说道，“母亲的钱，你拿来用就是了，还不就是你的么？”我说母亲没有钱，她就说可以拿首饰去变卖；我说没有首饰，她却道，“也许你没有留心。到大厨的抽屉里，角角落落去寻去，总可以寻出一点珠子这类东西……。”

这些话我听去似乎很异样，便又不到她那里去了，但有时又真想去打开大厨，细细地寻一寻。大约此后不到一月，就听到一种流言，说我已经偷了家里的东西去变卖了，这实在使我觉得有如掉在冷水里。流言的来源，我是明白的，倘是现在，只要有地方发表，我总要骂出流言家的狐狸尾巴来，但那时太年青，一遇流言，便连自己也仿佛觉得真是犯了罪，怕遇见人们的眼睛，怕受到母亲的爱抚。

好。那么，走罢！

但是，那里去呢？S城人的脸早经看熟，如此而已，连心肝也似乎有些了然。总得寻别一类人们去，去寻为S城人所诟病的人们，无论其为畜生或魔鬼。那时为全城所笑骂的是一个开得不久的学校，叫作中西学堂，汉文之外，又教些洋文和算学。然而已经成为众矢之的了；熟读圣贤书的秀才们，还集了“四书”的句子，做一篇八股来嘲诮它，这名文便即传遍了全城，人人当作有趣的话柄。我只记得那“起讲”的开头是：

> “徐子以告夷子曰：吾闻用夏变夷者，未闻变于夷者也。今也不然：鴂舌之音，闻其声，皆雅言也。……”

以后可忘却了，大概也和现今的国粹保存大家的议论差不多。但我对于这中西学堂，却也不满足，因为那里面只教汉文，算学，英文和法文。功课较为别致的，还有杭州的求是书院，然而学费贵。

无须学费的学校在南京，自然只好往南京去。第一个进去的学校，目下不知道称为什么了，光复以后，似乎有一时称为雷电学堂，很像《封神榜》上“太极阵”“混元阵”一类的名目。总之，一进仪凤门，便可以看见它那二十丈高的桅杆和不知多高的烟通。功课也简单，一星期中，几乎四整天是英文：“It is a cat.”“Is it a rat？”一整天是读汉文：“君子曰，颍考叔可谓纯孝也已矣，爱其母，施及庄公。”一整天是做汉文：《知己知彼百战百胜论》，《颍考叔论》，《云从龙风从虎论》，《咬得菜根则百事可做论》。

初进去当然只能做三班生，卧室里是一桌一凳一床，床板只有两块。头二班学生就不同了，二桌二凳或三凳一床，床板多至三块。不但上讲堂时挟着一堆厚而且大的洋书，气昂昂地走着，决非只有一本“泼赖妈”和四本《左传》的三班生所敢正视；便是空着手，也一定将肘弯撑开，像一只螃蟹，低一班的在后面总不能走出他之前。这一种螃蟹式的名公巨卿，现在都阔别得很久了，前四五年，竟在教育部的破脚躺椅上，发见了这姿势，然而这位老爷却并非雷电学堂出身的，可见螃蟹态度，在中国也颇普遍。

可爱的是桅杆。但并非如“东邻”的“支那通”所说，因为它“挺然翘然”，又是什么的象征。乃是因为它高，乌鸦喜鹊，都只能停在它的半途的木盘上。人如果爬到顶，便可以近看狮子山，远眺莫愁湖，——但究竟是否真可以眺得那么远，我现在可委实有点记不清楚了。而且不危险，下面张着网，即使跌下来，也不过如一条小鱼落在网子里；况且自从张网以后，听说也还没有人曾经跌下来。

原先还有一个池，给学生学游泳的，这里面却淹死了两个年幼的学生。当我进去时，早填平了，不但填平，上面还造了一所小小的关帝庙。庙旁是一座焚化字纸的砖炉，炉口上方横写着四个大字道：“敬惜字纸”。只可惜那两个淹死鬼失了池子，难讨替代，总在左近徘徊，虽然已有“伏魔大帝关圣帝君”镇压着。办学的人大概是好心肠的，所以每年七月十五，总请一群和尚到雨天操场来放焰口，一个红鼻而胖的大和尚戴上毗卢帽，捏诀，念咒：“回资罗，普弥耶吽！唵耶吽！唵！耶！吽!!!”

我的前辈同学被关圣帝君镇压了一整年，就只在这时候得到一点好处，——虽然我并不深知是怎样的好处。所以当这些时，我每每想：做学生总得自己小心些。

总觉得不大合适，可是无法形容出这不合适来。现在是发见了大致相近的字眼了，“乌烟瘴气”，庶几乎其可也。只得走开。近来是单是走开也就不容易，“正人君子”者流会说你骂人骂到了聘书，或者是发“名士”脾气，给你几句正经的俏皮话。不过那时还不打紧，学生所得的津贴，第一年不过二两银子，最初三个月的试习期内是零用五百文。于是毫无问题，去考路矿学堂去了，也许是矿路学堂，已经有些记不真，文凭又不在手头，更无从查考。试验并不难，录取的。

这回不是 It is a cat 了，是 Der Mann，Das Weib，Das Kind。汉文仍旧是“颖考叔可谓纯孝也已矣”，但外加《小学集注》。论文题目也小有不同，譬如《工欲善其事必先利其器论》，是先前没有做过的。

此外还有所谓格致，地学，金石学，……都非常新鲜。但是还得声明：后两项，就是现在之所谓地质学和矿物学，并非讲舆地和钟鼎碑版的。只是画铁轨横断面图却有些麻烦，平行线尤其讨厌。但第二年的总办是一个新党，他坐在马车上的时候大抵看着《时务报》，考汉文也自己出题目，和教员出的很不同。有一次是《华盛顿论》，汉文教员反而惴惴地来问我们道：“华盛顿是什么东西呀？……”

看新书的风气便流行起来，我也知道了中国有一部书叫《天演论》。星期日跑到城南去买了来，白纸石印的一厚本，价五百文正。翻开一看，是写得很好的字，开首便道：

“赫胥黎独处一室之中，在英伦之南，背山而面野，槛外诸境，历历如在机下。乃悬想二千年前，当罗马大将恺彻未到时，此间有何景物？计惟有天造草昧……”

哦！原来世界上竟还有一个赫胥黎坐在书房里那么想，而且想得那么新鲜？一口气读下去，“物竞”“天择”也出来了，苏格拉第，柏拉图也出来了，斯多噶也出来了。学堂里又设立了一个阅报处，《时务报》不待言，还有《译学汇编》，那书面上的张廉卿一流的四个字，就蓝得很可爱。

“你这孩子有点不对了，拿这篇文章去看去，抄下来去看去。”一位本家的老辈严肃地对我说，而且递过一张报纸来。接来看时，“臣许应骙跪奏……”，那文章现在是一句也不记得了，总之是参康有为变法的；也不记得可曾抄了没有。

仍然自己不觉得有什么“不对”，一有闲空，就照例地吃侉饼，花生米，辣椒，看《天演论》。

但我们也曾经有过一个很不平安的时期。那是第二年，听说学校就要裁撤了。这也无怪，这学堂的设立，原是因为两江总督（大约是刘坤一罢）听到青龙山的煤矿出息好，所以开手的。待到开学时，煤矿那面却已将原先的技师辞退，换了一个不甚了然的人了。理由是：一、先前的技师薪水太贵；二、他们觉得开煤矿并不难。于是不到一年，就连煤在那里也不甚了然起来，终于是所得的煤，只能供烧那两架抽水机之用，就是抽了水掘煤，掘出煤来抽水，结一笔出入两清的账。既然开矿无利，矿路学堂自然也就无须乎开了，但是不知怎的，却又并不裁撤。到第三年我们下矿洞去看的时候，情形实在颇凄凉，抽水机当然还在转动，矿洞里积水却有半尺深，上面也点滴而下，几个矿工便在这里面鬼一般工作着。

毕业，自然大家都盼望的，但一到毕业，却又有些爽然若失。爬了几次桅，不消说不配做半个水兵；听了几年讲，下了几回矿洞，就能掘出金银铜铁锡来么？实在连自己也茫无把握，没有做《工欲善其事必先利其器论》的那么容易。爬上天空二十丈和钻下地面二十丈，结果还是一无所能，学问是“上穷碧落下黄泉，两处茫茫皆不见”了。所余的还只有一条路：到外国去。

留学的事，官僚也许可了，派定五名到日本去。其中的一个因为祖母哭得死去活来，不去了，只剩了四个。日本是同中国很两样的，我们应该如何准备呢？有一个前辈同学在，比我们早一年毕业，曾经游历过日本，应该知道些情形。跑去请教之后，他郑重地说：

“日本的袜是万不能穿的，要多带些中国袜。我看纸票也不好，你们带去的钱不如都换了他们的现银。”

四个人都说遵命。别人不知其详，我是将钱都在上海换了日本的银元，还带了十双中国袜——白袜。

后来呢？后来，要穿制服和皮鞋，中国袜完全无用；一元的银圆日本早已废置不用了，又赔钱换了半元的银圆和纸票。

十月八日。
（一九二六年）

藤野先生

东京也无非是这样。上野的樱花烂熳的时节，望去确也像绯红的轻云，但花下也缺不了成群结队的“清国留学生”的速成班，头顶上盘着大辫子，顶得学生制帽的顶上高高耸起，形成一座富士山。也有解散辫子，盘得平的，除下帽来，油光可鉴，宛如小姑娘的发髻一般，还要将脖子扭几扭。实在标致极了。

中国留学生会馆的门房里有几本书买，有时还值得去一转；倘在上午，里面的几间洋房里倒也还可以坐坐的。但到傍晚，有一间的地板便常不免要咚咚咚地响得震天，兼以满房烟尘斗乱；问问精通时事的人，答道，“那是在学跳舞。”

到别的地方去看看，如何呢？

我就往仙台的医学专门学校去。从东京出发，不久便到一处驿站，写道：日暮里。不知怎地，我到现在还记得这名目。其次却只记得水户了，这是明的遗民朱舜水先生客死的地方。仙台是一个市镇，并不大；冬天冷得利害；还没有中国的学生。

大概是物以希为贵罢。北京的白菜运往浙江，便用红头绳系住菜根，倒挂在水果店头，尊为“胶菜”；福建野生着的芦荟，一到北京就请进温室，且美其名曰“龙舌兰”。我到仙台也颇受了这样的优待，不但学校不收学费，几个职员还为我的食宿操心。我先是住在监狱旁边一个客店里的，初冬已经颇冷，蚊子却还多，后来用被盖了全身，用衣服包了头脸，只留两个鼻孔出气。在这呼吸不息的地方，蚊子竟无从插嘴，居然睡安稳了。饭食也不坏。但一位先生却以为这客店也包办囚人的饭食，我住在那里不相宜，几次三番，几次三番地说。我虽然觉得客店兼办囚人的饭食和我不相干，然而好意难却，也只得别寻相宜的住处了。于是搬到别一家，离监狱也很远，可惜每天总要喝难以下咽的芋梗汤。

从此就看见许多陌生的先生，听到许多新鲜的讲义。解剖学是两个教授分任的。最初是骨学。其时进来的是一个黑瘦的先生，八字须，戴着眼镜，挟着一叠大大小小的书。一将书放在讲台上，便用了缓慢而很有顿挫的声调，向学生介绍自己道：

“我就是叫作藤野严九郎的……。”

后面有几个人笑起来了。他接着便讲述解剖学在日本发达的历史，那些大大小小的书，便是从最初到现今关于这一门学问的著作。起初有几本是线装的；还有翻刻中国译本的，他们的翻译和研究新的医学，并不比中国早。

那坐在后面发笑的是上学年不及格的留级学生，在校已经一年，掌故颇为熟悉的了。他们便给新生讲演每个教授的历史。这藤野先生，据说是穿衣服太模胡了，有时竟会忘记带领结；冬天是一件旧外套，寒颤颤的，有一回上火车去，致使管车的疑心他是扒手，叫车里的客人大家小心些。

他们的话大概是真的，我就亲见他有一次上讲堂没有带领结。

过了一星期，大约是星期六，他使助手来叫我了。到得研究室，见他坐在人骨和许多单独的头骨中间，——他其时正在研究着头骨，后来有一篇论文在本校的杂志上发表出来。

“我的讲义，你能抄下来么？”他问。

“可以抄一点。”

“拿来我看！”

我交出所抄的讲义去，他收下了，第二三天便还我，并且说，此后每一星期要送给他看一回。我拿下来打开看时，很吃了一惊，同时也感到一种不安和感激。原来我的讲义已经从头到末，都用红笔添改过了，不但增加了许多脱漏的地方，连文法的错误，也都一一订正。这样一直继续到教完了他所担任的功课：骨学，血管学，神经学。

可惜我那时太不用功，有时也很任性。还记得有一回藤野先生将我叫到他的研究室里去，翻出我那讲义上的一个图来，是下臂的血管，指着，向我和蔼的说道：

“你看，你将这条血管移了一点位置了。——自然，这样一移，的确比较的好看些，然而解剖图不是美术，实物是那么样的，我们没法改换它。现在我给你改好了，以后你要全照着黑板上那样的画。”

但是我还不服气，口头答应着，心里却想道：

“图还是我画的不错；至于实在的情形，我心里自然记得的。”

学年试验完毕之后，我便到东京玩了一夏天，秋初再回学校，成绩早已发表了，同学一百余人之中，我在中间，不过是没有落第。这回藤野先生所担任的功课，是解剖实习和局部解剖学。

解剖实习了大概一星期，他又叫我去了，很高兴地，仍用了极有抑扬的声调对我说道：

“我因为听说中国人是很敬重鬼的，所以很担心，怕你不肯解剖尸体。现在总算放心了，没有这回事。”

但他也偶有使我很为难的时候。他听说中国的女人是裹脚的，但不知道详细，所以要问我怎么裹法，足骨变成怎样的畸形，还叹息道，“总要看一看才知道。究竟是怎么一回事呢？”

有一天，本级的学生会干事到我寓里来了，要借我的讲义看。我检出来交给他们，却只翻检了一通，并没有带走。但他们一走，邮差就送到一封很厚的信，拆开看时，第一句是：

“你改悔罢！”

这是《新约》上的句子罢，但经托尔斯泰新近引用过的。其时正值日俄战争，托老先生便写了一封给俄国和日本的皇帝的信，开首便是这一句。日本报纸上很斥责他的不逊，爱国青年也愤然，然而暗地里却早受了他的影响了。其次的话，大意是说上年解剖学试验的题目，是藤野先生在讲义上做了记号，我预先知道的，所以能有这样的成绩。末尾是匿名。

我这才回忆到前几天的一件事。因为要开同级会，干事便在黑板上写广告，末一句是“请全数到会勿漏为要”，而且在“漏”字旁边加了一个圈。我当时虽然觉到圈得可笑，但是毫不介意，这回才悟出那字也在讥刺我了，犹言我得了教员漏泄出来的题目。

我便将这事告知了藤野先生；有几个和我熟识的同学也很不平，一同去诘责干事托辞检查的无礼，并且要求他们将检查的结果，发表出来。终于这流言消灭了，干事却又竭力运动，要收回那一封匿名信去。结末是我便将这托尔斯泰式的信退还了他们。

中国是弱国，所以中国人当然是低能儿，分数在六十分以上，便不是自己的能力了：也无怪他们疑惑。但我接着便有参观枪毙中国人的命运了。第二年添教霉菌学，细菌的形状是全用电影来显示的，一段落已完而还没有到下课的时候，便影几片时事的片子，自然都是日本战胜俄国的情形。但偏有中国人夹在里边：给俄国人做侦探，被日本军捕获，要枪毙了，围着看的也是一群中国人；在讲堂里的还有一个我。

“万岁！”他们都拍掌欢呼起来。

这种欢呼，是每看一片都有的，但在我，这一声却特别听得刺耳。此后回到中国来，我看见那些闲看枪毙犯人的人们，他们也何尝不酒醉似的喝采，——呜呼，无法可想！但在那时那地，我的意见却变化了。

到第二学年的终结，我便去寻藤野先生，告诉他我将不学医学，并且离开这仙台。他的脸色仿佛有些悲哀，似乎想说话，但竟没有说。

“我想去学生物学，先生教给我的学问，也还有用的。”其实我并没有决意要学生物学，因为看得他有些凄然，便说了一个安慰他的谎话。

“为医学而教的解剖学之类，怕于生物学也没有什么大帮助。”他叹息说。

将走的前几天，他叫我到他家里去，交给我一张照相，后面写着两个字道：“惜别”，还说希望将我的也送他。但我这时适值没有照相了；他便叮嘱我将来照了寄给他，并且时时通信告诉他此后的状况。

我离开仙台之后，就多年没有照过相，又因为状况也无聊，说起来无非使他失望，便连信也怕敢写了。经过的年月一多，话更无从说起，所以虽然有时想写信，却又难以下笔，这样的一直到现在，竟没有寄过一封信和一张照片。从他那一面看起来，是一去之后，杳无消息了。

但不知怎地，我总还时时记起他，在我所认为我师的之中，他是最使我感激，给我鼓励的一个。有时我常常想：他的对于我的热心的希望，不倦的教诲，小而言之，是为中国，就是希望中国有新的医学；大而言之，是为学术，就是希望新的医学传到中国去。他的性格，在我的眼里和心里是伟大的，虽然他的姓名并不为许多人所知道。

他所改正的讲义，我曾经订成三厚本，收藏着的，将作为永久的纪念。不幸七年前迁居的时候，中途毁坏了一口书箱，失去半箱书，恰巧这讲义也遗失在内了。责成运送局去找寻，寂无回信。只有他的照相至今还挂在我北京寓居的东墙上，书桌对面。每当夜间疲倦，正想偷懒时，仰面在灯光中瞥见他黑瘦的面貌，似乎正要说出抑扬顿挫的话来，便使我忽又良心发现，而且增加勇气了，于是点上一枝烟，再继续写些为“正人君子”之流所深恶痛疾的文字。

十月十二日。

（一九二六年）

范 爱 农

在东京的客店里，我们大抵一起来就看报。学生所看的多是《朝日新闻》和《读卖新闻》，专爱打听社会上琐事的就看《二六新闻》。一天早晨，辟头就看见一条从中国来的电报，大概是：

“安徽巡抚恩铭被 Jo Shiki Rin 刺杀，刺客就擒。”

大家一怔之后，便容光焕发地互相告语，并且研究这刺客是谁，汉字是怎样三个字。但只要是绍兴人，又不专看教科书的，却早已明白了。这是徐锡麟，他留学回国之后，在做安徽候补道，办着巡警事务，正合于刺杀巡抚的地位。

大家接着就预测他将被极刑，家族将被连累。不久，秋瑾姑娘在绍兴被杀的消息也传来了，徐锡麟是被挖了心，给恩铭的亲兵炒食净尽。人心很愤怒。有几个人便秘密地开一个会，筹集川资；这时用得着日本浪人了，撕乌贼鱼下酒，慷慨一通之后，他便登程去接徐伯荪的家属去。

照例还有一个同乡会，吊烈士，骂满洲；此后便有人主张打电报到北京，痛斥满政府的无人道。会众即刻分成两派：一派要发电，一派不要发。我是主张发电的，但当我说出之后，即有一种钝滞的声音跟着起来：

“杀的杀掉了，死的死掉了，还发什么屁电报呢。”

这是一个高大身材，长头发，眼球白多黑少的人，看人总像在渺视。他蹲在席子上，我发言大抵就反对；我早觉得奇怪，注意着他的了，到这时才打听别人：说这话的是谁呢，有那么冷？认识的人告诉我说：他叫范爱农，是徐伯荪的学生。

我非常愤怒了，觉得他简直不是人，自己的先生被杀了，连打一个电报还害怕，于是便更坚执地主张要发电，同他争起来。结果是主张发电的居多数，他屈服了。其次要推出人来拟电稿。

“何必推举呢？自然是主张发电的人罗。”他说。

我觉得他的话又在针对我，无理倒也并非无理的。但我便主张这一篇悲壮的文章必须深知烈士生平的人做，因为他比别人关系更密切，心里更悲愤，做出来就一定更动人。于是又争起来。结果是他不做，我也不做，不知谁承认做去了；其次是大家走散，只留下一个拟稿的和一两个干事，等候做好之后去拍发。

从此我总觉得这范爱农离奇，而且很可恶。天下可恶的人，当初以为是满人，这时才知道还在其次；第一倒是范爱农。中国不革命则已，要革命，首先就必须将范爱农除去。

然而这意见后来似乎逐渐淡薄，到底忘却了，我们从此也没有再见面。直到革命的前一年，我在故乡做教员，大概是春末时候罢，忽然在熟人的客座上看见了一个人，互相熟视了不过两三秒钟，我们便同时说：

"哦哦，你是范爱农！"

"哦哦，你是鲁迅！"

不知怎地我们便都笑了起来，是互相的嘲笑和悲哀。他眼睛还是那样，然而奇怪，只这几年，头上却有了白发了，但也许本来就有，我先前没有留心到。他穿着很旧的布马褂，破布鞋，显得很寒素。谈起自己的经历来，他说他后来没有了学费，不能再留学，便回来了。回到故乡之后，又受着轻蔑，排斥，迫害，几乎无地可容。现在是躲在乡下，教着几个小学生糊口。但因为有时觉得很气闷，所以也趁了航船进城来。

他又告诉我现在爱喝酒，于是我们便喝酒。从此他每一进城，必定来访我，非常相熟了。我们醉后常谈些愚不可及的疯话，连母亲偶然听到了也发笑。一天我忽而记起在东京开同乡会时的旧事，便问他：

"那一天你专门反对我，而且故意似的，究竟是什么缘故呢？"

"你还不知道？我一向就讨厌你的，——不但我，我们。"

"你那时之前，早知道我是谁么？"

"怎么不知道。我们到横滨，来接的不就是子英和你么？你看不起我们，摇摇头，你自己还记得么？"

我略略一想，记得的，虽然是七八年前的事。那时是子英来约我的，说到横滨去接新来留学的同乡。汽船一到，看见一大堆，大概一共有十多人，一上岸便将行李放到税关上去候查检，关吏在衣箱中翻来翻去，忽然翻出一双绣花的弓鞋来，便放下公事，拿着子细地看。我很不满，心里想，这些鸟男人，怎么带这东西来呢。自己不注意，那时也许就摇了摇头。检验完毕，在客店小坐之后，即须上火车。不料这一群读书人又在客车上让起坐位来了，甲要乙坐在这位上，乙要丙去坐，揖让未终，火车已开，车身一摇，即刻跌倒了三四个。我那时也很不满，暗地里想：连火车上的坐位，他们也要分出尊卑来……。自己不注意，也许又摇了摇头。然而那群雍容揖让的人物中就有范爱农，却直到这一天才想到。岂但他呢，说起来也惭愧，这一群里，还有后来在安徽战死的陈伯平烈士，被害的马宗汉烈士；被囚在黑狱里，到革命后才见天日而身上永带着匪刑的伤痕的也还有一两人。而我都茫无所知，摇着头将他们一并运上东京了。徐伯荪虽然和他们同船来，却不在这车上，因为他在神户就和他的夫人坐车走了陆路了。

我想我那时摇头大约有两回，他们看见的不知道是那一回。让坐时喧闹，检查时幽静，一定是在税关上的那一回了，试问爱农，果然是的。

“我真不懂你们带这东西做什么？是谁的？”

“还不是我们师母的？”他瞪着他多白的眼。

“到东京就要假装大脚，又何必带这东西呢？”

“谁知道呢？你问她去。”

到冬初，我们的景况更拮据了，然而还喝酒，讲笑话。忽然是武昌起义，接着是绍兴光复。第二天爱农就上城来，戴着农夫常用的毡帽，那笑容是从来没有见过的。

“老迅，我们今天不喝酒了。我要去看看光复的绍兴。我们同去。”

我们便到街上去走了一通，满眼是白旗。然而貌虽如此，内骨子是依旧的，因为还是几个旧乡绅所组织的军政府，什么铁路股东是行政司长，钱店掌柜是军械司长……。这军政府也到底不长久，几个少年一嚷，王金发带兵从杭州进来了，但即使不嚷或者也会来。他进来以后，也就被许多闲汉和新进的革命党所包围，大做王都督。在衙门里的人物，穿布衣来的，不上十天也大概换上皮袍子了，天气还并不冷。

我被摆在师范学校校长的饭碗旁边，王都督给了我校款二百元。爱农做监学，还是那件布袍子，但不大喝酒了，也很少有工夫谈闲天。他办事，兼教书，实在勤快得可以。

“情形还是不行，王金发他们。”一个去年听过我的讲义的少年来访问我，慷慨地说，“我们要办一种报来监督他们。不过发起人要借用先生的名字。还有一个是子英先生，一个是德清先生。为社会，我们知道你决不推却的。”

我答应他了。两天后便看见出报的传单，发起人诚然是三个。五天后便见报，开首便骂军政府和那里面的人员；此后是骂都督，都督的亲戚，同乡，姨太太……。

这样地骂了十多天，就有一种消息传到我的家里来，说都督因为你们诈取了他的钱，还骂他，要派人用手枪来打死你们了。

别人倒还不打紧，第一个着急的是我的母亲，叮嘱我不要再出去。但我还是照常走，并且说明，王金发是不来打死我们的，他虽然绿林大学出身，而杀人却不很轻易。况且我拿的是校款，这一点他还能明白的，不过说说罢了。

果然没有来杀。写信去要经费，又取了二百元。但仿佛有些怒意，同时传令道：再来要，没有了！

不过爱农得到了一种新消息，却使我很为难。原来所谓“诈取”者，并非指学校经费而言，是指另有送给报馆的一笔款。报纸上骂了几天之后，王金发便叫人送去了五百元。于是乎我们的少年们便开起会议来，第一个问题是：收不收？决议曰：收。第二个问题是：收了之后骂不骂？决议曰：骂。理由是：收钱之后，他是股东；股东不好，自然要骂。

我即刻到报馆去问这事的真假。都是真的。略说了几句不该收他钱的话，一个名为会计的便不高兴了，质问我道：

“报馆为什么不收股本？”

“这不是股本……。”

“不是股本是什么？”

我就不再说下去了，这一点世故是早已知道的，倘我再说出连累我们的话来，他就会面斥我太爱惜不值钱的生命，不肯为社会牺牲，或者明天在报上就可以看见我怎样怕死发抖的记载。

然而事情很凑巧，季茀写信来催我往南京了。爱农也很赞成，但颇凄凉，说：

“这里又是那样，住不得。你快去罢……。”

我懂得他无声的话，决计往南京。先到都督府去辞职，自然照准，派来了一个拖鼻涕的接收员，我交出账目和余款一角又两铜元，不是校长了。后任是孔教会会长傅力臣。

报馆案是我到南京后两三个星期了结的，被一群兵们捣毁。子英在乡下，没有事；德清适值在城里，大腿上被刺了一尖刀。他大怒了。自然，这是很有些痛的，怪他不得。他大怒之后，脱下衣服，照了一张照片，以显示一寸来宽的刀伤，并且做一篇文章叙述情形，向各处分送，宣传军政府的横暴。我想，这种照片现在是大约未必还有人收藏着了，尺寸太小，刀伤缩小到几乎等于无，如果不加说明，看见的人一定以为是带些疯气的风流人物的裸体照片，倘遇见孙传芳大帅，还怕要被禁止的。

我从南京移到北京的时候，爱农的学监也被孔教会会长的校长设法去掉了。他又成了革命前的爱农。我想为他在北京寻一点小事做，这是他非常希望的，然而没有机会。他后来便到一个熟人的家里去寄食，也时时给我信，景况愈困穷，言辞也愈凄苦。终于又非走出这熟人的家不可，便在各处飘浮。不久，忽然从同乡那里得到一个消息，说他已经掉在水里，淹死了。

我疑心他是自杀。因为他是浮水的好手，不容易淹死的。

夜间独坐在会馆里，十分悲凉，又疑心这消息并不确，但无端又觉得这是极其可靠的，虽然并无证据。一点法子都没有，只做了四首诗，后来曾在一种日报上发表，现在是将要忘记完了。只记得一首里的六句，起首四句是："把酒论天下，先生小酒人。大圜犹酩酊，微醉合沉沦。"中间忘掉两句，末了是"旧朋云散尽，余亦等轻尘。"

后来我回故乡去，才知道一些较为详细的事。爱农先是什么事也没得做，因为大家讨厌他。他很困难。但还喝酒，是朋友请他的。他已经很少和人们来往，常见的只剩下几个后来认识的较为年青的人了，然而他们似乎也不愿意多听他的牢骚，以为不如讲笑话有趣。

"也许明天就收到一个电报，拆开来一看，是鲁迅来叫我的。"他时常这样说。

一天，几个新的朋友约他坐船去看戏，回来已过夜半，又是大风雨，他醉着，却偏要到船舷上去小解。大家劝阻他，也不听，说不会掉下去的。但他掉下去了，虽然能浮水，却从此不起来。

第二天打捞尸体，是在菱荡里找到的，直立着。

我至今不明白他究竟是失足还是自杀。

他死后一无所有，遗下一个幼女和他的夫人。有几个人想集一点钱作他女孩将来的学费的基金，因为一经提议，即有族人来争这笔款的保管权，——其实还没有这笔款，——大家觉得无聊，便无形消散了。

现在不知他唯一的女儿景况如何？倘在上学，中学已该毕业了罢。

十一月十八日。

（一九二六年）

后　记

我在第三篇讲《二十四孝》的开头，说北京恐吓小孩的“马虎子”应作“麻胡子”，是指麻叔谋，而且以他为胡人。现在知道是错了，“胡”应作“祜”，是叔谋之名，见唐人李济翁做的《资暇集》卷下，题云《非麻胡》。原文如次：

> “俗怖婴儿曰：麻胡来！不知其源者，以为多髯之神而验刺者，非也。隋将军麻祜，性酷虐，炀帝令开汴河，威棱既盛，至稚童望风而畏，互相恐吓曰：麻祜来！稚童语不正，转祜为胡。只如宪宗朝泾将郝玭，蕃中皆畏惮，其国婴儿啼者，以玭怖之，则止。又，武宗朝，闾阎孩孺相胁云：薛尹来！咸类此也。况《魏志》载张文远辽来之明证乎？”（原注：麻祜庙在睢阳。鄜方节度李丕即其后。丕为重建碑。）

原来我的识见，就正和唐朝的“不知其源者”相同，贻讥于千载之前，真是咎有应得，只好苦笑。但又不知麻祜庙碑或碑文，现今尚在睢阳或存于方志中否？倘在，我们当可以看见和小说《开河记》所载相反的他的功业。

因为想寻几张插画，常维钧兄给我在北京搜集了许多材料，有几种是为我所未曾见过的。如光绪己卯（1879）肃州胡文炳作的《二百卌孝图》——原书有注云：“卌读如习。”我真不解他何以不直称四十，而必须如此麻烦——即其一。我所反对的“郭巨埋儿”，他于我还未出世的前几年，已经删去了。序有云：

> “……坊间所刻《二十四孝》，善矣。然其中郭巨埋儿一事，揆之天理人情，殊不可以训。……炳窃不自量，妄为编辑。凡矫枉过正而刻意求名者，概从割爱；惟择其事之不诡于正，而人人可为者，类为六门。……”

这位肃州胡老先生的勇决，委实令我佩服了。但这种意见，恐怕是怀抱者不乏其人，而且由来已久的，不过大抵不敢毅然删改，笔之于书。如同治十一年（1872）刻的《百孝图》，卷首有纪常郑绩序，就说：

“……况迩来世风日下，沿习浇漓，不知孝出天性自然，反以孝作另成一事。且择古人投炉埋儿为忍心害理，指割股抽肠为损亲遗体。殊未审孝只在乎心，不在乎迹。尽孝无定形，行孝无定事。古之孝者非在今所宜，今之孝者难泥古之事。因此时此地不同，而其人其事各异，求其所以尽孝之心则一也。子夏曰：事父母能竭其力。故孔门问孝，所答何尝有同然乎？……”

则同治年间就有人以埋儿等事为“忍心害理”，灼然可知。至于这一位“纪常郑绩”先生的意思，我却还是不大懂得，像是说：这些事现在可以不必学，但也不必说他错。

这部《百孝图》的起源有点特别，是因为见了“粤东颜子”的《百美新咏》而作的。人重色而己重孝，卫道之盛心可谓至矣。虽然是“会稽俞葆真兰浦编辑”，与不佞有同乡之谊，——但我还只得老实说：不大高明。例如木兰从军的出典，他注云：“隋史”。这样名目的书，现今是没有的；倘是《隋书》，那里面又没有木兰从军的事。

而中华民国九年（1920），上海的书店却偏偏将它用石印翻印了，书名的前后各添了两个字：《男女百孝图全传》。第一叶上还有一行小字道：家庭教育的好模范。又加了一篇“吴下大错王鼎谨识”的序，开首先发同治年间“纪常郑绩”先生一流的感慨：

“慨自欧化东渐，海内承学之士，嚣嚣然侈谈自由平等之说，致道德日就沦胥，人心日益浇漓，寡廉鲜耻，无所不为，侥幸行险，人思幸进，求所谓砥砺廉隅，束身自爱者，世不多睹焉。……起观斯世之忍心害理，几全如陈叔宝之无心肝。长此滔滔，伊何底止？……”

其实陈叔宝模胡到好像“全无心肝”，或者有之，若拉他来配“忍心害理”，却未免有些冤枉。这是有几个人以评“郭巨埋儿”和“李娥投炉”的事的。

至于人心，有几点确也似乎正在浇漓起来。自从《男女之秘密》，《男女交合新论》出现后，上海就很有些书名喜欢用“男女”二字冠首。现在是连“以正人心而厚风俗”的《百孝图》上也加上了。这大概为因不满于《百美新咏》而教孝的“会稽俞葆真兰浦”先生所不及料的罢。

从说“百行之先”的孝而忽然拉到“男女”上去，仿佛也近乎不庄重，——浇漓。

但我总还想趁便说几句，——自然竭力来减省。

我们中国人即使对于“百行之先”，我敢说，也未必就不想到男女上去的。太平无事，闲人很多，偶有“杀身成仁舍生取义”的，本人也许忙得不暇检点，而活着的旁观者总会加以绵密的研究。曹娥的投江觅父，淹死后抱父尸出，是载在正史，很有许多人知道的。但这一个“抱”字却发生过问题。

我幼小时候，在故乡曾经听到老年人这样讲：

“……死了的曹娥，和她父亲的尸体，最初是面对面抱着浮上来的。然而过往行人看见的都发笑了，说：哈哈！这么一个年青姑娘抱着这么一

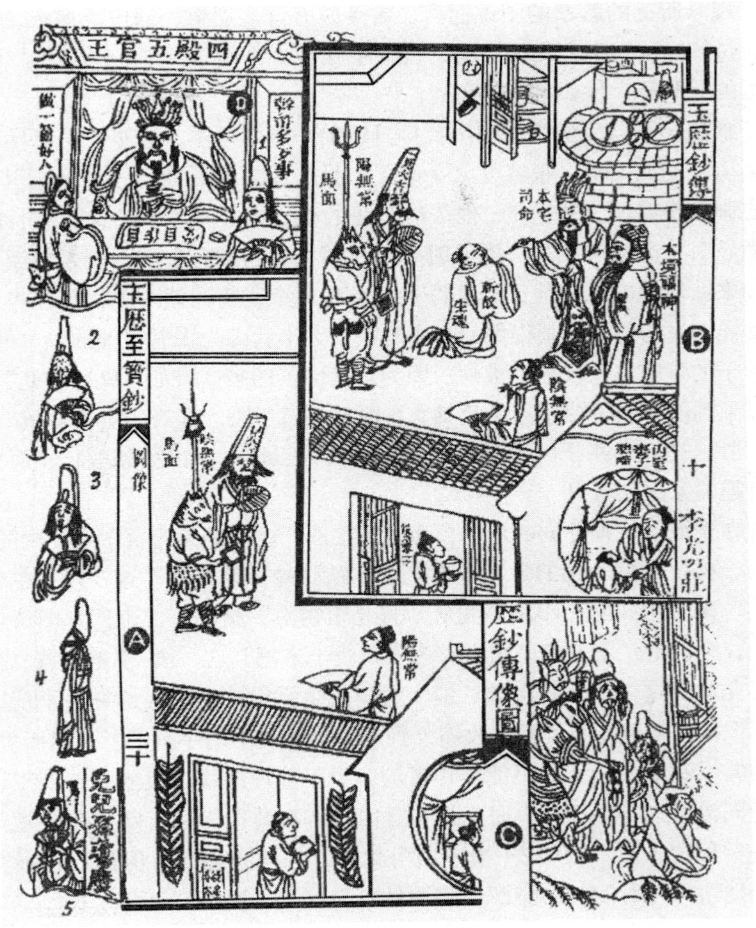

个老头子！于是那两个死尸又沉下去了；停了一刻又浮起来，这回是背对背的负着。”

好！在礼义之邦里，连一个年幼——呜呼，“娥年十四”而已——的死孝女要和死父亲一同浮出，也有这么艰难！

我检查《百孝图》和《二百卌孝图》，画师都很聪明，所画的是曹娥还未跳入江中，只在江干啼哭。但吴友如画的《女二十四孝图》（1892）却正是两尸一同浮出的这一幕，而且也正画作“背对背”，如第一图的上方。我想，他大约也知道我所听到的那故事的。还有《后二十四孝图说》，也是吴友如画，也有曹娥，则画作正在投江的情状，如第一图下。

就我现今所见的教孝的图说而言，古今颇有许多遇盗，遇虎，遇火，遇风的孝子，那应付的方法，十之九是“哭”和“拜”。

中国的哭和拜，什么时候才完呢？

至于画法，我以为最简古的倒要算日本的小田海僊本，这本子早已印入《点石斋丛画》里，变成国货，很容易入手的了。吴友如画的最细巧，也最能引动人。但他于历史画其实是不大相宜的；他久居上海的租界里，耳濡目染，最擅长的倒在作“恶鸨虐妓”，“流氓拆梢”一类的时事画，那真是勃勃有生气，令人在纸上看出上海的洋场来。但影响殊不佳，近来许多小说和儿童读物的插画中，往往将一切女性画成妓女样，一切孩童都画得像一个小流氓，大半就因为太看了他的画本的缘故。

而孝子的事迹也比较地更难画，因为总是惨苦的多。譬如“郭巨埋儿”，无论如何总难以画到能够引得孩子眉飞色舞，自愿躺到坑里去。还有“尝粪心忧”，也不容易引人入胜。还有老莱子的“戏彩娱亲”，题诗上虽说“喜色满庭帏”，而图画上却绝少有有趣的家庭的气息。

我现在选取了三种不同的标本，合成第二图。上方的是《百孝图》中的一部分，“陈村何云梯”画的，画的是“取水上堂诈跌卧地作婴儿啼”这一段。也带出“双亲开口笑”来。中间的一小块是我从“直北李锡彤”画的《二十四孝图诗合刊》上描下来的，画的是“著五色斑斓之衣为婴儿戏于亲侧”这一段；手里捏着“摇咕咚”，就是“婴儿戏”这三个字的点题。但大约李先生觉得一个高大的老头子玩这样的把戏究竟不像样，将他的身子竭力收缩，画成一个有胡子的小孩子了。然而仍然无趣。至于线的错误和缺少，那是不能怪作者的，也不能埋怨我，只能去骂刻工。查这刻工当前清同治十二年（1873）时，是在“山东省布政司街南首路西鸿文堂刻字处”。下方的是“民国壬戌”（1922）慎独山房刻本，无画人姓名，但是双料画法，一面“诈跌卧地”，一面“为婴儿戏”，将两件事合起来，而将“斑斓之衣”忘却了。吴友如画的一本，也合两事为一，也忘了斑斓之衣，只是老莱子比较的胖一些，且绾着双丫髻，——不过还是无趣味。

人说，讽刺和冷嘲只隔一张纸，我以为有趣和肉麻也一样。孩子对父母撒娇可以看得有趣，若是成人，便未免有些不顺眼。放达的夫妻在人面前的互相爱怜的态度，有时略一跨出有趣的界线，也容易变为肉麻。老莱子的作态的图，正无怪谁也画不好。像这些图画上似的家庭里，我是一天也住不舒服的，你看这样一位七十岁的老太爷整年假惺惺地玩着一个“摇咕咚”。

汉朝人在宫殿和墓前的石室里，多喜欢绘画或雕刻古来的帝王，孔子弟子，列士，列女，孝子之类的图。宫殿当然不存一椽了；石室却偶然还有，而最完全的是山东嘉祥县的武氏石室。我仿佛记得那上面就刻着老莱子的故事。但现在手头既没有拓本，也没有《金石萃编》，不能查考了；否则，将现时的和约一千八百年前的图

画比较起来，也是一种颇有趣味的事。

关于老莱子的，《百孝图》上还有这样的一段：

“……莱子又有弄雏娱亲之事：尝弄雏于双亲之侧，欲亲之喜。”（原注：《高士传》。）

谁做的《高士传》呢？嵇康的，还是皇甫谧的？也还是手头没有书，无从查考。只在新近因为白得了一个月的薪水，这才发狠买来的《太平御览》上查了一通，到底查不着，倘不是我粗心，那就是出于别的唐宋人的类书里的了。但这也没有什么大关系。我所觉得特别的，是文中的那“雏”字。

我想，这“雏”未必一定是小禽鸟。孩子们喜欢弄来玩耍的，用泥和绸或布做成的人形，日本也叫 Hina，写作“雏”。他们那里往往存留中国的古语；而老莱子在父母面前弄孩子的玩具，也比弄小禽鸟更自然。所以英语的 Doll，即我们现在称为“洋囡囡”或“泥人儿”，而文字上只好写作“傀儡”的，说不定古人就称“雏”，后来中绝，便只残存于日本了。但这不过是我一时的臆测，此外也并无什么坚实的凭证。

这弄雏的事，似乎也还没有人画过图。

我所搜集的另一批，是内有“无常”的画像的书籍。一曰《玉历钞传警世》(或无下二字)，一曰《玉历至宝钞》(或作编)。其实是两种都差不多的。关于搜集的事，我首先仍要感谢常维钧兄，他寄给我北京龙光斋本，又鉴光斋本；天津思过斋本，又石印局本；南京李光明庄本。其次是章矛尘兄，给我杭州玛瑙经房本，绍兴许广记本，最近石印本。又其次是我自己，得到广州宝经阁本，又翰元楼本。

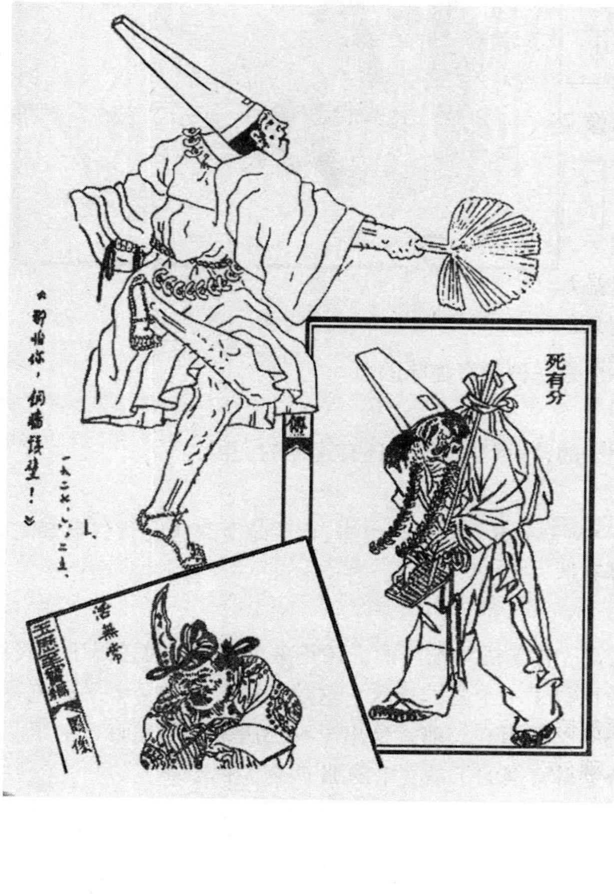

这些《玉历》，有繁简两种，是和我的前言相符的。便我调查了一切无常的画像之后，却恐慌起来了。因为书上的“活无常”是花袍，纱帽，背后插刀；而拿算盘，戴高帽子的却是“死有分”！虽然面貌有凶恶和和善之别，脚下有草鞋和布（？）鞋之殊，也不过画工偶然的随便，而最关紧要的题字，则全体一致，曰：“死有分”。呜呼，这明明是专在和我为难。

然而我还不能心服。一者因为这些书都不是我幼小时候所见的那一部，二者因为我还确信我的记忆并没有错。不过撕下一叶来做插画的企图，却被无声无臭地打得粉碎了。只得选取标本各一——南京本的死有分和广州本的活无常——之外，还自己动手，添画一个我所记得的目连戏或迎神赛会中的“活无常”来塞责，如第三图上方。好在我并非画家，虽然太不高明，读者也许不至于嗔责罢。先前想不到后来，曾经对于吴友如先生辈颇说过几句蹊跷话，不料曾几何时，即须自己出丑了，现在就预先辩解几句在这里存案。但是，如果无效，那也只好直抄徐（印世昌）大总统的哲学：听其自然。

还有不能心服的事，是我觉得虽是宣传《玉历》的诸公，于阴间的事情其实也不大了然。例如一个人初死时的情状，那图像就分成两派。一派是只来一位手执钢叉的鬼卒，叫作“勾魂使者”，此外什么都没有；一派是一个马面，两个无常——阳无常和阴无常——而并非活无常和死有分。倘说，那两个就是活无常和死有分罢，则和单个的画像又不一致。如第四图版上的A，阳无常何尝是花袍纱帽？只有阴无常却和单画的死有分颇相像的，但也放下算盘拿了扇。这还可以说大约因为其时是夏天，然而怎么又长了那么长的络腮胡子了呢？难道夏天时疫多，他竟忙得连修刮的工夫都没有了么？这图的来源是天津思过斋的本子，合并声明；还有北京和广州本上的，也相差无几。

B是从南京的李光明庄刻本上取来的，图画和A相同，而题字则正相反了：天津本指为阴无常者，它却道是阳无常。但和我的主张是一致的。那么，倘有一个素服高帽的东西，不问他胡子之有无，北京人，天津人，广州人只管去称为阴无常或死有分，我和南京人则叫他活无常，各随自己的便罢。“名者，实之宾也”，不关什么紧要的。

不过我还要添上一点C图，是绍兴许广记刻本中的一部分，上面并无题字，不知宣传者于意云何。我幼小时常常走过许广记的门前，也闲看他们刻图画，是专爱用弧线和直线，不大肯作曲线的，所以无常先生的真相，在这里也难以判然。只是他身边另有一个小高帽，却还能分明看出，为别的本子上所无。这就是我所说过的在赛会时候出现的阿领。他连办公时间也带着儿子（？）走，我想，大概是在叫他跟随学习，预备长大之后，可以“无改于父之道”的。

除勾摄人魂外，十殿阎罗王中第四殿五官王的案桌旁边，也什九站着一个高帽脚色。如D图，1取自天津的思过斋本，模样颇漂亮；2是南京本，舌头拖出来了，不知何故；3是广州的宝经阁本，扇子破了；4是北京龙光斋本，无扇，下巴之下一条黑，我看不透它是胡子还是舌头；5是天津石印局本，也颇漂亮，然而站到第七殿泰山王的公案桌边去了：这是很特别的。

又，老虎噬人的图上，也一定画有一个高帽的脚色，拿着纸扇子暗地里在指挥。不知道这也就是无常呢，还是所谓“伥鬼”？但我乡戏文上的伥鬼都不戴高帽子。

研究这一类三魂渺渺，七魄茫茫，“死无对证”的学问，是很新颖，也极占便宜的。假使征集材料，开始讨论，将各种往来的信件都编印起来，恐怕也可以出三四本颇厚的书，并且因此升为“学者”。但是，“活无常学者”，名称不大冠冕，我不想干下去了，只在这里下一个武断：

《玉历》式的思想是很粗浅的：“活无常”和“死有分”，合起来是人生的象征。人将死时，本只须死有分来到。因为他一到，这时候，也就可见“活无常”。

但民间又有一种自称“走阴”或“阴差”的，是生人暂时入冥，帮办公事的脚色。因为他帮同勾魂摄魄，大家也就称之为“无常”；又以其本是生魂也，则别之曰“阳”，但从此便和“活无常”隐然相混了。如第四图版之A，题为“阳无常”的，是平常人的普通装束，足见明明是阴差，他的职务只在领鬼卒进门，所以站在阶下。

既有了生魂入冥的“阳无常”，便以“阴无常”来称职务相似而并非生魂的死有分了。

做目连戏和迎神赛会虽说是祷祈，同时也等于娱乐，扮演出来的应该是阴差，而普通状态太无趣，——无所谓扮演，——不如奇特些好，于是就将“那一个无常”的衣装给他穿上了；——自然原也没有知道得很清楚。然而从此也更传讹下去。所以南京人和我之所谓活无常，是阴差而穿着死有分的衣冠，顶着真的活无常的名号，大背经典，荒谬得很的。

不知海内博雅君子，以为何如？

我本来并不准备做什么后记，只想寻几张旧画像来做插图，不料目的不达，便变成一面比较，剪贴，一面乱发议论了。那一点本文或作或辍地几乎做了一年，这一点后记也或作或辍地几乎做了两个月。天热如此，汗流浃背，是亦不可以已乎：爰为结。

一九二七年七月十一日。

野草 ›››››››››

目　　录

题　　辞

当我沉默着的时候，我觉得充实；我将开口，同时感到空虚。

过去的生命已经死亡。我对于这死亡有大欢喜，因为我借此知道它曾经存活。死亡的生命已经朽腐。我对于这朽腐有大欢喜，因为我借此知道它还非空虚。

生命的泥委弃在地面上，不生乔木，只生野草，这是我的罪过。

野草，根本不深，花叶不美，然而吸取露，吸取水，吸取陈死人的血和肉，各各夺取它的生存。当生存时，还是将遭践踏，将遭删刈，直至于死亡而朽腐。

但我坦然，欣然。我将大笑，我将歌唱。

我自爱我的野草，但我憎恶这以野草作装饰的地面。

地火在地下运行，奔突；熔岩一旦喷出，将烧尽一切野草，以及乔木，于是并且无可朽腐。

但我坦然，欣然。我将大笑，我将歌唱。

天地有如此静穆，我不能大笑而且歌唱。天地即不如此静穆，我或者也将不能。我以这一丛野草，在明与暗，生与死，过去与未来之际，献于友与仇，人与兽，爱者与不爱者之前作证。

为我自己，为友与仇，人与兽，爱者与不爱者，我希望这野草的死亡与朽腐，火速到来。要不然，我先就未曾生存，这实在比死亡与朽腐更其不幸。

去罢，野草，连着我的题辞！

一九二七年四月二十六日，
鲁迅记于广州之白云楼。

秋 夜

在我的后园，可以看见墙外有两株树，一株是枣树，还有一株也是枣树。

这上面的夜的天空，奇怪而高，我生平没有见过这样的奇怪而高的天空。他仿佛要离开人间而去，使人们仰面不再看见。然而现在却非常之蓝，闪闪地䀹着几十个星星的眼，冷眼。他的口角上现出微笑，似乎自以为大有深意，而将繁霜洒在我的园里的野花草上。

我不知道那些花草真叫什么名字，人们叫他们什么名字。我记得有一种开过极细小的粉红花，现在还开着，但是更极细小了，她在冷的夜气中，瑟缩地做梦，梦见春的到来，梦见秋的到来，梦见瘦的诗人将眼泪擦在她最末的花瓣上，告诉她秋虽然来，冬虽然来，而此后接着还是春，胡蝶乱飞，蜜蜂都唱起春词来了。她于是一笑，虽然颜色冻得红惨惨地，仍然瑟缩着。

枣树，他们简直落尽了叶子。先前，还有一两个孩子来打他们别人打剩的枣子，现在是一个也不剩了，连叶子也落尽了。他知道小粉红花的梦，秋后要有春；他也知道落叶的梦，春后还是秋。他简直落尽叶子，单剩干子，然而脱了当初满树是果实和叶子时候的弧形，欠伸得很舒服。而有几枝还低亚着，护定他从打枣的竿梢所得的皮伤，而最直最长的几枝，却已默默地铁似的直刺着奇怪而高的天空，使天空闪闪地鬼䀹眼；直刺着天空中圆满的月亮，使月亮窘得发白。

鬼䀹眼的天空越加非常之蓝，不安了，仿佛想离去人间，避开枣树，只将月亮剩下。然而月亮也暗暗地躲到东边去了。而一无所有的干子，却仍然默默地铁似的直刺着奇怪而高的天空，一意要制他的死命，不管他各式各样地䀹着许多蛊惑的眼睛。

哇的一声，夜游的恶鸟飞过了。

我忽而听到夜半的笑声，吃吃地，似乎不愿意惊动睡着的人，然而四围的空气中都应和着笑声。夜半，没有别的人，我即刻听出这声音就在我嘴里，我也即刻被这笑声所驱逐，回进自己的房。灯火的带子也即刻被我旋高了。

后窗的玻璃上丁丁地响，还有许多小飞虫乱撞。不多久，几个进来了，许是从窗纸的破孔进来的。他们一进来，又在玻璃的灯罩上撞得丁丁地响。一个从上面撞进去了，他于是遇到火，而且我以为这火是真的。两三个却休息在灯的纸罩上喘气。那罩是昨晚新换的罩，雪白的纸，折出波浪纹的叠痕，一角还画出一枝猩红色的栀子。

猩红的栀子开花时，枣树又要做小粉红花的梦，青葱地弯成弧形了……。我又听到夜半的笑声；我赶紧砍断我的心绪，看那老在白纸罩上的小青虫，头大尾小，向日葵子似的，只有半粒小麦那么大，遍身的颜色苍翠得可爱，可怜。

我打一个呵欠，点起一支纸烟，喷出烟来，对着灯默默地敬奠这些苍翠精致的英雄们。

一九二四年九月十五日。

影的告别

人睡到不知道时候的时候，就会有影来告别，说出那些话——

有我所不乐意的在天堂里，我不愿去；有我所不乐意的在地狱里，我不愿去；有我所不乐意的在你们将来的黄金世界里，我不愿去。

然而你就是我所不乐意的。

朋友，我不想跟随你了，我不愿住。

我不愿意！

呜呼呜呼，我不愿意，我不如彷徨于无地。

我不过一个影，要别你而沉没在黑暗里了。然而黑暗又会吞并我，然而光明又会使我消失。

然而我不愿彷徨于明暗之间，我不如在黑暗里沉没。

然而我终于彷徨于明暗之间，我不知道是黄昏还是黎明。我姑且举灰黑的手装作喝干一杯酒，我将在不知道时候的时候独自远行。

呜呼呜呼，倘若黄昏，黑夜自然会来沉没我，否则我要被白天消失，如果现是黎明。

朋友，时候近了。

我将向黑暗里彷徨于无地。

你还想我的赠品。我能献你甚么呢？无已，则仍是黑暗和虚空而已。但是，我愿意只是黑暗，或者会消失于你的白天；我愿意只是虚空，决不占你的心地。

我愿意这样，朋友——

我独自远行，不但没有你，并且再没有别的影在黑暗里。只有我被黑暗沉没，那世界全属于我自己。

一九二四年九月二十四日。

求 乞 者

我沿着剥落的高墙走路，踏着松的灰土。另外有几个人，各自走路。微风起来，露在墙头的高树的枝条带着还未干枯的叶子在我头上摇动。

微风起来，四面都是灰土。

一个孩子向我求乞，也穿着夹衣，也不见得悲戚，而拦着磕头，追着哀呼。

我厌恶他的声调，态度。我憎恶他并不悲哀，近于儿戏；我烦腻他这追着哀呼。

我走路。另外有几个人各自走路。微风起来，四面都是灰土。

一个孩子向我求乞，也穿着夹衣，也不见得悲戚，但是哑子，摊开手，装着手势。

我就憎恶他这手势。而且，他或者并不哑，这不过是一种求乞的法子。

我不布施，我无布施心，我但居布施者之上，给与烦腻，疑心，憎恶。

我沿着倒败的泥墙走路，断砖叠在墙缺口，墙里面没有什么。微风起来，送秋寒穿透我的夹衣；四面都是灰土。

我想着我将用什么方法求乞：发声，用怎样声调？装哑，用怎样手势？……

另外有几个人各自走路。

我将得不到布施，得不到布施心；我将得到自居于布施之上者的烦腻，疑心，憎恶。

我将用无所为和沉默求乞……

我至少将得到虚无。

微风起来，四面都是灰土。另外有几个人各自走路。

灰土，灰土，……

…………

灰土……

一九二四年九月二十四日。

我的失恋

——拟古的新打油诗

我的所爱在山腰；
想去寻她山太高，
低头无法泪沾袍。
爱人赠我百蝶巾；
回她什么：猫头鹰。
从此翻脸不理我，
不知何故兮使我心惊。

我的所爱在闹市；
想去寻她人拥挤，
仰头无法泪沾耳。
爱人赠我双燕图；
回她什么：冰糖壶卢。
从此翻脸不理我，
不知何故兮使我胡涂。

我的所爱在河滨；
想去寻她河水深，
歪头无法泪沾襟。
爱人赠我金表索；
回她什么：发汗药。
从此翻脸不理我，

不知何故兮使我神经衰弱。

我的所爱在豪家；
想去寻她兮没有汽车，
摇头无法泪如麻。
爱人赠我玫瑰花；
回她什么：赤练蛇。
从此翻脸不理我，
不知何故兮——由她去罢。

一九二四年十月三日。

复 仇

人的皮肤之厚，大概不到半分，鲜红的热血，就循着那后面，在比密密层层地爬在墙壁上的槐蚕更其密的血管里奔流，散出温热。于是各以这温热互相蛊惑，煽动，牵引，拼命地希求偎倚，接吻，拥抱，以得生命的沉酣的大欢喜。

但倘若用一柄尖锐的利刃，只一击，穿透这桃红色的菲薄的皮肤，将见那鲜红的热血激箭似的以所有温热直接灌溉杀戮者；其次，则给以冰冷的呼吸，示以淡白的嘴唇，使之人性茫然，得到生命的飞扬的极致的大欢喜；而其自身，则永远沉浸于生命的飞扬的极致的大欢喜中。

这样，所以，有他们俩裸着全身，捏着利刃，对立于广漠的旷野之上。

他们俩将要拥抱，将要杀戮……

路人们从四面奔来，密密层层地，如槐蚕爬上墙壁，如蚂蚁要扛鲞头。衣服都漂亮，手倒空的。然而从四面奔来，而且拼命地伸长脖子，要赏鉴这拥抱或杀戮。他们已经豫觉着事后的自己的舌上的汗或血的鲜味。

然而他们俩对立着，在广漠的旷野之上，裸着全身，捏着利刃，然而也不拥抱，也不杀戮，而且也不见有拥抱或杀戮之意。

路人们于是乎无聊；觉得有无聊钻进他们的毛孔，觉得有无聊从他们自己的心中由毛孔钻出，爬满旷野，又钻进别人的毛孔中。他们于是觉得喉舌干燥，脖子也乏了；终至于面面相觑，慢慢走散；甚而至于居然觉得干枯到失了生趣。

于是只剩下广漠的旷野，而他们俩在其间裸着全身，捏着利刃，干枯地立着；以死人似的眼光，赏鉴这路人们的干枯，无血的大戮，而永远沉浸于生命的飞扬的极致的大欢喜中。

一九二四年十二月二十日。

复 仇（其二）

因为他自以为神之子，以色列的王，所以去钉十字架。

兵丁们给他穿上紫袍，戴上荆冠，庆贺他；又拿一根苇子打他的头，吐他，屈膝拜他；戏弄完了，就给他脱了紫袍，仍穿他自己的衣服。

看哪，他们打他的头，吐他，拜他……

他不肯喝那用没药调和的酒，要分明地玩味以色列人怎样对付他们的神之子，而且较永久地悲悯他们的前途，然而仇恨他们的现在。

四面都是敌意，可悲悯的，可诅咒的。

丁丁地响，钉尖从掌心穿透，他们要钉杀他们的神之子了，可悯的人们，使他痛得柔和。丁丁地响，钉尖从脚背穿透，钉碎了一块骨，痛楚也透到心髓中，然而他们自己钉杀着他们的神之子了，可诅咒的人们呵，这使他痛得舒服。

十字架竖起来了；他悬在虚空中。

他没有喝那用没药调和的酒，要分明地玩味以色列人怎样对付他们的神之子，而且较永久地悲悯他们的前途，然而仇恨他们的现在。

路人都辱骂他，祭司长和文士也戏弄他，和他同钉的两个强盗也讥诮他。

看哪，和他同钉的……

四面都是敌意，可悲悯的，可咒诅的。

他在手足的痛楚中，玩味着可悯的人们的钉杀神之子的悲哀和可咒诅的人们要钉杀神之子，而神之子就要被钉杀了的欢喜。突然间，碎骨的大痛楚透到心髓了，他即沉酣于大欢喜和大悲悯中。

他腹部波动了，悲悯和咒诅的痛楚的波。

遍地都黑暗了。

“以罗伊，以罗伊，拉马撒巴各大尼？！”（翻出来，就是：我的上帝，为甚么离弃我？！）他大声喊叫，气就断了。

上帝离弃了他，他终于还是一个“人之子”；然而以色列人连“人之子”都钉杀了。

钉杀了“人之子”的人们的身上，比钉杀了“神之子”的尤其血污，血腥。

一九二四年十二月二十日。

希　望

我的心分外地寂寞。

然而我的心很平安：没有爱憎，没有哀乐，也没有颜色和声音。

我大概老了。我的头发已经苍白，不是很明白的事么？我的手颤抖着，不是很明白的事么？那么，我的魂灵的手一定也颤抖着，头发也一定苍白了。

然而这是许多年以前的事了。

这以前，我的心也曾充满过血腥的歌声：血和铁，火焰和毒，恢复和报仇。而忽而这些都空虚了，但有时故意地填以没奈何的自欺的希望。希望，希望，用这希望的盾，抗拒那空虚中的暗夜的袭来，虽然盾后面也依然是空虚中的暗夜。然而就是如此，陆续地耗尽了我的青春。

我早先岂不知我的青春已经逝去了？但以为身外的青春固在：星，月光，僵坠的胡蝶，暗中的花，猫头鹰的不祥之言，杜鹃的啼血，笑的渺茫，爱的翔舞。虽然是悲凉飘渺的青春罢，然而究竟是青春。

然而现在何以如此寂寞？难道连身外的青春也都逝去，世上的青年也多衰老了么？

我只得由我来肉薄这空虚中的暗夜了。我放下了希望之盾，我听到 Petofi Sandor（1823—1849）的“希望”之歌：

希望是甚么？是娼妓：
她对谁都蛊惑，将一切都献给；
待你牺牲了极多的宝贝——
你的青春——她就弃掉你。

这伟大的抒情诗人，匈牙利的爱国者，为了祖国而死在可萨克兵的矛尖上，已经七十五年了。悲哉死也，然而更可悲的是他的诗至今没有死。

但是，可惨的人生！桀骜英勇如 Petofi，也终于对了暗夜止步，回顾着茫茫的东方了。他说：

> 绝望之为虚妄，正与希望相同。

倘使我还得偷生在不明不暗的这“虚妄”中，我就还要寻求那逝去的悲凉漂渺的青春，但不妨在我的身外。因为身外的青春倘一消灭，我身中的迟暮也即凋零了。

然而现在没有星和月光，没有僵坠的胡蝶以至笑的渺茫，爱的翔舞。然而青年们都很平安。

我只得由我来肉薄这空虚中的暗夜了，纵使寻不到身外的青春，也总得自己来一掷我身中的迟暮。但暗夜又在那里呢？现在没有星，没有月光以至笑的渺茫和爱的翔舞；青年们很平安，而我的面前又竟至于并且没有真的暗夜。

绝望之为虚妄，正与希望相同！

一九二五年一月一日。

雪

暖国的雨，向来没有变过冰冷的坚硬的灿烂的雪花。博识的人们觉得他单调，他自己也以为不幸否耶？江南的雪，可是滋润美艳之至了；那是还在隐约着的青春的消息，是极壮健的处子的皮肤。雪野中有血红的宝珠山茶，白中隐青的单瓣梅花，深黄的磬口的腊梅花；雪下面还有冷绿的杂草。胡蝶确乎没有；蜜蜂是否来采山茶花和梅花的蜜，我可记不真切了。但我的眼前仿佛看见冬花开在雪野中，有许多蜜蜂们忙碌地飞着，也听得他们嗡嗡地闹着。

孩子们呵着冻得通红，像紫芽姜一般的小手，七八个一齐来塑雪罗汉。因为不成功，谁的父亲也来帮忙了。罗汉就塑得比孩子们高得多，虽然不过是上小下大的一堆，终于分不清是壶卢还是罗汉；然而很洁白，很明艳，以自身的滋润相粘结，整个地闪闪地生光。孩子们用龙眼核给他做眼珠，又从谁的母亲的脂粉奁中偷得胭脂来涂在嘴唇上。这回确是一个大阿罗汉了。他也就目光灼灼地嘴唇通红地坐在雪地里。

第二天还有几个孩子来访问他；对了他拍手，点头，嘻笑。但他终于独自坐着了。晴天又来消释他的皮肤，寒夜又使他结一层冰，化作不透明的水晶模样；连续的晴天又使他成为不知道算什么，而嘴上的胭脂也褪尽了。

但是，朔方的雪花在纷飞之后，却永远如粉，如沙，他们决不粘连，撒在屋上，地上，枯草上，就是这样。屋上的雪是早已就有消化了的，因为屋里居人的火的温热。别的，在晴天之下，旋风忽来，便蓬勃地奋飞，在日光中灿灿地生光，如包藏火焰的大雾，旋转而且升腾，弥漫太空，使太空旋转而且升腾地闪烁。

在无边的旷野上，在凛冽的天宇下，闪闪地旋转升腾着的是雨的精魂……

是的，那是孤独的雪，是死掉的雨，是雨的精魂。

一九二五年一月十八日。

风 筝

北京的冬季，地上还有积雪，灰黑色的秃树枝丫叉于晴朗的天空中，而远处有一二风筝浮动，在我是一种惊异和悲哀。

故乡的风筝时节，是春二月，倘听到沙沙的风轮声，仰头便能看见一个淡墨色的蟹风筝或嫩蓝色的蜈蚣风筝。还有寂寞的瓦片风筝，没有风轮，又放得很低，伶仃地显出憔悴可怜模样。但此时地上的杨柳已经发芽，早的山桃也多吐蕾，和孩子们的天上的点缀相照应，打成一片春日的温和。我现在在那里呢？四面都还是严冬的肃杀，而久经诀别的故乡的久经逝去的春天，却就在这天空中荡漾了。

但我是向来不爱放风筝的，不但不爱，并且嫌恶他，因为我以为这是没出息孩子所做的玩艺。和我相反的是我的小兄弟，他那时大概十岁内外罢，多病，瘦得不堪，然而最喜欢风筝，自己买不起，我又不许放，他只得张着小嘴，呆看着空中出神，有时至于小半日。远处的蟹风筝突然落下来了，他惊呼；两个瓦片风筝的缠绕解开了，他高兴得跳跃。他的这些，在我看来都是笑柄，可鄙的。

有一天，我忽然想起，似乎多日不看见他了，但记得曾见他在后园拾枯竹。我恍然大悟似的，便跑向少有人去的一间堆积杂物的小屋去，推开门，果然就在尘封的什物堆中发见了他。他向着大方凳，坐在小凳上；便很惊惶地站了起来，失了色瑟缩着。大方凳旁靠着一个胡蝶风筝的竹骨，还没有糊上纸，凳上是一对做眼睛用的小风轮，正用红纸条装饰着，将要完工了。我在破获秘密的满足中，又很愤怒他的瞒了我的眼睛，这样苦心孤诣地来偷做没出息孩子的玩艺。我即刻伸手折断了胡蝶的一支翅骨，又将风轮掷在地下，踏扁了。论长幼，论力气，他是都敌不过我的，我当然得到完全的胜利，于是傲然走出，留他绝望地站在小屋里。后来他怎样，我不知道，也没有留心。

然而我的惩罚终于轮到了，在我们离别得很久之后，我已经是中年。我不幸偶而看了一本外国的讲论儿童的书，才知道游戏是儿童最正当的行为，玩具是儿童的天使。于是二十年来毫不忆及的儿时对于精神的虐杀的这一幕，忽地在眼前展开，而我的心也仿佛同时变了铅块，很重很重地堕下去了。

但心又不竟堕下去而至于断绝，他只是很重很重地堕着，堕着。

我也知道补过的方法的：送他风筝，赞成他放，劝他放，我和他一同放。我们嚷着，跑着，笑着。——然而他其时已经和我一样，早已有了胡子了。

我也知道还有一个补过的方法的：去讨他的宽恕，等他说，“我可是毫不怪你呵。”那么，我的心一定就轻松了，这确是一个可行的方法。有一回，我们会面的时候，是脸上都已添刻了许多“生”的辛苦的条纹，而我的心很沉重。我们渐渐谈起儿时的旧事来，我便叙述到这一节，自说少年时代的胡涂。“我可是毫不怪你呵。”我想，他要说了，我即刻便受了宽恕，我的心从此也宽松了罢。

“有过这样的事么？”他惊异地笑着说，就像旁听着别人的故事一样。他什么也不记得了。

全然忘却，毫无怨恨，又有什么宽恕之可言呢？无怨的恕，说谎罢了。

我还能希求什么呢？我的心只得沉重着。

现在，故乡的春天又在这异地的空中了，既给我久经逝去的儿时的回忆，而一并也带着无可把握的悲哀。我倒不如躲到肃杀的严冬中去罢，——但是，四面又明明是严冬，正给我非常的寒威和冷气。

一九二五年一月二十四日。

好的故事

灯火渐渐地缩小了，在预告石油的已经不多；石油又不是老牌，早熏得灯罩很昏暗。鞭爆的繁响在四近，烟草的烟雾在身边：是昏沉的夜。

我闭了眼睛，向后一仰，靠在椅背上；捏着《初学记》的手搁在膝髁上。

我在蒙胧中，看见一个好的故事。

这故事很美丽，幽雅，有趣。许多美的人和美的事，错综起来像一天云锦，而且万颗奔星似的飞动着，同时又展开去，以至于无穷。

我仿佛记得曾坐小船经过山阴道，两岸边的乌桕，新禾，野花，鸡，狗，丛树和枯树，茅屋，塔，伽蓝，农夫和村妇，村女，晒着的衣裳，和尚，蓑笠，天，云，竹，……都倒影在澄碧的小河中，随着每一打桨，各各夹带了闪烁的日光，并水里的萍藻游鱼，一同荡漾。诸影诸物，无不解散，而且摇动，扩大，互相融和；刚一融和，却又退缩，复近于原形。边缘都参差如夏云头，镶着日光，发出水银色焰。凡是我所经过的河，都是如此。

现在我所见的故事也如此。水中的青天的底子，一切事物统在上面交错，织成一篇，永是生动，永是展开，我看不见这一篇的结束。

河边枯柳树下的几株瘦削的一丈红，该是村女种的罢。大红花和斑红花，都在水里面浮动，忽而碎散，拉长了，缕缕的胭脂水，然而没有晕。茅屋，狗，塔，村女，云，……也都浮动着。大红花一朵朵全被拉长了，这时是泼剌的红锦带。带织入狗中，狗织入白云中，白云织入村女中……。在一瞬间，他们又将退缩了。但斑红花影也已碎散，伸长，就要织进塔，村女，狗，茅屋，云里去。

现在我所见的故事清楚起来了，美丽，幽雅，有趣，而且分明。青天上面，有无数美的人和美的事，我一一看见，一一知道。

我就要凝视他们……。

我正要凝视他们时，骤然一惊，睁开眼，云锦也已皱蹙，凌乱，仿佛有谁掷一块大石下河水中，水波陡然起立，将整篇的影子撕成片片了。我无意识地赶忙捏住几乎坠地的《初学记》，眼前还剩着几点虹霓色的碎影。

我真爱这一篇好的故事，趁碎影还在，我要追回他，完成他，留下他。我抛了书，欠身伸手去取笔，——何尝有一丝碎影，只见昏暗的灯光，我不在小船里了。

但我总记得见过这一篇好的故事，在昏沉的夜……。

一九二五年二月二十四日。

过 客

时：

或一日的黄昏。

地：

或一处。

人：

老翁——约七十岁，白须发，黑长袍。

女孩——约十岁，紫发，乌眼珠，白地黑方格长衫。

过客——约三四十岁，状态困顿倔强，眼光阴沉，黑须，乱发，黑色短衣裤皆破碎，赤足著破鞋，胁下挂一口袋，支着等身的竹杖。

东，是几株杂树和瓦砾；西，是荒凉破败的丛葬；其间有一条似路非路的痕迹。一间小土屋向这痕迹开着一扇门；门侧有一段枯树根。

（女孩正要将坐在树根上的老翁搀起。）

翁 孩子。喂，孩子！怎么不动了呢？

孩 （向东望着，）有谁走来了，看一看罢。

翁 不用看他。扶我进去罢。太阳要下去了。

孩 我，——看一看。

翁 唉，你这孩子！天天看见天，看见土，看见风，还不够好看么？什么也不比这些好看。你偏是要看谁。太阳下去时候出现的东西，不会给你什么好处的。……还是进去罢。

孩 可是，已经近来了。阿阿，是一个乞丐。

翁 乞丐？不见得罢。

（过客从东面的杂树间跄踉走出，暂时踌躇之后，慢慢地走近老翁去。）

客 老丈，你晚上好？

翁 阿，好！托福。你好？

客 老丈，我实在冒昧，我想在你那里讨一杯水喝。我走得渴极了。这地方又没有一个池塘，一个水洼。

翁 唔，可以可以。你请坐罢。（向女孩）孩子，你拿水来，杯子要洗干净。

（女孩默默地走进土屋去。）

翁 客官，你请坐。你是怎么称呼的。

客 称呼？——我不知道。从我还能记得的时候起，我就只一个人。我不知道我本来叫什么。我一路走，有时人们也随便称呼我，各式各样地，我也记不清楚了，况且相同的称呼也没有听到过第二回。

翁 阿阿。那么，你是从那里来的呢？

客（略略迟疑，）我不知道。从我还能记得的时候起，我就在这么走。

翁 对了。那么，我可以问你到那里去么？

客 自然可以。——但是，我不知道。从我还能记得的时候起，我就在这么走，要走到一个地方去，这地方就在前面。我单记得走了许多路，现在来到这里了。我接着就要走向那边去，（西指，）前面！

（女孩小心地捧出一个木杯来，递去。）

客（接杯，）多谢，姑娘。（将水两口喝尽，还杯，）多谢，姑娘。这真是少有的好意。我真不知道应该怎样感激！

翁 不要这么感激。这于你是没有什么好处的。

客 是的，这于我没有好处。可是我现在很恢复了些力气了。我就要前去。老丈，你大约是久住在这里的，你可知道前面是怎么一个所在么？

翁 前面？前面，是坟。

客（诧异地，）坟？

孩 不，不，不的。那里有许多许多野百合，野蔷薇，我常常去玩，去看他们的。

客（西顾，仿佛微笑，）不错。那些地方有许多许多野百合，野蔷薇，我也常常去玩过，去看过的。但是，那是坟。（向老翁，）老丈，走完了那坟地之后呢？

翁 走完之后？那我可不知道。我没有走过。

客 不知道？！

孩 我也不知道。

翁 我单知道南边；北边；东边，你的来路。那是我最熟悉的地方，也许倒是于你们最好的地方。你莫怪我多嘴，据我看来，你已经这么劳顿了，还不如回转去，因为你前去也料不定可能走完。

客 料不定可能走完？……（沉思，忽然惊起，）那不行！我只得走。回到那里去，就没一处没有名目，没一处没有地主，没一处没有驱逐和牢笼，没一处没有皮面的笑容，没一处没有眶外的眼泪。我憎恶他们，我不回转去！

翁 那也不然。你也会遇见心底的眼泪，为你的悲哀。

客 不。我不愿看见他们心底的眼泪，不要他们为我的悲哀！

翁 那么，你，（摇头）你只得走了。

客 是的，我只得走了。况且还有声音常在前面催促我，叫唤我，使我息不下。可恨的是我的脚早经走破了，有许多伤，流了许多血。（举起一足给老人看，）因此，我的血不够了；我要喝些血。但血在那里呢？可是我也不愿意喝无论谁的血。我只得喝些水，来补充我的血。一路上总有水，我倒也并不感到什么不足。只是我的力气太稀薄了，血里面太多了水的缘故罢。今天连一个小水洼也遇不到，也就是少走了路的缘故罢。

翁 那也未必。太阳下去了，我想，还不如休息一会的好罢，像我似的。

客 但是，那前面的声音叫我走。

翁 我知道。

客 你知道？你知道那声音么？

翁 是的。他似乎曾经也叫过我。

客 那也就是现在叫我的声音么？

翁 那我可不知道。他也就是叫过几声，我不理他，他也就不叫了，我也就记不清楚了。

客 唉唉，不理他……。（沉思，忽然吃惊，倾听着，）不行！我还是走的好。我息不下。可恨我的脚早经走破了。（准备走路。）

孩 给你！（递给一片布，）裹上你的伤去。

客 多谢，（接取，）姑娘。这真是……。这真是极少有的好意。这能使我可以走更多的路。（就断砖坐下，要将布缠在踝上，）但是，不行！（竭力站起，）姑娘，还了你罢，还是裹不下。况且这太多的好意，我没法感激。

翁 你不要这么感激，这于你没有好处。

客 是的，这于我没有什么好处。但在我，这布施是最上的东西了。你看，我全身上可有这样的。

翁 你不要当真就是。

客 是的，但是我不能。我怕我会这样：倘使我得到了谁的布施，我就要像兀鹰看见死尸一样，在四近徘徊，祝愿她的灭亡，给我亲自看见；或者咒诅她以外的一切全都灭亡，连我自己，因为我就应该得到咒诅。但是我还没有这样的力量；即使有这力量，我也不愿意她有这样的境遇，因为她们大概总不愿意有这样的境遇。我想，这最稳当。（向女孩，）姑娘，你这布片太好，可是太小一点了，还了你罢。

孩 （惊惧，退后，）我不要了！你带走！

客 （似笑，）哦哦，……因为我拿过了？

孩 （点头，指口袋，）你装在那里，去玩玩。

客 （颓唐地退后，）但这背在身上，怎么走呢？……

翁 你息不下，也就背不动。——休息一会，就没有什么了。

客 对咧，休息……。（默想，但忽然惊醒，倾听。）不，我不能！我还是走好。

翁 你总不愿意休息么？

客 我愿意休息。

翁 那么，你就休息一会罢。

客 但是，我不能……。

翁 你总还是觉得走好么？

客 是的。还是走好。

翁 那么，你也还是走好罢。

客 （将腰一伸，）好，我告别了。我很感谢你们。（向着女孩，）姑娘，这还你，请你收回去。

（女孩惊惧，敛手，要躲进土屋里去。）

翁 你带去罢。要是太重了，可以随时抛在坟地里面的。

孩 （走向前，）阿阿，那不行！

客 阿阿，那不行的。

翁 那么，你挂在野百合野蔷薇上就是了。

孩 （拍手，）哈哈！好！

客 哦哦……。

（极暂时中，沉默。）

翁 那么，再见了。祝你平安。（站起，向女孩，）孩子，扶我进去罢。你看，太阳早已下去了。（转身向门。）

客 多谢你们。祝你们平安。（徘徊，沉思，忽然吃惊，）然而我不能！我只得走。我还是走好罢……。（即刻昂了头，奋然向西走去。）

（女孩扶老人走进土屋，随即阖了门。过客向野地里跄踉地闯进去，夜色跟在他后面。）

一九二五年三月二日。

死　　火

我梦见自己在冰山间奔驰。

这是高大的冰山，上接冰天，天上冻云弥漫，片片如鱼鳞模样。山麓有冰树林，枝叶都如松杉。一切冰冷，一切青白。

但我忽然坠在冰谷中。

上下四旁无不冰冷，青白。而一切青白冰上，却有红影无数，纠结如珊瑚网。我俯看脚下，有火焰在。

这是死火。有炎炎的形，但毫不摇动，全体冰结，像珊瑚枝；尖端还有凝固的黑烟，疑这才从火宅中出，所以枯焦。这样，映在冰的四壁，而且互相反映，化为无量数影，使这冰谷，成红珊瑚色。

哈哈！

当我幼小的时候，本就爱看快舰激起的浪花，洪炉喷出的烈焰。不但爱看，还想看清。可惜他们都息息变幻，永无定形。虽然凝视又凝视，总不留下怎样一定的迹象。

死的火焰，现在先得到了你了！

我拾起死火，正要细看，那冷气已使我的指头焦灼；但是，我还熬着，将他塞入衣袋中间。冰谷四面，登时完全青白。我一面思索着走出冰谷的法子。

我的身上喷出一缕黑烟，上升如铁线蛇。冰谷四面，又登时满有红焰流动，如大火聚，将我包围。我低头一看，死火已经燃烧，烧穿了我的衣袋，流在冰地上了。

"唉，朋友！你用了你的温热，将我惊醒了。"他说。

我连忙和他招呼，问他名姓。

"我原先被人遗弃在这冰谷中，"他答非所问地说，"遗弃我的早已灭亡，消尽了。我也被冰冻得要死。倘使你不给我温热，使我重行烧起，我不久就须灭亡。"

"你的醒来，使我欢喜。我正在想着走出冰谷的方法；我愿意携带你去，使你永不冰结，永得燃烧。"

"唉唉！那么，我将烧完！"

“你的烧完，使我惋惜。我便将你留下，仍在这里罢。”

“唉唉！那么，我将冻灭了！”

“那么，怎么办呢？”

“但你自己，又怎么办呢？”他反而问。

“我说过了：我要出这冰谷……。”

“那我倒不如烧完！”

他忽而跃起，如红彗星，并我都出冰谷口外。有大石车突然驰来，我终于碾死在车轮底下，但我还来得及看见那车就坠入冰谷中。

“哈哈！你们是再也遇不着死火了！”我得意地笑着说，仿佛就愿意这样似的。

一九二五年四月二十三日。

狗的驳诘

我梦见自己在隘巷中行走，衣履破碎，像乞食者。

一条狗在背后叫起来了。

我傲慢地回顾，叱咤说：

“呔！住口！你这势利的狗！”

“嘻嘻！”他笑了，还接着说，“不敢，愧不如人呢。”

“什么！？”我气愤了，觉得这是一个极端的侮辱。

“我惭愧：我终于还不知道分别铜和银；还不知道分别布和绸；还不知道分别官和民；还不知道分别主和奴；还不知道……”

我逃走了。

“且慢！我们再谈谈……”他在后面大声挽留。

我一径逃走，尽力地走，直到逃出梦境，躺在自己的床上。

一九二五年四月二十三日。

失掉的好地狱

我梦见自己躺在床上，在荒寒的野外，地狱的旁边。一切鬼魂们的叫唤无不低微，然有秩序，与火焰的怒吼，油的沸腾，钢叉的震颤相和鸣，造成醉心的大乐，布告三界：地下太平。

有一伟大的男子站在我面前，美丽，慈悲，遍身有大光辉，然而我知道他是魔鬼。

“一切都已完结，一切都已完结！可怜的鬼魂们将那好的地狱失掉了！”他悲愤地说，于是坐下，讲给我一个他所知道的故事——

“天地作蜂蜜色的时候，就是魔鬼战胜天神，掌握了主宰一切的大威权的时候。他收得天国，收得人间，也收得地狱。他于是亲临地狱，坐在中央，遍身发大光辉，照见一切鬼众。

“地狱原已废弛得很久了：剑树消却光芒；沸油的边际早不腾涌；大火聚有时不过冒些青烟，远处还萌生曼陀罗花，花极细小，惨白可怜。——那是不足为奇的，因为地土曾经大被焚烧，自然失了他的肥沃。

“鬼魂们在冷油温火里醒来，从魔鬼的光辉中看见地狱小花，惨白可怜，被大蛊惑，倏忽间记起人世，默想至不知几多年，遂同时向着人间，发一声反狱的绝叫。

“人类便应声而起，仗义执言，与魔鬼战斗。战声遍满三界，远过雷霆。终于运大谋略，布大网罗，使魔鬼并且不得不从地狱出走。最后的胜利，是地狱门上也竖了人类的旌旗！

“当鬼魂们一齐欢呼时，人类的整饬地狱使者已临地狱，坐在中央，用了人类的威严，叱咤一切鬼众。

“当鬼魂们又发一声反狱的绝叫时，即已成为人类的叛徒，得到永劫沉沦的罚，迁入剑树林的中央。

“人类于是完全掌握了主宰地狱的大威权，那威棱且在魔鬼以上。人类于是整顿废弛，先给牛首阿旁以最高的俸草；而且，添薪加火，磨砺刀山，使地狱全体改观，一洗先前颓废的气象。

“曼陀罗花立即焦枯了。油一样沸；刀一样铦；火一样热；鬼众一样呻吟，一样宛转，至于都不暇记起失掉的好地狱。

“这是人类的成功，是鬼魂的不幸……。

“朋友，你在猜疑我了。是的，你是人！我且去寻野兽和恶鬼……。”

一九二五年六月十六日。

墓 碣 文

我梦见自己正和墓碣对立，读着上面的刻辞。那墓碣似是沙石所制，剥落很多，又有苔藓丛生，仅存有限的文句——

……于浩歌狂热之际中寒；于天上看见深渊。于一切眼中看见无所有；于无所希望中得救。……

……有一游魂，化为长蛇，口有毒牙。不以啮人，自啮其身，终以殒颠。……

……离开！……

我绕到碣后，才见孤坟，上无草木，且已颓坏。即从大阙口中，窥见死尸，胸腹俱破，中无心肝。而脸上却绝不显哀乐之状，但蒙蒙如烟然。

我在疑惧中不及回身，然而已看见墓碣阴面的残存的文句——

……抉心自食，欲知本味。创痛酷烈，本味何能知？……

……痛定之后，徐徐食之。然其心已陈旧，本味又何由知？……

……答我。否则，离开！……

我就要离开。而死尸已在坟中坐起，口唇不动，然而说——“待我成尘时，你将见我的微笑！”

我疾走，不敢反顾，生怕看见他的追随。

一九二五年六月十七日。

颓败线的颤动

我梦见自己在做梦。自身不知所在，眼前却有一间在深夜中紧闭的小屋的内部，但也看见屋上瓦松的茂密的森林。

板桌上的灯罩是新拭的，照得屋子里分外明亮。在光明中，在破榻上，在初不相识的披毛的强悍的肉块底下，有瘦弱渺小的身躯，为饥饿，苦痛，惊异，羞辱，欢欣而颤动。弛缓，然而尚且丰腴的皮肤光润了；青白的两颊泛出轻红，如铅上涂了胭脂水。

灯火也因惊惧而缩小了，东方已经发白。

然而空中还弥漫地摇动着饥饿，苦痛，惊异，羞辱，欢欣的波涛……。

“妈！”约略两岁的女孩被门的开阖声惊醒，在草席围着的屋角的地上叫起来了。

“还早哩，再睡一会罢！”她惊惶地说。

“妈！我饿，肚子疼。我们今天能有什么吃的？”

“我们今天有吃的了。等一会有卖烧饼的来，妈就买给你。”她欣慰地更加紧捏着掌中的小银片，低微的声音悲凉地发抖，走近屋角去一看她的女儿，移开草席，抱起来放在破榻上。

“还早哩，再睡一会罢。”她说着，同时抬起眼睛，无可告诉地一看破旧的屋顶以上的天空。

空中突然另起了一个很大的波涛，和先前的相撞击，回旋而成旋涡，将一切并我尽行淹没，口鼻都不能呼吸。

我呻吟着醒来，窗外满是如银的月色，离天明还很辽远似的。

我自身不知所在，眼前却有一间在深夜中紧闭的小屋的内部，我自己知道是在续着残梦。可是梦的年代隔了许多年了。屋的内外已经这样整齐；里面是青年的夫妻，一群小孩子，都怨恨鄙夷地对着一个垂老的女人。

“我们没有脸见人，就只因为你，”男人气忿地说。“你还以为养大了她，其实正是害苦了她，倒不如小时候饿死的好！”

“使我委屈一世的就是你！”女的说。

“还要带累了我！”男的说。

“还要带累他们哩！”女的说，指着孩子们。

最小的一个正玩着一片干芦叶，这时便向空中一挥，仿佛一柄钢刀，大声说道：

“杀！”

那垂老的女人口角正在痉挛，登时一怔，接着便都平静，不多时候，她冷静地，骨立的石像似的站起来了。她开开板门，迈步在深夜中走出，遗弃了背后一切的冷骂和毒笑。

她在深夜中尽走，一直走到无边的荒野；四面都是荒野，头上只有高天，并无一个虫鸟飞过。她赤身露体地，石像似的站在荒野的中央，于一刹那间照见过往的一切：饥饿，苦痛，惊异，羞辱，欢欣，于是发抖；害苦，委屈，带累，于是痉挛；杀，于是平静。……又于一刹那间将一切并合：眷念与决绝，爱抚与复仇，养育与歼除，祝福与咒诅……。她于是举两手尽量向天，口唇间漏出神与兽的，非人间所有，所以无词的言语。

当她说出无词的言语时，她那伟大如石像，然而已经荒废的，颓败的身躯的全面都颤动了。这颤动点点如鱼鳞，每一鳞都起伏如沸水在烈火上；空中也即刻一同振颤，仿佛暴风雨中的荒海的波涛。

她于是抬起眼睛向着天空，并无词的言语也沉默尽绝，惟有颤动，辐射若太阳光，使空中的波涛立刻回旋，如遭飓风，汹涌奔腾于无边的荒野。

我梦魇了，自己却知道是因为将手搁在胸脯上了的缘故；我梦中还用尽平生之力，要将这十分沉重的手移开。

一九二五年六月二十九日。

立　论

我梦见自己正在小学校的讲堂上预备作文，向老师请教立论的方法。

“难！”老师从眼镜圈外斜射出眼光来，看着我，说。“我告诉你一件事——

“一家人家生了一个男孩，合家高兴透顶了。满月的时候，抱出来给客人看，——大概自然是想得一点好兆头。

“一个说：‘这孩子将来要发财的。’他于是得到一番感谢。

“一个说：‘这孩子将来要做官的。’他于是收回几句恭维。

“一个说：‘这孩子将来是要死的。’他于是得到一顿大家合力的痛打。

“说要死的必然，说富贵的许谎。但说谎的得好报，说必然的遭打。你……”

“我愿意既不谎人，也不遭打。那么，老师，我得怎么说呢？”

“那么，你得说：‘啊呀！这孩子呵！您瞧！多么……。阿唷！哈哈！Hehe！he，hehehehe！’”

一九二五年七月八日。

死　后

我梦见自己死在道路上。

这是那里，我怎么到这里来，怎么死的，这些事我全不明白。总之，待到我自己知道已经死掉的时候，就已经死在那里了。

听到几声喜鹊叫，接着是一阵乌老鸦。空气很清爽，——虽然也带些土气息，——大约正当黎明时候罢。我想睁开眼睛来，他却全然不动，简直不像是我的眼睛；于是想抬手，也一样。

恐怖的利镞忽然穿透我的心了。在我生存时，曾经玩笑地设想：假使一个人的死亡，只是运动神经的废灭，而知觉还在，那就比全死了更可怕。谁知道我的预想竟的中了，我自己就在证实这预想。

听到脚步声，走路的罢。一辆独轮车从我的头边推过，大约是重载的，轧轧地叫得人心烦，还有些牙齿龇。很觉得满眼绯红，一定是太阳上来了。那么，我的脸是朝东的。但那都没有什么关系。切切嚓嚓的人声，看热闹的。他们踹起黄土来，飞进我的鼻孔，使我想打喷嚏了，但终于没有打，仅有想打的心。

陆陆续续地又是脚步声，都到近旁就停下，还有更多的低语声：看的人多起来了。我忽然很想听听他们的议论。但同时想，我生存时说的什么批评不值一笑的话，大概是违心之论罢：才死，就露了破绽了。然而还是听；然而毕竟得不到结论，归纳起来不过是这样——

“死了？……”

“嗡。——这……”

“哼！……”

“啧。……唉！……”

我十分高兴，因为始终没有听到一个熟识的声音。否则，或者害得他们伤心；或则要使他们快意；或则要使他们加添些饭后闲谈的材料，多破费宝贵的工夫；这都会使我很抱歉。现在谁也看不见，就是谁也不受影响。好了，总算对得起人了！

但是，大约是一个马蚁，在我的脊梁上爬着，痒痒的。我一点也不能动，已经没有除去他的能力了；倘在平时，只将身子一扭，就能使他退避。而且，大腿上又爬着一个哩！你们是做什么的？虫豸！？

事情可更坏了：嗡的一声，就有一个青蝇停在我的颧骨上，走了几步，又一飞，开口便舐我的鼻尖。我懊恼地想：足下，我不是什么伟人，你无须到我身上来寻做论的材料……。但是不能说出来。他却从鼻尖跑下，又用冷舌头来舐我的嘴唇了，不知道可是表示亲爱。还有几个则聚在眉毛上，跨一步，我的毛根就一摇。实在使我烦厌得不堪，——不堪之至。

忽然，一阵风，一片东西从上面盖下来，他们就一同飞开了，临走时还说——

“惜哉！……”

我愤怒得几乎昏厥过去。

木材摔在地上的钝重的声音同着地面的震动，使我突然清醒，前额上感着芦席的条纹。但那芦席就被掀去了，又立刻感到了日光的灼热。还听得有人说——

“怎么要死在这里？……”

这声音离我很近，他正弯着腰罢。但人应该死在那里呢？我先前以为人在地上虽没有任意生存的权利，却总有任意死掉的权利的。现在才知道并不然，也很难适合人们的公意。可惜我久没了纸笔；即有也不能写，而且即使写了也没有地方发表了。只好就这样地抛开。

有人来抬我，也不知道是谁。听到刀鞘声，还有巡警在这里罢，在我所不应该“死在这里”的这里。我被翻了几个转身，便觉得向上一举，又往下一沉；又听到盖了盖，钉着钉。但是，奇怪，只钉了两个。难道这里的棺材钉，是只钉两个的么？

我想：这回是六面碰壁，外加钉子。真是完全失败，呜呼哀哉了！……

“气闷！……”我又想。

然而我其实却比先前已经宁静得多，虽然知不清埋了没有。在手背上触到草席的条纹，觉得这尸衾倒也不恶。只不知道是谁给我化钱的，可惜！但是，可恶，收敛的小子们！我背后的小衫的一角皱起来了，他们并不给我拉平，现在抵得我很难受。你们以为死人无知，做事就这样地草率么？哈哈！

我的身体似乎比活的时候要重得多，所以压着衣皱便格外的不舒服。但我想，不久就可以习惯的；或者就要腐烂，不至于再有什么大麻烦。此刻还不如静静地静着想。

“您好？您死了么？”

是一个颇熟的声音。睁眼看时，却是勃古斋旧书铺的跑外的小伙计。不见约有二十多年了，倒还是那一副老样子。我又看看六面的壁，委实太毛糙，简直毫没有加过一点修刮，锯绒还是毛毵毵的。

“那不碍事，不要紧。”他说，一面打开深蓝色布的包裹来。“这是明板《公羊传》，嘉靖黑口本，给您送来了。您留下罢。这是……。”

“你！”我诧异地看定他的眼睛，说，“你莫非真正胡涂了？你看我这模样，还要看什么明板？……”

“那可以看，那不碍事。”

我即刻闭上眼睛，因为对他很烦厌。停了一会，没有声息，他大约走了。但是似乎一个马蚁又在脖子上爬起来，终于爬到脸上，只绕着眼眶转圈子。

万不料人的思想，是死掉之后也还会变化的。忽而，有一种力将我的心的平安冲破；同时，许多梦也都做在眼前了。几个朋友祝我安乐，几个仇敌祝我灭亡。我却总是既不安乐，也不灭亡地不上不下地生活下来，都不能副任何一面的期望。现在又影一般死掉了，连仇敌也不使知道，不肯赠给他们一点惠而不费的欢欣。……

我觉得在快意中要哭出来。这大概是我死后第一次的哭。

然而终于也没有眼泪流下；只看见眼前仿佛有火花一闪，我于是坐了起来。

一九二五年七月十二日。

这样的战士

要有这样的一种战士——

已不是蒙昧如非洲土人而背着雪亮的毛瑟枪的；也并不疲惫如中国绿营兵而却佩着盒子炮。他毫无乞灵于牛皮和废铁的甲胄；他只有自己，但拿着蛮人所用的，脱手一掷的投枪。

他走进无物之阵，所遇见的都对他一式点头。他知道这点头就是敌人的武器，是杀人不见血的武器，许多战士都在此灭亡，正如炮弹一般，使猛士无所用其力。

那些头上有各种旗帜，绣出各样好名称：慈善家，学者，文士，长者，青年，雅人，君子……。头下有各样外套，绣出各式好花样：学问，道德，国粹，民意，逻辑，公义，东方文明……。

但他举起了投枪。

他们都同声立了誓来讲说，他们的心都在胸膛的中央，和别的偏心的人类两样。他们都在胸前放着护心镜，就为自己也深信心在胸膛中央的事作证。

但他举起了投枪。

他微笑，偏侧一掷，却正中了他们的心窝。

一切都颓然倒地；——然而只有一件外套，其中无物。无物之物已经脱走，得了胜利，因为他这时成了戕害慈善家等类的罪人。

但他举起了投枪。

他在无物之阵中大踏步走，再见一式的点头，各种的旗帜，各样的外套……。

但他举起了投枪。

他终于在无物之阵中老衰，寿终。他终于不是战士，但无物之物则是胜者。

在这样的境地里，谁也不闻战叫：太平。

太平……

但他举起了投枪！

一九二五年十二月十四日。

聪明人和傻子和奴才

奴才总不过是寻人诉苦。只要这样，也只能这样。有一日，他遇到一个聪明人。

“先生！”他悲哀地说，眼泪联成一线，就从眼角上直流下来。“你知道的。我所过的简直不是人的生活。吃的是一天未必有一餐，这一餐又不过是高粱皮，连猪狗都不要吃的，尚且只有一小碗……。”

“这实在令人同情。”聪明人也惨然说。

“可不是么！”他高兴了。“可是做工是昼夜无休息的：清早担水晚烧饭，上午跑街夜磨面，晴洗衣裳雨张伞，冬烧汽炉夏打扇。半夜要煨银耳，侍候主人耍钱；头钱从来没分，有时还挨皮鞭……。”

“唉唉……。”聪明人叹息着，眼圈有些发红，似乎要下泪。

“先生！我这样是敷衍不下去的。我总得另外想法子。可是什么法子呢？……”

“我想，你总会好起来……。”

“是么？但愿如此。可是我对先生诉了冤苦，又得你的同情和慰安，已经舒坦得不少了。可见天理没有灭绝……。”

但是，不几日，他又不平起来了，仍然寻人去诉苦。

“先生！”他流着眼泪说，“你知道的。我住的简直比猪窝还不如。主人并不将我当人；他对他的叭儿狗还要好到几万倍……。”

“混帐！”那人大叫起来，使他吃惊了。那人是一个傻子。

“先生，我住的只是一间破小屋，又湿，又阴，满是臭虫，睡下去就咬得真可以。秽气冲着鼻子，四面又没有一个窗……。”

“你不会要你的主人开一个窗的么？”

“这怎么行？……”

“那么，你带我去看去！”

傻子跟奴才到他屋外，动手就砸那泥墙。

“先生！你干什么？”他大惊地说。

“我给你打开一个窗洞来。”

“这不行！主人要骂的！”

“管他呢！”他仍然砸。

“人来呀！强盗在毁咱们的屋子了！快来呀！迟一点可要打出窟窿来了！……”他哭嚷着，在地上团团地打滚。

一群奴才都出来了，将傻子赶走。

听到了喊声，慢慢地最后出来的是主人。

“有强盗要来毁咱们的屋子，我首先叫喊起来，大家一同把他赶走了。”他恭敬而得胜地说。

“你不错。”主人这样夸奖他。

这一天就来了许多慰问的人，聪明人也在内。

“先生。这回因为我有功，主人夸奖了我了。你先前说我总会好起来，实在是有先见之明……。”他大有希望似的高兴地说。

“可不是么……。”聪明人也代为高兴似的回答他。

一九二五年十二月二十六日。

腊 叶

灯下看《雁门集》，忽然翻出一片压干的枫叶来。

这使我记起去年的深秋。繁霜夜降，木叶多半凋零，庭前的一株小小的枫树也变成红色了。我曾绕树徘徊，细看叶片的颜色，当他青葱的时候是从没有这么注意的。他也并非全树通红，最多的是浅绛，有几片则在绯红地上，还带着几团浓绿。一片独有一点蛀孔，镶着乌黑的花边，在红，黄和绿的斑驳中，明眸似的向人凝视。我自念：这是病叶呵！便将他摘了下来，夹在刚才买到的《雁门集》里。大概是愿使这将坠的被蚀而斑斓的颜色，暂得保存，不即与群叶一同飘散罢。

但今夜他却黄蜡似的躺在我的眼前，那眸子也不复似去年一般灼灼。假使再过几年，旧时的颜色在我记忆中消去，怕连我也不知道他何以夹在书里面的原因了。将坠的病叶的斑斓，似乎也只能在极短时中相对，更何况是葱郁的呢。看看窗外，很能耐寒的树木也早经秃尽了；枫树更何消说得。当深秋时，想来也许有和这去年的模样相似的病叶的罢，但可惜我今年竟没有赏玩秋树的余闲。

一九二五年十二月二十六日。

淡淡的血痕中

——记念几个死者和生者和未生者

目前的造物主，还是一个怯弱者。

他暗暗地使天变地异，却不敢毁灭一个这地球；暗暗地使生物衰亡，却不敢长存一切尸体；暗暗地使人类流血，却不敢使血色永远鲜浓；暗暗地使人类受苦，却不敢使人类永远记得。

他专为他的同类——人类中的怯弱者——设想，用废墟荒坟来衬托华屋，用时光来冲淡苦痛和血痕；日日斟出一杯微甘的苦酒，不太少，不太多，以能微醉为度，递给人间，使饮者可以哭，可以歌，也如醒，也如醉，若有知，若无知，也欲死，也欲生。他必须使一切也欲生；他还没有灭尽人类的勇气。

几片废墟和几个荒坟散在地上，映以淡淡的血痕，人们都在其间咀嚼着人我的渺茫的悲苦。但是不肯吐弃，以为究竟胜于空虚，各各自称为"天之僇民"，以作咀嚼着人我的渺茫的悲苦的辩解，而且悚息着静待新的悲苦的到来。新的，这就使他们恐惧，而又渴欲相遇。

这都是造物主的良民。他就需要这样。

叛逆的猛士出于人间；他屹立着，洞见一切已改和现有的废墟和荒坟，记得一切深广和久远的苦痛，正视一切重叠淤积的凝血，深知一切已死，方生，将生和未生。他看透了造化的把戏；他将要起来使人类苏生，或者使人类灭尽，这些造物主的良民们。

造物主，怯弱者，羞惭了，于是伏藏。天地在猛士的眼中于是变色。

一九二六年四月八日。

一 觉

飞机负了掷下炸弹的使命，像学校的上课似的，每日上午在北京城上飞行。每听见机件搏击空气的声音，我常觉到一种轻微的紧张，宛然目睹了“死”的袭来，但同时也深切地感到“生”的存在。

隐约听到一二爆发声以后，飞机嗡嗡地叫着，冉冉地飞去了。也许有人死伤了罢，然而天下却似乎更显得太平。窗外的白杨的嫩叶，在日光下发乌金光；榆叶梅也比昨日开得更烂漫。收拾了散乱满床的日报，拂去昨夜聚在书桌上的苍白的微尘，我的四方的小书斋，今日也依然是所谓“窗明几净”。

因为或一种原因，我开手编校那历来积压在我这里的青年作者的文稿了；我要全都给一个清理。我照作品的年月看下去，这些不肯涂脂抹粉的青年们的魂灵便依次屹立在我眼前。他们是绰约的，是纯真的，——阿，然而他们苦恼了，呻吟了，愤怒，而且终于粗暴了，我的可爱的青年们！

魂灵被风沙打击得粗暴，因为这是人的魂灵，我爱这样的魂灵；我愿意在无形无色的鲜血淋漓的粗暴上接吻。漂渺的名园中，奇花盛开着，红颜的静女正在超然无事地逍遥，鹤唳一声，白云郁然而起……。这自然使人神往的罢，然而我总记得我活在人间。

我忽然记起一件事：两三年前，我在北京大学的教员预备室里，看见进来了一个并不熟识的青年，默默地给我一包书，便出去了，打开看时，是一本《浅草》。就在这默默中，使我懂得了许多话。阿，这赠品是多么丰饶呵！可惜那《浅草》不再出版了，似乎只成了《沉钟》的前身。那《沉钟》就在这风沙澒洞中，深深地在人海的底里寂寞地鸣动。

野蓟经了几乎致命的摧折，还要开一朵小花，我记得托尔斯泰曾受了很大的感动，因此写出一篇小说来。但是，草木在旱干的沙漠中间，拼命伸长他的根，吸取深地中的水泉，来造成碧绿的林莽，自然是为了自己的“生”的，然而使疲劳枯渴的旅人，一见就怡然觉得遇到了暂时息肩之所，这是如何的可以感激，而且可以悲哀的事！？

《沉钟》的《无题》——代启事——说:“有人说，我们的社会是一片沙漠。——如果当真是一片沙漠，这虽然荒漠一点也还静肃，虽然寂寞一点也还会使你感觉苍茫。何至于像这样的混沌，这样的阴沉，而且这样的离奇变幻！”

是的，青年的魂灵屹立在我眼前，他们已经粗暴了，或者将要粗暴了，然而我爱这些流血和隐痛的魂灵，因为他使我觉得是在人间，是在人间活着。

在编校中夕阳居然西下，灯火给我接续的光。各样的青春在眼前一一驰去了，身外但有昏黄环绕。我疲劳着，捏着纸烟，在无名的思想中静静地合了眼睛，看见很长的梦。忽而惊觉，身外也还是环绕着昏黄；烟篆在不动的空气中上升，如几片小小夏云，徐徐幻出难以指名的形象。

一九二六年四月十日。

美方类编 ››››››

目　　录

论雷峰塔的倒掉

听说，杭州西湖上的雷峰塔倒掉了，听说而已，我没有亲见。但我却见过未倒的雷峰塔，破破烂烂的映掩于湖光山色之间，落山的太阳照着这些四近的地方，就是“雷峰夕照”，西湖十景之一。“雷峰夕照”的真景我也见过，并不见佳，我以为。

然而一切西湖胜迹的名目之中，我知道得最早的却是这雷峰塔。我的祖母曾经常常对我说，白蛇娘娘就被压在这塔底下。有个叫作许仙的人救了两条蛇，一青一白，后来白蛇便化作女人来报恩，嫁给许仙了；青蛇化作丫环，也跟着。一个和尚，法海禅师，得道的禅师，看见许仙脸上有妖气，——凡讨妖怪做老婆的人，脸上就有妖气的，但只有非凡的人才看得出，——便将他藏在金山寺的法座后，白蛇娘娘来寻夫，于是就“水满金山”。我的祖母讲起来还要有趣得多，大约是出于一部弹词叫作《义妖传》里的，但我没有看过这部书，所以也不知道“许仙”“法海”究竟是否这样写。总而言之，白蛇娘娘终于中了法海的计策，被装在一个小小的钵盂里了。钵盂埋在地里，上面还造起一座镇压的塔来，这就是雷峰塔。此后似乎事情还很多，如“白状元祭塔”之类，但我现在都忘记了。

那时我惟一的希望，就在这雷峰塔的倒掉。后来我长大了，到杭州，看见这破破烂烂的塔，心里就不舒服。后来我看看书，说杭州人又叫这塔作保叔塔，其实应该写作“保俶塔”，是钱王的儿子造的。那么，里面当然没有白蛇娘娘了，然而我心里仍然不舒服，仍然希望他倒掉。

现在，他居然倒掉了，则普天之下的人民，其欣喜为何如?

这是有事实可证的。试到吴越的山间海滨，探听民意去。凡有田夫野老，蚕妇村氓，除了几个脑髓里有点贵恙的之外，可有谁不为白娘娘抱不平，不怪法海太多事的?

和尚本应该只管自己念经。白蛇自迷许仙，许仙自娶妖怪，和别人有什么相干呢？他偏要放下经卷，横来招是搬非，大约是怀着嫉妒罢，——那简直是一定的。

听说，后来玉皇大帝也就怪法海多事，以至荼毒生灵，想要拿办他了。他逃来逃去，终于逃在蟹壳里避祸，不敢再出来，到现在还如此。我对于玉皇大帝所做的事，腹诽的非常多，独于这一件却很满意，因为“水满金山”一案，的确应该由法海负责；他实在办得很不错的。只可惜我那时没有打听这话的出处，或者不在《义妖传》中，却是民间的传说罢。

秋高稻熟时节，吴越间所多的是螃蟹，煮到通红之后，无论取那一只，揭开背壳来，里面就有黄，有膏；倘是雌的，就有石榴子一般鲜红的子。先将这些吃完，即一定露出一个圆锥形的薄膜，再用小刀小心地沿着锥底切下，取出，翻转，使里面向外，只要不破，便变成一个罗汉模样的东西，有头脸，身子，是坐着的，我们那里的小孩子都称他“蟹和尚”，就是躲在里面避难的法海。

当初，白蛇娘娘压在塔底下，法海禅师躲在蟹壳里。现在却只有这位老禅师独自静坐了，非到螃蟹断种的那一天为止出不来。莫非他造塔的时候，竟没有想到塔是终究要倒的么？

活该。

一九二四年十月二十八日。

（选自《坟》）

说 胡 须

今年夏天游了一回长安，一个多月之后，胡里胡涂的回来了。知道的朋友便问我：“你以为那边怎样？”我这才栗然地回想长安，记得看见很多的白杨，很大的石榴树，道中喝了不少的黄河水。然而这些又有什么可谈呢？我于是说：“没有什么怎样。”他于是废然而去了，我仍旧废然而住，自愧无以对“不耻下问”的朋友们。

今天喝茶之后，便看书，书上沾了一点水，我知道上唇的胡须又长起来了。假如翻一翻《康熙字典》，上唇的，下唇的，颊旁的，下巴上的各种胡须，大约都有特别的名号谥法的罢，然而我没有这样闲情别致。总之是这胡子又长起来了，我又要照例的剪短他，先免得沾汤带水。于是寻出镜子，剪刀，动手就剪，其目的是在使他和上唇的上缘平齐，成一个隶书的一字。

我一面剪，一面却忽而记起长安，记起我的青年时代，发出连绵不断的感慨来。长安的事，已经不很记得清楚了，大约确乎是游历孔庙的时候，其中有一间房子，挂着许多印画，有李二曲像，有历代帝王像，其中有一张是宋太祖或是什么宗，我也记不清楚了，总之是穿一件长袍，而胡子向上翘起的。于是一位名士就毅然决然地说：“这都是日本人假造的，你看这胡子就是日本式的胡子。”

诚然，他们的胡子确乎如此翘上，他们也未必不假造宋太祖或什么宗的画像，但假造中国皇帝的肖像而必须对了镜子，以自己的胡子为法式，则其手段和思想之离奇，真可谓“出乎意表之外”了。清乾隆中，黄易掘出汉武梁祠石刻画像来，男子的胡须多翘上；我们现在所见北魏至唐的佛教造像中的信士像，凡有胡子的也多翘上，直到元明的画像，则胡子大抵受了地心的吸力作用，向下面拖下去了。日本人何其不惮烦，孳孳汲汲地造了这许多从汉到唐的假古董，来埋在中国的齐鲁燕晋秦陇巴蜀的深山邃谷废墟荒地里？我以为拖下的胡子倒是蒙古式，是蒙古人带来的，然而我们的聪明的名士却当作国粹了。留学日本的学生因为恨日本，便神往于大元，说道“那时倘非天幸，这岛国早被我们灭掉了！”则认拖下的胡子为国粹亦无不可。然而又何以是黄帝的子孙？又何以说台湾人在福建打中国人是奴隶根性？

我当时就想争辩，但我即刻又不想争辩了。留学德国的爱国者X君，——因为我忘记了他的名字，姑且以X代之，——不是说我的毁谤中国，是因为娶了日本女人，所以替他们宣传本国的坏处么？我先前不过单举几样中国的缺点，尚且要带累“贱内”改了国籍，何况现在是有关日本的问题？好在即使宋太祖或什么宗的胡子蒙些不白之冤，也不至于就有洪水，就有地震，有什么大相干。我于是连连点头，说道：“嗡，嗡，对啦。”因为我实在比先前似乎油滑得多了，——好了。

我剪下自己的胡子的左尖端毕，想，陕西人费心劳力，备饭化钱，用汽车载，用船装，用骡车拉，用自动车装，请到长安去讲演，大约万料不到我是一个虽对于决无杀身之祸的小事情，也不肯直抒自己的意见，只会“嗡，嗡，对啦”的罢。他们简直是受了骗了。

我再向着镜中的自己的脸，看定右嘴角，剪下胡子的右尖端，撒在地上，想起我的青年时代来——

那已经是老话，约有十六七年了罢。

我就从日本回到故乡来，嘴上就留着宋太祖或什么宗似的向上翘起的胡子，坐在小船里，和船夫谈天。

“先生，你的中国话说得真好。”后来，他说。

“我是中国人，而且和你是同乡，怎么会……”

“哈哈哈，你这位先生还会说笑话。”

记得我那时的没奈何，确乎比看见X君的通信要超过十倍。我那时随身并没有带着家谱，确乎不能证明我是中国人。即使带着家谱，而上面只有一个名字，并无画像，也不能证明这名字就是我。即使有画像，日本人会假造从汉到唐的石刻，宋太祖或什么宗的画像，难道偏不会假造一部木版的家谱么？

凡对于以真话为笑话的，以笑话为真话的，以笑话为笑话的，只有一个方法：就是不说话。

于是我从此不说话。

然而，倘使在现在，我大约还要说：“嗡，嗡，……今天天气多么好呀？……那边的村子叫什么名字？……”因为我实在比先前似乎油滑得多了，——好了。

现在我想，船夫的改变我的国籍，大概和X君的高见不同。其原因只在于胡子罢，因为我从此常常为胡子受苦。

国度会亡，国粹家是不会少的，而只要国粹家不少，这国度就不算亡。国粹家者，保存国粹者也；而国粹者，我的胡子是也。这虽然不知道是什么“逻辑”法，但当时的实情确是如此的。

“你怎么学日本人的样子，身体既矮小，胡子又这样，……”一位国粹家兼爱国者发过一篇崇论宏议之后，就达到这一个结论。

可惜我那时还是一个不识世故的少年，所以就愤愤地争辩。第一，我的身体是本来只有这样高，并非故意设法用什么洋鬼子的机器压缩，使他变成矮小，希图冒充。第二，我的胡子，诚然和许多日本人的相同，然而我虽然没有研究过他们的胡须样式变迁史，但曾经见过几幅古人的画像，都不向上，只是向外，向下，和我们的国粹差不多。维新以后，可是翘起来了，那大约是学了德国式。你看威廉皇帝的胡须，不是上指眼梢，和鼻梁正作平行么？虽然他后来因为吸烟烧了一边，只好将两边都剪平了。但在日本明治维新的时候，他这一边还没有失火……。

这一场辩解大约要两分钟，可是总不能解国粹家之怒，因为德国也是洋鬼子，而况我的身体又矮小乎。而况国粹家很不少，意见又很统一，因此我的辩解也就很频繁，然而总无效，一回，两回，以至十回，十几回，连我自己也觉得无聊而且麻烦起来了。罢了，况且修饰胡须用的胶油在中国也难得，我便从此听其自然了。

听其自然之后，胡子的两端就显出毗心现象来，于是也就和地面成为九十度的直角。国粹家果然也不再说话，或者中国已经得救了罢。

然而接着就招了改革家的反感，这也是应该的。我于是又分疏，一回，两回，以至许多回，连我自己也觉得无聊而且麻烦起来了。

大约在四五年或七八年前罢，我独坐在会馆里，窃悲我的胡须的不幸的境遇，研究他所以得谤的原因，忽而恍然大悟，知道那祸根全在两边的尖端上。于是取出镜子，剪刀，即刻剪成一平，使他既不上翘，也难拖下，如一个隶书的一字。

“阿，你的胡子这样了？”当初也曾有人这样问。

“唔唔，我的胡子这样了。”

他可是没有话。我不知道是否因为寻不着两个尖端，所以失了立论的根据，还是我的胡子“这样”之后，就不负中国存亡的责任了。总之我从此太平无事的一直到现在，所麻烦者，必须时常剪剪而已。

一九二四年十月三十日。

（选自《坟》）

牺牲谟

——“鬼画符”失敬失敬章第十三

“阿呀阿呀，失敬失敬！原来我们还是同志。我开初疑心你是一个乞丐，心里想：好好的一个汉子，又不衰老，又非残疾，为什么不去做工，读书的？所以就不免露出‘责备贤者’的神色来，请你不要见气，我们的心实在太坦白了，什么也藏不住，哈哈！可是，同志，你也似乎太……。

“哦哦！你什么都牺牲了？可敬可敬！我最佩服的就是什么都牺牲，为同胞，为国家。我向来一心要做的也就是这件事。你不要看得我外观阔绰，我为的是要到各处去宣传。社会还太势利，如果像你似的只剩一条破裤，谁肯来相信你呢？所以我只得打扮起来，宁可人们说闲话，我自己总是问心无愧。正如‘禹入裸国亦裸而游’一样，要改良社会，不得不然，别人那里会懂得我们的苦心孤诣。但是，朋友，你怎么竟奄奄一息到这地步了？

“哦哦！已经九天没有吃饭？！这真是清高得很哪！我只好五体投地。看你虽然怕要支持不下去，但是——你在历史上一定成名，可贺之至哪！现在什么‘欧化’‘美化’的邪说横行，人们的眼睛只看见物质，所缺的就是你老兄似的模范人物。你瞧，最高学府的教员们，也居然一面教书，一面要起钱来，他们只知道物质，中了物质的毒了。难得你老兄以身作则，给他们一个好榜样看，这于世道人心，一定大有裨益的。你想，现在不是还嚷着什么教育普及么？教育普及起来，要有多少教员；如果都像他们似的定要吃饭，在这四郊多垒时候，那里来这许多饭？像你这样清高，真是浊世中独一无二的中流砥柱：可敬可敬！你读过书没有？如果读过书，我正要创办一个大学，就请你当教务长去。其实你只要读过‘四书’就好，加以这样品格，已经很够做‘莘莘学子’的表率了。

“不行？没有力气？可惜可惜！足见一面为社会做牺牲，一面也该自己讲讲卫生。你于卫生可惜太不讲究了。你不要以为我的胖头胖脸是因为享用好，我其实是专靠卫生，尤其得益的是精神修养，‘君子忧道不忧贫’呀！但是，我的同志，你什么都牺牲完了，究竟也大可佩服，可惜你还剩一条裤，将来在历史上也许要留下一点白璧微瑕……。

“哦哦，是的。我知道，你不说也明白：你自然连这裤子也不要，你何至于这样地不彻底；那自然，你不过还没有牺牲的机会罢了。敝人向来最赞成一切牺牲，也最乐于‘成人之美’，况且我们是同志，我当然应该给你想一个完全办法，因为一个人最紧要的是‘晚节’，一不小心，可就前功尽弃了！

“机会凑得真好：舍间一个小鸦头，正缺一条裤……。朋友，你不要这么看我，我是最反对人身买卖的，这是最不人道的事。但是，那女人是在大旱灾时候留下的，那时我不要，她的父母就会把她卖到妓院里去。你想，这何等可怜。我留下她，正为的讲人道。况且那也不算什么人身买卖，不过我给了她父母几文，她的父母就把自己的女儿留在我家里就是了。我当初原想将她当作自己的女儿看，不，简直当作姊妹，同胞看；可恨我的贱内是旧式，说不通。你要知道旧式的女人顽固起来，真是无法可想的，我现在正在另外想点法子……。

“但是，那娃儿已经多天没有裤子了，她是灾民的女儿。我料你一定肯帮助的。我们都是‘贫民之友’呵。况且你做完了这一件事情之后，就是全始全终；我保你将来铜像巍巍，高入云表，呵，一切贫民都鞠躬致敬……。

“对了，我知道你一定肯，你不说我也明白。但你此刻且不要脱下来。我不能拿了走，我这副打扮，如果手上拿一条破裤子，别人见了就要诧异，于我们的牺牲主义的宣传会有妨碍的。现在的社会还太胡涂，——你想，教员还要吃饭，——那里能懂得我们这纯洁的精神呢，一定要误解的。一经误解，社会恐怕要更加自私自利起来，你的工作也就‘非徒无益而又害之’了，朋友。

“你还能勉强走几步罢？不能？这可叫人有点为难了，——那么，你该还能爬？好极了！那么，你就爬过去。你趁你还能爬的时候赶紧爬去，万不要‘功亏一篑’。但你须用趾尖爬，膝髁不要太用力；裤子擦着沙石，就要更破烂，不但可怜的灾民的女儿受不着实惠，并且连你的精神都白扔了。先行脱下了也不妥当，一则太不雅观，二则恐怕巡警要干涉，还是穿着爬的好。我的朋友，我们不是外人，肯给你上当的么？舍间离这里也并不远，你向东，转北，向南，看路北有两株大槐树的红漆门就是。你一爬到，就脱下来，对号房说：这是老爷叫我送来的，交给太太收下。你一见号房，应该赶快说，否则也许将你当作一个讨饭的，会打你。唉唉，近来讨饭的太多了，他们不去做工，不去读书，单知道要饭。所以我的号房就借痛打这方法，给他们一个教训，使他们知道做乞丐是要给人痛打的，还不如去做工读书好……。

“你就去么？好好！但千万不要忘记：交代清楚了就爬开，不要停在我的屋界内。你已经九天没有吃东西了，万一出了什么事故，免不了要给我许多麻烦，我就要减少许多宝贵的光阴，不能为社会服务。我想，我们不是外人，你也决不愿意给自己的同志许多麻烦的，我这话也不过姑且说说。

“你就去罢！好，就去！本来我也可以叫一辆人力车送你去，但我知道用人代牛马来拉人，你一定不赞成的，这事多么不人道！我去了。你就动身罢。你不要这么萎靡不振，爬呀！朋友！我的同志，你快爬呀，向东呀！……”

一九二五年三月十六日。

（选自《华盖集》）

战士和苍蝇

Schopenhauer 说过这样的话：要估定人的伟大，则精神上的大和体格上的大，那法则完全相反。后者距离愈远即愈小，前者却见得愈大。

正因为近则愈小，而且愈看见缺点和创伤，所以他就和我们一样，不是神道，不是妖怪，不是异兽。他仍然是人，不过如此。但也惟其如此，所以他是伟大的人。

战士战死了的时候，苍蝇们所首先发见的是他的缺点和伤痕，嘬着，营营地叫着，以为得意，以为比死了的战士更英雄。但是战士已经战死了，不再来挥去他们。于是乎苍蝇们即更其营营地叫，自以为倒是不朽的声音，因为它们的完全，远在战士之上。

的确的，谁也没有发见过苍蝇们的缺点和创伤。

然而，有缺点的战士终竟是战士，完美的苍蝇也终竟不过是苍蝇。

去罢，苍蝇们！虽然生着翅子，还能营营，总不会超过战士的。你们这些虫豸们！

三月二十一日。

（一九二五年）

（选自《华盖集》）

夏　三　虫

夏天近了，将有三虫：蚤，蚊，蝇。

假如有谁提出一个问题，问我三者之中，最爱什么，而且非爱一个不可，又不准像“青年必读书”那样的缴白卷的。我便只得回答道：跳蚤。

跳蚤的来吮血，虽然可恶，而一声不响地就是一口，何等直截爽快。蚊子便不然了，一针叮进皮肤，自然还可以算得有点彻底的，但当未叮之前，要哼哼地发一篇大议论，却使人觉得讨厌。如果所哼的是在说明人血应该给它充饥的理由，那可更其讨厌了，幸而我不懂。

野雀野鹿，一落在人手中，总时时刻刻想要逃走。其实，在山林间，上有鹰鹯，下有虎狼，何尝比在人手里安全。为什么当初不逃到人类中来，现在却要逃到鹰鹯虎狼间去？或者，鹰鹯虎狼之于它们，正如跳蚤之于我们罢。肚子饿了，抓着就是一口，决不谈道理，弄玄虚。被吃者也无须在被吃之前，先承认自己之理应被吃，心悦诚服，誓死不二。人类，可是也颇擅长于哼哼的了，害中取小，它们的避之惟恐不速，正是绝顶聪明。

苍蝇嗡嗡地闹了大半天，停下来也不过舐一点油汗，倘有伤痕或疮疖，自然更占一些便宜；无论怎么好的，美的，干净的东西，又总喜欢一律拉上一点蝇矢。但因为只舐一点油汗，只添一点腌臜，在麻木的人们还没有切肤之痛，所以也就将它放过了。中国人还不很知道它能够传播病菌，捕蝇运动大概不见得兴盛。它们的运命是长久的；还要更繁殖。

但它在好的，美的，干净的东西上拉了蝇矢之后，似乎还不至于欣欣然反过来嘲笑这东西的不洁：总要算还有一点道德的。

古今君子，每以禽兽斥人，殊不知便是昆虫，值得师法的地方也多着哪。

四月四日。

（一九二五年）

（选自《华盖集》）

杂　　忆

1

有人说 G. Byron 的诗多为青年所爱读，我觉得这话很有几分真。就自己而论，也还记得怎样读了他的诗而心神俱旺；尤其是看见他那花布裹头，去助希腊独立时候的肖像。这像，去年才从《小说月报》传入中国了。可惜我不懂英文，所看的都是译本。听近今的议论，译诗是已经不值一文钱，即使译得并不错。但那时大家的眼界还没有这样高，所以我看了译本，倒也觉得好，或者就因为不懂原文之故，于是便将臭草当作芳兰。《新罗马传奇》中的译文也曾传诵一时，虽然用的是词调，又译 Sappho 为"萨芷波"，证明着是根据日文译本的重译。

苏曼殊先生也译过几首，那时他还没有做诗"寄弹筝人"，因此与 Byron 也还有缘。但译文古奥得很，也许曾经章太炎先生的润色的罢，所以真像古诗，可是流传倒并不广。后来收入他自印的绿面金签的《文学因缘》中，现在连这《文学因缘》也少见了。

其实，那时 Byron 之所以比较的为中国人所知，还有别一原因，就是他的助希腊独立。时当清的末年，在一部分中国青年的心中，革命思潮正盛，凡有叫喊复仇和反抗的，便容易惹起感应。那时我所记得的人，还有波兰的复仇诗人 Adam Mickiewicz；匈牙利的爱国诗人 Petöfi Sándor；飞猎滨的文人而为西班牙政府所杀的厘沙路，——他的祖父还是中国人，中国也曾译过他的绝命诗。Hauptmann，Sudermann，Ibsen 这些人虽然正负盛名，我们却不大注意。别有一部分人，则专意搜集明末遗民的著作，满人残暴的记录，钻在东京或其他的图书馆里，抄写出来，印了，输入中国，希望使忘却的旧恨复活，助革命成功。于是《扬州十日记》，《嘉定屠城记略》，《朱舜水集》，《张苍水集》都翻印了，还有《黄萧养回头》及其他单篇的汇集，我现在已经举不出那些名目来。别有一部分人，则改名"扑满""打清"之类，算是英雄。这些大号，自然和实际的革命不甚相关，但也可见那时对于光复的渴望之心，是怎样的旺盛。

不独英雄式的名号而已，便是悲壮淋漓的诗文，也不过是纸片上的东西，于后来的武昌起义怕没有什么大关系。倘说影响，则别的千言万语，大概都抵不过浅近直截的“革命军马前卒邹容”所做的《革命军》。

2

待到革命起来，就大体而言，复仇思想可是减退了。我想，这大半是因为大家已经抱着成功的希望，又服了“文明”的药，想给汉人挣一点面子，所以不再有残酷的报复。但那时的所谓文明，却确是洋文明，并不是国粹；所谓共和，也是美国法国式的共和，不是周召共和的共和。革命党人也大概竭力想给本族增光，所以兵队倒不大抢掠。南京的土匪兵小有劫掠，黄兴先生便勃然大怒，枪毙了许多，后来因为知道土匪是不怕枪毙而怕枭首的，就从死尸上割下头来，草绳络住了挂在树上。从此也不再有什么变故了，虽然我所住的一个机关的卫兵，当我外出时举枪立正之后，就从窗门洞爬进去取了我的衣服，但究竟手段已经平和得多，也客气得多了。

南京是革命政府所在地，当然格外文明。但我去一看先前的满人的驻在处，却是一片瓦砾；只有方孝孺血迹石的亭子总算还在。这里本是明的故宫，我做学生时骑马经过，曾很被顽童骂詈和投石，——犹言你们不配这样，听说向来是如此的。现在却面目全非了，居民寥寥；即使偶有几间破屋，也无门窗；若有门，则是烂洋铁做的。总之，是毫无一点木料。

那么，城破之时，汉人大大的发挥了复仇手段了么？并不然。知道情形的人告诉我：战争时候自然有些损坏；革命军一进城，旗人中间便有些人定要按古法殉难，在明的冷宫的遗址的屋子里使火药炸裂，以炸杀自己，恰巧一同炸死了几个适从近旁经过的骑兵。革命军以为埋藏地雷反抗了，便烧了一回，可是燹余的房子还不少。此后是他们自己动手，拆屋材出卖，先拆自己的，次拆较多的别人的，待到屋无尺材寸椽，这才大家流散，还给我们一片瓦砾场。——但这是我耳闻的，保不定可是真话。

看到这样的情形，即使你将《扬州十日记》挂在眼前，也不至于怎样愤怒了罢。据我感得，民国成立以后，汉满的恶感仿佛很是消除了，各省的界限也比先前更其轻淡了。然而“罪孽深重不自殒灭”的中国人，不到一年，情形便又逆转：有宗社党的活动和遗老的谬举而两族的旧史又令人忆起，有袁世凯的手段而南北的交恶加甚，有阴谋家的狡计而省界又被利用，并且此后还要增长起来！

3

不知道我的性质特别坏，还是脱不出往昔的环境的影响之故，我总觉得复仇是不足为奇的，虽然也并不想诬无抵抗主义者为无人格。但有时也想：报复，谁来裁判，怎能公平呢？便又立刻自答：自己裁判，自己执行；既没有上帝来主持，人便不妨以目偿头，也不妨以头偿目。有时也觉得宽恕是美德，但立刻也疑心这话是怯汉所发明，因为他没有报复的勇气；或者倒是卑怯的坏人所创造，因为他贻害于人而怕人来报复，便骗以宽恕的美名。

因此我常常欣慕现在的青年，虽然生于清末，而大抵长于民国，吐纳共和的空气，该不至于再有什么异族轭下的不平之气，和被压迫民族的合辙之悲罢。果然，连大学教授，也已经不解何以小说要描写下等社会的缘故了，我和现代人要相距一世纪的话，似乎有些确凿。但我也不想湔洗，——虽然很觉得惭惶。

当爱罗先珂君在日本未被驱逐之前，我并不知道他的姓名。直到已被放逐，这才看起他的作品来；所以知道那迫辱放逐的情形的，是由于登在《读卖新闻》上的一篇江口涣氏的文字。于是将这译出，还译他的童话，还译他的剧本《桃色的云》。其实，我当时的意思，不过要传播被虐待者的苦痛的呼声和激发国人对于强权者的憎恶和愤怒而已，并不是从什么“艺术之宫”里伸出手来，拔了海外的奇花瑶草，来移植在华国的艺苑。

日文的《桃色的云》出版时，江口氏的文章也在，可是已被检查机关（警察厅？）删节得很多。我的译文是完全的，但当这剧本印成本子时，却没有印上去。因为其时我又见了别一种情形，起了别一种意见，不想在中国人的愤火上，再添薪炭了。

4

孔老先生说过：“毋友不如己者。”其实这样的势利眼睛，现在的世界上还多得很。我们自己看看本国的模样，就可知道不会有什么友人的了，岂但没有友人，简直大半都曾经做过仇敌。不过仇甲的时候，向乙等候公论，后来仇乙的时候，又向甲期待同情，所以片段的看起来，倒也似乎并不是全世界都是怨敌。但怨敌总常有一个，因此每一两年，爱国者总要鼓舞一番对于敌人的怨恨与愤怒。

这也是现在极普通的事情，此国将与彼国为敌的时候，总得先用了手段，煽起国民的敌忾心来，使他们一同去御御或攻击。但有一个必要的条件，就是：国民是勇敢的。因为勇敢，这才能勇往直前，肉搏强敌，以报仇雪恨。假使是怯弱的人民，则即使如何鼓舞，也不会有面临强敌的决心；然而引起的愤火却在，仍不能不寻一个发泄的地方，这地方，就是眼见得比他们更弱的人民，无论是同胞或是异族。

我觉得中国人所蕴蓄的怨愤已经够多了，自然是受强者的蹂躏所致的。但他们却不很向强者反抗，而反在弱者身上发泄，兵和匪不相争，无枪的百姓却并受兵匪之苦，就是最近便的证据。再露骨地说，怕还可以证明这些人的卑怯。卑怯的人，即使有万丈的愤火，除弱草以外，又能烧掉甚么呢？

或者要说，我们现在所要使人愤恨的是外敌，和国人不相干，无从受害。可是这转移是极容易的，虽曰国人，要借以泄愤的时候，只要给与一种特异的名称，即可放心剚刃。先前则有异端，妖人，奸党，逆徒等类名目，现在就可用国贼，汉奸，二毛子，洋狗或洋奴。庚子年的义和团捉住路人，可以任意指为教徒，据云这铁证是他的神通眼已在那人的额上看出一个“十”字。

然而我们在“毋友不如己者”的世上，除了激发自己的国民，使他们发些火花，聊以应景之外，又有什么良法呢。可是我根据上述的理由，更进一步而希望于点火的青年的，是对于群众，在引起他们的公愤之余，还须设法注入深沉的勇气，当鼓舞他们的感情的时候，还须竭力启发明白的理性；而且还得偏重于勇气和理性，从此继续地训练许多年。这声音，自然断乎不及大叫宣战杀贼的大而闳，但我以为却是更紧要而更艰难伟大的工作。

否则，历史指示过我们，遭殃的不是什么敌手而是自己的同胞和子孙。那结果，是反为敌人先驱，而敌人就做了这一国的所谓强者的胜利者，同时也就做了弱者的恩人。因为自己先已互相残杀过了，所蕴蓄的怨愤都已消除，天下也就成为太平的盛世。

总之，我以为国民倘没有智，没有勇，而单靠一种所谓“气”，实在是非常危险的。现在，应该更进而着手于较为坚实的工作了。

一九二五年六月十六日。

（选自《坟》）

在钟楼上

——夜记之二

也还是我在厦门的时候，柏生从广州来，告诉我说，爱而君也在那里了。大概是来寻求新的生命的罢，曾经写了一封长信给K委员，说明自己的过去和将来的志望。

“你知道有一个叫爱而的么？他写了一封长信给我，我没有看完。其实，这种文学家的样子，写长信，就是反革命的！”有一天，K委员对柏生说。

又有一天，柏生又告诉了爱而，爱而跳起来道：

“怎么？……怎么说我是反革命的呢？！”

厦门还正是和暖的深秋，野石榴开在山中，黄的花——不知道叫什么名字——开在楼下。我在用花刚石墙包围着的楼屋里听到这小小的故事，K委员的眉头打结的正经的脸，爱而的活泼中带着沉闷的年青的脸，便一齐在眼前出现，又仿佛如见当K委员的眉头打结的面前，爱而跳了起来，——我不禁从窗隙间望着远天失笑了。

但同时也记起了苏俄曾经有名的诗人，《十二个》的作者勃洛克的话来：

> “共产党不妨碍做诗，但于觉得自己是大作家的事却有妨碍。大作家者，是感觉自己一切创作的核心，在自己里面保持着规律的。”

共产党和诗，革命和长信，真有这样地不相容么？我想。

以上是那时的我想。这时我又想，在这里有插入几句声明的必要：

我不过说是变革和文艺之不相容，并非在暗示那时的广州政府是共产政府或委员是共产党。这些事我一点不知道。只有若干已经“正法”的人们，至今不听见有人鸣冤或冤鬼诉苦，想来一定是真的共产党罢。至于有一些，则一时虽然从一方面得了这样的谥号，但后来两方相见，杯酒言欢，就明白先前都是误解其实是本来可以合作的。

必要已毕，于是放心回到本题。却说爱而君不久也给了我一封信，通知我已经有了工作了。信不甚长，大约还有被冤为“反革命”的余痛罢。但又发出牢骚来：一，给他坐在饭锅旁边，无聊得很；二，有一回正在按风琴，一个漠不相识的女郎来送给他一包点心，就弄得他神经过敏，以为北方女子太死板而南方女子太活泼，不禁“感慨系之矣”了。

关于第一点，我在秋蚊围攻中所写的回信中置之不答。夫面前无饭锅而觉得无聊，觉得苦痛，人之常情也，现在已见饭锅，还要无聊，则明明是发了革命热。老实说，远地方在革命，不相识的人们在革命，我是的确有点高兴听的，然而——没有法子，索性老实说罢，——如果我的身边革起命来，或者我所熟识的人去革命，我就没有这么高兴听。有人说我应该拼命去革命，我自然不敢不以为然，但如叫我静静地坐下，调给我一杯罐头牛奶喝，我往往更感激。但是，倘说，你就死心塌地地从饭锅里装饭吃罢，那是不像样的；然而叫他离开饭锅去拼命，却又说不出口，因为爱而是我的极熟的熟人。于是只好袭用仙传的古法，装聋作哑，置之不问不闻之列。只对于第二点加以猛烈的教诫，大致是说他“死板”和“活泼”既然都不赞成，即等于主张女性应该不死不活，那是万分不对的。

约略一个多月之后，我抱着和爱而一类的梦，到了广州，在饭锅旁边坐下时，他早已不在那里了，也许竟并没有接到我的信。

我住的是中山大学中最中央而最高的处所，通称“大钟楼”。一月之后，听得一个戴瓜皮小帽的秘书说，才知道这是最优待的住所，非“主任”之流是不准住的。但后来我一搬出，又听说就给一位办事员住进去了，莫明其妙。不过当我住在那里的时候，总还是非主任之流即不准住的地方，所以直到知道办事员搬进去了的那一天为止，我总是常常又感激，又惭愧。

然而这优待室却并非容易居住的所在，至少的缺点，是不很能够睡觉的。一到夜间，便有十多匹——也许二十来匹罢，我不能知道确数——老鼠出现，驰骋文坛，什么都不管。只要可吃的，它就吃，并且能开盒子盖，广州中山大学里非主任之流即不准住的楼上的老鼠，仿佛也特别聪明似的，我在别地方未曾遇到过。到清晨呢，就有“工友”们大声唱歌，——我所不懂的歌。

白天来访的本省的青年，却大抵怀着非常的好意的。有几个热心于改革的，还希望我对于广州的缺点加以激烈的攻击。这热诚很使我感动，但我终于说是还未熟悉本地的情形，而且已经革命，觉得无甚可以攻击之处，轻轻地推却了。那当然要使他们很失望的。过了几天，尸一君就在《新时代》上说：

“……我们中几个很不以他这句话为然，我们以为我们还有许多可骂的地方，我们正想骂骂自己，难道鲁迅先生竟看不出我们的缺点么？……”

其实呢，我的话一半是真的。我何尝不想了解广州，批评广州呢，无奈慨自被供在大钟楼上以来，工友以我为教授，学生以我为先生，广州人以我为“外江佬”，孤孑特立，无从考查。而最大的阻碍则是言语。直到我离开广州的时候止，我所知道的言语，除一二三四……等数目外，只有一句凡有“外江佬”几乎无不因为特别而记住的 Hanbaran（统统）和一句凡有学习异地言语者几乎无不最容易学得而记住的骂人话 Tiu，na，ma 而已。

这两句有时也有用。那是我已经搬在白云路寓屋里的时候了，有一天，巡警捉住了一个窃取电灯的偷儿，那管屋的陈公便跟着一面骂，一面打。骂了一大套，而我从中只听懂了这两句。然而似乎已经全懂得，心里想：“他所说的，大约是因为屋外的电灯几乎 Hanbaran 被他偷去，所以要 Tiu，na，ma 了。”于是就仿佛解决了一件大问题似的，即刻安心归坐，自去再编我的《唐宋传奇集》。

但究竟不知道是否真如此。私自推测是无妨的，倘若据以论广州，却未免太卤莽罢。

但虽只这两句，我却发见了吾师太炎先生的错处了。记得先生在日本给我们讲文字学时，曾说《山海经》上“其州在尾上”的“州”是女性生殖器。这古语至今还留存在广东，读若 Tiu。故 Tiuhei 二字，当写作“州戏”，名词在前，动词在后的。我不记得他后来可曾将此说记在《新方言》里，但由今观之，则“州”乃动词，非名词也。

至于我说无甚可以攻击之处的话，那可的确是虚言。其实是，那时我于广州无爱憎，因而也就无欣戚，无褒贬。我抱着梦幻而来，一遇实际，便被从梦境放逐了，不过剩下些索漠。我觉得广州究竟是中国的一部分，虽然奇异的花果，特别的语言，可以淆乱游子的耳目，但实际是和我所走过的别处都差不多的。倘说中国是一幅画出的不类人间的图，则各省的图样实无不同，差异的只在所用的颜色。黄河以北的几省，是黄色和灰色画的，江浙是淡墨和淡绿，厦门是淡红和灰色，广州是深绿和深红。我那时觉得似乎其实未曾游行，所以也没有特别的骂詈之辞，要专一倾注在素馨和香蕉上。——但这也许是后来的回忆的感觉，那时其实是还没有如此分明的。

到后来，却有些改变了，往往斗胆说几句坏话。然而有什么用呢？在一处演讲时，我说广州的人民并无力量，所以这里可以做“革命的策源地”，也可以做反革命的策源地……当译成广东话时，我觉得这几句话似乎被删掉了。给一处做文章时，我说青天白日旗插远去，信徒一定加多。但有如大乘佛教一般，待到居士也算佛子的时候，往往戒律荡然，不知道是佛教的弘通，还是佛教的败坏？……然而终于没有印出，不知所往了……。

广东的花果，在“外江佬”的眼里，自然依然是奇特的。我所最爱吃的是“杨桃”，滑而脆，酸而甜，做成罐头的，完全失却了本味。汕头的一种较大，却是“三廉”，不中吃了。我常常宣传杨桃的功德，吃的人大抵赞同，这是我这一年中最卓著的成绩。

在钟楼上的第二月，即戴了“教务主任”的纸冠的时候，是忙碌的时期。学校大事，盖无过于补考与开课也，与别的一切学校同。于是点头开会，排时间表，发通知书，秘藏题目，分配卷子，……于是又开会，讨论，计分，发榜。工友规矩，下午五点以后是不做工的，于是一个事务员请门房帮忙，连夜贴一丈多长的榜。但到第二天的早晨，就被撕掉了，于是又写榜。于是辩论：分数多寡的辩论；及格与否的辩论；教员有无私心的辩论；优待革命青年，优待的程度，我说已优，他说未优的辩论；补救落第，我说权不在我，他说在我，我说无法，他说有法的辩论；试题的难易，我说不难，他说太难的辩论；还有因为有族人在台湾，自己也可以算作台湾人，取得优待“被压迫民族”的特权与否的辩论；还有人本无名，所以无所谓冒名顶替的玄学底辩论……。这样地一天一天的过去，而每夜是十多匹——或二十匹——老鼠的驰骋，早上是三位工友的响亮的歌声。

现在想起那时的辩论来，人是多么和有限的生命开着玩笑呵。然而那时却并无怨尤，只有一事觉得颇为变得特别：对于收到的长信渐渐有些仇视了。

这种长信，本是常常收到的，一向并不为奇。但这时竟渐嫌其长，如果看完一张，还未说出本意，便觉得烦厌。有时见熟人在旁，就托付他，请他看后告诉我信中的主旨。

“不错。‘写长信，就是反革命的！’”我一面想。

我当时是否也如K委员似的眉头打结呢，未曾照镜，不得而知。仅记得即刻也自觉到我的开会和辩论的生涯，似乎难以称为“在革命”，为自便计，将前判加以修正了：

“不。‘反革命’太重，应该说是‘不革命’的。然而还太重。其实是，——写长信，不过是吃得太闲空罢了。”

有人说，文化之兴，须有余裕，据我在钟楼上的经验，大致是真的罢。闲人所造的文化，自然只适宜于闲人，近来有些人磨拳擦掌，大鸣不平，正是毫不足怪，——其实，便是这钟楼，也何尝不造得蹊跷。但是，四万万男女同胞，侨胞，异胞之中，有的是“饱食终日，无所用心”，有的是“群居终日，言不及义”。怎不造出相当的文艺来呢？只说文艺，范围小，容易些。那结论只好是这样：有余裕，未必能创作；而要创作，是必须有余裕的。故“花呀月呀”，不出于啼饥号寒者之口，而“一手奠定中国的文坛”，亦为苦工猪仔所不敢望也。

我以为这一说于我倒是很好的，我已经自觉到自己久已不动笔，但这事却应该归罪于匆忙。

大约就在这时候，《新时代》上又发表了一篇《鲁迅先生往那里躲》，宋云彬先生做的。文中有这样的对于我的警告：

> “他到了中大，不但不曾恢复他‘呐喊’的勇气，并且似乎在说‘在北方时受着种种迫压，种种刺激，到这里来没有压迫和刺激，也就无话可说了’。噫嘻！异哉！鲁迅先生竟跑出了现社会，躲向牛角尖里去了。旧社会死去的苦痛，新社会生出的苦痛，多多少放在他眼前，他竟熟视无睹！他把人生的镜子藏起来了，他把自己回复到过去时代去了。噫嘻！异哉！鲁迅先生躲避了。”

而编辑者还很客气，用案语声明着这是对于我的好意的希望和怂恿，并非恶意的笑骂的文章。这是我很明白的，记得看见时颇为感动。因此也曾想如上文所说的那样，写一点东西，声明我虽不呐喊，却正在辩论和开会，有时一天只吃一顿饭，有时只吃一条鱼，也还未失掉了勇气。《在钟楼上》就是预定的题目。然而一则还是因为辩论和开会，二则因为篇首引有拉狄克的两句话，另外又引起了我许多杂乱的感想，很想说出，终于反而搁下了。那两句话是：

> “在一个最大的社会改变的时代，文学家不能做旁观者！”

但拉狄克的话，是为了叶遂宁和梭波里的自杀而发的。他那一篇《无家可归的艺术家》译载在一种期刊上时，曾经使我发生过暂时的思索。我因此知道凡有革命以前的幻想或理想的革命诗人，很可有碰死在自己所讴歌希望的现实上的运命；而现实的革命倘不粉碎了这类诗人的幻想或理想，则这革命也还是布告上的空谈。但叶遂宁和梭波里是未可厚非的，他们先后给自己唱了挽歌，他们有真实。他们以自己的沉没，证明着革命的前行。他们到底并不是旁观者。

但我初到广州的时候，有时确也感到一点小康。前几年在北方，常常看见迫压党人，看见捕杀青年，到那里可都看不见了。后来才悟到这不过是“奉旨革命”的现象，然而在梦中时是委实有些舒服的。假使我早做了《在钟楼上》，文字也许不如此。无奈已经到了现在，又经过目睹“打倒反革命”的事实，纯然的那时的心情，实在无从追蹑了。现在就只好是这样罢。

一九二七年十二月十七日。

（选自《三闲集》）

现 代 史

从我有记忆的时候起，直到现在，凡我所曾经到过的地方，在空地上，常常看见有“变把戏”的，也叫作“变戏法”的。

这变戏法的，大概只有两种——

一种，是教一个猴子戴起假面，穿上衣服，耍一通刀枪；骑了羊跑几圈。还有一匹用稀粥养活，已经瘦得皮包骨头的狗熊玩一些把戏。末后是向大家要钱。

一种，是将一块石头放在空盒子里，用手巾左盖右盖，变出一只白鸽来；还有将纸塞在嘴巴里，点上火，从嘴角鼻孔里冒出烟焰。其次是向大家要钱。要了钱之后，一个人嫌少，装腔作势的不肯变了，一个人来劝他，对大家说再五个。果然有人抛钱了，于是再四个，三个……

抛足之后，戏法就又开了场。这回是将一个孩子装进小口的罐子里面去，只见一条小辫子，要他再出来，又要钱。收足之后，不知怎么一来，大人用尖刀将孩子刺死了，盖上被单，直挺挺躺着，要他活过来，又要钱。

“在家靠父母，出家靠朋友……Huazaa！ Huazaa！”变戏法的装出撒钱的手势，严肃而悲哀的说。

别的孩子，如果走近去想仔细的看，他是要骂的；再不听，他就会打。

果然有许多人 Huazaa 了。待到数目和预料的差不多，他们就检起钱来，收拾家伙，死孩子也自己爬起来，一同走掉了。

看客们也就呆头呆脑的走散。

这空地上，暂时是沉寂了。过了些时，就又来这一套。俗语说，“戏法人人会变，各有巧妙不同。”其实是许多年间，总是这一套，也总有人看，总有人 Huazaa，不过其间必须经过沉寂的几日。

我的话说完了，意思也浅得很，不过说大家 Huazaa Huazaa 一通之后，又要静几天了，然后再来这一套。

到这里我才记得写错了题目，这真是成了“不死不活”的东西。

四月一日。

（一九三三年）

（选自《伪自由书》）

夜　颂

爱夜的人，也不但是孤独者，有闲者，不能战斗者，怕光明者。

人的言行，在白天和在深夜，在日下和在灯前，常常显得两样。夜是造化所织的幽玄的天衣，普覆一切人，使他们温暖，安心，不知不觉的自己渐渐脱去人造的面具和衣裳，赤条条地裹在这无边际的黑絮似的大块里。

虽然是夜，但也有明暗。有微明，有昏暗，有伸手不见掌，有漆黑一团糟。爱夜的人要有听夜的耳朵和看夜的眼睛，自在暗中，看一切暗。君子们从电灯下走入暗室中，伸开了他的懒腰；爱侣们从月光下走进树阴里，突变了他的眼色。夜的降临，抹杀了一切文人学士们当光天化日之下，写在耀眼的白纸上的超然，混然，恍然，勃然，粲然的文章，只剩下乞怜，讨好，撒谎，骗人，吹牛，捣鬼的夜气，形成一个灿烂的金色的光圈，像见于佛画上面似的，笼罩在学识不凡的头脑上。

爱夜的人于是领受了夜所给与的光明。

高跟鞋的摩登女郎在马路边的电光灯下，阁阁的走得很起劲，但鼻尖也闪烁着一点油汗，在证明她是初学的时髦，假如长在明晃晃的照耀中，将使她碰着“没落”的命运。一大排关着的店铺的昏暗助她一臂之力，使她放缓开足的马力，吐一口气，这时才觉得沁人心脾的夜里的拂拂的凉风。

爱夜的人和摩登女郎，于是同时领受了夜所给与的恩惠。

一夜已尽，人们又小心翼翼的起来，出来了；便是夫妇们，面目和五六点钟之前也何其两样。从此就是热闹，喧嚣。而高墙后面，大厦中间，深闺里，黑狱里，客室里，秘密机关里，却依然弥漫着惊人的真的大黑暗。

现在的光天化日，熙来攘往，就是这黑暗的装饰，是人肉酱缸上的金盖，是鬼脸上的雪花膏。只有夜还算是诚实的。我爱夜，在夜间作《夜颂》。

六月八日。

（一九三三年）

（选自《准风月谈》）

秋夜纪游

秋已经来了，炎热也不比夏天小，当电灯替代了太阳的时候，我还是在马路上漫游。

危险？危险令人紧张，紧张令人觉到自己生命的力。在危险中漫游，是很好的。

租界也还有悠闲的处所，是住宅区。但中等华人的窟穴却是炎热的，吃食担，胡琴，麻将，留声机，垃圾桶，光着的身子和腿。相宜的是高等华人或无等洋人住处的门外，宽大的马路，碧绿的树，淡色的窗幔，凉风，月光，然而也有狗子叫。

我生长农村中，爱听狗子叫，深夜远吠，闻之神怡，古人所谓“犬声如豹”者就是。倘或偶经生疏的村外，一声狂嗥，巨獒跃出，也给人一种紧张，如临战斗，非常有趣的。

但可惜在这里所听到的是吧儿狗。它躲躲闪闪，叫得很脆：汪汪！

我不爱听这一种叫。

我一面漫步，一面发出冷笑，因为我明白了使它闭口的方法，是只要去和它主子的管门人说几句话，或者抛给它一根肉骨头。这两件我还能的，但是我不做。

它常常要汪汪。

我不爱听这一种叫。

我一面漫步，一面发出恶笑了，因为我手里拿着一粒石子，恶笑刚敛，就举手一掷，正中了它的鼻梁。

呜的一声，它不见了。我漫步着，漫步着，在少有的寂寞里。

秋已经来了，我还是漫步着。叫呢，也还是有的，然而更加躲躲闪闪了，声音也和先前不同，距离也隔得远了，连鼻子都看不见。

我不再冷笑，不再恶笑了，我漫步着，一面舒服的听着它那很脆的声音。

八月十四日。

（一九三三年）

（选自《准风月谈》）

喝　茶

某公司又在廉价了，去买了二两好茶叶，每两洋二角。开首泡了一壶，怕它冷得快，用棉袄包起来，却不料郑重其事的来喝的时候，味道竟和我一向喝着的粗茶差不多，颜色也很重浊。

我知道这是自己错误了，喝好茶，是要用盖碗的，于是用盖碗。果然，泡了之后，色清而味甘，微香而小苦，确是好茶叶。但这须在静坐无为的时候的，当我正写着《吃教》的中途，拉来一喝，那好味道竟不知不觉的滑过去，又像喝着粗茶一样了。

有好茶喝，会喝好茶，是一种“清福”。不过要享这“清福”，首先就须有工夫，其次是练习出来的特别的感觉。由这一极琐屑的经验，我想，假使是一个使用筋力的工人，在喉干欲裂的时候，那么，即使给他龙井芽茶，珠兰窨片，恐怕他喝起来也未必觉得和热水有什么大区别罢。所谓“秋思”，其实也是这样的，骚人墨客，会觉得什么“悲哉秋之为气也”，风雨阴晴，都给他一种刺戟，一方面也就是一种“清福”，但在老农，却只知道每年的此际，就要割稻而已。

于是有人以为这种细腻锐敏的感觉，当然不属于粗人，这是上等人的牌号。然而我恐怕也正是这牌号就要倒闭的先声。我们有痛觉，一方面是使我们受苦的，而一方面也使我们能够自卫。假如没有，则即使被人在背上刺了一尖刀，也将茫无知觉，直到血尽倒地，自己还不明白为什么倒地。但这痛觉如果细腻锐敏起来呢，则不但衣服上有一根小刺就觉得，连衣服上的接缝，线结，布毛都要觉得，倘不穿“无缝天衣”，他便要终日如芒刺在身，活不下去了。但假装锐敏的，自然不在此例。

感觉的细腻和锐敏，较之麻木，那当然算是进步的，然而以有助于生命的进化为限。如果不相干，甚而至于有碍，那就是进化中的病态，不久就要收梢。我们试将享清福，抱秋心的雅人，和破衣粗食的粗人一比较，就明白究竟是谁活得下去。喝过茶，望着秋天，我于是想：不识好茶，没有秋思，倒也罢了。

九月三十日。

（一九三三年）

（选自《准风月谈》）

"这也是生活"……

这也是病中的事情。

有一些事，健康者或病人是不觉得的，也许遇不到，也许太微细。到得大病初愈，就会经验到；在我，则疲劳之可怕和休息之舒适，就是两个好例子。我先前往往自负，从来不知道所谓疲劳。书桌面前有一把圆椅，坐着写字或用心的看书，是工作；旁边有一把藤躺椅，靠着谈天或随意的看报，便是休息；觉得两者并无很大的不同，而且往往以此自负。现在才知道是不对的，所以并无大不同者，乃是因为并未疲劳，也就是并未出力工作的缘故。

我有一个亲戚的孩子，高中毕了业，却只好到袜厂里去做学徒，心情已经很不快活的了，而工作又很繁重，几乎一年到头，并无休息。他是好高的，不肯偷懒，支持了一年多。有一天，忽然坐倒了，对他的哥哥道："我一点力气也没有了。"

他从此就站不起来，送回家里，躺着，不想饮食，不想动弹，不想言语，请了耶稣教堂的医生来看，说是全体什么病也没有，然而全体都疲乏了。也没有什么法子治。自然，连接而来的是静静的死。我也曾经有过两天这样的情形，但原因不同，他是做乏，我是病乏的。我的确什么欲望也没有，似乎一切都和我不相干，所有举动都是多事，我没有想到死，但也没有觉得生；这就是所谓"无欲望状态"，是死亡的第一步。曾有爱我者因此暗中下泪；然而我有转机了，我要喝一点汤水，我有时也看看四近的东西，如墙壁，苍蝇之类，此后才能觉得疲劳，才需要休息。

象心纵意的躺倒，四肢一伸，大声打一个呵欠，又将全体放在适宜的位置上，然后弛懈了一切用力之点，这真是一种大享乐。在我是从来未曾享受过的。我想，强壮的，或者有福的人，恐怕也未曾享受过。

记得前年，也在病后，做了一篇《病后杂谈》，共五节，投给《文学》，但后四节无法发表，印出来只剩了头一节了。虽然文章前面明明有一个"一"字，此后突然而止，并无"二""三"，仔细一想是就会觉得古怪的，但这不能要求于每一位读者，甚而至于不能希望于批评家。于是有人据这一节，下我断语道："鲁迅是赞成生病的。"现在也许暂免这种灾难了，但我还不如先在这里声明一下："我的话到这里还没有完。”

有了转机之后四五天的夜里，我醒来了，喊醒了广平。

“给我喝一点水。并且去开开电灯，给我看来看去的看一下。”

“为什么？……”她的声音有些惊慌，大约是以为我在讲昏话。

“因为我要过活。你懂得么？这也是生活呀。我要看来看去的看一下。”

“哦……”她走起来，给我喝了几口茶，徘徊了一下，又轻轻的躺下了，不去开电灯。

我知道她没有懂得我的话。

街灯的光穿窗而入，屋子里显出微明，我大略一看，熟识的墙壁，壁端的棱线，熟识的书堆，堆边的未订的画集，外面的进行着的夜，无穷的远方，无数的人们，都和我有关。我存在着，我在生活，我将生活下去，我开始觉得自己更切实了，我有动作的欲望——但不久我又坠入了睡眠。

第二天早晨在日光中一看，果然，熟识的墙壁，熟识的书堆……这些，在平时，我也时常看它们的，其实是算作一种休息。但我们一向轻视这等事，纵使也是生活中的一片，却排在喝茶搔痒之下，或者简直不算一回事。我们所注意的是特别的精华，毫不在枝叶。给名人作传的人，也大抵一味铺张其特点，李白怎样做诗，怎样耍颠，拿破仑怎样打仗，怎样不睡觉，却不说他们怎样不耍颠，要睡觉。其实，一生中专门耍颠或不睡觉，是一定活不下去的，人之有时能耍颠和不睡觉，就因为倒是有时不耍颠和也睡觉的缘故。然而人们以为这些平凡的都是生活的渣滓，一看也不看。

于是所见的人或事，就如盲人摸象，摸着了脚，即以为象的样子像柱子。中国古人，常欲得其“全”，就是制妇女用的“乌鸡白凤丸”，也将全鸡连毛血都收在丸药里，方法固然可笑，主意却是不错的。

删夷枝叶的人，决定得不到花果。

为了不给我开电灯，我对于广平很不满，见人即加以攻击；到得自己能走动了，就去一翻她所看的刊物，果然，在我卧病期中，全是精华的刊物已经出得不少了，有些东西，后面虽然仍旧是“美容妙法”，“古木发光”，或者“尼姑之秘密”，但第一面却总有一点激昂慷慨的文章。作文已经有了“最中心之主题”：连义和拳时代和德国统帅瓦德西睡了一些时候的赛金花，也早已封为九天护国娘娘了。

尤可惊服的是先前用《御香缥缈录》，把清朝的宫廷讲得津津有味的《申报》上的《春秋》，也已经时而大有不同，有一天竟在卷端的《点滴》里，教人当吃西瓜时，也该想到我们土地的被割碎，像这西瓜一样。自然，这是无时无地无事而不爱国，无可訾议的。但倘使我一面这样想，一面吃西瓜，我恐怕一定咽不下去，即使用劲咽下，也难免不能消化，在肚子里咕咚的响它好半天。这也未必是因为我病后神经衰弱的缘故。我想，倘若用西瓜作比，讲过国耻讲义，却立刻又会高高兴兴的把这西瓜吃下，成为血肉的营养的人，这人恐怕是有些麻木。对他无论讲什么讲义，都是毫无功效的。

我没有当过义勇军，说不确切。但自己问：战士如吃西瓜，是否大抵有一面吃，一面想的仪式的呢？我想：未必有的。他大概只觉得口渴，要吃，味道好，却并不想到此外任何好听的大道理。吃过西瓜，精神一振，战斗起来就和喉干舌敝时候不同，所以吃西瓜和抗敌的确有关系，但和应该怎样想的上海设定的战略，却是不相干。这样整天哭丧着脸去吃喝，不多久，胃口就倒了，还抗什么敌。

然而人往往喜欢说得稀奇古怪，连一个西瓜也不肯主张平平常常的吃下去。其实，战士的日常生活，是并不全部可歌可泣的，然而又无不和可歌可泣之部相关联，这才是实际上的战士。

八月二十三日。

（一九二六年）

（选自《且介亭杂文末编》）

死

当印造凯绥·珂勒惠支（Kaethe Kollwitz）所作版画的选集时，曾请史沫德黎（A.Smedley）女士做一篇序。自以为这请得非常合适，因为她们俩原极熟识的。不久做来了，又逼着茅盾先生译出，现已登在选集上。其中有这样的文字：

> “许多年来，凯绥·珂勒惠支——她从没有一次利用过赠授给她的头衔——作了大量的画稿，速写，铅笔作的和钢笔作的速写，木刻，铜刻。把这些来研究，就表示着有二大主题支配着，她早年的主题是反抗，而晚年的是母爱，母性的保障，救济，以及死。而笼照于她所有的作品之上的，是受难的，悲剧的，以及保护被压迫者深切热情的意识。
>
> “有一次我问她：‘从前你用反抗的主题，但是现在你好像很有点抛不开死这观念。这是为什么呢？’用了深有所苦的语调，她回答道，‘也许因为我是一天一天老了！’……”

我那时看到这里，就想了一想。算起来：她用“死”来做画材的时候，是一九一〇年顷；这时她不过四十三四岁。我今年的这“想了一想”，当然和年纪有关，但回忆十余年前，对于死却还没有感到这么深切。大约我们的生死久已被人们随意处置，认为无足重轻，所以自己也看得随随便便，不像欧洲人那样的认真了。有些外国人说，中国人最怕死。这其实是不确的，——但自然，每不免模模胡胡的死掉则有之。

大家所相信的死后的状态，更助成了对于死的随便。谁都知道，我们中国人是相信有鬼（近时或谓之“灵魂”）的，既有鬼，则死掉之后，虽然已不是人，却还不失为鬼，总还不算是一无所有。不过设想中的做鬼的久暂，却因其人的生前的贫富而不同。穷人们是大抵以为死后就去轮回的，根源出于佛教。佛教所说的轮回，当然手续繁重，并不这么简单，但穷人往往无学，所以不明白。这就是使死罪犯人绑赴法场时，大叫“二十年后又是一条好汉”，面无惧色的原因。况且相传鬼的衣服，是和临终时一样的，穷人无好衣裳，做了鬼也决不怎么体面，实在远不如立刻投胎，化为赤条条的婴儿的上算。我们曾见谁家生了小孩，胎里就穿着叫化子或是游泳家的衣服的么？从来没有。这就好，从新来过。也许有人要问，既然相信轮回，那就说不定来生会堕入更穷苦的景况，或者简直是畜生道，更加可怕了。但我看他们是并不这样想的，他们确信自己并未造出该入畜生道的罪孽，他们从来没有能堕畜生道的地位，权势和金钱。

然而有着地位，权势和金钱的人，却又并不觉得该堕畜生道；他们倒一面化为居士，准备成佛，一面自然也主张读经复古，兼做圣贤。他们像活着时候的超出人理一样，自以为死后也超出了轮回的。至于小有金钱的人，则虽然也不觉得该受轮回，但此外也别无雄才大略，只豫备安心做鬼。所以年纪一到五十上下，就给自己寻葬地，合寿材，又烧纸锭，先在冥中存储，生下子孙，每年可吃羹饭。这实在比做人还享福。假使我现在已经是鬼，在阳间又有好子孙，那么，又何必零星卖稿，或向北新书局去算账呢，只要很闲适的躺在楠木或阴沉木的棺材里，逢年逢节，就自有一桌盛馔和一堆国币摆在眼前了，岂不快哉！

就大体而言，除极富贵者和冥律无关外，大抵穷人利于立即投胎，小康者利于长久做鬼。小康者的甘心做鬼，是因为鬼的生活（这两字大有语病，但我想不出适当的名词来），就是他还未过厌的人的生活的连续。阴间当然也有主宰者，而且极其严厉，公平，但对于他独独颇肯通融，也会收点礼物，恰如人间的好官一样。

有一批人是随随便便，就是临终也恐怕不大想到的，我向来正是这随便党里的一个。三十年前学医的时候，曾经研究过灵魂的有无，结果是不知道；又研究过死亡是否苦痛，结果是不一律，后来也不再深究，忘记了。近十年中，有时也为了朋友的死，写点文章，不过好像并不想到自己。这两年来病特别多，一病也比较的长久，这才往往记起了年龄，自然，一面也为了有些作者们笔下的好意的或是恶意的不断的提示。

从去年起，每当病后休养，躺在藤躺椅上，每不免想到体力恢复后应该动手的事情：做什么文章，翻译或印行什么书籍。想定之后，就结束道：就是这样罢——但要赶快做。这“要赶快做”的想头，是为先前所没有的，就因为在不知不觉中，记得了自己的年龄。却从来没有直接的想到“死”。

直到今年的大病，这才分明的引起关于死的豫想来。原先是仍如每次的生病一样，一任着日本的S医师的诊治的。他虽不是肺病专家，然而年纪大，经验多，从习医的时期说，是我的前辈，又极熟识，肯说话。自然，医师对于病人，纵使怎样熟识，说话是还是有限度的，但是他至少已经给了我两三回警告，不过我仍然不以为意，也没有转告别人。大约实在是日子太久，病象太险了的缘故罢，几个朋友暗自协商定局，请了美国的D医师来诊察了。他是在上海的唯一的欧洲的肺病专家，经过打诊，听诊之后，虽然誉我为最能抵抗疾病的典型的中国人，然而也宣告了我的就要灭亡；并且说，倘是欧洲人，则在五年前已经死掉。这判决使善感的朋友们下泪。我也没有请他开方，因为我想，他的医学从欧洲学来，一定没有学过给死了五年的病人开方的法子。然而D医师的诊断却实在是极准确的，后来我照了一张用X光透视的胸像，所见的景象，竟大抵和他的诊断相同。

我并不怎么介意于他的宣告，但也受了些影响，日夜躺着，无力谈话，无力看书。连报纸也拿不动，又未曾炼到"心如古井"，就只好想，而从此竟有时要想到"死"了。不过所想的也并非"二十年后又是一条好汉"，或者怎样久住在楠木棺材里之类，而是临终之前的琐事。在这时候，我才确信，我是到底相信人死无鬼的。我只想到过写遗嘱，以为我倘曾贵为宫保，富有千万，儿子和女婿及其他一定早已逼我写好遗嘱了，现在却谁也不提起。但是，我也留下一张罢。当时好像很想定了一些，都是写给亲属的，其中有的是：

一，不得因为丧事，收受任何人的一文钱。——但老朋友的，不在此例。

二，赶快收敛，埋掉，拉倒。

三，不要做任何关于纪念的事情。

四，忘记我，管自己生活。——倘不，那就真是胡涂虫。

五，孩子长大，倘无才能，可寻点小事情过活，万不可去做空头文学家或美术家。

六，别人应许给你的事物，不可当真。

七，损着别人的牙眼，却反对报复，主张宽容的人，万勿和他接近。

此外自然还有，现在忘记了。只还记得在发热时，又曾想到欧洲人临死时，往往有一种仪式，是请别人宽恕，自己也宽恕了别人。我的怨敌可谓多矣，倘有新式的人问起我来，怎么回答呢？我想了一想，决定的是：让他们怨恨去，我也一个都不宽恕。

但这仪式并未举行，遗嘱也没有写，不过默默的躺着，有时还发生更切迫的思想：原来这样就算是在死下去，倒也并不苦痛；但是，临终的一刹那，也许并不这样的罢；然而，一世只有一次，无论怎样，总是受得了的……。后来，却有了转机，好起来了。到现在，我想，这些大约并不是真的要死之前的情形，真的要死，是连这些想头也未必有的，但究竟如何，我也不知道。

九月五日。

（一九三六年）

（选自《且介亭杂文末编》）

女 吊

大概是明末的王思任说的罢："会稽乃报仇雪耻之乡，非藏垢纳污之地！"这对于我们绍兴人很有光彩，我也很喜欢听到，或引用这两句话。但其实，是并不的确的；这地方，无论为那一样都可以用。

不过一般的绍兴人，并不像上海的"前进作家"那样憎恶报复，却也是事实。单就文艺而言，他们就在戏剧上创造了一个带复仇性的，比别的一切鬼魂更美，更强的鬼魂。这就是"女吊"。我以为绍兴有两种特色的鬼，一种是表现对于死的无可奈何，而且随随便便的"无常"，我已经在《朝花夕拾》里得了绍介给全国读者的光荣了，这回就轮到别一种。

"女吊"也许是方言，翻成普通的白话，只好说是"女性的吊死鬼"。其实，在平时，说起"吊死鬼"，就已经含有"女性的"的意思的，因为投缳而死者，向来以妇人女子为最多。有一种蜘蛛，用一枝丝挂下自己的身体，悬在空中，《尔雅》上已谓之"蚬，缢女"，可见在周朝或汉朝，自经的已经大抵是女性了，所以那时不称它为男性的"缢夫"或中性的"缢者"。不过一到做"大戏"或"目连戏"的时候，我们便能在看客的嘴里听到"女吊"的称呼。也叫作"吊神"。横死的鬼魂而得到"神"的尊号的，我还没有发见过第二位，则其受民众之爱戴也可想。但为什么这时独要称她"女吊"呢？很容易解：因为在戏台上，也要有"男吊"出现了。

我所知道的是四十年前的绍兴，那时没有达官显宦，所以未闻有专门为人（堂会？）的演剧。凡做戏，总带着一点社戏性，供着神位，是看戏的主体，人们去看，不过叨光。但"大戏"或"目连戏"所邀请的看客，范围可较广了，自然请神，而又请鬼，尤其是横死的怨鬼。所以仪式就更紧张，更严肃。一请怨鬼，仪式就格外紧张严肃，我觉得这道理是很有趣的。

也许我在别处已经写过。"大戏"和"目连"，虽然同是演给神，人，鬼看的戏文，但两者又很不同。不同之点：一在演员，前者是专门的戏子，后者则是临时集合的Amateur——农民和工人；一在剧本，前者有许多种，后者却好歹总只演一本《目连救母记》。然而开场的"起殇"，中间的鬼魂时时出现，收场的好人升天，恶人落地狱，是两者都一样的。

当没有开场之前，就可看出这并非普通的社戏，为的是台两旁早已挂满了纸帽，就是高长虹之所谓“纸糊的假冠”，是给神道和鬼魂戴的。所以凡内行人，缓缓的吃过夜饭，喝过茶，闲闲而去，只要看挂着的帽子，就能知道什么鬼神已经出现。因为这戏开场较早，“起殇”在太阳落尽时候，所以饭后去看，一定是做了好一会了，但都不是精彩的部分。“起殇”者，绍兴人现已大抵误解为“起丧”，以为就是召鬼，其实是专限于横死者的。《九歌》中的《国殇》云：“身既死兮神以灵，魂魄毅兮为鬼雄”，当然连战死者在内。明社垂绝，越人起义而死者不少，至清被称为叛贼，我们就这样的一同招待他们的英灵。在薄暮中，十几匹马，站在台下了；戏子扮好一个鬼王，蓝面鳞纹，手执钢叉，还得有十几名鬼卒，则普通的孩子都可以应募。我在十余岁时候，就曾经充过这样的义勇鬼，爬上台去，说明志愿，他们就给在脸上涂上几笔彩色，交付一柄钢叉。待到有十多人了，即一拥上马，疾驰到野外的许多无主孤坟之处，环绕三匝，下马大叫，将钢叉用力的连连刺在坟墓上，然后拔叉驰回，上了前台，一同大叫一声，将钢叉一掷，钉在台板上。我们的责任，这就算完结，洗脸下台，可以回家了，但倘被父母所知，往往不免挨一顿竹碗（这是绍兴打孩子的最普通的东西），一以罚其带着鬼气，二以贺其没有跌死，但我却幸而从来没有被觉察，也许是因为得了恶鬼保佑的缘故罢。

这一种仪式，就是说，种种孤魂厉鬼，已经跟着鬼王和鬼卒，前来和我们一同看戏了，但人们用不着担心，他们深知道理，这一夜决不丝毫作怪。于是戏文也接着开场，徐徐进行，人事之中，夹以出鬼：火烧鬼，淹死鬼，科场鬼（死在考场里的），虎伤鬼……孩子们也可以自由去扮，但这种没出息鬼，愿意去扮的并不多，看客也不将它当作一回事。一到“跳吊”时分——“跳”是动词，意义和“跳加官”之“跳”同——情形的松紧可就大不相同了。台上吹起悲凉的喇叭来，中央的横梁上，原有一团布，也在这时放下，长约戏台高度的五分之二。看客们都屏着气，台上就闯出一个不穿衣裤，只有一条犊鼻裈，面施几笔粉墨的男人，他就是“男吊”。一登台，径奔悬布，像蜘蛛的死守着蛛丝，也如结网，在这上面钻，挂。他用布吊着各处：腰，胁，胯下，肘弯，腿弯，后项窝……一共七七四十九处。最后才是脖子，但是并不真套进去的，两手扳着布，将颈子一伸，就跳下，走掉了。这“男吊”最不易跳，演目连戏时，独有这一个脚色须特请专门的戏子。那时的老年人告诉我，这也是最危险的时候，因为也许会招出真的“男吊”来。所以后台上一定要扮一个王灵官，一手捏诀，一手执鞭，目不转睛的看着一面照见前台的镜子。倘镜中见有两个，那么，一个就是真鬼了，他得立刻跳出去，用鞭将假鬼打落台下。假鬼一落台，就该跑到河边，洗去粉墨，挤在人丛中看戏，然后慢慢的回家。倘打得慢，他就会在戏台上吊死；洗得慢，真鬼也还会认识，跟住他。这挤在人丛中看自己们所做的戏，就如要人下野而念佛，或出洋游历一样，也正是一种缺少不得的过渡仪式。

这之后，就是“跳女吊”。自然先有悲凉的喇叭；少顷，门幕一掀，她出场了。大红衫子，黑色长背心，长发蓬松，颈挂两条纸锭，垂头，垂手，弯弯曲曲的走一个全台，内行人说：这是走了一个“心”字。为什么要走“心”字呢？我不明白。我只知道她何以要穿红衫。看王充的《论衡》，知道汉朝的鬼的颜色是红的，但再看后来的文字和图画，却又并无一定颜色，而在戏文里，穿红的则只有这“吊神”。意思是很容易了然的；因为她投缳之际，准备作厉鬼以复仇，红色较有阳气，易于和生人相接近，……绍兴的妇女，至今还偶有搽粉穿红之后，这才上吊的。自然，自杀是卑怯的行为，鬼魂报仇更不合于科学，但那些都是愚妇人，连字也不认识，敢请“前进”的文学家和“战斗”的勇士们不要十分生气罢。我真怕你们要变呆鸟。

她将披着的头发向后一抖，人这才看清了脸孔：石灰一样白的圆脸，漆黑的浓眉，乌黑的眼眶，猩红的嘴唇。听说浙东的有几府的戏文里，吊神又拖着几寸长的假舌头，但在绍兴没有。不是我袒护故乡，我以为还是没有好；那么，比起现在将眼眶染成淡灰色的时式打扮来，可以说是更彻底，更可爱。不过下嘴角应该略略向上，使嘴巴成为三角形：这也不是丑模样。假使半夜之后，在薄暗中，远处隐约着一位这样的粉面朱唇，就是现在的我，也许会跑过去看看的，但自然，却未必就被诱惑得上吊。她两肩微耸，四顾，倾听，似惊，似喜，似怒，终于发出悲哀的声音，慢慢地唱道：

“奴奴本是杨家女，
呵呀，苦呀，天哪！……”

下文我不知道了。就是这一句，也还是刚从克士那里听来的。但那大略，是说后来去做童养媳，备受虐待，终于弄到投缳。唱完就听到远处的哭声，这也是一个女人，在衔冤悲泣，准备自杀。她万分惊喜，要去“讨替代”了，却不料突然跳出“男吊”来，主张应该他去讨。他们由争论而至动武，女的当然不敌，幸而王灵官虽然脸相并不漂亮，却是热烈的女权拥护家，就在危急之际出现，一鞭把男吊打死，放女的独去活动了。老年人告诉我说：古时候，是男女一样的要上吊的，自从王灵官打死了男吊神，才少有男人上吊；而且古时候，是身上有七七四十九处，都可以吊死的，自从王灵官打死了男吊神，致命处才只在脖子上。中国的鬼有些奇怪，好像是做鬼之后，也还是要死的，那时的名称，绍兴叫作“鬼里鬼”。但男吊既然早被王灵官打死，为什么现在“跳吊”，还会引出真的来呢？我不懂这道理，问问老年人，他们也讲说不明白。

而且中国的鬼还有一种坏脾气，就是“讨替代”，这才完全是利己主义；倘不然，是可以十分坦然的和他们相处的。习俗相沿，虽女吊不免，她有时也单是“讨替代”，忘记了复仇。绍兴煮饭，多用铁锅，烧的是柴或草，烟煤一厚，火力就不灵了，因此我们就常在地上看见刮下的锅煤。但一定是散乱的，凡村姑乡妇，谁也决不肯省些力，把锅子伏在地面上，团团一刮，使烟煤落成一个黑圈子。这是因为吊神诱人的圈套，就用煤圈炼成的缘故。散掉烟煤，正是消极的抵制，不过为的是反对“讨替代”，并非因为怕她去报仇。被压迫者即使没有报复的毒心，也决无被报复的恐惧，只有明明暗暗，吸血吃肉的凶手或其帮闲们，这才赠人以“犯而勿校”或“勿念旧恶”的格言——我到今年，也愈加看透了这些人面东西的秘密。

九月十九—二十日。

（一九三六年）

（选自《且介亭杂文末编》）

随感类编 › › › › ›

目　　录

随感录四十九

凡有高等动物，倘没有遇着意外的变故，总是从幼到壮，从壮到老，从老到死。

我们从幼到壮，既然毫不为奇的过去了；自此以后，自然也该毫不为奇的过去。

可惜有一种人，从幼到壮，居然也毫不为奇的过去了；从壮到老，便有点古怪；从老到死，却更奇想天开，要占尽了少年的道路，吸尽了少年的空气。

少年在这时候，只能先行萎黄，且待将来老了，神经血管一切变质以后，再来活动。所以社会上的状态，先是“少年老成”；直待弯腰曲背时期，才更加“逸兴遄飞”，似乎从此以后，才上了做人的路。

可是究竟也不能自忘其老；所以想求神仙。大约别的都可以老，只有自己不肯老的人物，总该推中国老先生算一甲一名。

万一当真成了神仙，那便永远请他主持，不必再有后进，原也是极好的事。可惜他又究竟不成，终于个个死去，只留下造成的老天地，教少年驼着吃苦。

这真是生物界的怪现象！

我想种族的延长，——便是生命的连续，——的确是生物界事业里的一大部分。何以要延长呢？不消说是想进化了。但进化的途中总须新陈代谢。所以新的应该欢天喜地的向前走去，这便是壮，旧的也应该欢天喜地的向前走去，这便是死；各各如此走去，便是进化的路。

老的让开道，催促着，奖励着，让他们走去。路上有深渊，便用那个死填平了，让他们走去。

少的感谢他们填了深渊，给自己走去；老的也感谢他们从我填平的深渊上走去。——远了远了。

明白这事，便从幼到壮到老到死，都欢欢喜喜的过去；而且一步一步，多是超过祖先的新人。

这是生物界正当开阔的路！人类的祖先，都已这样做了。

（一九一九年）

（选自《热风》）

随感录六十六·生命的路

想到人类的灭亡是一件大寂寞大悲哀的事；然而若干人们的灭亡，却并非寂寞悲哀的事。

生命的路是进步的，总是沿着无限的精神三角形的斜面向上走，什么都阻止他不得。

自然赋与人们的不调和还很多，人们自己萎缩堕落退步的也还很多，然而生命决不因此回头。无论什么黑暗来防范思潮，什么悲惨来袭击社会，什么罪恶来亵渎人道，人类的渴仰完全的潜力，总是踏了这些铁蒺藜向前进。

生命不怕死，在死的面前笑着跳着，跨过了灭亡的人们向前进。

什么是路？就是从没路的地方践踏出来的，从只有荆棘的地方开辟出来的。

以前早有路了，以后也该永远有路。

人类总不会寂寞，因为生命是进步的，是乐天的。

昨天，我对我的朋友鲁迅说，“一个人死了，在死者自身和他的眷属是悲惨的事，便在一村一镇的人看起来不算什么；就是一省一国一种……”

鲁迅很不高兴，说，“这是 Natur（自然）的话，不是人们的话。你应该小心些。”

我想，他的话也不错。

（一九一九年）

（选自《热风》）

自言自语

一　序

水村的夏夜，摇着大芭蕉扇，在大树下乘凉，是一件极舒服的事。

男女都谈些闲天，说些故事。孩子是唱歌的唱歌，猜谜的猜谜。

只有陶老头子，天天独自坐着。因为他一世没有进过城，见识有限，无天可谈。而且眼花耳聋，问七答八，说三话四，很有点讨厌，所以没人理他。

他却时常闭着眼，自己说些什么。仔细听去，虽然昏话多，偶然之间，却也有几句略有意思的段落的。

夜深了，乘凉的都散了。我回家点上灯，还不想睡，便将听得的话写了下来，再看一回，却又毫无意思了。

其实陶老头子这等人，那里真会有好话呢，不过既然写出，姑且留下罢了。

留下又怎样呢？这是连我也答复不来。

中华民国八年八月八日灯下记。

二　火的冰

流动的火，是熔化的珊瑚么？

中间有些绿白，像珊瑚的心，浑身通红，像珊瑚的肉，外层带些黑，是珊瑚焦了。

好是好呵，可惜拿了要烫手。

遇着说不出的冷，火便结了冰了。

中间有些绿白，像珊瑚的心，浑身通红，像珊瑚的肉，外层带些黑，也还是珊瑚焦了。

好是好呵，可惜拿了便要火烫一般的冰手。

火，火的冰，人们没奈何他，他自己也苦么？

唉，火的冰。

唉，唉，火的冰的人！

三 古城

你以为那边是一片平地么？不是的。其实是一座沙山，沙山里面是一座古城。这古城里，一直从前住着三个人。

古城不很大，却很高。只有一个门，门是一个闸。

青铅色的浓雾，卷着黄沙，波涛一般的走。

少年说，“沙来了。活不成了。孩子快逃罢。”

老头子说，“胡说，没有的事。”

这样的过了三年和十二个月另八天。

少年说，“沙积高了，活不成了。孩子快逃罢。”

老头子说，“胡说，没有的事。”

少年想开闸，可是重了。因为上面积了许多沙了。

少年拼了死命，终于举起闸，用手脚都支着，但总不到二尺高。

少年挤那孩子出去说，“快走罢！”

老头子拖那孩子回来说，“没有的事！”

少年说，“快走罢！这不是理论，已经是事实了！”

青铅色的浓雾，卷着黄沙，波涛一般的走。

以后的事，我可不知道了。

你要知道，可以掘开沙山，看看古城。闸门下许有一个死尸。闸门里是两个还是一个？

四 螃蟹

老螃蟹觉得不安了，觉得全身太硬了。自己知道要蜕壳了。

他跑来跑去的寻。他想寻一个窟穴，躲了身子，将石子堵了穴口，隐隐的蜕壳。他知道外面蜕壳是危险的。身子还软，要被别的螃蟹吃去的。这并非空害怕，他实在亲眼见过。

他慌慌张张的走。

旁边的螃蟹问他说，“老兄，你何以这般慌？”

他说，“我要蜕壳了。”

“就在这里蜕不很好么？我还要帮你呢。”

“那可太怕人了。”

“你不怕窟穴里的别的东西，却怕我们同种么？”

“我不是怕同种。”

“那还怕什么呢？”

“就怕你要吃掉我。”

五　波儿

波儿气愤愤的跑了。

波儿这孩子，身子有矮屋一般高了，还是淘气，不知道从那里学了坏样子，也想种花了。

不知道从那里要来的蔷薇子，种在干地上，早上浇水，上午浇水，正午浇水。

正午浇水，土上面一点小绿，波儿很高兴，午后浇水，小绿不见了，许是被虫子吃了。

波儿去了喷壶，气愤愤的跑到河边，看见一个女孩子哭着。

波儿说，“你为什么在这里哭？”

女孩子说，“你尝河水什么味罢。”

波儿尝了水，说是“淡的”。

女孩子说，“我落下了一滴泪了，还是淡的，我怎么不哭呢。”

波儿说，“你是傻丫头！”

波儿气愤愤的跑到海边，看见一个男孩子哭着。

波儿说，“你为什么在这里哭？”

男孩子说，“你看海水是什么颜色？”

波儿看了海水，说是“绿的”。

男孩子说，“我滴下了一点血了，还是绿的，我怎么不哭呢。”

波儿说，“你是傻小子！”

波儿才是傻小子哩。世上那有半天抽芽的蔷薇花，花的种子还在土里呢。

便是终于不出，世上也不会没有蔷薇花。

六　我的父亲

我的父亲躺在床上，喘着气，脸上很瘦很黄，我有点怕敢看他了。

他眼睛慢慢闭了，气息渐渐平了。我的老乳母对我说，“你的爹要死了，你叫他罢。”

“爹爹。”

“不行，大声叫！”

“爹爹！”

我的父亲张一张眼，口边一动，仿佛有点伤心，——他仍然慢慢的闭了眼睛。

我的老乳母对我说，“你的爹死了。”

阿！我现在想，大安静大沈寂的死，应该听他慢慢到来。谁敢乱嚷，是大过失。

我何以不听我的父亲，徐徐入死，大声叫他。

阿！我的老乳母。你并无恶意，却教我犯了大过，扰乱我父亲的死亡，使他只听得叫“爹”，却没有听到有人向荒山大叫。

那时我是孩子，不明白什么事理。现在，略略明白，已经迟了。我现在告知我的孩子，倘我闭了眼睛，万不要在我的耳朵边叫了。

七　我的兄弟

我是不喜欢放风筝的，我的一个小兄弟是喜欢放风筝的。

我的父亲死去之后，家里没有钱了。我的兄弟无论怎么热心，也得不到一个风筝了。

一天午后，我走到一间从来不用的屋子里，看见我的兄弟，正躲在里面糊风筝，有几支竹丝，是自己削的，几张皮纸，是自己买的，有四个风轮，已经糊好了。

我是不喜欢放风筝的，也最讨厌他放风筝，我便生气，踏碎了风轮，拆了竹丝，将纸也撕了。

我的兄弟哭着出去了，悄然的在廊下坐着，以后怎样，我那时没有理会，都不知道了。

我后来悟到我的错处。我的兄弟却将我这错处全忘了，他总是很要好的叫我“哥哥”。

我很抱歉，将这事说给他听，他却连影子都记不起了。他仍是很要好的叫我“哥哥”。

阿！我的兄弟。你没有记得我的错处，我能请你原谅么？

然而还是请你原谅罢！

（一九一九年）

（选自《集外集拾遗补编》）

无　　题

有一个大襟上挂一支自来水笔的记者，来约我做文章，为敷衍他起见，我于是乎要做文章了。首先想题目……

这时是夜间，因为比较的凉爽，可以捏笔而没有汗。刚坐下，蚊子出来了，对我大发挥其他们的本能。他们的咬法和嘴的构造大约是不一的，所以我的痛法也不一。但结果则一，就是不能做文章了。并且连题目没有想。

我熄了灯，躲进帐子里，蚊子又在耳边呜呜的叫。

他们并没有叮，而我总是睡不着。点灯来照，躲得不见一个影，熄了灯躺下，却又来了。

如此者三四回，我于是愤怒了；说道：叮只管叮，但请不要叫。然而蚊子仍然呜呜的叫。

这时倘有人提出一个问题，问我“于蚊虫跳蚤孰爱？”我一定毫不迟疑，答曰“爱跳蚤！”这理由很简单，就因为跳蚤是咬而不嚷的。

默默的吸血，虽然可怕，但于我却较为不麻烦，因此毋宁爱跳蚤。在与这理由大略相同的根据上，我便也不很喜欢去“唤醒国民”，这一篇大道理，曾经在槐树下和金心异说过，现在恕不再叙了。

我于是又起来点灯而看书，因为看书和写字不同，可以一手拿扇赶蚊子。

不一刻，飞来了一匹青蝇，只绕着灯罩打圈子。

“嗡！嗡嗡！”

我又麻烦起来了，再不能懂书里面怎么说。用扇去赶，却扇灭了灯；再点起来，他又只是绕，愈绕愈有精神。

“嗄，嗄，嗄！”

我敌不住了！我仍然躲进帐子里。

我想：虫的扑灯，有人说是慕光，有人说是趋炎，有人说是为性欲，都随便，我只愿他不要只是绕圈子就好了。

然而蚊子又呜呜的叫了起来。

然而我已经磕睡了，懒得去赶他，我蒙胧的想：天造万物都得所，天使人会磕睡，大约是专为要叫的蚊子而设的……

阿！皎洁的明月，暗绿的森林，星星闪着他们晶莹的眼睛，夜色中显出几轮较白的圆纹是月见草的花朵……自然之美多么丰富呵！

然而我只听得高雅的人们这样说。我窗外没有花草，星月皎洁的时候，我正在和蚊子战斗，后来又睡着了。

早上起来，但见三位得胜者拖着鲜红色的肚子站在帐子上，自己身上有些痒，且搔且数，一共有五个疙瘩，是我在生物界里战败的标征。

我于是也便带了五个疙瘩，出门混饭去了。

（一九二一年）

（选自《集外集拾遗补编》）

杂　感

人们有泪，比动物进化，但即此有泪，也就是不进化，正如已经只有盲肠，比鸟类进化，而究竟还有盲肠，终不能很算进化一样。凡这些，不但是无用的赘物，还要使其人达到无谓的灭亡。

现今的人们还以眼泪赠答，并且以这为最上的赠品，因为他此外一无所有。无泪的人则以血赠答，但又各各拒绝别人的血。

人大抵不愿意爱人下泪。但临死之际，可能也不愿意爱人为你下泪么？无泪的人无论何时，都不愿意爱人下泪，并且连血也不要：他拒绝一切为他的哭泣和灭亡。

人被杀于万众聚观之中，比被杀在“人不知鬼不觉”的地方快活，因为他可以妄想，博得观众中的或人的眼泪。但是，无泪的人无论被杀在什么所在，于他并无不同。

杀了无泪的人，一定连血也不见。爱人不觉他被杀之惨，仇人也终于得不到杀他之乐：这是他的报恩和复仇。

死于敌手的锋刃，不足悲苦；死于不知何来的暗器，却是悲苦。但最悲苦的是死于慈母或爱人误进的毒药，战友乱发的流弹，病菌的并无恶意的侵入，不是我自己制定的死刑。

仰慕往古的，回往古去罢！想出世的，快出世罢！想上天的，快上天罢！灵魂要离开肉体的，赶快离开罢！现在的地上，应该是执着现在，执着地上的人们居住的。

但厌恶现世的人们还住着。这都是现世的仇仇，他们一日存在，现世即一日不能得救。

先前，也曾有些愿意活在现世而不得的人们，沉默过了，呻吟过了，叹息过了，哭泣过了，哀求过了，但仍然愿意活在现世而不得，因为他们忘却了愤怒。

勇者愤怒，抽刃向更强者；怯者愤怒，却抽刃向更弱者。不可救药的民族中，一定有许多英雄，专向孩子们瞪眼。这些孱头们！

孩子们在瞪眼中长大了，又向别的孩子们瞪眼，并且想：他们一生都过在愤怒中。因为愤怒只是如此，所以他们要愤怒一生，——而且还要愤怒二世，三世，四世，以至末世。

无论爱什么，——饭，异性，国，民族，人类等等，——只有纠缠如毒蛇，执着如怨鬼，二六时中，没有已时者有望。但太觉疲劳时，也无妨休息一会罢；但休息之后，就再来一回罢，而且两回，三回……。血书，章程，请愿，讲学，哭，电报，开会，挽联，演说，神经衰弱，则一切无用。

血书所能挣来的是什么？不过就是你的一张血书，况且并不好看。至于神经衰弱，其实倒是自己生了病，你不要再当作宝贝了，我的可敬爱而讨厌的朋友呀！

我们听到呻吟，叹息，哭泣，哀求，无须吃惊。见了酷烈的沉默，就应该留心了；见有什么像毒蛇似的在尸林中蜿蜒，怨鬼似的在黑暗中奔驰，就更应该留心了：这在豫告“真的愤怒”将要到来。那时候，仰慕往古的就要回往古去了，想出世的要出世去了，想上天的要上天了，灵魂要离开肉体的就要离开了！……

五月五日。

（一九二五年）

（选自《华盖集》）

长 城

伟大的长城!

这工程，虽在地图上也还有它的小像，凡是世界上稍有知识的人们，大概都知道的罢。

其实，从来不过徒然役死许多工人而已，胡人何尝挡得住。现在不过一种古迹了，但一时也不会灭尽，或者还要保存它。

我总觉得周围有长城围绕。这长城的构成材料，是旧有的古砖和补添的新砖。两种东西联为一气造成了城壁，将人们包围。

何时才不给长城添新砖呢?

这伟大而可诅咒的长城!

五月十一日。

（一九二五年）

（选自《华盖集》）

小 杂 感

蜜蜂的刺，一用即丧失了它自己的生命；犬儒的刺，一用则苟延了他自己的生命。他们就是如此不同。

约翰穆勒说：专制使人们变成冷嘲。

而他竟不知道共和使人们变成沉默。

要上战场，莫如做军医；要革命，莫如走后方；要杀人，莫如做刽子手。既英雄，又稳当。

与名流学者谈，对于他之所讲，当装作偶有不懂之处。太不懂被看轻，太懂了被厌恶。偶有不懂之处，彼此最为合宜。

世间大抵只知道指挥刀所以指挥武士，而不想到也可以指挥文人。

又是演讲录，又是演讲录。

但可惜都没有讲明他何以和先前大两样了；也没有讲明他演讲时，自己是否真相信自己的话。

恐怕有一天总要不准穿破布衫，否则便是共产党。

革命，反革命，不革命。

革命的被杀于反革命的。反革命的被杀于革命的。不革命的或当作革命的而被杀于反革命的，或当作反革命的而被杀于革命的，或并不当作什么而被杀于革命的或反革命的。

革命，革革命，革革革命，革革……。

人感到寂寞时，会创作；一感到干净时，即无创作，他已经一无所爱。
创作总根于爱。
杨朱无书。
创作虽说抒写自己的心，但总愿意有人看。
创作是有社会性的。
但有时只要有一个人看便满足：好友，爱人。

人往往憎和尚，憎尼姑，憎回教徒，憎耶教徒，而不憎道士。
懂得此理者，懂得中国大半。

要自杀的人，也会怕大海的汪洋，怕夏天死尸的易烂。
但遇到澄静的清池，凉爽的秋夜，他往往也自杀了。

凡为当局所“诛”者皆有“罪”。

刘邦除秦苛暴，“与父老约，法三章耳。”
而后来仍有族诛，仍禁挟书，还是秦法。
法三章者，话一句耳。

阔的聪明人种种譬如昨日死。
不阔的傻子种种实在昨日死。

曾经阔气的要复古，正在阔气的要保持现状，未曾阔气的要革新。
大抵如是。大抵！

他们之所谓复古，是回到他们所记得的若干年前，并非虞夏商周。

女人的天性中有母性，有女儿性；无妻性。
妻性是逼成的，只是母性和女儿性的混合。

防被欺。
自称盗贼的无须防，得其反倒是好人；自称正人君子的必须防，得其反则是盗贼。

楼下一个男人病得要死，那间壁的一家唱着留声机；对面是弄孩子。楼上有两人狂笑；还有打牌声。河中的船上有女人哭着她死去的母亲。

人类的悲欢并不相通，我只觉得他们吵闹。

每一个破衣服人走过，叭儿狗就叫起来，其实并非都是狗主人的意旨或使嗾。

叭儿狗往往比它的主人更严厉。

一见短袖子，立刻想到白臂膊，立刻想到全裸体，立刻想到生殖器，立刻想到性交，立刻想到杂交，立刻想到私生子。

中国人的想象惟在这一层能够如此跃进。

九月二十四日。

（一九二七年）

（选自《而已集》）

拿破仑与隋那

我认识一个医生，忙的，但也常受病家的攻击，有一回，自解自叹道：要得称赞，最好是杀人，你把拿破仑和隋那（Edward Jenner，1749—1823）去比比看……

我想，这是真的。拿破仑的战绩，和我们什么相干呢，我们却总敬服他的英雄。甚而至于自己的祖宗做了蒙古人的奴隶，我们却还恭维成吉思；从现在的卍字眼睛看来，黄人已经是劣种了，我们却还夸耀希特拉。

因为他们三个，都是杀人不眨眼的大灾星。

但我们看看自己的臂膊，大抵总有几个疤，这就是种过牛痘的痕迹，是使我们脱离了天花的危症的。自从有这种牛痘法以来，在世界上真不知救活了多少孩子，——虽然有些人大起来也还是去给英雄们做炮灰，但我们有谁记得这发明者隋那的名字呢？

杀人者在毁坏世界，救人者在修补它，而炮灰资格的诸公，却总在恭维杀人者。

这看法倘不改变，我想，世界是还要毁坏，人们也还要吃苦的。

十一月六日。

（一九三四年）

（选自《且介亭杂文》）

半夏小集

一

A：你们大家来品评一下罢，B竟蛮不讲理的把我的大衫剥去了！

B：因为A还是不穿大衫好看。我剥它掉，是提拔他；要不然，我还不屑剥呢。

A：不过我自己却以为还是穿着好……

C：现在东北四省失掉了，你漫不管，只嚷你自己的大衫，你这利己主义者，你这猪猡！

C太太：他竟毫不知道B先生是合作的好伴侣，这昏蛋！

二

用笔和舌，将沦为异族的奴隶之苦告诉大家，自然是不错的，但要十分小心，不可使大家得着这样的结论："那么，到底还不如我们似的做自己人的奴隶好。"

三

"联合战线"之说一出，先前投敌的一批"革命作家"，就以"联合"的先觉者自居，渐渐出现了。纳款，通敌的鬼蜮行为，一到现在，就好像都是"前进"的光明事业。

四

这是明亡后的事情。

凡活着的，有些出于心服，多数是被压服的。但活得最舒服横恣的是汉奸；而活得最清高，被人尊敬的，是痛骂汉奸的逸民。后来自己寿终林下，儿子已不妨应试去了，而且各有一个好父亲。至于默默抗战的烈士，却很少能有一个遗孤。

我希望目前的文艺家，并没有古之逸民气。

五

A：B，我们当你是一个可靠的好人，所以几种关于革命的事情，都没有瞒了你。你怎么竟向敌人告密去了？

B：岂有此理！怎么是告密！我说出来，是因为他们问了我呀。

A：你不能推说不知道吗？

B：什么话！我一生没有说过谎，我不是这种靠不住的人！

六

A：阿呀，B先生，三年不见了！你对我一定失望了罢？……

B：没有的事……为什么？

A：我那时对你说过，要到西湖上去做二万行的长诗，直到现在，一个字也没有，哈哈哈！

B：哦，……我可并没有失望。

A：您的“世故”可是进步了，谁都知道您记性好，“责人严”，不会这么随随便便的，您现在也学会了说谎。

B：我可并没有说谎。

A：那么，您真的对我没有失望吗？

B：唔，无所谓失不失望，因为我根本没有相信过你。

七

庄生以为“在上为乌鸢食，在下为蝼蚁食”，死后的身体，大可随便处置，因为横竖结果都一样。

我却没有这么旷达。假使我的血肉该喂动物，我情愿喂狮虎鹰隼，却一点也不给癞皮狗们吃。

养肥了狮虎鹰隼，它们在天空，岩角，大漠，丛莽里是伟美的壮观，捕来放在动物园里，打死制成标本，也令人看了神旺，消去鄙吝的心。

但养胖一群癞皮狗，只会乱钻，乱叫，可多么讨厌！

八

琪罗编辑圣·蒲孚的遗稿，名其一部为《我的毒》(*Mes Poisons*)；我从日译本上，看见了这样的一条：

> “明言着轻蔑什么人，并不是十足的轻蔑。惟沉默是最高的轻蔑。——我在这里说，也是多余的。”

诚然，“无毒不丈夫”，形诸笔墨，却还不过是小毒。最高的轻蔑是无言，而且连眼珠也不转过去。

九

作为缺点较多的人物的模特儿，被写入一部小说里，这人总以为是晦气的。

殊不知这并非大晦气，因为世间实在还有写不进小说里去的人。倘写进去，而又逼真，这小说便被毁坏。

譬如画家，他画蛇，画鳄鱼，画龟，画果子壳，画字纸篓，画垃圾堆，但没有谁画毛毛虫，画癞头疮，画鼻涕，画大便，就是一样的道理。

有人一知道我是写小说的，便回避我，我常想这样的劝止他，但可惜我的毒还不到这程度。

（一九三六年）

（选自《且介亭杂文末编》）

怀人类编 〉〉〉〉〉

目　录

记念刘和珍君

一

中华民国十五年三月二十五日，就是国立北京女子师范大学为十八日在段祺瑞执政府前遇害的刘和珍杨德群两君开追悼会的那一天，我独在礼堂外徘徊，遇见程君，前来问我道，“先生可曾为刘和珍写了一点什么没有？”我说“没有”。她就正告我，“先生还是写一点罢；刘和珍生前就很爱看先生的文章。”

这是我知道的，凡我所编辑的期刊，大概是因为往往有始无终之故罢，销行一向就甚为寥落，然而在这样的生活艰难中，毅然预定了《莽原》全年的就有她。我也早觉得有写一点东西的必要了，这虽然于死者毫不相干，但在生者，却大抵只能如此而已。倘使我能够相信真有所谓“在天之灵”，那自然可以得到更大的安慰，——但是，现在，却只能如此而已。

可是我实在无话可说。我只觉得所住的并非人间。四十多个青年的血，洋溢在我的周围，使我艰于呼吸视听，那里还能有什么言语？长歌当哭，是必须在痛定之后的。而此后几个所谓学者文人的阴险的论调，尤使我觉得悲哀。我已经出离愤怒了。我将深味这非人间的浓黑的悲凉；以我的最大哀痛显示于非人间，使它们快意于我的苦痛，就将这作为后死者的菲薄的祭品，奉献于逝者的灵前。

二

真的猛士，敢于直面惨淡的人生，敢于正视淋漓的鲜血。这是怎样的哀痛者和幸福者？然而造化又常常为庸人设计，以时间的流驶，来洗涤旧迹，仅使留下淡红的血色和微漠的悲哀。在这淡红的血色和微漠的悲哀中，又给人暂得偷生，维持着这似人非人的世界。我不知道这样的世界何时是一个尽头！

我们还在这样的世上活着；我也早觉得有写一点东西的必要了。离三月十八日也已有两星期，忘却的救主快要降临了罢，我正有写一点东西的必要了。

三

在四十余被害的青年之中，刘和珍君是我的学生。学生云者，我向来这样想，这样说，现在却觉得有些踌躇了，我应该对她奉献我的悲哀与尊敬。她不是“苟活到现在的我”的学生，是为了中国而死的中国的青年。

她的姓名第一次为我所见，是在去年夏初杨荫榆女士做女子师范大学校长，开除校中六个学生自治会职员的时候。其中的一个就是她；但是我不认识。直到后来，也许已经是刘百昭率领男女武将，强拖出校之后了，才有人指着一个学生告诉我，说：这就是刘和珍。其时我才能将姓名和实体联合起来，心中却暗自诧异。我平素想，能够不为势利所屈，反抗一广有羽翼的校长的学生，无论如何，总该是有些桀骜锋利的，但她却常常微笑着，态度很温和。待到偏安于宗帽胡同，赁屋授课之后，她才始来听我的讲义，于是见面的回数就较多了，也还是始终微笑着，态度很温和。待到学校恢复旧观，往日的教职员以为责任已尽，准备陆续引退的时候，我才见她虑及母校前途，黯然至于泣下。此后似乎就不相见。总之，在我的记忆上，那一次就是永别了。

四

我在十八日早晨，才知道上午有群众向执政府请愿的事；下午便得到噩耗，说卫队居然开枪，死伤至数百人，而刘和珍君即在遇害者之列。但我对于这些传说，竟至于颇为怀疑。我向来是不惮以最坏的恶意，来推测中国人的，然而我还不料，也不信竟会下劣凶残到这地步。况且始终微笑着的和蔼的刘和珍君，更何至于无端在府门前喋血呢？

然而即日证明是事实了，作证的便是她自己的尸骸。还有一具，是杨德群君的。而且又证明着这不但是杀害，简直是虐杀，因为身体上还有棍棒的伤痕。

但段政府就有令，说她们是“暴徒”！

但接着就有流言，说她们是受人利用的。

惨象，已使我目不忍视了；流言，尤使我耳不忍闻。我还有什么话可说呢？我懂得衰亡民族之所以默无声息的缘由了。沉默呵，沉默呵！不在沉默中爆发，就在沉默中灭亡。

五

但是，我还有要说的话。

我没有亲见；听说，她，刘和珍君，那时是欣然前往的。自然，请愿而已，稍有人心者，谁也不会料到有这样的罗网。但竟在执政府前中弹了，从背部入，斜穿心肺，已是致命的创伤，只是没有便死。同去的张静淑君想扶起她，中了四弹，其一是手枪，立仆；同去的杨德群君又想去扶起她，也被击，弹从左肩入，穿胸偏右出，也立仆。但她还能坐起来，一个兵在她头部及胸部猛击两棍，于是死掉了。

始终微笑的和蔼的刘和珍君确是死掉了，这是真的，有她自己的尸骸为证；沉勇而友爱的杨德群君也死掉了，有她自己的尸骸为证；只有一样沉勇而友爱的张静淑君还在医院里呻吟。当三个女子从容地转辗于文明人所发明的枪弹的攒射中的时候，这是怎样的一个惊心动魄的伟大呵！中国军人的屠戮妇婴的伟绩，八国联军的惩创学生的武功，不幸全被这几缕血痕抹杀了。

但是中外的杀人者却居然昂起头来，不知道个个脸上有着血污……。

六

时间永是流驶，街市依旧太平，有限的几个生命，在中国是不算什么的，至多，不过供无恶意的闲人以饭后的谈资，或者给有恶意的闲人作“流言”的种子。至于此外的深的意义，我总觉得很寥寥，因为这实在不过是徒手的请愿。人类的血战前行的历史，正如煤的形成，当时用大量的木材，结果却只是一小块，但请愿是不在其中的，更何况是徒手。

然而既然有了血痕了，当然不觉要扩大。至少，也当浸渍了亲族，师友，爱人的心，纵使时光流驶，洗成绯红，也会在微漠的悲哀中永存微笑的和蔼的旧影。陶潜说过，“亲戚或余悲，他人亦已歌。死去何所道，托体同山阿。”倘能如此，这也就够了。

七

我已经说过：我向来是不惮以最坏的恶意来推测中国人的。但这回却很有几点出于我的意外。一是当局者竟会这样地凶残，一是流言家竟至如此之下劣，一是中国的女性临难竟能如是之从容。

我目睹中国女子的办事，是始于去年的，虽然是少数，但看那干练坚决，百折不回的气概，曾经屡次为之感叹。至于这一回在弹雨中互相救助，虽殒身不恤的事实，则更足为中国女子的勇毅，虽遭阴谋秘计，压抑至数千年，而终于没有消亡的明证了。倘要寻求这一次死伤者对于将来的意义，意义就在此罢。

苟活者在淡红的血色中，会依稀看见微茫的希望；真的猛士，将更奋然而前行。

呜呼，我说不出话，但以此记念刘和珍君！

四月一日。

（一九二六年）

（选自《华盖集续编》）

为了忘却的记念

一

我早已想写一点文字，来记念几个青年的作家。这并非为了别的，只因为两年以来，悲愤总时时来袭击我的心，至今没有停止，我很想借此算是竦身一摇，将悲哀摆脱，给自己轻松一下，照直说，就是我倒要将他们忘却了。

两年前的此时，即一九三一年的二月七日夜或八日晨，是我们的五个青年作家同时遇害的时候。当时上海的报章都不敢载这件事，或者也许是不愿，或不屑载这件事，只在《文艺新闻》上有一点隐约其辞的文章。那第十一期（五月二十五日）里，有一篇林莽先生作的《白莽印象记》，中间说：

> “他做了好些诗，又译过匈牙利诗人彼得斐的几首诗，当时的《奔流》的编辑者鲁迅接到了他的投稿，便来信要和他会面，但他却是不愿见名人的人，结果是鲁迅自己跑来找他，竭力鼓励他作文学的工作，但他终于不能坐在亭子间里写，又去跑他的路了。不久，他又一次的被了捕。……”

这里所说的我们的事情其实是不确的。白莽并没有这么高慢，他曾经到过我的寓所来，但也不是因为我要求和他会面；我也没有这么高慢，对于一位素不相识的投稿者，会轻率的写信去叫他。我们相见的原因很平常，那时他所投的是从德文译出的《彼得斐传》，我就发信去讨原文，原文是载在诗集前面的，邮寄不便，他就亲自送来了。看去是一个二十多岁的青年，面貌很端正，颜色是黑黑的，当时的谈话我已经忘却，只记得他自说姓徐，象山人；我问他为什么代你收信的女士是这么一个怪名字（怎么怪法，现在也忘却了），他说她就喜欢起得这么怪，罗曼谛克，自己也有些和她不大对劲了。就只剩了这一点。

夜里，我将译文和原文粗粗的对了一遍，知道除几处误译之外，还有一个故意的曲译。他像是不喜欢“国民诗人”这个字的，都改成“民众诗人”了。第二天又接到他一封来信，说很悔和我相见，他的话多，我的话少，又冷，好像受了一种威压似的。我便写一封回信去解释，说初次相会，说话不多，也是人之常情，并且告诉他不应该由自己的爱憎，将原文改变。因为他的原书留在我这里了，就将我所藏的两本集子送给他，问他可能再译几首诗，以供读者的参看。他果然译了几首，自己拿来了，我们就谈得比第一回多一些。这传和诗，后来就都登在《奔流》第二卷第五本，即最末的一本里。

我们第三次相见，我记得是在一个热天。有人打门了，我去开门时，来的就是白莽，却穿着一件厚棉袍，汗流满面，彼此都不禁失笑。这时他才告诉我他是一个革命者，刚由被捕而释出，衣服和书籍全被没收了，连我送他的那两本；身上的袍子是从朋友那里借来的，没有夹衫，而必须穿长衣，所以只好这么出汗。我想，这大约就是林莽先生说的“又一次的被了捕”的那一次了。

我很欣幸他的得释，就赶紧付给稿费，使他可以买一件夹衫，但一面又很为我的那两本书痛惜：落在捕房的手里，真是明珠投暗了。那两本书，原是极平常的，一本散文，一本诗集，据德文译者说，这是他搜集起来的，虽在匈牙利本国，也还没有这么完全的本子，然而印在《莱克朗氏万有文库》（*Reclam's Universal, Bibliothek*）中，倘在德国，就随处可得，也值不到一元钱。不过在我是一种宝贝，因为这是三十年前，正当我热爱彼得斐的时候，特地托丸善书店从德国去买来的，那时还恐怕因为书极便宜，店员不肯经手，开口时非常惴惴。后来大抵带在身边，只是情随事迁，已没有翻译的意思了，这回便决计送给这也如我的那时一样，热爱彼得斐的诗的青年，算是给它寻得了一个好着落。所以还郑重其事，托柔石亲自送去的。谁料竟会落在“三道头”之类的手里的呢，这岂不冤枉！

二

我的决不邀投稿者相见，其实也并不完全因为谦虚，其中含着省事的分子也不少。由于历来的经验，我知道青年们，尤其是文学青年们，十之九是感觉很敏，自尊心也很旺盛的，一不小心，极容易得到误解，所以倒是故意回避的时候多。见面尚且怕，更不必说敢有托付了。但那时我在上海，也有一个惟一的不但敢于随便谈笑，而且还敢于托他办点私事的人，那就是送书去给白莽的柔石。

我和柔石最初的相见，不知道是何时，在那里。他仿佛说过，曾在北京听过我的讲义，那么，当在八九年之前了。我也忘记了在上海怎么来往起来，总之，他那时住在景云里，离我的寓所不过四五家门面，不知怎么一来，就来往起来了。大约最初的一回他就告诉我是姓赵，名平复。但他又曾谈起他家乡的豪绅的气焰之盛，说是有一个绅士，以为他的名字好，要给儿子用，叫他不要用这名字了。所以我疑心他的原名是“平福”，平稳而有福，才正中乡绅的意，对于“复”字却未必有这么热心。他的家乡，是台州的宁海，这只要一看他那台州式的硬气就知道，而且颇有点迂，有时会令我忽而想到方孝孺，觉得好像也有些这模样的。

他躲在寓里弄文学，也创作，也翻译，我们往来了许多日，说得投合起来了，于是另外约定了几个同意的青年，设立朝华社。目的是在绍介东欧和北欧的文学，输入外国的版画，因为我们都以为应该来扶植一点刚健质朴的文艺。接着就印《朝花旬刊》，印《近代世界短篇小说集》，印《艺苑朝华》，算都在循着这条线，只有其中的一本《蕗谷虹儿画选》，是为了扫荡上海滩上的“艺术家”，即戳穿叶灵凤这纸老虎而印的。

然而柔石自己没有钱，他借了二百多块钱来做印本。除买纸之外，大部分的稿子和杂务都是归他做，如跑印刷局，制图，校字之类。可是往往不如意，说起来皱着眉头。看他旧作品，都很有悲观的气息，但实际上并不然，他相信人们是好的。我有时谈到人会怎样的骗人，怎样的卖友，怎样的吮血，他就前额亮晶晶的，惊疑地圆睁了近视的眼睛，抗议道，“会这样的么？——不至于此罢？……”

不过朝花社不久就倒闭了，我也不想说清其中的原因，总之是柔石的理想的头，先碰了一个大钉子，力气固然白化，此外还得去借一百块钱来付纸账。后来他对于我那“人心惟危”说的怀疑减少了，有时也叹息道，“真会这样的么？……”但是，他仍然相信人们是好的。

他于是一面将自己所应得的朝花社的残书送到明日书店和光华书局去，希望还能够收回几文钱，一面就拚命的译书，准备还借款，这就是卖给商务印书馆的《丹麦短篇小说集》和戈理基作的长篇小说《阿尔泰莫诺夫之事业》。但我想，这些译稿，也许去年已被兵火烧掉了。

他的迂渐渐的改变起来，终于也敢和女性的同乡或朋友一同去走路了，但那距离，却至少总有三四尺的。这方法很不好，有时我在路上遇见他，只要在相距三四尺前后或左右有一个年青漂亮的女人，我便会疑心就是他的朋友。但他和我一同走路的时候，可就走得近了，简直是扶住我，因为怕我被汽车或电车撞死；我这面也为他近视而又要照顾别人担心，大家都苍皇失措的愁一路，所以倘不是万不得已，我是不大和他一同出去的，我实在看得他吃力，因而自己也吃力。

无论从旧道德，从新道德，只要是损己利人的，他就挑选上，自己背起来。

他终于决定地改变了，有一回，曾经明白的告诉我，此后应该转换作品的内容和形式。我说：这怕难罢，譬如使惯了刀的，这回要他要棍，怎么能行呢？他简洁的答道：只要学起来！

他说的并不是空话，真也在从新学起来了，其时他曾经带了一个朋友来访我，那就是冯铿女士。谈了一些天，我对于她终于很隔膜，我疑心她有点罗曼谛克，急于事功；我又疑心柔石的近来要做大部的小说，是发源于她的主张的。但我又疑心我自己，也许是柔石的先前的斩钉截铁的回答，正中了我那其实是偷懒的主张的伤疤，所以不自觉地迁怒到她身上去了。——我其实也并不比我所怕见的神经过敏而自尊的文学青年高明。

她的体质是弱的，也并不美丽。

三

直到左翼作家联盟成立之后，我才知道我所认识的白莽，就是在《拓荒者》上做诗的殷夫。有一次大会时，我便带了一本德译的，一个美国的新闻记者所做的中国游记去送他，这不过以为他可以由此练习德文，另外并无深意。然而他没有来。我只得又托了柔石。

但不久，他们竟一同被捕，我的那一本书，又被没收，落在"三道头"之类的手里了。

四

明日书店要出一种期刊，请柔石去做编辑，他答应了；书店还想印我的译著，托他来问版税的办法，我便将我和北新书局所订的合同，抄了一份交给他，他向衣袋里一塞，匆匆的走了。其时是一九三一年一月十六日的夜间，而不料这一去，竟就是我和他相见的末一回，竟就是我们的永诀。

第二天，他就在一个会场上被捕了，衣袋里还藏着我那印书的合同，听说官厅因此正在找寻我。印书的合同，是明明白白的，但我不愿意到那些不明不白的地方去辩解。记得《说岳全传》里讲过一个高僧，当追捕的差役刚到寺门之前，他就"坐化"了，还留下什么"何立从东来，我向西方走"的偈子。这是奴隶所幻想的脱离苦海的惟一的好方法，"剑侠"盼不到，最自在的惟此而已。我不是高僧，没有涅槃的自由，却还有生之留恋，我于是就逃走。

这一夜，我烧掉了朋友们的旧信札，就和女人抱着孩子走在一个客栈里。不几天，即听得外面纷纷传我被捕，或是被杀了，柔石的消息却很少。有的说，他曾经被巡捕带到明日书店里，问是否是编辑；有的说，他曾经被巡捕带往北新书局去，问是否是柔石，手上上了铐，可见案情是重的。但怎样的案情，却谁也不明白。

他在囚系中，我见过两次他写给同乡的信，第一回是这样的——

“我与三十五位同犯（七个女的）于昨日到龙华。并于昨夜上了镣，开政治犯从未上镣之纪录。此案累及太大，我一时恐难出狱，书店事望兄为我代办之。现亦好，且跟殷夫兄学德文，此事可告周先生；望周先生勿念，我等未受刑。捕房和公安局，几次问周先生地址，但我那里知道。诸望勿念。祝好！

赵少雄一月二十四日。”

以上正面。

“洋铁饭碗，要二三只
如不能见面，可将东西
望转交赵少雄”

以上背面。

他的心情并未改变，想学德文，更加努力；也仍在记念我，像在马路上行走时候一般。但他信里有些话是错误的，政治犯而上镣，并非从他们开始，但他向来看得官场还太高，以为文明至今，到他们才开始了严酷。其实是不然的。果然，第二封信就很不同，措词非常惨苦，且说冯女士的面目都浮肿了，可惜我没有抄下这封信。其时传说也更加纷繁，说他可以赎出的也有，说他已经解往南京的也有，毫无确信；而用函电来探问我的消息的也多起来，连母亲在北京也急得生病了，我只得一一发信去更正，这样的大约有二十天。

天气愈冷了，我不知道柔石在那里有被褥不？我们是有的。洋铁碗可曾收到了没有？……但忽然得到一个可靠的消息，说柔石和其他二十三人，已于二月七日夜或八日晨，在龙华警备司令部被枪毙了，他的身上中了十弹。

原来如此！……

在一个深夜里，我站在客栈的院子中，周围是堆着的破烂的什物；人们都睡觉了，连我的女人和孩子。我沉重的感到我失掉了很好的朋友，中国失掉了很好的青年，我在悲愤中沉静下去了，然而积习却从沉静中抬起头来，凑成了这样的几句：

惯于长夜过春时，挈妇将雏鬓有丝。
梦里依稀慈母泪，城头变幻大王旗。

忍看朋辈成新鬼，怒向刀丛觅小诗。
吟罢低眉无写处，月光如水照缁衣。

但末二句，后来不确了，我终于将这写给了一个日本的歌人。

可是在中国，那时是确无写处的，禁锢得比罐头还严密。我记得柔石在年底曾回故乡，住了好些时，到上海后很受朋友的责备。他悲愤的对我说，他的母亲双眼已经失明了，要他多住几天，他怎么能够就走呢？我知道这失明的母亲的眷眷的心，柔石的拳拳的心。当《北斗》创刊时，我就想写一点关于柔石的文章，然而不能够，只得选了一幅珂勒惠支（Käthe Kollwitz）夫人的木刻，名曰《牺牲》，是一个母亲悲哀地献出她的儿子去的，算是只有我一个人心里知道的柔石的记念。

同时被难的四个青年文学家之中，李伟森我没有会见过，胡也频在上海也只见过一次面，谈了几句天。较熟的要算白莽，即殷夫了，他曾经和我通过信，投过稿，但现在寻起来，一无所得，想必是十七那夜统统烧掉了，那时我还没有知道被捕的也有白莽。然而那本《彼得斐诗集》却在的，翻了一遍，也没有什么，只在一首《Wahlspruch》（格言）的旁边，有钢笔写的四行译文道：

“生命诚宝贵，
爱情价更高；
若为自由故，
二者皆可抛！”

又在第二叶上，写着“徐培根”三个字，我疑心这是他的真姓名。

五

前年的今日，我避在客栈里，他们却是走向刑场了；去年的今日，我在炮声中逃在英租界，他们则早已埋在不知那里的地下了；今年的今日，我才坐在旧寓里，人们都睡觉了，连我的女人和孩子。我又沉重的感到我失掉了很好的朋友，中国失掉了很好的青年，我在悲愤中沉静下去了，不料积习又从沉静中抬起头来，写下了以上那些字。

要写下去，在中国的现在，还是没有写处的。年青时读向子期《思旧赋》，很怪他为什么只有寥寥的几行，刚开头却又煞了尾。然而，现在我懂得了。

不是年青的为年老的写记念，而在这三十年中，却使我目睹许多青年的血，层层淤积起来，将我埋得不能呼吸，我只能用这样的笔墨，写几句文章，算是从泥土中挖一个小孔，自己延口残喘，这是怎样的世界呢。夜正长，路也正长，我不如忘却，不说的好罢。但我知道，即使不是我，将来总会有记起他们，再说他们的时候的。……

二月七—八日。

（一九三三年）

（选自《南腔北调集》）

忆韦素园君

我也还有记忆的，但是，零落得很。我自己觉得我的记忆好像被刀刮过了的鱼鳞，有些还留在身体上，有些是掉在水里了，将水一搅，有几片还会翻腾，闪烁，然而中间混着血丝，连我自己也怕得因此污了赏鉴家的眼目。

现在有几个朋友要纪念韦素园君，我也须说几句话。是的，我是有这义务的。我只好连身外的水也搅一下，看看泛起怎样的东西来。

怕是十多年之前了罢，我在北京大学做讲师，有一天，在教师豫备室里遇见了一个头发和胡子统统长得要命的青年，这就是李霁野。我的认识素园，大约就是霁野绍介的罢，然而我忘记了那时的情景。现在留在记忆里的，是他已经坐在客店的一间小房子里计画出版了。

这一间小房子，就是未名社。

那时我正在编印两种小丛书，一种是《乌合丛书》，专收创作，一种是《未名丛刊》，专收翻译，都由北新书局出版。出版者和读者的不喜欢翻译书，那时和现在也并不两样，所以《未名丛刊》是特别冷落的。恰巧，素园他们愿意绍介外国文学到中国来，便和李小峰商量，要将《未名丛刊》移出，由几个同人自办。小峰一口答应了，于是这一种丛书便和北新书局脱离。稿子是我们自己的，另筹了一笔印费，就算开始。因这丛书的名目，连社名也就叫了“未名”——但并非“没有名目”的意思，是“还没有名目”的意思，恰如孩子的“还未成丁”似的。

未名社的同人，实在并没有什么雄心和大志，但是，愿意切切实实的，点点滴滴的做下去的意志，却是大家一致的。而其中的骨干就是素园。

于是他坐在一间破小屋子，就是未名社里办事了，不过小半好像也因为他生着病，不能上学校去读书，因此便天然的轮着他守寨。

我最初的记忆是在这破寨里看见了素园，一个瘦小，精明，正经的青年，窗前的几排破旧外国书，在证明他穷着也还是钉住着文学。然而，我同时又有了一种坏印象，觉得和他是很难交往的，因为他笑影少。“笑影少”原是未名社同人的一种特色，不过素园显得最分明，一下子就能够令人感得。但到后来，我知道我的判断是错误了，和他也并不难于交往。他的不很笑，大约是因为年龄的不同，对我的一种特别态度罢，可惜我不能化为青年，使大家忘掉彼我，得到确证了。这真相，我想，霁野他们是知道的。

但待到我明白了我的误解之后，却同时又发见了一个他的致命伤：他太认真；虽然似乎沉静，然而他激烈。认真会是人的致命伤的么？至少，在那时以至现在，可以是的。一认真，便容易趋于激烈，发扬则送掉自己的命，沉静着，又啮碎了自己的心。

这里有一点小例子。——我们是只有小例子的。

那时候，因为段祺瑞总理和他的帮闲们的迫压，我已经逃到厦门，但北京的狐虎之威还正是无穷无尽。段派的女子师范大学校长林素园，带兵接收学校去了，演过全副武行之后，还指留着的几个教员为“共产党”。这个名词，一向就给有些人以“办事”上的便利，而且这方法，也是一种老谱，本来并不希罕的。但素园却好像激烈起来了，从此以后，他给我的信上，有好一晌竟憎恶“素园”两字而不用，改称为“漱园”。同时社内也发生了冲突，高长虹从上海寄信来，说素园压下了向培良的稿子，叫我讲一句话。我一声也不响。于是在《狂飙》上骂起来了，先骂素园，后是我。素园在北京压下了培良的稿子，却由上海的高长虹来抱不平，要在厦门的我去下判断，我颇觉得是出色的滑稽，而且一个团体，虽是小小的文学团体罢，每当光景艰难时，内部是一定有人起来捣乱的，这也并不希罕。然而素园却很认真，他不但写信给我，叙述着详情，还作文登在杂志上剖白。在“天才”们的法庭上，别人剖白得清楚的么？——我不禁长长的叹了一口气，想到他只是一个文人，又生着病，却这么拚命的对付着内忧外患，又怎么能够持久呢。自然，这仅仅是小忧患，但在认真而激烈的个人，却也相当的大的。

不久，未名社就被封，几个人还被捕。也许素园已经咯血，进了病院了罢，他不在内。但后来，被捕的释放，未名社也启封了，忽封忽启，忽捕忽放，我至今还不明白这是怎么的一个玩意。

我到广州，是第二年——一九二七年的秋初，仍旧陆续的接到他几封信，是在西山病院里，伏在枕头上写就的，因为医生不允许他起坐。他措辞更明显，思想也更清楚，更广大了，但也更使我担心他的病。有一天，我忽然接到一本书，是布面装订的素园翻译的《外套》。我一看明白，就打了一个寒噤：这明明是他送给我的一个纪念品，莫非他已经自觉了生命的期限了么？

我不忍再翻阅这一本书，然而我没有法。

我因此记起，素园的一个好朋友也咯过血，一天竟对着素园咯起来，他慌张失措，用了爱和忧急的声音命令道："你不许再吐了！"我那时却记起了伊孛生的《勃兰特》。他不是命令过去的人，从新起来，却并无这神力，只将自己埋在崩雪下面的么？……

我在空中看见了勃兰特和素园，但是我没有话。

一九二九年五月末，我最以为侥幸的是自己到西山病院去，和素园谈了天。他为了日光浴，皮肤被晒得很黑了，精神却并不萎顿。我们和几个朋友都很高兴。但我在高兴中，又时时夹着悲哀：忽而想到他的爱人，已由他同意之后，和别人订了婚；忽而想到他竟连绍介外国文学给中国的一点志愿，也怕难于达到；忽而想到他在这里静卧着，不知道他自以为是在等候全愈，还是等候灭亡；忽而想到他为什么要寄给我一本精装的《外套》？……

壁上还有一幅陀思妥也夫斯基的大画像。对于这先生，我是尊敬，佩服的，但我又恨他残酷到了冷静的文章。他布置了精神上的苦刑，一个个拉了不幸的人来，拷问给我们看。现在他用沉郁的眼光，凝视着素园和他的卧榻，好像在告诉我：这也是可以收在作品里的不幸的人。

自然，这不过是小不幸，但在素园个人，是相当的大的。

一九三二年八月一日晨五时半，素园终于病殁在北平同仁医院里了，一切计画，一切希望，也同归于尽。我所抱憾的是因为避祸，烧去了他的信札，我只能将一本《外套》当作唯一的纪念，永远放在自己的身边。

自素园病殁之后，转眼已是两年了，这其间，对于他，文坛上并没有人开口。这也不能算是希罕的，他既非天才，也非豪杰，活的时候，既不过在默默中生存，死了之后，当然也只好在默默中泯没。但对于我们，却是值得记念的青年，因为他在默默中支持了未名社。

未名社现在是几乎消灭了，那存在期，也并不长久。然而自素园经营以来，绍介了果戈理（N. Gogol），陀思妥也夫斯基（F. Dostoevsky），安特列夫（L. Andreev），绍介了望·蔼覃（F.van Eeden），绍介了爱伦堡（I. Ehrenburg）的《烟袋》和拉夫列涅夫（B. Lavrenev）的《四十一》。还印行了《未名新集》，其中有丛芜的《君山》，静农的《地之子》和《建塔者》，我的《朝花夕拾》，在那时候，也都还算是相当可看的作品。事实不为轻薄阴险小儿留情，曾几何年，他们就都已烟消火灭，然而未名社的译作，在文苑里却至今没有枯死的。

是的，但素园却并非天才，也非豪杰，当然更不是高楼的尖顶，或名园的美花，然而他是楼下的一块石材，园中的一撮泥土，在中国第一要他多。他不入于观赏者的眼中，只有建筑者和栽植者，决不会将他置之度外。

文人的遭殃，不在生前的被攻击和被冷落，一瞑之后，言行两亡，于是无聊之徒，谬托知己，是非蜂起，既以自衒，又以卖钱，连死尸也成了他们的沽名获利之具，这倒是值得悲哀的。现在我以这几千字纪念我所熟识的素园，但愿还没有营私肥己的处所，此外也别无话说了。

我不知道以后是否还有记念的时候，倘止于这一次，那么，素园，从此别了！

一九三四年七月十六日。

（选自《且介亭杂文》）

忆刘半农君

这是小峰出给我的一个题目。

这题目并不出得过分。半农去世，我是应该哀悼的，因为他也是我的老朋友。但是，这是十来年前的话了，现在呢，可难说得很。

我已经忘记了怎么和他初次会面，以及他怎么能到了北京。他到北京，恐怕是在《新青年》投稿之后，由蔡孑民先生或陈独秀先生去请来的，到了之后，当然更是《新青年》里的一个战士。他活泼，勇敢，很打了几次大仗。譬如罢，答王敬轩的双鐄信，“她”字和“牠”字的创造，就都是的。这两件，现在看起来，自然是琐屑得很，但那是十多年前，单是提倡新式标点，就会有一大群人“若丧考妣”，恨不得“食肉寝皮”的时候，所以的确是“大仗”。现在的二十左右的青年，大约很少有人知道三十年前，单是剪下辫子就会坐牢或杀头的了。然而这曾经是事实。

但半农的活泼，有时颇近于草率，勇敢也有失之无谋的地方。但是，要商量袭击敌人的时候，他还是好伙伴，进行之际，心口并不相应，或者暗暗的给你一刀，他是决不会的。倘若失了算，那是因为没有算好的缘故。

《新青年》每出一期，就开一次编辑会，商定下一期的稿件。其时最惹我注意的是陈独秀和胡适之。假如将韬略比作一间仓库罢，独秀先生的是外面竖一面大旗，大书道：“内皆武器，来者小心！”但那门却开着的，里面有几枝枪，几把刀，一目了然，用不着提防。适之先生的是紧紧的关着门，门上粘一条小纸条道：“内无武器，请勿疑虑。”这自然可以是真的，但有些人——至少是我这样的人——有时总不免要侧着头想一想。半农却是令人不觉其有“武库”的一个人，所以我佩服陈胡，却亲近半农。

所谓亲近，不过是多谈闲天，一多谈，就露出了缺点。几乎有一年多，他没有消失掉从上海带来的才子必有“红袖添香夜读书”的艳福的思想，好容易才给我们骂掉了。但他好像到处都这么的乱说，使有些“学者”皱眉。有时候，连到《新青年》投稿都被排斥。他很勇于写稿，但试去看旧报去，很有几期是没有他的。那些人们批评他的为人，是：浅。

不错，半农确是浅。但他的浅，却如一条清溪，澄澈见底，纵有多少沉渣和腐草，也不掩其大体的清。倘使装的是烂泥，一时就看不出它的深浅来了；如果是烂泥的深渊呢，那就更不如浅一点的好。

但这些背后的批评，大约是很伤了半农的心的，他的到法国留学，我疑心大半就为此。我最懒于通信，从此我们就疏远起来了。他回来时，我才知道他在外国钞古书，后来也要标点《何典》，我那时还以老朋友自居，在序文上说了几句老实话，事后，才知道半农颇不高兴了，“驷不及舌”，也没有法子。另外还有一回关于《语丝》的彼此心照的不快活。五六年前，曾在上海的宴会上见过一回面，那时候，我们几乎已经无话可谈了。

近几年，半农渐渐的据了要津，我也渐渐的更将他忘却；但从报章上看见他禁称“蜜斯”之类，却很起了反感：我以为这些事情是不必半农来做的。从去年来，又看见他不断的做打油诗，弄烂古文，回想先前的交情，也往往不免长叹。我想，假如见面，而我还以老朋友自居，不给一个“今天天气……哈哈哈”完事，那就也许会弄到冲突的罢。

不过，半农的忠厚，是还使我感动的。我前年曾到北平，后来有人通知我，半农是要来看我的，有谁恐吓了他一下，不敢来了。这使我很惭愧，因为我到北平后，实在未曾有过访问半农的心思。

现在他死去了，我对于他的感情，和他生时也并无变化。我爱十年前的半农，而憎恶他的近几年。这憎恶是朋友的憎恶，因为我希望他常是十年前的半农，他的为战士，即使“浅”罢，却于中国更为有益。我愿以愤火照出他的战绩，免使一群陷沙鬼将他先前的光荣和死尸一同拖入烂泥的深渊。

八月一日。

（一九三四年）

（选自《且介亭杂文》）

陀思妥夫斯基的事

——为日本三笠书房《陀思妥夫斯基全集》普及本作

到了关于陀思妥夫斯基，不能不说一两句话的时候了。说什么呢？他太伟大了，而自己却没有很细心的读过他的作品。

回想起来，在年青时候，读了伟大的文学者的作品，虽然敬服那作者，然而总不能爱的，一共有两个人。一个是但丁，那《神曲》的《炼狱》里，就有我所爱的异端在；有些鬼魂还在把很重的石头，推上峻峭的岩壁去。这是极吃力的工作，但一松手，可就立刻压烂了自己。不知怎地，自己也好像很是疲乏了。于是我就在这地方停住，没有能够走到天国去。

还有一个，就是陀思妥夫斯基。一读他二十四岁时所作的《穷人》，就已经吃惊于他那暮年似的孤寂。到后来，他竟作为罪孽深重的罪人，同时也是残酷的拷问官而出现了。他把小说中的男男女女，放在万难忍受的境遇里，来试炼它们，不但剥去了表面的洁白，拷问出藏在底下的罪恶，而且还要拷问出藏在那罪恶之下的真正的洁白来。而且还不肯爽利的处死，竭力要放它们活得长久。而这陀思妥夫斯基，则仿佛就在和罪人一同苦恼，和拷问官一同高兴着似的。这决不是平常人做得到的事情，总而言之，就因为伟大的缘故。但我自己，却常常想废书不观。

医学者往往用病态来解释陀思妥夫斯基的作品。这伦勃罗梭式的说明，在现今的大多数的国度里，恐怕实在也非常便利，能得一般人们的赞许的。但是，即使他是神经病者，也是俄国专制时代的神经病者，倘若谁身受了和他相类的重压，那么，愈身受，也就会愈懂得他那夹着夸张的真实，热到发冷的热情，快要破裂的忍从，于是爱他起来的罢。

不过作为中国的读者的我，却还不能熟悉陀思妥夫斯基式的忍从——对于横逆之来的真正的忍从。在中国，没有俄国的基督。在中国，君临的是“礼”，不是神。百分之百的忍从，在未嫁就死了定婚的丈夫，坚苦的一直硬活到八十岁的所谓节妇身上，也许偶然可以发见罢，但在一般的人们，却没有。忍从的形式，是有的，然而陀思妥夫斯基式的掘下去，我以为恐怕也还是虚伪。因为压迫者指为被压迫者的不德之一的这虚伪，对于同类，是恶，而对于压迫者，却是道德的。

但是，陀思妥夫斯基式的忍从，终于也并不只成了说教或抗议就完结。因为这是当不住的忍从，太伟大的忍从的缘故。人们也只好带着罪业，一直闯进但丁的天国，在这里这才大家合唱着，再来修练天人的功德了。只有中庸的人，固然并无堕入地狱的危险，但也恐怕进不了天国的罢。

十一月二十日。

（一九三五年）

（选自《且介亭杂文二集》）

我的第一个师父

不记得是那一部旧书上看来的了，大意说是有一位道学先生，自然是名人，一生拚命辟佛，却名自己的小儿子为“和尚”。有一天，有人拿这件事来质问他。他回答道：“这正是表示轻贱呀！”那人无话可说而退云。

其实，这位道学先生是诡辩。名孩子为“和尚”，其中是含有迷信的。中国有许多妖魔鬼怪，专喜欢杀害有出息的人，尤其是孩子；要下贱，他们才放手，安心。和尚这一种人，从和尚的立场看来，会成佛——但也不一定，——固然高超得很，而从读书人的立场一看，他们无家无室，不会做官，却是下贱之流。读书人意中的鬼怪，那意见当然和读书人相同，所以也就不来搅扰了。这和名孩子为阿猫阿狗，完全是一样的意思：容易养大。

还有一个避鬼的法子，是拜和尚为师，也就是舍给寺院了的意思，然而并不放在寺院里。我生在周氏是长男，“物以希为贵”，父亲怕我有出息，因此养不大，不到一岁，便领到长庆寺里去，拜了一个和尚为师了。拜师是否要贽见礼，或者布施什么的呢，我完全不知道。只知道我却由此得到一个法名叫作“长庚”，后来我也偶尔用作笔名，并且在《在酒楼上》这篇小说里，赠给了恐吓自己的侄女的无赖；还有一件百家衣，就是“衲衣”，论理，是应该用各种破布拼成的，但我的却是橄榄形的各色小绸片所缝就，非喜庆大事不给穿；还有一条称为“牛绳”的东西，上挂零星小件，如历本，镜子，银筛之类，据说是可以避邪的。

这种布置，好像也真有些力量：我至今没有死。

不过，现在法名还在，那两件法宝却早已失去了。前几年回北平去，母亲还给了我婴儿时代的银筛，是那时的惟一的记念。仔细一看，原来那筛子圆径不过寸余，中央一个太极图，上面一本书，下面一卷画，左右缀着极小的尺，剪刀，算盘，天平之类。我于是恍然大悟，中国的邪鬼，是怕斩钉截铁，不能含胡的东西的。因为探究和好奇，去年曾经去问上海的银楼，终于买了两面来，和我的几乎一式一样，不过缀着的小东西有些增减。奇怪得很，半世纪有余了，邪鬼还是这样的性情，避邪还是这样的法宝。然而我又想，这法宝成人却用不得，反而非常危险的。

但因此又使我记起了半世纪以前的最初的先生。我至今不知道他的法名，无论谁，都称他为“龙师父”，瘦长的身子，瘦长的脸，高颧细眼，和尚是不应该留须的，他却有两绺下垂的小胡子。对人很和气，对我也很和气，不教我念一句经，也不教我一点佛门规矩；他自己呢，穿起袈裟来做大和尚，或者戴上毗卢帽放焰口，“无祀孤魂，来受甘露味”的时候，是庄严透顶的，平常可也不念经，因为是住持，只管着寺里的琐屑事，其实——自然是由我看起来——他不过是一个剃光了头发的俗人。

因此我又有一位师母，就是他的老婆。论理，和尚是不应该有老婆的，然而他有。我家的正屋的中央，供着一块牌位，用金字写着必须绝对尊敬和服从的五位：“天地君亲师”。我是徒弟，他是师，决不能抗议，而在那时，也决不想到抗议，不过觉得似乎有点古怪。但我是很爱我的师母的，在我的记忆上，见面的时候，她已经大约有四十岁了，是一位胖胖的师母，穿着玄色纱衫裤，在自己家里的院子里纳凉，她的孩子们就来和我玩耍。有时还有水果和点心吃，——自然，这也是我所以爱她的一个大原因；用高洁的陈源教授的话来说，便是所谓“有奶便是娘”，在人格上是很不足道的。

不过我的师母在恋爱故事上，却有些不平常。“恋爱”，这是现在的术语，那时我们这偏僻之区只叫作“相好”。《诗经》云：“式相好矣，毋相尤矣”，起源是算得很古，离文武周公的时候不怎么久就有了的，然而后来好像并不算十分冠冕堂皇的好话。这且不管它罢。总之，听说龙师父年青时，是一个很漂亮而能干的和尚，交际很广，认识各种人。有一天，乡下做社戏了，他和戏子相识，便上台替他们去敲锣，精光的头皮，簇新的海青，真是风头十足。乡下人大抵有些顽固，以为和尚是只应该念经拜忏的，台下有人骂了起来。师父不甘示弱，也给他们一个回骂。于是战争开幕，甘蔗梢头雨点似的飞上来，有些勇士，还有进攻之势，“彼众我寡”，他只好退走，一面退，一面一定追，逼得他又只好慌张的躲进一家人家去。而这人家，又只有一位年青的寡妇。以后的故事，我也不甚了然了，总而言之，她后来就是我的师母。

自从《宇宙风》出世以来，一向没有拜读的机缘，近几天才看见了“春季特大号”。其中有一篇铢堂先生的《不以成败论英雄》，使我觉得很有趣，他以为中国人的“不以成败论英雄”，“理想是不能不算崇高”的，“然而在人群的组织上实在要不得。抑强扶弱，便是永远不愿意有强。崇拜失败英雄，便是不承认成功的英雄”。“近人有一句流行话，说中国民族富于同化力，所以辽金元清都并不曾征服中国。其实无非是一种惰性，对于新制度不容易接收罢了”。我们怎样来改悔这“惰性”呢，现在姑且不谈，而且正在替我们想法的人们也多得很。我只要说那位寡妇之所以变了我的师母，其弊病也就在“不以成败论英雄”。乡下没有活的岳飞或文天祥，所以一个漂亮的和尚在如雨而下的甘蔗梢头中，从戏台逃下，也就是一个货真价实的失败的英雄。她不免发现了祖传的“惰性”，崇拜起来，对于追兵，也像我们的祖先的对于辽金元清的大军似的，“不承认成功的英雄”了。在历史上，这结果是正如铁堂先生所说:“乃是中国的社会不树威是难得帖服的”，所以活该有“扬州十日”和“嘉定三屠”。但那时的乡下人，却好像并没有“树威”，走散了，自然，也许是他们料不到躲在家里。

因此我有了三个师兄，两个师弟。大师兄是穷人的孩子，舍在寺里，或是卖在寺里的；其余的四个，都是师父的儿子，大和尚的儿子做小和尚，我那时倒并不觉得怎么稀奇。大师兄只有单身；二师兄也有家小，但他对我守着秘密，这一点，就可见他的道行远不及我的师父，他的父亲了。而且年龄都和我相差太远，我们几乎没有交往。

三师兄比我恐怕要大十岁，然而我们后来的感情是很好的，我常常替他担心。还记得有一回，他要受大戒了，他不大看经，想来未必深通什么大乘教理，在剃得精光的囟门上，放上两排艾绒，同时烧起来，我看是总不免要叫痛的，这时善男信女，多数参加，实在不大雅观，也失了我做师弟的体面。这怎么好呢？每一想到，十分心焦，仿佛受戒的是我自己一样。然而我的师父究竟道力高深，他不说戒律，不谈教理，只在当天大清早，叫了我的三师兄去，厉声吩咐道:“拚命熬住，不许哭，不许叫，要不然，脑袋就炸开，死了！”这一种大喝，实在比什么《妙法莲花经》或《大乘起信论》还有力，谁高兴死呢，于是仪式很庄严的进行，虽然两眼比平时水汪汪，但到两排艾绒在头顶上烧完，的确一声也不出。我嘘一口气，真所谓“如释重负”，善男信女们也个个“合十赞叹，欢喜布施，顶礼而散”了。

出家人受了大戒，从沙弥升为和尚，正和我们在家人行过冠礼，由童子而为成人相同。成人愿意“有室”，和尚自然也不能不想到女人。以为和尚只记得释迦牟尼或弥勒菩萨，乃是未曾拜和尚为师，或与和尚为友的世俗的谬见。寺里也有确在修行，没有女人，也不吃荤的和尚，例如我的大师兄即是其一，然而他们孤僻，冷酷，看不起人，好像总是郁郁不乐，他们的一把扇或一本书，你一动他就不高兴，令人不敢亲近他。所以我所熟识的，都是有女人，或声明想女人，吃荤，或声明想吃荤的和尚。

我那时并不诧异三师兄在想女人，而且知道他所理想的是怎样的女人。人也许以为他想的是尼姑罢，并不是的，和尚和尼姑“相好”，加倍的不便当。他想的乃是千金小姐或少奶奶；而作这“相思”或“单相思”——即今之所谓“单恋”也——的媒介的是“结”。我们那里的阔人家，一有丧事，每七日总要做一些法事，有一个七日，是要举行“解结”的仪式的，因为死人在未死之前，总不免开罪于人，存着冤结，所以死后要替他解散。方法是在这天拜完经忏的傍晚，灵前陈列着几盘东西，是食物和花，而其中有一盘，是用麻线或白头绳，穿上十来文钱，两头相合而打成蝴蝶式，八结式之类的复杂的，颇不容易解开的结子。一群和尚便环坐桌旁，且唱且解，解开之后，钱归和尚，而死人的一切冤结也从此完全消失了。这道理似乎有些古怪，但谁都这样办，并不为奇，大约也是一种“惰性”。不过解结是并不如世俗人的所推测，个个解开的，倘有和尚以为打得精致，因而生爱，或者故意打得结实，很难解散，因而生恨的，便能暗暗的整个落到僧袍的大袖里去，一任死者留下冤结，到地狱里去吃苦。这种宝结带回寺里，便保存起来，也时时鉴赏，恰如我们的或亦不免偏爱看看女作家的作品一样。当鉴赏的时候，当然也不免想到作家，打结子的是谁呢，男人不会，奴婢不会，有这种本领的，不消说是小姐或少奶奶了。和尚没有文学界人物的清高，所以他就不免睹物思人，所谓“时涉遐想”起来，至于心理状态，则我虽曾拜和尚为师，但究竟是在家人，不大明白底细。只记得三师兄曾经不得已而分给我几个，有些实在打得精奇，有些则打好之后，浸过水，还用剪刀柄之类砸实，使和尚无法解散。解结，是替死人设法的，现在却和和尚为难，我真不知道小姐或少奶奶是什么意思。这疑问直到二十年后，学了一点医学，才明白原来是给和尚吃苦，颇有一点虐待异性的病态的。深闺的怨恨，会无线电似的报在佛寺的和尚身上，我看道学先生可还没有料到这一层。

后来，三师兄也有了老婆，出身是小姐，是尼姑，还是“小家碧玉”呢，我不明白，他也严守秘密，道行远不及他的父亲了。这时我也长大起来，不知道从那里，听到了和尚应守清规之类的古老话，还用这话来嘲笑他，本意是在要他受窘。不料他竟一点不窘，立刻用“金刚怒目”式，向我大喝一声道：

“和尚没有老婆，小菩萨那里来！？”

这真是所谓“狮吼”，使我明白了真理，哑口无言，我的确早看见寺里有丈余的大佛，有数尺或数寸的小菩萨，却从未想到他们为什么有大小。经此一喝，我才彻底的省悟了和尚有老婆的必要，以及一切小菩萨的来源，不再发生疑问。但要找寻三师兄，从此却艰难了一点，因为这位出家人，这时就有了三个家了：一是寺院，二是他的父母的家，三是他自己和女人的家。

我的师父，在约略四十年前已经去世；师兄弟们大半做了一寺的住持；我们的交情是依然存在的，却久已彼此不通消息。但我想，他们一定早已各有一大批小菩萨，而且有些小菩萨又有小菩萨了。

四月一日。

（一九三六年）

（选自《且介亭杂文末编》）

关于太炎先生二三事

前一些时，上海的官绅为太炎先生开追悼会，赴会者不满百人，遂在寂寞中闭幕，于是有人慨叹，以为青年们对于本国的学者，竟不如对于外国的高尔基的热诚。这慨叹其实是不得当的。官绅集会，一向为小民所不敢到；况且高尔基是战斗的作家，太炎先生虽先前也以革命家现身，后来却退居于宁静的学者，用自己所手造的和别人所帮造的墙，和时代隔绝了。纪念者自然有人，但也许将为大多数所忘却。

我以为先生的业绩，留在革命史上的，实在比在学术史上还要大。回忆三十余年之前，木板的《訄书》已经出版了，我读不断，当然也看不懂，恐怕那时的青年，这样的多得很。我的知道中国有太炎先生，并非因为他的经学和小学，是为了他驳斥康有为和作邹容的《革命军》序，竟被监禁于上海的西牢。那时留学日本的浙籍学生，正办杂志《浙江潮》，其中即载有先生狱中所作诗，却并不难懂。这使我感动，也至今并没有忘记，现在抄两首在下面——

狱中赠邹容

邹容吾小弟，被发下瀛洲。快剪刀除辫，干牛肉作糇。
英雄一入狱，天地亦悲秋。临命须掺手，乾坤只两头。

狱中闻沈禹希见杀

不见沈生久，江湖知隐沦，萧萧悲壮士，今在易京门。螭魅羞争焰，文章总断魂。中阴当待我，南北几新坟。

一九〇六年六月出狱，即日东渡，到了东京，不久就主持《民报》。我爱看这《民报》，但并非为了先生的文笔古奥，索解为难，或说佛法，谈“俱分进化”，是为了他和主张保皇的梁启超斗争，和“××”的×××斗争，和“以《红楼梦》为成佛之要道”的×××斗争，真是所向披靡，令人神旺。前去听讲也在这时候，但又并非因为他是学者，却为了他是有学问的革命家，所以直到现在，先生的音容笑貌，还在目前，而所讲的《说文解字》，却一句也不记得了。

民国元年革命后，先生的所志已达，该可以大有作为了，然而还是不得志。这也是和高尔基的生受崇敬，死备哀荣，截然两样的。我以为两人遭遇的所以不同，其原因乃在高尔基先前的理想，后来都成为事实，他的一身，就是大众的一体，喜怒哀乐，无不相通；而先生则排满之志虽伸，但视为最紧要的“第一是用宗教发起信心，增进国民的道德；第二是用国粹激动种性，增进爱国的热肠”（见《民报》第六本），却仅止于高妙的幻想；不久而袁世凯又攘夺国柄，以遂私图，就更使先生失却实地，仅垂空文，至于今，惟我们的“中华民国”之称，尚系发源于先生的《中华民国解》（最先亦见《民报》），为巨大的记念而已，然而知道这一重公案者，恐怕也已经不多了。既离民众，渐入颓唐，后来的参与投壶，接收馈赠，遂每为论者所不满，但这也不过白圭之玷，并非晚节不终。考其生平，以大勋章作扇坠，临总统府之门，大诟袁世凯的包藏祸心者，并世无第二人；七被追捕，三入牢狱，而革命之志，终不屈挠者，并世亦无第二人：这才是先哲的精神，后生的楷范。近有文侩，勾结小报，竟也作文奚落先生以自鸣得意，真可谓“小人不欲成人之美”，而且“蚍蜉撼大树，可笑不自量”了！

但革命之后，先生亦渐为昭示后世计，自藏其锋铓。浙江所刻的《章氏丛书》，是出于手定的，大约以为驳难攻讦，至于忿詈，有违古之儒风，足以贻讥多士的罢，先前的见于期刊的斗争的文章，竟多被刊落，上文所引的诗两首，亦不见于《诗录》中。一九三三年刻《章氏丛书续编》于北平，所收不多，而更纯谨，且不取旧作，当然也无斗争之作，先生遂身衣学术的华衮，粹然成为儒宗，执贽愿为弟子者綦众，至于仓皇制《同门录》成册。近阅日报，有保护版权的广告，有三续丛书的记事，可见又将有遗著出版了，但补入先前战斗的文章与否，却无从知道。战斗的文章，乃是先生一生中最大，最久的业绩，假使未备，我以为是应该一一辑录，校印，使先生和后生相印，活在战斗者的心中的。然而此时此际，恐怕也未必能如所望罢，呜呼！

十月九日。

（一九三六年）

（选自《且介亭杂文末编》）

因太炎先生而想起的二三事

写完题目，就有些踌躕，怕空话多于本文，就是俗语之所谓“雷声大，雨点小”。

做了《关于太炎先生二三事》以后，好像还可以写一点闲文，但已经没有力气，只得停止了。第二天一觉醒来，日报已到，拉过来一看，不觉自己摩一下头顶，惊叹道：“二十五周年的双十节！原来中华民国，已过了一世纪的四分之一了，岂不快哉！”但这“快”是迅速的意思。后来乱翻增刊，偶看见新作家的憎恶老人的文章，便如兜顶浇半瓢冷水。自己心里想：老人这东西，恐怕也真为青年所不耐的。例如我罢，性情即日见乖张，二十五年而已，却偏喜欢说一世纪的四分之一，以形容其多，其不知忙着什么；而且这摩一下头顶的手势，也实在可以说是太落伍了。

这手势，每当惊喜或感动的时候，我也已经用了一世纪的四分之一，犹言“辫子究竟剪去了”，原是胜利的表示。这种心情，和现在的青年也是不能相通的。假使都会上有一个拖着辫子的人，三十左右的壮年和二十上下的青年，看见了恐怕只以为珍奇，或者竟觉得有趣，但我却仍然要憎恨，愤怒，因为自己是曾经因此吃苦的人，以剪辫为一大公案的缘故。我的爱护中华民国，焦唇敝舌，恐其衰微，大半正为了使我们得有剪辫的自由，假使当初为了保存古迹，留辫不剪，我大约是决不会这样爱它的。张勋来也好，段祺瑞来也好，我真自愧远不及有些士君子的大度。

当我还是孩子时，那时的老人指教我说：剃头担上的旗竿，三百年前是挂头的。满人入关，下令拖辫，剃头人沿路拉人剃发，谁敢抗拒，便砍下头来挂在旗竿上，再去拉别的人。那时的剃发，先用水擦，再用刀刮，确是气闷的，但挂头故事却并不引起我的惊惧，因为即使我不高兴剃发，剃头人不但不来砍下我的脑袋，还从旗竿斗里摸出糖来，说剃完就可以吃，已经换了怀柔方略了。见惯者不怪，对辫子也不觉其丑，何况花样繁多，以姿态论，则辫子有松打，有紧打，辫线有三股，有散线，周围有看发（即今之“刘海”），看发有长短，长看发又可打成两条细辫子，环于顶搭之周围，顾影自怜，为美男子；以作用论，则打架时可拔，犯奸时可剪，做戏的可挂于铁竿，为父的可鞭其子女，变把戏的将头摇动，能飞舞如龙蛇，昨在路上，看见巡捕拿人，一手一个，以一捕二，倘在辛亥革命前，则一把辫子，至少十多个，为治民计，也极方便的。不幸的是所谓“海禁大开”，士人渐读洋书，因知比较，纵使不被洋人称为“猪尾”，而既不全剃，又不全留，剃掉一圈，留下一撮，打成尖辫，如慈菇芽，也未免自己觉得毫无道理，大可不必了。

我想，这是纵使生于民国的青年，一定也都知道的。清光绪中，曾有康有为者变过法，不成，作为反动，是义和团起事，而八国联军遂入京，这年代很容易记，是恰在一千九百年，十九世纪的结末。于是满清官民，又要维新了，维新有老谱，照例是派官出洋去考察，和派学生出洋去留学。我便是那时被两江总督派赴日本的人们之中的一个，自然，排满的学说和辫子的罪状和文字狱的大略，是早经知道了一些的，而最初在实际上感到不便的，却是那辫子。

凡留学生一到日本，急于寻求的大抵是新知识。除学习日文，准备进专门的学校之外，就赴会馆，跑书店，往集会，听讲演。我第一次所经历的是在一个忘了名目的会场上，看见一位头包白纱布，用无锡腔讲演排满的英勇的青年，不觉肃然起敬。但听下去，到得他说“我在这里骂老太婆，老太婆一定也在那里骂吴稚晖”，听讲者一阵大笑的时候，就感到没趣，觉得留学生好像也不外乎嬉皮笑脸。“老太婆”者，指清朝的西太后。吴稚晖在东京开会骂西太后，是眼前的事实无疑，但要说这时西太后也正在北京开会骂吴稚晖，我可不相信。讲演固然不妨夹着笑骂，但无聊的打诨，是非徒无益，而且有害的。不过吴先生这时却正在和公使蔡钧大战，名驰学界，白纱布下面，就藏着名誉的伤痕。不久，就被递解回国，路经皇城外的河边时，他跳了下去，但立刻又被捞起，押送回去了。这就是后来太炎先生和他笔战时，文中之所谓“不投大壑而投阳沟，面目上露”。其实是日本的御沟并不狭小，但当警官护送之际，却即使并未“面目上露”，也一定要被捞起的。这笔战愈来愈凶，终至夹着毒詈，今年吴先生讥刺太炎先生受国民政府优遇时，还提起这件事，这是三十余年前的旧账，至今不忘，可见怨毒之深了。但先生手定的《章氏丛书》内，却都不收录这些攻战的文章。先生力排清虏，而服膺于几个清儒，殆将希踪古贤，故不欲以此等文字自秽其著述——但由我看来，其实是吃亏，上当的，此种醇风，正使物能遁形，贻患千古。

剪掉辫子，也是当时一大事。太炎先生去发时，作《解辫发》，有云——

> “……共和二千七百四十一年，秋七月，余年三十三矣。是时满洲政府不道，戕虐朝士，横挑强邻，戮使略贾，四维交攻。愤东胡之无状，汉族之不得职，陨涕涔涔曰，余年已立，而犹被戎狄之服，不违咫尺，弗能剪除，余之罪也。将荐绅束发，以复近古，日既不给，衣又不可得。于是曰，昔祁班孙，释隐玄，皆以明氏遗老，断发以殁。《春秋谷梁传》曰:‘吴祝发’,《汉书·严助传》曰:‘越劗发’,（晋灼曰:‘劗，张揖以为古剪字也’）

余故吴越间民，去之亦犹行古之道也。……”

文见于木刻初版和排印再版的《訄书》中，后经更定，改名《检论》时，也被删掉了。我的剪辫，却并非因为我是越人，越在古昔，“断发文身”，今特效之，以见先民仪矩，也毫不含有革命性，归根结蒂，只为了不便：一不便于脱帽，二不便于体操，三盘在囟门上，令人很气闷。在事实上，无辫之徒，回国以后，默然留长，化为不二之臣者也多得很。而黄克强在东京作师范学生时，就始终没有断发，也未尝大叫革命，所略显其楚人的反抗的蛮性者，惟因日本学监，诫学生不可赤膊，他却偏光着上身，手挟洋磁脸盆，从浴室经过大院子，摇摇摆摆的走入自修室去而已。

（一九三六年）

（选自《且介亭杂文末编》）

纪实类编 › › › › ›

目　　录

记“发薪”

下午，在中央公园里和C君做点小工作，突然得到一位好意的老同事的警报，说，部里今天发给薪水了，计三成；但必须本人亲身去领，而且须在三天以内。

否则？

否则怎样，他却没有说。但这是“洞若观火”的，否则，就不给。

只要有银钱在手里经过，即使并非檀越的布施，人是也总爱逞逞威风的，要不然，他们也许要觉到自己的无聊，渺小。明明有物品去抵押，当铺却用这样的势利脸和高柜台；明明用银元去换铜元，钱摊却帖着“收买现洋”的纸条，隐然以“买主”自命。钱票当然应该可以到负责的地方去换现钱，而有时却规定了极短的时间，还要领签，排班，等候，受气；军警督压着，手里还有国粹的皮鞭。

不听话么？不但不得钱，而且要打了！

我曾经说过，中华民国的官，都是平民出身，并非特别种族。虽然高尚的文人学士或新闻记者们将他们看作异类，以为比自己格外奇怪，可鄙可嗤；然而从我这几年的经验看来，却委实不很特别，一切脾气，却与普通的同胞差不多，所以一到经手银钱的时候，也还是照例有一点借此威风一下的嗜好。

“亲领”问题的历史，是起源颇古的，中华民国十一年，就因此引起过方玄绰的牢骚，我便将这写了一篇《端午节》。但历史虽说如同螺旋，却究竟并非印板，所以今之与昔，也还是小有不同。在昔盛世，主张“亲领”的是“索薪会”——呜呼，这些专门名词，恕我不暇一一解释了，而且纸张也可惜。——的骁将，昼夜奔走，向国务院呼号，向财政部坐讨，一旦到手，对于没有一同去索的人的无功受禄，心有不甘，用此给吃一点小苦头的。其意若曰，这钱是我们讨来的，就同我们的一样；你要，必得到这里来领布施。你看施衣施粥，有施主亲自送到受惠者的家里去的么？

然而那是盛世的事。现在是无论怎么“索”，早已一文也不给了，如果偶然“发薪”，那是意外的上头的嘉惠，和什么“索”丝毫无关。不过临时发布“亲领”命令的施主却还有，只是已非善于索薪的骁将，而是天天“画到”，未曾另谋生活的“不贰之臣”了。所以，先前的“亲领”是对于没有同去索薪的人们的罚，现在的“亲领”是对于不能空着肚子，天天到部的人们的罚。

但这不过是一个大意，此外的事，倘非身临其境，实在有些说不清。譬如一碗酸辣汤，耳闻口讲的，总不如亲自呷一口的明白。近来有几个心怀叵测的名人间接忠告我，说我去年作文，专和几个人闹意见，不再论及文学艺术，天下国家，是可惜的。殊不知我近来倒是明白了，身历其境的小事，尚且参不透，说不清，更何况那些高尚伟大，不甚了然的事业？我现在只能说说较为切己的私事，至于冠冕堂皇如所谓“公理”之类，就让公理专家去消遣罢。

总之，我以为现在的“亲领”主张家，已颇不如先前了，这就是“孤桐先生”之所谓“每况愈下”。而且便是空牢骚如方玄绰者，似乎也已经很寥寥了。

“去！”我一得警报，便走出公园，跳上车，径奔衙门去。

一进门，巡警就给我一个立正举手的敬礼，可见做官要做得较大，虽然阔别多日，他们也还是认识的。到里面，不见什么人，因为办公时间已经改在上午，大概都已亲领了回家了。觅得一位听差，问明了“亲领”的规则，是先到会计科去取得条子，然后拿了这条子，到花厅里去领钱。

就到会计科，一个部员看了一看我的脸，便翻出条子来。我知道他是老部员，熟识同人，负着“验明正身”的重大责任的；接过条子之后，我便特别多点了两个头，以表示告别和感谢之至意。

其次是花厅了，先经过一个边门，只见上帖纸条道：“丙组”，又有一行小注是“不满百元”。我看自己的条子上，写的是九十九元，心里想，这真是“人生不满百，常怀千岁忧。……”同时便直撞进去。看见一个和我差不多大的官，说道这“不满百元”是指全俸而言，我的并不在这里，是在里间。

就到里间，那里有两张大桌子，桌旁坐着几个人，一个熟识的老同事就招呼我了；拿出条子去，签了名，换得钱票，总算一帆风顺。这组的旁边还坐着一位很胖的官，大概是监督者，因为他敢于解开了官纱——也许是纺绸，我不大认识这些东西。——小衫，露着胖得拥成折叠的胸肚，使汗珠雍容地越过了折叠往下流。

这时我无端有些感慨，心里想，大家现在都说“灾官”“灾官”，殊不知“心广体胖”的还不在少呢。便是两三年前教员正嚷索薪的时候，学校的教员豫备室里也还有人因为吃得太饱了，咳的一声，胃中的气体从嘴里反叛出来。

走出外间，那一位和我差不多大的官还在，便拉住他发牢骚。

“你们怎么又闹这些玩艺儿了？”我说。

“这是他的意思……。”他和气地回答，而且笑嘻嘻的。

“生病的怎么办呢？放在门板上抬来么？”

“他说：这些都另法办理……。”

我是一听便了然的，只是在“门——衙门之门——外汉”怕不易懂，最好是再加上一点注解。这所谓“他”者，是指总长或次长而言。此时虽然似乎所指颇蒙胧，但再掘下去，便可以得到指实，但如果再掘下去，也许又要更蒙胧。总而言之，薪水既经到手，这些事便应该“适可而止，毋贪心也”的，否则，怕难免有些危机。即如我的说了这些话，其实就已经不大妥。

于是我退出花厅，却又遇见几个旧同事，闲谈了一回。知道还有“戊组”，是发给已经死了的人的薪水的，这一组大概无须“亲领”。又知道这一回提出“亲领”律者，不但“他”，也有“他们”在内。所谓“他们”者，粗粗一听，很像“索薪会”的头领们，但其实也不然，因为衙门里早就没有什么“索薪会”，所以这一回当然是别一批新人物了。

我们这回“亲领”的薪水，是中华民国十三年二月份的。因此，事前就有了两种学说。一，即作为十三年二月的薪水发给。然而还有新来的和新近加俸的呢，可就不免有向隅之感。于是第二种新学说自然起来：不管先前，只作为本年六月份的薪水发给。不过这学说也不大妥，只是“不管先前”这一句，就很有些疵病。

这个办法，先前也早有人苦心经营过。去年章士钊将我免职之后，自以为在地位上已经给了一个打击，连有些文人学士们也喜得手舞足蹈。然而他们究竟是聪明人，看过“满床满桌满地”的德文书的，即刻又悟到我单是抛了官，还不至于一败涂地，因为我还可以得欠薪，在北京生活。于是他们的司长刘百昭便在部务会议席上提出，要不发欠薪，何月领来，便作为何月的薪水。这办法如果实行，我的受打击是颇大的，因为就受着经济的迫压。然而终于也没有通过。那致命伤，就在“不管先前”上；而刘百昭们又不肯自称革命党，主张不管什么，都从新来一回。

所以现在每一领到政费，所发的也还是先前的钱；即使有人今年不在北京了，十三年二月间却在，实在也有些难于说是现今不在，连那时的曾经在此也不算了。但是，既然又有新的学说起来，总得采纳一点，这采纳一点，也就是调和一些。因此，我们这回的收条上，年月是十三年二月的，钱的数目是十五年六月的。

这么一来，既然并非“不管先前”，而新近升官或加俸的又可以多得一点钱，可谓比较的周到。于我是无益也无损，只要还在北京，拿得出“正身”来。

翻开我的简单日记一查，我今年已经收了四回俸钱了：

第一次三元；第二次六元；第三次八十二元五角，即二成五，端午节的夜里收到的；第四次三成，九十九元，就是这一次。再算欠我的薪水，是大约还有九千二百四十元，七月份还不算。

我觉得已是一个精神上的财主；只可惜这“精神文明”是不很可靠的，刘百昭就来动摇过。将来遇见善于理财的人，怕还要设立一个“欠薪整理会”，里面坐着几个人物，外面挂着一块招牌，使凡有欠薪的人们都到那里去接洽。几天或几月之后，人不见了，接着连招牌也不见了；于是精神上的财主就变了物质上的穷人了。

但现在却还的确收了九十九元，对于生活又较为放心，趁闲空来发一点议论再说。

七月二十一日。

（一九二六年）

（选自《华盖集续编》）

再谈香港

我经过我所视为“畏途”的香港，算起来九月二十八日是第三回。

第一回带着一点行李，但并没有遇见什么事。第二回是单身往来，那情状，已经写过一点了。这回却比前两次仿佛先就感到不安，因为曾在《创造月刊》上王独清先生的通信中，见过英国雇用的中国同胞上船“查关”的威武：非骂则打，或者要几块钱。而我是有十只书箱在统舱里，六只书箱和衣箱在房舱里的。

看看挂英旗的同胞的手腕，自然也可说是一种经历，但我又想，这代价未免太大了，这些行李翻动之后，单是重行整理捆扎，就须大半天；要实验，最好只有一两件。然而已经如此，也就随他如此罢。只是给钱呢，还是听他逐件查验呢？倘查验，我一个人一时怎么收拾呢？

船是二十八日到香港的，当日无事。第二天午后，茶房匆匆跑来了，在房外用手招我道：

“查关！开箱子去！”

我拿了钥匙，走进统舱，果然看见两位穿深绿色制服的英属同胞，手执铁签，在箱堆旁站着。我告诉他这里面是旧书，他似乎不懂，嘴里只有三个字：

“打开来！”

“这是对的，”我想，“他怎能相信漠不相识的我的话呢。”自然打开来，于是靠了两个茶房的帮助，打开来了。

他一动手，我立刻觉得香港和广州的查关的不同。我出广州，也曾受过检查。但那边的检查员，脸上是有血色的，也懂得我的话。每一包纸或一部书，抽出来看后，便放在原地方，所以毫不凌乱。的确是检查。而在这“英人的乐园”的香港可大两样了。检查员的脸是青色的，也似乎不懂我的话。他只将箱子的内容倒出，翻搅一通，倘是一个纸包，便将包纸撕破，于是一箱书籍，经他搅松之后，便高出箱面有六七寸了。

“打开来！”

其次是第二箱。我想，试一试罢。

“可以不看么？”我低声说。

“给我十块钱。”他也低声说。他懂得我的话的。

“两块。”我原也肯多给几块的，因为这检查法委实可怕，十箱书收拾妥帖，至少要五点钟。可惜我一元的钞票只有两张了，此外是十元的整票，我一时还不肯献出去。

“打开来！”

两个茶房将第二箱抬到舱面上，他如法炮制，一箱书又变了一箱半，还撕碎了几个厚纸包。一面“查关”，一面磋商，我添到五元，他减到七元，即不肯再减。其时已经开到第五箱，四面围满了一群看热闹的旁观者。

箱子已经开了一半了，索性由他看去罢，我想着，便停止了商议，只是“打开来”。但我的两位同胞也仿佛有些厌倦了似的，渐渐不像先前一般翻箱倒箧，每箱只抽二三十本书，抛在箱面上，便画了查讫的记号了。其中有一束旧信札，似乎颇惹起他们的兴味，振了一振精神，但看过四五封之后，也就放下了。此后大抵又开了一箱罢，他们便离开了乱书堆：这就是终结。

我仔细一看，已经打开的是八箱，两箱丝毫未动。而这两个硕果，却全是伏园的书箱，由我替他带回上海来的。至于我自己的东西，是全部乱七八糟。

“吉人自有天相，伏园真福将也！而我的华盖运却还没有走完，噫吁唏……”我想着，蹲下去随手去拾乱书。拾不几本，茶房又在舱口大声叫我了：

“你的房里查关，开箱子去！”

我将收拾书箱的事托了统舱的茶房，跑回房舱去。果然，两位英属同胞早在那里等我了。床上的铺盖已经掀得稀乱，一个凳子躺在被铺上。我一进门，他们便搜我身上的皮夹。我以为意在看看名刺，可以知道姓名。然而并不看名刺，只将里面的两张十元钞票一看，便交还我了。还嘱咐我好好拿着，仿佛很怕我遗失似的。

其次是开提包，里面都是衣服，只抖开了十来件，乱堆在床铺上。其次是看提篮，有一个包着七元大洋的纸包，打开来数了一回，默然无话。还有一包十元的在底里，却不被发见，漏网了。其次是看长椅子上的手提包，内有角子一包十元，散的四五元，铜子数十枚，看完之后，也默然无话。其次是开衣箱。这回可有些可怕了。我取锁匙略迟，同胞已经捏着铁签作将要毁坏铰链之势，幸而钥匙已到，始庆安全。里面也是衣服，自然还是照例的抖乱，不在话下。

“你给我们十块钱，我们不搜查你了。”一个同胞一面搜衣箱，一面说。

我就抓起手巾包里的散角子来，要交给他。但他不接受，回过头去再“查关”。

话分两头。当这一位同胞在查提包和衣箱时，那一位同胞是在查网篮。但那检查法，和在统舱里查书箱的时候又两样了。那时还不过捣乱，这回却变了毁坏。他先将鱼肝油的纸匣撕碎，掷在地板上，还用铁签在蒋径三君送我的装着含有荔枝香味的茶叶的瓶上钻了一个洞。一面钻，一面四顾，在桌上见了一把小刀。这是在北京时用十几个铜子从白塔寺买来，带到广州，这回削过杨桃的。事后一量，连柄长华尺五寸三分。然而据说是犯了罪了。

“这是凶器，你犯罪的。”他拿起小刀来，指着向我说。

我不答话，他便放下小刀，将盐煮花生的纸包用指头挖了一个洞。接着又拿起一盒蚊烟香。

“这是什么？”

“蚊烟香。盒子上不写着么？”我说。

“不是。这有些古怪。”

他于是抽出一枝来，嗅着。后来不知如何，因为这一位同胞已经搜完衣箱，我须去开第二只了。这时却使我非常为难，那第二只里并不是衣服或书籍，是极其零碎的东西：照片，钞本，自己的译稿，别人的文稿，剪存的报章，研究的资料……。我想，倘一毁坏或搅乱，那损失可太大了。而同胞这时忽又去看了一回手巾包。我于是大悟，决心拿起手巾包里十元整封的角子，给他看了一看。他回头向门外一望，然后伸手接过去，在第二只箱上画了一个查讫的记号，走向那一位同胞去。大约打了一个暗号罢，——然而奇怪，他并不将钱带走，却塞在我的枕头下，自己出去了。

这时那一位同胞正在用他的铁签，恶狠狠地刺入一个装着饼类的坛子的封口去。我以为他一听到暗号，就要中止了。而孰知不然。他仍然继续工作，挖开封口，将盖着的一片木板摔在地板上，碎为两片，然后取出一个饼，捏了一捏，掷入坛中，这才也扬长而去了。

天下太平。我坐在烟尘陡乱，乱七八糟的小房里，悟出我的两位同胞开手的捣乱，倒并不是恶意。即使议价，也须在小小乱七八糟之后，这是所以“掩人耳目”的，犹言如此凌乱，可见已经检查过。王独清先生不云乎？同胞之外，是还有一位高鼻子，白皮肤的主人翁的。当收款之际，先看门外者大约就为此。但我一直没有看见这一位主人翁。

后来的毁坏，却很有一点恶意了。然而也许倒要怪我自己不肯拿出钞票去，只给银角子。银角子放在制服的口袋里，沉垫垫地，确是易为主人翁所发见的，所以只得暂且放在枕头下。我想，他大概须待公事办毕，这才再来收账罢。

皮鞋声橐橐地自远而近，停在我的房外了，我看时，是一个白人，颇胖，大概便是两位同胞的主人翁了。

“查过了？”他笑嘻嘻地问我。

的确是的，主人翁的口吻。但是，一目了然，何必问呢？或者因为看见我的行李特别乱七八糟，在慰安我，或在嘲弄我罢。

他从房外拾起一张《大陆报》附送的图画，本来包着什物，由同胞撕下来抛出去的，倚在壁上看了一回，就又慢慢地走过去了。

我想，主人翁已经走过，“查关”该已收场了，于是先将第一只衣箱整理，捆好。

不料还是不行。一个同胞又来了，叫我“打开来”，他要查。接着是这样的问答——

“他已经看过了。”我说。

“没有看过。没有打开过。打开来！”

“我刚刚捆好的。”

“我不信。打开来！”

“这里不画着查过的符号么？”

“那么，你给了钱了罢？你用贿赂……”

“…………”

“你给了多少钱？”

“你去问你的一伙去。”

他去了。不久，那一个又忙忙走来，从枕头下取了钱，此后便不再看见，——真正天下太平。

我才又慢慢地收拾那行李。只见桌子上聚集着几件东西，是我的一把剪刀，一个开罐头的家伙，还有一把木柄的小刀。大约倘没有那十元小洋，便还要指这为“凶器”，加上“古怪”的香，来恐吓我的罢。但那一枝香却不在桌子上。

船一走动，全船反显得更闲静了，茶房和我闲谈，却将这翻箱倒箧的事，归咎于我自己。

“你生得太瘦了，他疑心你是贩雅片的。”他说。

我实在有些愕然。真是人寿有限，“世故”无穷。我一向以为和人们抢饭碗要碰钉子，不要饭碗是无妨的。去年在厦门，才知道吃饭固难，不吃亦殊为“学者”所不悦，得了不守本分的批评。胡须的形状，有国粹和欧式之别，不易处置，我是早经明白的。今年到广州，才又知道虽颜色也难以自由，有人在日报上警告我，叫我的胡子不要变灰色，又不要变红色。至于为人不可太瘦，则到香港才省悟，先前是梦里也未曾想到的。

的确，监督着同胞“查关”的一个西洋人，实在吃得很肥胖。

香港虽只一岛，却活画着中国许多地方现在和将来的小照：中央几位洋主子，手下是若干颂德的“高等华人”和一伙作伥的奴气同胞。此外即全是默默吃苦的“土人”，能耐的死在洋场上，耐不住的逃入深山中，苗瑶是我们的前辈。

九月二十九之夜。海上。

（一九二七年）

（选自《而已集》）

谈所谓“大内档案”

所谓“大内档案”这东西，在清朝的内阁里积存了三百多年，在孔庙里塞了十多年，谁也一声不响。自从历史博物馆将这残余卖给纸铺子，纸铺子转卖给罗振玉，罗振玉转卖给日本人，于是乎大有号碱之声，仿佛国宝已失，国脉随之似的。前几年，我也曾见过几个人的议论，所记得的一个是金梁，登在《东方杂志》上；还有罗振玉和王国维，随时发感慨。最近的是《北新半月刊》上的《论档案的售出》，蒋彝潜先生做的。

我觉得他们的议论都不大确。金梁，本是杭州的驻防旗人，早先主张排汉的，民国以来，便算是遗老了，凡有民国所做的事，他自然都以为很可恶。罗振玉呢，也算是遗老，曾经立誓不见国门，而后来仆仆京津间，痛责后生不好古，而偏将古董卖给外国人的，只要看他的题跋，大抵有“广告”气扑鼻，便知道“于意云何”了。独有王国维已经在水里将遗老生活结束，是老实人；但他的感喟，却往往和罗振玉一鼻孔出气，虽然所出的气，有真假之分。所以他被弄成夹广告的 Sandwich，是常有的事，因为他老实到像火腿一般。蒋先生是例外，我看并非遗老，只因为 sentimental 一点，所以受了罗振玉辈的骗了。你想，他要将这卖给日本人，肯说这不是宝贝的么？

那么，这不是好东西么？不好，怎么你也要买，我也要买呢？我想，这是谁也要发的质问。

答曰：唯唯，否否。这正如败落大户家里的一堆废纸，说好也行，说无用也行的。因为是废纸，所以无用；因为是败落大户家里的，所以也许夹些好东西。况且这所谓好与不好，也因人的看法而不同，我的寓所近旁的一个垃圾箱，里面都是住户所弃的无用的东西，但我看见早上总有几个背着竹篮的人，从那里面一片一片，一块一块，检了什么东西去了，还有用。更何况现在的时候，皇帝也还尊贵，只要在“大内”里放几天，或者带一个“宫”字，就容易使人另眼相看的，这真是说也不信，虽然在民国。

“大内档案”也者，据深通“国朝”掌故的罗遗老说，是他的“国朝”时堆在内阁里的乱纸，大家主张焚弃，经他力争，这才保留下来的。但到他的“国朝”退位，民国元年我到北京的时候，它们已经被装为八千（？）麻袋，塞在孔庙之中的敬一亭里了，的确满满地埋满了大半亭子。其时孔庙里设了一个历史博物馆筹备处，处长是胡玉缙先生。“筹备处”云者，即里面并无“历史博物”的意思。

我却在教育部，因此也就和麻袋们发生了一点关系，眼见它们的升沉隐显。可气可笑的事是有的，但多是小玩意；后来看见外面的议论说得天花乱坠起来，也颇想做几句记事，叙出我所目睹的情节。可是胆子小，因为牵涉着的阔人很有几个，没有敢动笔。这是我的“世故”，在中国做人，骂民族，骂国家，骂社会，骂团体，……都可以的，但不可涉及个人，有名有姓。广州的一种期刊上说我只打叭儿狗，不骂军阀。殊不知我正因为骂了叭儿狗，这才有逃出北京的运命。泛骂军阀，谁来管呢？军阀是不看杂志的，就靠叭儿狗嗅，候补叭儿狗吠。阿，说下去又不好了，赶快带住。

现在是寓在南方，大约不妨说几句了，这些事情，将来恐怕也未必另外有人说。但我对于有关面子的人物，仍然都不用真姓名，将罗马字来替代。既非欧化，也不是“隐恶扬善”，只不过“远害全身”。这也是我的“世故”，不要以为自己在南方，他们在北方，或者不知所在，就小觑他们。他们是突然会在你眼前阔起来的，真是神奇得很。这时候，恐怕就会死得连自己也莫明其妙了。所以要稳当，最好是不说。但我现在来“折衷”，既非不说，而不尽说，而代以罗马字，——如果这样还不妥，那么，也只好听天由命了。上帝安我魂灵！

却说这些麻袋们躺在敬一亭里，就很令历史博物馆筹备处长胡玉缙先生担忧，日夜提防工役们放火。为什么呢？这事谈起来可有些繁复了。弄些所谓“国学”的人大概都知道，胡先生原是南菁书院的高材生，不但深研旧学，并且博识前朝掌故的。他知道清朝武英殿里藏过一副铜活字，后来太监们你也偷，我也偷，偷得“不亦乐乎”，待到王爷们似乎要来查考的时候，就放了一把火。自然，连武英殿也没有了，更何况铜活字的多少。而不幸敬一亭中的麻袋，也仿佛常常减少，工役们不是国学家，所以他将内容的宝贝倒在地上，单拿麻袋去卖钱。胡先生因此想到武英殿失火的故事，深怕麻袋缺得多了之后，敬一亭也照例烧起来；就到教育部去商议一个迁移，或整理，或销毁的办法。

专管这一类事情的是社会教育司，然而司长是夏曾佑先生。弄些什么“国学”的人大概也都知道的，我们不必看他另外的论文，只要看他所编的两本《中国历史教科书》，就知道他看中国人有怎地清楚。他是知道中国的一切事万不可“办”的；即如档案罢，任其自然，烂掉，霉掉，蛀掉，偷掉，甚而至于烧掉，倒是天下太平；倘一加人为，一“办”，那就舆论沸腾，不可开交了。结果是办事的人成为众矢之的，谣言和谗谤，百口也分不清。所以他的主张是“这个东西万万动不得”。

这两位熟于掌故的“要办”和“不办”的老先生，从此都知道各人的意思，说说笑笑，…… 但竟拖延下去了。于是麻袋们又安稳地躺了十来年。

这回是F先生来做教育总长了，他是藏书和“考古”的名人。我想，他一定听到了什么谣言，以为麻袋里定有好的宋版书——“海内孤本”。这一类谣言是常有的，我早先还听得人说，其中且有什么妃的绣鞋和什么王的头骨哩。有一天，他就发一个命令，教我和G主事试看麻袋。即日搬了二十个到西花厅，我们俩在尘埃中看宝贝，大抵是贺表，黄绫封，要说好是也可以说好的，但太多了，倒觉得不希奇。还有奏章，小刑名案子居多，文字是半满半汉，只有几个是也特别的，但满眼都是了，也觉得讨厌。殿试卷是一本也没有；另有几箱，原在教育部，不过都是二三甲的卷子，听说名次高一点的在清朝便已被人偷去了，何况乎状元。至于宋版书呢，有是有的，或则破烂的半本，或是撕破的几张。也有清初的黄榜，也有实录的稿本。朝鲜的贺正表，我记得也发见过一张。

我们后来又看了两天，麻袋的数目，记不清楚了，但奇怪，这时以考察欧美教育驰誉的Y次长，以讲大话出名的C参事，忽然都变为考古家了。他们和F总长，都“念兹在兹”，在尘埃中间和破纸旁边离不开。凡有我们检起在桌上的，他们总要拿进去，说是去看看。等到送还的时候，往往比原先要少一点，上帝在上，那倒是真的。

大约是几叶宋版书作怪罢，F总长要大举整理了，另派了部员几十人，我倒幸而不在内。其时历史博物馆筹备处已经迁在午门，处长早换了YT；麻袋们便在午门上被整理。YT是一个旗人，京腔说得极漂亮，文字从来不谈的，但是，奇怪之至，他竟也忽然变成考古家了，对于此道津津有味。后来还珍藏着一本宋版的什么《司马法》，可惜缺了角，但已经都用古色纸补了起来。

那时的整理法我不大记得了，要之，要分为“保存”和“放弃”，即“有用”和“无用”的两部分。从此几十个部员，即天天在尘埃和破纸中出没，渐渐完工——出没了多少天，我也记不清楚了。“保存”的一部分，后来给北京大学又分了一大部分去。其余的仍藏博物馆。不要的呢，当时是散放在午门的门楼上。

那么，这些不要的东西，应该可以销毁了罢，免得失火。不，据“高等做官教科书”所指示，不能如此草草的。派部员几十人办理，虽说倘有后患，即应由他们负责，和总长无干。但究竟还只一部，外面说起话来，指摘的还是某部，而非某部的某某人。既然只是“部”，就又不能和总长无干了。

于是办公事，请各部都派员会同再行检查。这宗公事是灵的，不到两星期，各部都派来了，从两个至四个，其中很多的是新从外洋回来的留学生，还穿着崭新的洋服。于是济济跄跄，又在灰土和废纸之间钻来钻去。但是，说也奇怪，好几个崭新的留学生又都忽然变了考古家了，将破烂的纸张，绢片，塞到洋裤袋里——但这是传闻之词，我没有目睹。

这一种仪式既经举行，即倘有后患，各部都该负责，不能超然物外，说风凉话了。从此午门楼上的空气，便再没有先前一般紧张，只见一大群破纸寂寞地铺在地面上，时有一二工役，手执长木棍，搅着，拾取些黄绫表签和别的他们所要的东西。

那么，这些不要的东西，应该可以销毁了罢，免得失火。不。F总长是深通“高等做官学”的，他知道万不可烧，一烧必至于变成宝贝，正如人们一死，讣文上即都是第一等好人一般。况且他的主义本来并不在避火，所以他便不管了，接着，他也就“下野”了。

这些废纸从此便又没有人再提起，直到历史博物馆自行卖掉之后，才又掀起了一阵神秘的风波。

我的话实在也未免有些煞风景，近乎说，这残余的废纸里，已没有什么宝贝似的。那么，外面惊心动魄的什么唐画呀，蜀石经呀，宋版书呀，何从而来的呢？我想，这也是别人必发的质问。

我想，那是这样的。残余的破纸里，大约总不免有所谓东西留遗，但未必会有蜀刻和宋版，因为这正是大家所注意搜索的。现在好东西的层出不穷者，一，是因为阔人先前陆续偷去的东西，本不敢示人，现在却得了可以发表的机会；二，是许多假造的古董，都挂了出于八千麻袋中的招牌而上市了。

还有，蒋先生以为国立图书馆“五六年来一直到此刻，每次战争的胜来败去总得糟蹋得很多”。那可也不然的。从元年到十五年，每次战争，图书馆从未遭过损失。只当袁世凯称帝时，曾经几乎遭一个皇室中人攘夺，然而幸免了。它的厄运，是在好书被有权者用相似的本子来掉换，年深月久，弄得面目全非，但我不想在这里多说了。

中国公共的东西，实在不容易保存。如果当局者是外行，他便将东西糟完，倘是内行，他便将东西偷完。而其实也并不单是对于书籍或古董。

一九二七，一二，二四。

（选自《而已集》）

我和《语丝》的始终

同我关系较为长久的，要算《语丝》了。

大约这也是原因之一罢，“正人君子”们的刊物，曾封我为“语丝派主将”，连急进的青年所做的文章，至今还说我是《语丝》的“指导者”。去年，非骂鲁迅便不足以自救其没落的时候，我曾蒙匿名氏寄给我两本中途的《山雨》，打开一看，其中有一篇短文，大意是说我和孙伏园君在北京因被晨报馆所压迫，创办《语丝》，现在自己一做编辑，便在投稿后面乱加按语，曲解原意，压迫别的作者了，孙伏园君却有绝好的议论，所以此后鲁迅应该听命于伏园。这听说是张孟闻先生的大文，虽然署名是另外两个字。看来好像一群人，其实不过一两个，这种事现在是常有的。

自然，“主将”和“指导者”，并不是坏称呼，被晨报馆所压迫，也不能算是耻辱，老人该受青年的教训，更是进步的好现象，还有什么话可说呢。但是，“不虞之誉”，也和“不虞之毁”一样地无聊，如果生平未曾带过一兵半卒，而有人拱手颂扬道，“你真像拿破仑呀！”则虽是志在做军阀的未来的英雄，也不会怎样舒服的。我并非“主将”的事，前年早已声辩了——虽然似乎很少效力——这回想要写一点下来的，是我从来没有受过晨报馆的压迫，也并不是和孙伏园先生两个人创办了《语丝》。这的创办，倒要归功于伏园一位的。

那时伏园是《晨报副刊》的编辑，我是由他个人来约，投些稿件的人。

然而我并没有什么稿件，于是就有人传说，我是特约撰述，无论投稿多少，每月总有酬金三四十元的。据我所闻，则晨报馆确有这一种太上作者，但我并非其中之一，不过因为先前的师生——恕我僭妄，暂用这两个字——关系罢，似乎也颇受优待：一是稿子一去，刊登得快；二是每千字二元至三元的稿费，每月底大抵可以取到；三是短短的杂评，有时也送些稿费来。但这样的好景象并不久长，伏园的椅子颇有不稳之势。因为有一位留学生（不幸我忘掉了他的名姓）新从欧洲回来，和晨报馆有深关系，甚不满意于副刊，决计加以改革，并且为战斗计，已经得了“学者”的指示，在开手看 Anatole France 的小说了。

那时的法兰斯，威尔士，萧，在中国是大有威力，足以吓倒文学青年的名字，正如今年的辛克莱儿一般，所以以那时而论，形势实在是已经非常严重。不过我现在无从确说，从那位留学生开手读法兰斯的小说起到伏园气忿忿地跑到我的寓里来为止的时候，其间相距是几月还是几天。

“我辞职了。可恶！”

这是有一夜，伏园来访，见面后的第一句话。那原是意料中事，不足异的。第二步，我当然要问问辞职的原因，而不料竟和我有了关系。他说，那位留学生乘他外出时，到排字房去将我的稿子抽掉，因此争执起来，弄到非辞职不可了。但我并不气忿，因为那稿子不过是三段打油诗，题作《我的失恋》，是看见当时“阿呀阿唷，我要死了”之类的失恋诗盛行，故意做一首用“由她去罢”收场的东西，开开玩笑的。这诗后来又添了一段，登在《语丝》上，再后来就收在《野草》中。而且所用的又是另一个新鲜的假名，在不肯登载第一次看见姓名的作者的稿子的刊物上，也当然很容易被有权者所放逐的。

但我很抱歉伏园为了我的稿子而辞职，心上似乎压了一块沉重的石头。几天之后，他提议要自办刊物了，我自然答应愿意竭力“呐喊”。至于投稿者，倒全是他独力邀来的，记得是十六人，不过后来也并非都有投稿。于是印了广告，到各处张贴，分散，大约又一星期，一张小小的周刊便在北京——尤其是大学附近——出现了。这便是《语丝》。

那名目的来源，听说，是有几个人，任意取一本书，将书任意翻开，用指头点下去，那被点到的字，便是名称。那时我不在场，不知道所用的是什么书，是一次便得了《语丝》的名，还是点了好几次，而曾将不像名称的废去。但要之，即此已可知这刊物本无所谓一定的目标，统一的战线；那十六个投稿者，意见态度也各不相同，例如顾颉刚教授，投的便是“考古”稿子，不如说，和《语丝》的喜欢涉及现在社会者，倒是相反的。不过有些人们，大约开初是只在敷衍和伏园的交情的罢，所以投了两三回稿，便取“敬而远之”的态度，自然离开。连伏园自己，据我的记忆，自始至今，也只做过三回文字，末一回是宣言从此要大为《语丝》撰述，然而宣言之后，却连一个字也不见了。于是《语丝》的固定的投稿者，至多便只剩了五六人，但同时也在不意中显了一种特色，是：任意而谈，无所顾忌，要催促新的产生，对于有害于新的旧物，则竭力加以排击，——但应该产生怎样的“新”，却并无明白的表示，而一到觉得有些危急之际，也还是故意隐约其词。陈源教授痛斥“语丝派”的时候，说我们不敢直骂军阀，而偏和握笔的名人为难，便由于这一点。但是，叱吧儿狗险于叱狗主人，我们其实也知道的，所以隐约其词者，不过要使走狗嗅得，跑去献功时，必须详加说明，比较地费些力气，不能直捷痛快，就得好处而已。

当开办之际，努力确也可惊，那时做事的，伏园之外，我记得还有小峰和川岛，都是乳毛还未褪尽的青年，自跑印刷局，自去校对，自叠报纸，还自己拿到大众聚集之处去兜售，这真是青年对于老人，学生对于先生的教训，令人觉得自己只用一点思索，写几句文章，未免过于安逸，还须竭力学好了。

但自己卖报的成绩，听说并不佳，一纸风行的，还是在几个学校，尤其是北京大学，尤其是第一院（文科）。理科次之。在法科，则不大有人顾问。倘若说，北京大学的法，政，经济科出身诸君中，绝少有《语丝》的影响，恐怕是不会很错的。至于对于《晨报》的影响，我不知道，但似乎也颇受些打击，曾经和伏园来说和，伏园得意之余，忘其所以，曾以胜利者的笑容，笑着对我说道：

“真好，他们竟不料踏在炸药上了！”

这话对别人说是不算什么的。但对我说，却好像浇了一碗冷水，因为我即刻觉得这“炸药”是指我而言，用思索，做文章，都不过使自己为别人的一个小纠葛而粉身碎骨，心里就一面想：

“真糟，我竟不料被埋在地下了！”

我于是乎“彷徨”起来。

谭正璧先生有一句用我的小说的名目，来批评我的作品的经过的极伶俐而省事的话道：“鲁迅始于‘呐喊’而终于‘彷徨’”（大意），我以为移来叙述我和《语丝》由始以至此时的历史，倒是很确切的。

但我的“彷徨”并不用许多时，因为那时还有一点读过尼采的《Zarathustra》的余波，从我这里只要能挤出——虽然不过是挤出——文章来，就挤了去罢，从我这里只要能做出一点“炸药”来，就拿去做了罢，于是也就决定，还是照旧投稿了——虽然对于意外的被利用，心里也耿耿了好几天。

《语丝》的销路可只是增加起来，原定是撰稿者同时负担印费的，我付了十元之后，就不见再来收取了，因为收支已足相抵，后来并且有了赢余。于是小峰就被尊为“老板”，但这推尊并非美意，其时伏园已另就《京报副刊》编辑之职，川岛还是捣乱小孩，所以几个撰稿者便只好搿住了多睐眼而少开口的小峰，加以荣名，勒令拿出赢余来，每月请一回客。这“将欲取之，必先与之”的方法果然奏效，从此市场中的茶居或饭铺的或一房门外，有时便会看见挂着一块上写“语丝社”的木牌。倘一驻足，也许就可以听到疑古玄同先生的又快又响的谈吐。但我那时是在避开宴会的，所以毫不知道内部的情形。

我和《语丝》的渊源和关系，就不过如此，虽然投稿时多时少。但这样地一直继续到我走出了北京。到那时候，我还不知道实际上是谁的编辑。

到得厦门，我投稿就很少了。一者因为相离已远，不受催促，责任便觉得轻；二者因为人地生疏，学校里所遇到的又大抵是些念佛老妪式口角，不值得费纸墨。倘能做《鲁宾孙教书记》或《蚊虫叮卵脬论》，那也许倒很有趣的，而我又没有这样的“天才”，所以只寄了一点极琐碎的文字。这年底到了广州，投稿也很少。第一原因是和在厦门相同的；第二，先是忙于事务，又看不清那里的情形，后来颇有感慨了，然而我不想在它的敌人的治下去发表。

不愿意在有权者的刀下，颂扬他的威权，并奚落其敌人来取媚，可以说，也是“语丝派”一种几乎共同的态度。所以《语丝》在北京虽然逃过了段祺瑞及其吧儿狗们的撕裂，但终究被“张大元帅”所禁止了，发行的北新书局，且同时遭了封禁，其时是一九二七年。

这一年，小峰有一回到我的上海的寓居，提议《语丝》就要在上海印行，且嘱我担任做编辑。以关系而论，我是不应该推托的。于是担任了。从这时起，我才探问向来的编法。那很简单，就是：凡社员的稿件，编辑者并无取舍之权，来则必用，只有外来的投稿，由编辑者略加选择，必要时且或略有所删除。所以我应做的，不过后一段事，而且社员的稿子，实际上也十之九直寄北新书局，由那里径送印刷局的，等到我看见时，已在印钉成书之后了。所谓“社员”，也并无明确的界限，最初的撰稿者，所余早已无多，中途出现的人，则在中途忽来忽去。因为《语丝》是又有爱登碰壁人物的牢骚的习气的，所以最初出阵，尚无用武之地的人，或本在别一团体，而发生意见，借此反攻的人，也每和《语丝》暂时发生关系，待到功成名遂，当然也就淡漠起来。至于因环境改变，意见分歧而去的，那自然尤为不少。因此所谓“社员”者，便不能有明确的界限。前年的方法，是只要投稿几次，无不刊载，此后便放心发稿，和旧社员一律待遇了。但经旧的社员绍介，直接交到北新书局，刊出之前，为编辑者的眼睛所不能见者，也间或有之。

经我担任了编辑之后，《语丝》的时运就很不济了，受了一回政府的警告，遭了浙江当局的禁止，还招了创造社式“革命文学”家的拚命的围攻。警告的来由，我莫名其妙，有人说是因为一篇戏剧；禁止的缘故也莫名其妙，有人说是因为登载了揭发复旦大学内幕的文字，而那时浙江的党务指导委员老爷却有复旦大学出身的人们。至于创造社派的攻击，那是属于历史底的了，他们在把守“艺术之宫”，还未“革命”的时候，就已经将“语丝派”中的几个人看作眼中钉的，叙事夹在这里太冗长了，且待下一回再说罢。

但《语丝》本身，却确实也在消沉下去。一是对于社会现象的批评几乎绝无，连这一类的投稿也少有，二是所余的几个较久的撰稿者，这时又少了几个了。前者的原因，我以为是在无话可说，或有话而不敢言，警告和禁止，就是一个实证。后者，我恐怕是其咎在我的。举一点例罢，自从我万不得已，选登了一篇极平和的纠正刘半农先生的“林则徐被俘”之误的来信以后，他就不再有片纸只字；江绍原先生绍介了一篇油印的《冯玉祥先生……》来，我不给编入之后，绍原先生也就从此没有投稿了。并且这篇油印文章不久便在也是伏园所办的《贡献》上登出，上有郑重的小序，说明着我托辞不载的事由单。

还有一种显著的变迁是广告的杂乱。看广告的种类，大概是就可以推见这刊物的性质的。例如“正人君子”们所办的《现代评论》上，就会有金城银行的长期广告，南洋华侨学生所办的《秋野》上，就能见“虎标良药”的招牌。虽是打着“革命文学”旗子的小报，只要有那上面的广告大半是花柳药和饮食店，便知道作者和读者，仍然和先前的专讲妓女戏子的小报的人们同流，现在不过用男作家，女作家来替代了倡优，或捧或骂，算是在文坛上做工夫。《语丝》初办的时候，对于广告的选择是极严的，虽是新书，倘社员以为不是好书，也不给登载。因为是同人杂志，所以撰稿者也可行使这样的职权。听说北新书局之办《北新半月刊》，就因为在《语丝》上不能自由登载广告的缘故。但自从移在上海出版以后，书籍不必说，连医生的诊例也出现了，袜厂的广告也出现了，甚至于立愈遗精药品的广告也出现了。固然，谁也不能保证《语丝》的读者决不遗精，况且遗精也并非恶行，但善后办法，却须向《申报》之类，要稳当，则向《医药学报》的广告上去留心的。我因此得了几封诘责的信件，又就在《语丝》本身上登了一篇投来的反对的文章。

但以前我也曾尽了我的本分。当袜厂出现时，曾经当面质问过小峰，回答是“发广告的人弄错的”；遗精药出现时，是写了一封信，并无答复，但从此以后，广告却也不见了。我想，在小峰，大约还要算是让步的，因为这时对于一部分的作家，早由北新书局致送稿费，不只负发行之责，而《语丝》也因此并非纯粹的同人杂志了。

积了半年的经验之后，我就决计向小峰提议，将《语丝》停刊，没有得到赞成，我便辞去编辑的责任。小峰要我寻一个替代的人，我于是推举了柔石。

但不知为什么，柔石编辑了六个月，第五卷的上半卷一完，也辞职了。

以上是我所遇见的关于《语丝》四年中的琐事。试将前几期和近几期一比较，便知道其间的变化，有怎样的不同，最分明的是几乎不提时事，且多登中篇作品了，这是因为容易充满页数而又可免于遭殃。虽然因为毁坏旧物和戳破新盒子而露出里面所藏的旧物来的一种突击之力，至今尚为旧的和自以为新的人们所憎恶，但这力是属于往昔的了。

十二月二十二日。

（一九二九年）

（选自《三闲集》）

我的种痘

上海恐怕也真是中国的“最文明”的地方，在电线柱子和墙壁上，夏天常有劝人勿吃天然冰的警告，春天就是告诫父母，快给儿女去种牛痘的说帖，上面还画着一个穿红衫的小孩子。我每看见这一幅图，就诧异我自己，先前怎么会没有染到天然痘，呜呼哀哉，于是好像这性命是从路上拾来似的，没有什么希罕，即使姓名载在该杀的“黑册子”上，也不十分惊心动魄了。但自然，几分是在所不免的。

现在，在上海的孩子，听说是生后六个月便种痘就最安全，倘走过施种牛痘局的门前，所见的中产或无产的母亲们抱着在等候的，大抵是一岁上下的孩子，这事情，现在虽是不属于知识阶级的人们也都知道，是明明白白了的。我的种痘却很迟了，因为后来记的清清楚楚，可见至少已有两三岁。虽说住的是偏僻之处，和别地方交通很少，比现在可以减少输入传染病的机会，然而天花却年年流行的，因此而死的常听到。我居然逃过了这一关，真是洪福齐天，就是每年开一次庆祝会也不算过分。否则，死了倒也罢了，万一不死而脸上留一点麻，则现在除年老之外，又添上一条大罪案，更要受青年而光脸的文艺批评家的奚落了。幸而并不，真是叨光得很。

那时候，给孩子们种痘的方法有三样。一样，是淡然忘之，请痘神随时随意种上去，听它到处发出来，随后也请个医生，拜拜菩萨，死掉的虽然多，但活的也有，活的虽然大抵留着瘢痕，但没有的也未必一定找不出。一样是中国古法的种痘，将痘痂研成细末，给孩子由鼻孔里吸进去，发出来的地方虽然也没有一定的处所，但粒数很少，没有危险了。人说，这方法是明末发明的，我不知道可的确。

第三样就是所谓“牛痘”了，因为这方法来自西洋，所以先前叫“洋痘”。最初的时候，当然，华人是不相信的，很费过一番宣传解释的气力。这一类宝贵的文献，至今还剩在《验方新编》中，那苦口婆心虽然大足以感人，而说理却实在非常古怪的。例如，说种痘免疫之理道：

“‘痘为小儿一大病，当天行时，尚使远避，今无故取婴孩而与之以病，可乎？’曰：‘非也。譬之捕盗，乘其羽翼未成，就而擒之，甚易矣；

譬之去莠，及其滋蔓未延，芟而除之，甚易矣。……'"

但尤其非常古怪的是说明“洋痘”之所以传入中国的原因：

“予考医书中所载，婴儿生数日，刺出臂上污血，终身可免出痘一条，后六道刀法皆失传，今日点痘，或其遗法也。夫以万全之法，失传已久，而今复行者，大约前此劫数未满，而今日洋烟入中国，害人不可胜计，把那劫数抵过了，故此法亦从洋来，得以保全婴儿之年寿耳。若不坚信而遵行之，是违天而自外于生生之理矣！……”

而我所种的就正是这抵消洋烟之害的牛痘。去今已五十年，我的父亲也不是新学家，但竟毅然决然的给我种起“洋痘”来，恐怕还是受了这种学说的影响，因为我后来检查藏书，属于“子部医家类”者，说出来真是惭愧得很，——实在只有《达生篇》和这宝贝的《验方新编》而已。

那时种牛痘的人固然少，但要种牛痘却也难，必须待到有一个时候，城里临时设立起施种牛痘局来，才有种痘的机会。我的牛痘，是请医生到家里来种的，大约是特别隆重的意思；时候可完全不知道了，推测起来，总该是春天罢。这一天，就举行了种痘的仪式，堂屋中央摆了一张方桌子，系上红桌帷，还点了香和蜡烛，我的父亲抱了我，坐在桌旁边。上首呢，还是侧面，现在一点也不记得了。这种仪式的出典，也至今查不出。

这时我就看见了医官。穿的是什么服饰，一些记忆的影子也没有，记得的只是他的脸：胖而圆，红红的，还带着一副墨晶的大眼镜。尤其特别的是他的话我一点都不懂。凡讲这种难懂的话的，我们这里除了官老爷之外，只有开当铺和卖茶叶的安徽人，做竹匠的东阳人，和变戏法的江北佬。官所讲者曰“官话”，此外皆谓之“拗声”。他的模样，是近于官的，大家都叫他“医官”，可见那是“官话”了。官话之震动了我的耳膜，这是第一次。

照种痘程序来说，他一到，该是动刀，点浆了，但我实在糊涂，也一点都没有记忆，直到二十年后，自看臂膊上的疮痕，才知道种了六粒，四粒是出的。但我确记得那时并没有痛，也没有哭，那医官还笑着摩摩我的头顶，说道：

“乖呀，乖呀！”

什么叫“乖呀乖呀”，我也不懂得，后来父亲翻译给我说，这是他在称赞我的意思。然而好像并不怎么高兴似的，我所高兴的是父亲送了我两样可爱的玩具。现在我想，我大约两三岁的时候，就是一个实利主义者的了，这坏性质到老不改，至今还是只要卖掉稿子或收到版税，总比听批评家的“官话”要高兴得多。

一样玩具是朱熹所谓“持其柄而摇之，则两耳还自击”的鼗鼓，在我虽然也算难得的事物，但仿佛曾经玩过，不觉得希罕了。最可爱的是另外的一样，叫作“万花筒”，是一个小小的长圆筒，外糊花纸，两端嵌着玻璃，从孔子较小的一端向明一望，那可真是猗欤休哉，里面竟有许多五颜六色，希奇古怪的花朵，而这些花朵的模样，都是非常整齐巧妙，为实际的花朵丛中所看不见的。况且奇迹还没有完，如果看得厌了，只要将手一摇，那里面就又变了另外的花样，随摇随变，不会雷同，语所谓“层出不穷”者，大概就是“此之谓也”罢。

然而我也如别的一切小孩——但天才不在此例——一样，要探检这奇境了。我于是背着大人，在僻远之地，剥去外面的花纸，使它露出难看的纸版来；又挖掉两端的玻璃，就有一些五色的通草丝和小片落下；最后是撕破圆筒，发见了用三片镜玻璃条合成的空心的三角。花也没有，什么也没有，想做它复原，也没有成功，这就完结了。我真不知道惋惜了多少年，直到做过了五十岁的生日，还想找一个来玩玩，然而好像究竟没有孩子时候的勇猛了，终于没有特地出去买。否则，从竖着各种旗帜的“文学家”看来，又成为一条罪状，是无疑的。

现在的办法，譬如半岁或一岁种过痘，要稳当，是四五岁时候必须再种一次的。但我是前世纪的人，没有办得这么周密，到第二，第三次的种痘，已是二十多岁，在日本的东京了，第二次红了一红，第三次毫无影响。

最末的种痘，是十年前，在北京混混的时候。那时也在世界语专门学校里教几点钟书，总该是天花流行了罢，正值我在讲书的时间内，校医前来种痘了。我是一向煽动人们种痘的，而这学校的学生们，也真是令人吃惊。都已二十岁左右了，问起来，既未出过天花，也没有种过牛痘的多得很。况且去年还有一个实例，是颇为漂亮的某女士缺课两月之后，再到学校里来，竟变换了一副面目，肿而且麻，几乎不能认识了；还变得非常多疑而善怒，和她说话之际，简直连微笑也犯忌，因为她会疑心你在暗笑她，所以我总是十分小心，庄严，谨慎。自然，这情形使某种人批评起来，也许又会说是我在用冷静的方法，进攻女学生的。但不然，老实说罢，即使原是我的爱人，这时也实在使我有些“进退维谷”，因为柏拉图式的恋爱论，我是能看，能言，而不能行的。

不过一个好好的人，明明有妥当的方法，却偏要使细菌到自己的身体里来繁殖一通，我实在以为未免太近于固执；倒也不是想大家生得漂亮，给我可以冷静的进攻。总之，我在讲堂上就又竭力煽动了，然而困难得很，因为大家说种痘是痛的。再四磋商的结果，终于公举我首先种痘，作为青年的模范，于是我就成了群众所推戴的领袖，率领了青年军，浩浩荡荡，奔向校医室里来。

虽是春天，北京却还未暖和的，脱去衣服，点上四粒豆浆，又赶紧穿上衣服，也很费一点时光。但等我一面扣衣，一面转脸去看时，我的青年军已经溜得一个也没有了。

自然，牛痘在我身上，也还是一粒也没有出。

但也不能就决定我对于牛痘已经决无感应，因为这校医和他的痘浆，实在令我有些怀疑。他虽是无政府主义者，博爱主义者，然而托他医病，却是不能十分稳当的。也是这一年，我在校里教书的时候，自然觉得发热了，请他诊察之后，他亲爱的说道：

“你是肋膜炎，快回去躺下，我给你送药来。”

我知道这病是一时难好的，于生计大有碍，便十分忧愁，连忙回去躺下了，等着药，到夜没有来，第二天又焦灼的等了一整天，仍无消息。夜里十时，他到我寓里来了，恭敬的行礼：

“对不起，对不起，我昨天把药忘记了，现在特地来赔罪的。”

“那不要紧。此刻吃罢。”

“阿呀呀！药，我可没有带了来……”

他走后，我独自躺着想，这样的医治法，肋膜炎是决不会好的。第二天的上午，我就坚决的跑到一个外国医院去，请医生详细诊察了一回，他终于断定我并非什么肋膜炎，不过是感冒。我这才放了心，回寓后不再躺下，因此也疑心到他的痘浆，可真是有效的痘浆，然而我和牛痘，可是那一回要算最后的关系了。

直到一九三二年一月中，我才又遇到了种痘的机会。那时我们从闸北火线上逃到英租界的一所旧洋房里，虽然楼梯和走廊上都挤满了人，因四近还是胡琴声和打牌声，真如由地狱上了天堂一样。过了几天，两位大人来查考了，他问明了我们的人数，写在一本簿子上，就昂然而去。我想，他是在造难民数目表，去报告上司的，现在大概早已告成，归在一个什么机关的档案里了罢。后来还来了一位公务人员，却是洋大人，他用了很流畅的普通语，劝我们从乡下逃来的人们，应该赶快种牛痘。

这样不化钱的种痘，原不妨伸出手去，占点便宜的，但我还睡在地板上，天气又冷，懒得起来，就加上几句说明，给了他拒绝。他略略一想，也就作罢了，还低了头看着地板，称赞我道：

“我相信你的话，我看你是有知识的。”

我也很高兴，因为我看我的名誉，在古今中外的医官的嘴上是都很好的。

但靠着做“难民”的机会，我也有了巡阅马路的工夫，在不意中，竟又看见万花筒了，听说还是某大公司的制造品。我的孩子是生后六个月就种痘的，像一个蚕蛹，用不着玩具的贿赂；现在大了一点，已有收受贡品的资格了，我就立刻买了去送他。然而很奇怪，我总觉得这一个远不及我的那一个，因为不但望进去总是昏昏沉沉，连花朵也毫不鲜明，而且总不见一个好模样。

我有时也会忽然想到儿童时代所吃的东西，好像非常有味，处境不同，后来永远吃不到了。但因为或一机会，居然能够吃到了的也有。然而奇怪的是味道并不如我所记忆的好，重逢之后，倒好像惊破了美丽的好梦，还不如永远的相思一般。我这时候就常常想，东西的味道是未必退步的，可是我老了，组织无不衰退，味蕾当然也不能例外，味觉的变钝，倒是我的失望的原因。

对于这万花筒的失望，我也就用了同样的解释。

幸而我的孩子也如我的脾气一样——但我希望他大起来会改变——他要探检这奇境了。首先撕去外面的花纸，露出来的倒还是十九世纪一样的难看的纸版，待到挖去一端的玻璃，落下来的却已经不是通草条，而是五色玻璃的碎片。围成三角形的三块玻璃也改了样，后面并非摆锡，只不过涂着黑漆了。

这时我才明白我的自责是错误的。黑玻璃虽然也能返光，却远不及镜玻璃之强；通草是轻的，易于支架起来，构成巨大的花朵，现在改用玻璃片，就无论怎样加以动摇，也只能堆在角落里，像一撮沙砾了。这样的万花筒，又怎能悦目呢?

整整的五十年，从地球年龄来计算，真是微乎其微，然而从人类历史上说，却已经是半世纪，柔石丁玲他们，就活不到这么久。我幸而居然经历过了，我从这经历，知道了种痘的普及，似乎比十九世纪有些进步，然而万花筒的做法，却分明的大大的退步了。

六月三十日。

（一九三三年）

（选自《集外集拾遗补编》）

讲演类编 › › › › ›

目　　录

娜拉走后怎样

——一九二三年十二月二十六日在北京女子高等师范学校文艺会讲

我今天要讲的是“娜拉走后怎样？”

伊孛生是十九世纪后半的瑙威的一个文人。他的著作，除了几十首诗之外，其余都是剧本。这些剧本里面，有一时期是大抵含有社会问题的，世间也称作“社会剧”，其中有一篇就是《娜拉》。

《娜拉》一名 Ein Puppenheim，中国译作《傀儡家庭》。但 Puppe 不单是牵线的傀儡，孩子抱着玩的人形也是；引申开去，别人怎么指挥，他便怎么做的人也是。娜拉当初是满足地生活在所谓幸福的家庭里的，但是她竟觉悟了：自己是丈夫的傀儡，孩子们又是她的傀儡。她于是走了，只听得关门声，接着就是闭幕。这想来大家都知道，不必细说了。

娜拉要怎样才不走呢？或者说伊孛生自己有解答，就是 Die Frau vom Meer，《海的女人》，中国有人译作《海上夫人》的。这女人是已经结婚的了，然而先前有一个爱人在海的彼岸，一日突然寻来，叫她一同去。她便告知她的丈夫，要和那外来人会面。临末，她的丈夫说，“现在放你完全自由。（走与不走）你能够自己选择，并且还要自己负责任。”于是什么事全都改变，她就不走了。这样看来，娜拉倘也得到这样的自由，或者也便可以安住。

但娜拉毕竟是走了的。走了以后怎样？伊孛生并无解答；而且他已经死了。即使不死，他也不负解答的责任。因为伊孛生是在做诗，不是为社会提出问题来而且代为解答。就如黄莺一样，因为他自己要歌唱，所以他歌唱，不是要唱给人们听得有趣，有益。伊孛生是很不通世故的，相传在许多妇女们一同招待他的筵宴上，代表者起来致谢他作了《傀儡家庭》，将女性的自觉，解放这些事，给人心以新的启示的时候，他却答道，“我写那篇却并不是这意思，我不过是做诗。”

娜拉走后怎样？——别人可是也发表过意见的。一个英国人曾作一篇戏剧，说一个新式的女子走出家庭，再也没有路走，终于堕落，进了妓院了。还有一个中国人，——我称他什么呢？上海的文学家罢，——说他所见的《娜拉》是和现译本不同，娜拉终于回来了。这样的本子可惜没有第二人看见，除非是伊孛生自己寄给他的。但从事理上推想起来，娜拉或者也实在只有两条路：不是堕落，就是回来。因为如果是一匹小鸟，则笼子里固然不自由，而一出笼门，外面便又有鹰，有猫，以及别的什么东西之类；倘使已经关得麻痹了翅子，忘却了飞翔，也诚然是无路可以走。还有一条，就是饿死了，但饿死已经离开了生活，更无所谓问题，所以也不是什么路。

人生最苦痛的是梦醒了无路可以走。做梦的人是幸福的；倘没有看出可走的路，最要紧的是不要去惊醒他。你看，唐朝的诗人李贺，不是困顿了一世的么？而他临死的时候，却对他的母亲说，"阿妈，上帝造成了白玉楼，叫我做文章落成去了。"这岂非明明是一个诳，一个梦？然而一个小的和一个老的，一个死的和一个活的，死的高兴地死去，活的放心地活着。说诳和做梦，在这些时候便见得伟大。所以我想，假使寻不出路，我们所要的倒是梦。

但是，万不可做将来的梦。阿尔志跋绥夫曾经借了他所做的小说，质问过梦想将来的黄金世界的理想家，因为要造那世界，先唤起许多人们来受苦。他说，"你们将黄金世界预约给他们的子孙了，可是有什么给他们自己呢？"有是有的，就是将来的希望。但代价也太大了，为了这希望，要使人练敏了感觉来更深切地感到自己的苦痛，叫起灵魂来目睹他自己的腐烂的尸骸。惟有说诳和做梦，这些时候便见得伟大。所以我想，假使寻不出路，我们所要的就是梦；但不要将来的梦，只要目前的梦。

然而娜拉既然醒了，是很不容易回到梦境的，因此只得走；可是走了以后，有时却也免不掉堕落或回来。否则，就得问：她除了觉醒的心以外，还带了什么去？倘只有一条像诸君一样的紫红的绒绳的围巾，那可是无论宽到二尺或三尺，也完全是不中用。她还须更富有，提包里有准备，直白地说，就是要有钱。

梦是好的；否则，钱是要紧的。

钱这个字很难听，或者要被高尚的君子们所非笑，但我总觉得人们的议论是不但昨天和今天，即使饭前和饭后，也往往有些差别。凡承认饭需钱买，而以说钱为卑鄙者，倘能按一按他的胃，那里面怕总还有鱼肉没有消化完，须得饿他一天之后，再来听他发议论。

所以为娜拉计，钱，——高雅的说罢，就是经济，是最要紧的了。自由固不是钱所能买到的，但能够为钱而卖掉。人类有一个大缺点，就是常常要饥饿。为补救这缺点起见，为准备不做傀儡起见，在目下的社会里，经济权就见得最要紧了。第一，在家应该先获得男女平均的分配；第二，在社会应该获得男女相等的势力。可惜我不知道这权柄如何取得，单知道仍然要战斗；或者也许比要求参政权更要用剧烈的战斗。

要求经济权固然是很平凡的事，然而也许比要求高尚的参政权以及博大的女子解放之类更烦难。天下事尽有小作为比大作为更烦难的。譬如现在似的冬天，我们只有这一件棉袄，然而必须救助一个将要冻死的苦人，否则便须坐在菩提树下冥想普度一切人类的方法去。普度一切人类和救活一人，大小实在相去太远了．然而倘叫我挑选，我就立刻到菩提树下去坐着，因为免得脱下唯一的棉袄来冻杀自己。所以在家里说要参政权，是不至于大遭反对的，一说到经济的平匀分配，或不免面前就遇见敌人，这就当然要有剧烈的战斗。

战斗不算好事情，我们也不能责成人人都是战士，那么，平和的方法也就可贵了，这就是将来利用了亲权来解放自己的子女。中国的亲权是无上的，那时候，就可以将财产平匀地分配子女们，使他们平和而没有冲突地都得到相等的经济权，此后或者去读书，或者去生发，或者为自己去享用，或者为社会去做事，或者去花完，都请便，自己负责任。这虽然也是颇远的梦，可是比黄金世界的梦近得不少了。但第一需要记性。记性不佳，是有益于己而有害于子孙的。人们因为能忘却，所以自己能渐渐地脱离了受过的苦痛，也因为能忘却，所以往往照样地再犯前人的错误。被虐待的儿媳做了婆婆，仍然虐待儿媳；嫌恶学生的官吏，每是先前痛骂官吏的学生；现在压迫子女的，有时也就是十年前的家庭革命者。这也许与年龄和地位都有关系罢，但记性不佳也是一个很大的原因。救济法就是各人去买一本 note-book 来，将自己现在的思想举动都记上，作为将来年龄和地位都改变了之后的参考。假如憎恶孩子要到公园去的时候，取来一翻，看见上面有一条道，“我想到中央公园去”，那就即刻心平气和了。别的事也一样。

世间有一种无赖精神，那要义就是韧性。听说拳匪乱后，天津的青皮，就是所谓无赖者很跋扈，譬如给人搬一件行李，他就要两元，对他说这行李小，他说要两元，对他说道路近，他说要两元，对他说不要搬了，他说也仍然要两元。青皮固然是不足为法的，而那韧性却大可以佩服。要求经济权也一样，有人说这事情太陈腐了，就答道要经济权；说是太卑鄙了，就答道要经济权；说是经济制度就要改变了，用不着再操心，也仍然答道要经济权。

其实，在现在，一个娜拉的出走，或者也许不至于感到困难的，因为这人物很特别，举动也新鲜，能得到若干人们的同情，帮助着生活。生活在人们的同情之下，已经是不自由了，然而倘有一百个娜拉出走，便连同情也减少，有一千一万个出走，就得到厌恶了，断不如自己握着经济权之为可靠。

在经济方面得到自由，就不是傀儡了么？也还是傀儡。无非被人所牵的事可以减少，而自己能牵的傀儡可以增多罢了。因为在现在的社会里，不但女人常作男人的傀儡，就是男人和男人，女人和女人，也相互地作傀儡，男人也常作女人的傀儡，这决不是几个女人取得经济权所能救的。但人不能饿着静候理想世界的到来，至少也得留一点残喘，正如涸辙之鲋，急谋升斗之水一样，就要这较为切近的经济权，一面再想别的法。

如果经济制度竟改革了，那上文当然完全是废话。

然而上文，是又将娜拉当作一个普通的人物而说的，假使她很特别，自己情愿闯出去做牺牲，那就又另是一回事。我们无权去劝诱人做牺牲，也无权去阻止人做牺牲。况且世上也尽有乐于牺牲，乐于受苦的人物。欧洲有一个传说，耶稣去钉十字架时，休息在 Ahasvar 的檐下，Ahasvar 不准他，于是被了咒诅，使他永世不得休息，直到末日裁判的时候。Ahasvar 从此就歇不下，只是走，现在还在走。走是苦的，安息是乐的，他何以不安息呢？虽说背着咒诅，可是大约总该是觉得走比安息还适意，所以始终狂走的罢。

只是这牺牲的适意是属于自己的，与志士们之所谓为社会者无涉。群众，——尤其是中国的，——永远是戏剧的看客。牺牲上场，如果显得慷慨，他们就看了悲壮剧；如果显得觳觫，他们就看了滑稽剧。北京的羊肉铺前常有几个人张着嘴看剥羊，仿佛颇愉快，人的牺牲能给与他们的益处，也不过如此。而况事后走不几步，他们并这一点愉快也就忘却了。

对于这样的群众没有法，只好使他们无戏可看倒是疗救，正无需乎震骇一时的牺牲，不如深沉的韧性的战斗。

可惜中国太难改变了，即使搬动一张桌子，改装一个火炉，几乎也要血；而且即使有了血，也未必一定能搬动，能改装，不是很大的鞭子打在背上，中国自己是不肯动弹的。我想这鞭子总要来，好坏是别一问题，然而总要打到的。但是从那里来，怎么地来，我也是不能确切地知道。

我这讲演也就此完结了。

（选自《坟》）

未有天才之前

——一九二四年一月十七日在北京师范大学附属中学校友会讲

我自己觉得我的讲话不能使诸君有益或者有趣，因为我实在不知道什么事，但推托拖延得太长久了，所以终于不能不到这里来说几句。

我看现在许多人对于文艺界的要求的呼声之中，要求天才的产生也可以算是很盛大的了，这显然可以反证两件事：一是中国现在没有一个天才，二是大家对于现在的艺术的厌薄。天才究竟有没有？也许有着罢，然而我们和别人都没有见。倘使据了见闻，就可以说没有；不但天才，还有使天才得以生长的民众。

天才并不是自生自长在深林荒野里的怪物，是由可以使天才生长的民众产生，长育出来的，所以没有这种民众，就没有天才。有一回拿破仑过 Alps 山，说，“我比 Alps 山还要高！”这何等英伟，然而不要忘记他后面跟着许多兵；倘没有兵，那只有被山那面的敌人捉住或者赶回，他的举动，言语，都离了英雄的界线，要归入疯子一类了。所以我想，在要求天才的产生之前，应该先要求可以使天才生长的民众。——譬如想有乔木，想看好花，一定要有好土；没有土，便没有花木了；所以土实在较花木还重要。花木非有土不可，正同拿破仑非有好兵不可一样。

然而现在社会上的论调和趋势，一面固然要求天才，一面却要他灭亡，连预备的土也想扫尽。举出几样来说：

其一就是“整理国故”。自从新思潮来到中国以后，其实何尝有力，而一群老头子，还有少年，却已丧魂失魄的来讲国故了，他们说，“中国自有许多好东西，都不整理保存，倒去求新，正如放弃祖宗遗产一样不肖。”抬出祖宗来说法，那自然是极威严的，然而我总不信在旧马褂未曾洗净叠好之前，便不能做一件新马褂。就现状而言，做事本来还随各人的自便，老先生要整理国故，当然不妨去埋在南窗下读死书，至于青年，却自有他们的活学问和新艺术，各干各事，也还没有大妨害的，但若拿了这面旗子来号召，那就是要中国永远与世界隔绝了。倘以为大家非此不可，那更是荒谬绝伦！我们和古董商人谈天，他自然总称赞他的古董如何好，然而他决不痛骂画家，农夫，工匠等类，说是忘记了祖宗：他实在比许多国学家聪明得远。

其一是“崇拜创作”。从表面上看来，似乎这和要求天才的步调很相合，其实不然。那精神中，很含有排斥外来思想，异域情调的分子，所以也就是可以使中国和世界潮流隔绝的。许多人对于托尔斯泰，都介涅夫，陀思妥夫斯奇的名字，已经厌听了，然而他们的著作，有什么译到中国来？眼光囚在一国里，听谈彼得和约翰就生厌，定须张三李四才行，于是创作家出来了，从实说，好的也离不了刺取点外国作品的技术和神情，文笔或者漂亮，思想往往赶不上翻译品，甚者还要加上些传统思想，使他适合于中国人的老脾气，而读者却已为他所牢笼了，于是眼界便渐渐的狭小，几乎要缩进旧圈套里去。作者和读者互相为因果，排斥异流，抬上国粹，那里会有天才产生？即使产生了，也是活不下去的。

这样的风气的民众是灰尘，不是泥土，在他这里长不出好花和乔木来！

还有一样是恶意的批评。大家的要求批评家的出现，也由来已久了，到目下就出了许多批评家。可惜他们之中很有不少是不平家，不像批评家，作品才到面前，便恨恨地磨墨，立刻写出很高明的结论道，“唉，幼稚得很。中国要天才！”到后来，连并非批评家也这样叫喊了，他是听来的。其实即使天才，在生下来的时候的第一声啼哭，也和平常的儿童的一样，决不会就是一首好诗。因为幼稚，当头加以戕贼，也可以萎死的。我亲见几个作者，都被他们骂得寒噤了。那些作者大约自然不是天才，然而我的希望是便是常人也留着。

恶意的批评家在嫩苗的地上驰马，那当然是十分快意的事；然而遭殃的是嫩苗——平常的苗和天才的苗。幼稚对于老成，有如孩子对于老人，决没有什么耻辱；作品也一样，起初幼稚，不算耻辱的。因为倘不遭了戕贼，他就会生长，成熟，老成；独有老衰和腐败，倒是无药可救的事！我以为幼稚的人，或者老大的人，如有幼稚的心，就说幼稚的话，只为自己要说而说，说出之后，至多到印出之后，自己的事就完了，对于无论打着什么旗子的批评，都可以置之不理的！

就是在座的诸君，料来也十之九愿有天才的产生罢，然而情形是这样，不但产生天才难，单是有培养天才的泥土也难。我想，天才大半是天赋的；独有这培养天才的泥土，似乎大家都可以做。做土的功效，比要求天才还切近；否则，纵有成千成百的天才，也因为没有泥土，不能发达，要像一碟子绿豆芽。

做土要扩大了精神，就是收纳新潮，脱离旧套，能够容纳，了解那将来产生的天才；又要不怕做小事业，就是能创作的自然是创作，否则翻译，介绍，欣赏，读，看，消闲都可以。以文艺来消闲，说来似乎有些可笑，但究竟较胜于戕贼他。

泥土和天才比，当然是不足齿数的，然而不是坚苦卓绝者，也怕不容易做；不过事在人为，比空等天赋的天才有把握。这一点，是泥土的伟大的地方，也是反有大希望的地方。而且也有报酬，譬如好花从泥土里出来，看的人固然欣然的赏鉴，泥土也可以欣然的赏鉴，正不必花卉自身，这才心旷神怡的——假如当作泥土也有灵魂的说。

（选自《坟》）

记 谈 话

鲁迅先生快到厦门去了，虽然他自己说或者因天气之故而不能在那里久住，但至少总有半年或一年不在北京，这实在是我们认为很使人留恋的一件事。八月二十二日，女子师范大学学生会举行毁校周年纪念，鲁迅先生到会，曾有一番演说，我恐怕这是他此次在京最后的一回公开讲演，因此把它记下来，表示我一点微弱的纪念的意思。人们一提到鲁迅先生，或者不免觉得他稍微有一点过于冷静，过于默视的样子，而其实他是无时不充满着热烈的希望，发挥着丰富的感情的。在这一次谈话里，尤其可以显明地看出他的主张；那么，我把他这一次的谈话记下，作为他出京的纪念，也许不是完全没有重大的意义罢。我自己，为免得老实人费心起见，应该声明一下：那天的会，我是以一个小小的办事员的资格参加的。

（培良）

我昨晚上在校《工人绥惠略夫》，想要另印一回，睡得太迟了，到现在还没有很醒；正在校的时候，忽然想到一些事情，弄得脑子里很混乱，一直到现在还是很混乱，所以今天恐怕不能有什么多的话可说。

提到我翻译《工人绥惠略夫》的历史，倒有点有趣。十二年前，欧洲大混战开始了，后来我们中国也参加战事，就是所谓“对德宣战”；派了许多工人到欧洲去帮忙；以后就打胜了，就是所谓“公理战胜”。中国自然也要分得战利品，——有一种是在上海的德国商人的俱乐部里的德文书，总数很不少，文学居多，都搬来放在午门的门楼上。教育部得到这些书，便要整理一下，分类一下，——其实是他们本来分类好了的，然而有些人以为分得不好，所以要从新分一下。——当时派了许多人，我也是其中的一个。后来，总长要看看那些书是什么书了。怎样看法呢？叫我们用中文将书名译出来，有义译义，无义译音，该撒呀，克来阿派忒拉呀，大马色呀……。每人每月有十块钱的车费，我也拿了百来块钱，因为那时还有一点所谓行政费。这样的儿里古鲁了一年多，花了几千块钱，对德和约成立了，后来德国来取还，便仍由点收的我们全盘交付，——也许少了几本罢。至于“克来阿派忒拉”之类，总长看了没有，我可不得而知了。

据我所知道的说，“对德宣战”的结果，在中国有一座中央公园里的“公理战胜”的牌坊，在我就只有一篇这《工人绥惠略夫》的译本，因为那底本，就是从那时整理着的德文书里挑出来的。

那一堆书里文学书多得很，为什么那时偏要挑中这一篇呢？那意思，我现在有点记不真切了。大概，觉得民国以前，以后，我们也有许多改革者，境遇和绥惠略夫很相像，所以借借他人的酒杯罢。然而昨晚上一看，岂但那时，譬如其中的改革者的被迫，代表的吃苦，便是现在，——便是将来，便是几十年以后，我想，还要有许多改革者的境遇和他相像的。所以我打算将它重印一下……。

《工人绥惠略夫》的作者阿尔志跋绥夫是俄国人。现在一提到俄国，似乎就使人心惊胆战。但是，这是大可以不必的，阿尔志跋绥夫并非共产党，他的作品现在在苏俄也并不受人欢迎。听说他已经瞎了眼睛，很在吃苦，那当然更不会送我一个卢布……。总而言之：和苏俄是毫不相干。但奇怪的是有许多事情竟和中国很相像，譬如，改革者，代表者的受苦，不消说了；便是教人要安本分的老婆子，也正如我们的文人学士一般。有一个教员因为不受上司的辱骂而被革职了，她背地里责备他，说他“高傲”得可恶，“你看，我以前被我的主人打过两个嘴巴，可是我一句话都不说，忍耐着。究竟后来他们知道我冤枉了，就亲手赏了我一百卢布。”自然，我们的文人学士措辞决不至于如此拙直，文字也还要华赡得多。

然而绥惠略夫临末的思想却太可怕。他先是为社会做事，社会倒迫害他，甚至于要杀害他，他于是一变而为向社会复仇了，一切是仇仇，一切都破坏。中国这样破坏一切的人还不见有，大约也不会有的，我也并不希望其有。但中国向来有别一种破坏的人，所以我们不去破坏的，便常常受破坏。我们一面被破坏，一面修缮着，辛辛苦苦地再过下去。所以我们的生活，便成了一面受破坏，一面修补，一面受破坏，一面修补的生活了。这个学校，也就是受了杨荫榆章士钊们的破坏之后，修补修补，整理整理，再过下去的。

俄国老婆子式的文人学士也许说，这是“高傲”得可恶了，该得惩罚。这话自然很像不错的，但也不尽然。我的家里还住着一个乡下人，因为战事，她的家没有了，只好逃进城里来。她实在并不“高傲”，也没有反对过杨荫榆，然而她的家没有了，受了破坏。战事一完，她一定要回去的，即使屋子破了，器具抛了，田地荒了，她也还要活下去。她大概只好搜集一点剩下的东西，修补修补，整理整理，再来活下去。

中国的文明，就是这样破坏了又修补，破坏了又修补的疲乏伤残可怜的东西。但是很有人夸耀它，甚至于连破坏者也夸耀它。便是破坏本校的人，假如你派他到万国妇女的什么会里去，请他叙述中国女学的情形，他一定说，我们中国有一个国立北京女子师范大学在。

这真是万分可惜的事，我们中国人对于不是自己的东西，或者将不为自己所有的东西，总要破坏了才快活的。杨荫榆知道要做不成这校长，便文事用文士的“流言”，武功用三河的老妈，总非将一班“毛鸦头”赶尽杀绝不可。先前我看见记载上说的张献忠屠戮川民的事，我总想不通他是什么意思；后来看到别一本书，这才明白了：他原是想做皇帝的，但是李自成先进北京，做了皇帝了，他便要破坏李自成的帝位。怎样破坏法呢？做皇帝必须有百姓；他杀尽了百姓，皇帝也就谁都做不成了。既无百姓，便无所谓皇帝，于是只剩了一个李自成，在白地上出丑，宛如学校解散后的校长一般。这虽然是一个可笑的极端的例，但有这一类的思想的，实在并不止张献忠一个人。

我们总是中国人，我们总要遇见中国事，但我们不是中国式的破坏者，所以我们是过着受破坏了又修补，受破坏了又修补的生活。我们的许多寿命白费了。我们所可以自慰的，想来想去，也还是所谓对于将来的希望。希望是附丽于存在的，有存在，便有希望，有希望，便是光明。如果历史家的话不是诳话，则世界上的事物可还没有因为黑暗而长存的先例。黑暗只能附丽于渐就灭亡的事物，一灭亡，黑暗也就一同灭亡了，它不永久。然而将来是永远要有的，并且总要光明起来；只要不做黑暗的附着物，为光明而灭亡，则我们一定有悠久的将来，而且一定是光明的将来。

我赴这会的后四日，就出北京了。在上海看见日报，知道女师大已改为女子学院的师范部，教育总长任可澄自做院长，师范部的学长是林素园。后来看见北京九月五日的晚报，有一条道：“今日下午一时半，任可澄特同林氏，并率有警察厅保安队及军督察处兵士共四十左右，驰赴女师大，武装接收。……”原来刚一周年，又看见用兵了。不知明年这日，还是带兵的开得校纪念呢，还是被兵的开毁校纪念？现在姑且将培良君的这一篇转录在这里，先作一个本年的纪念罢。

一九二六年十月十四日，鲁迅附记。

（选自《华盖集续编》）

读书杂谈

——七月十六日在广州知用中学讲

因为知用中学的先生们希望我来演讲一回，所以今天到这里和诸君相见。不过我也没有什么东西可讲。忽而想到学校是读书的所在，就随便谈谈读书。是我个人的意见，姑且供诸君的参考，其实也算不得什么演讲。

说到读书，似乎是很明白的事，只要拿书来读就是了，但是并不这样简单。至少，就有两种：一是职业的读书，一是嗜好的读书。所谓职业的读书者，譬如学生因为升学，教员因为要讲功课，不翻翻书，就有些危险的就是。我想在坐的诸君之中一定有些这样的经验，有的不喜欢算学，有的不喜欢博物，然而不得不学，否则，不能毕业，不能升学，和将来的生计便有妨碍了。我自己也这样，因为做教员，有时即非看不喜欢看的书不可，要不这样，怕不久便会于饭碗有妨。我们习惯了，一说起读书，就觉得是高尚的事情，其实这样的读书，和木匠的磨斧头，裁缝的理针线并没有什么分别，并不见得高尚，有时还很苦痛，很可怜。你爱做的事，偏不给你做，你不爱做的，倒非做不可。这是由于职业和嗜好不能合一而来的。倘能够大家去做爱做的事，而仍然各有饭吃，那是多么幸福。但现在的社会上还做不到，所以读书的人们的最大部分，大概是勉勉强强的，带着苦痛的为职业的读书。

现在再讲嗜好的读书罢。那是出于自愿，全不勉强，离开了利害关系的。——我想，嗜好的读书，该如爱打牌的一样，天天打，夜夜打，连续的去打，有时被公安局捉去了，放出来之后还是打。诸君要知道真打牌的人的目的并不在赢钱，而在有趣。牌有怎样的有趣呢，我是外行，不大明白。但听得爱赌的人说，它妙在一张一张的摸起来，永远变化无穷。我想，凡嗜好的读书，能够手不释卷的原因也就是这样。他在每一叶每一叶里，都得着深厚的趣味。自然，也可以扩大精神，增加智识的，但这些倒都不计及，一计及，便等于意在赢钱的博徒了，这在博徒之中，也算是下品。

不过我的意思，并非说诸君应该都退了学，去看自己喜欢看的书去，这样的时候还没有到来；也许终于不会到，至多，将来可以设法使人们对于非做不可的事发生较多的兴味罢了。我现在是说，爱看书的青年，大可以看看本分以外的书，即课外的书，不要只将课内的书抱住。但请不要误解，我并非说，譬如在国文讲堂上，应该在抽屉里暗看《红楼梦》之类；乃是说，应做的功课已完而有余暇，大可以看看各样的书，即使和本业毫不相干的，也要泛览。譬如学理科的，偏看看文学书，学文学的，偏看看科学书，看看别个在那里研究的，究竟是怎么一回事。这样子，对于别人，别事，可以有更深的了解。现在中国有一个大毛病，就是人们大概以为自己所学的一门是最好，最妙，最要紧的学问，而别的都无用，都不足道的，弄这些不足道的东西的人，将来该当饿死。其实是，世界还没有如此简单，学问都各有用处，要定什么是头等还很难。也幸而有各式各样的人，假如世界上全是文学家，到处所讲的不是“文学的分类”便是“诗之构造”，那倒反而无聊得很了。

不过以上所说的，是附带而得的效果，嗜好的读书，本人自然并不计及那些，就如游公园似的，随随便便去，因为随随便便，所以不吃力，因为不吃力，所以会觉得有趣。如果一本书拿到手，就满心想道，“我在读书了！”“我在用功了！”那就容易疲劳，因而减掉兴味，或者变成苦事了。

我看现在的青年，为兴味的读书的是有的，我也常常遇到各样的询问。此刻就将我所想到的说一点，但是只限于文学方面，因为我不明白其他的。

第一，是往往分不清文学和文章。甚至于已经来动手做批评文章的，也免不了这毛病。其实粗粗的说，这是容易分别的。研究文章的历史或理论的，是文学家，是学者；做做诗，或戏曲小说的，是做文章的人，就是古时候所谓文人，此刻所谓创作家。创作家不妨毫不理会文学史或理论，文学家也不妨做不出一句诗。然而中国社会上还很误解，你做几篇小说，便以为你一定懂得小说概论，做几句新诗，就要你讲诗之原理。我也尝见想做小说的青年，先买小说法程和文学史来看。据我看来，是即使将这些书看烂了，和创作也没有什么关系的。

事实上，现在有几个做文章的人，有时也确去做教授。但这是因为中国创作不值钱，养不活自己的缘故。听说美国小名家的一篇中篇小说，时价是二千美金；中国呢，别人我不知道，我自己的短篇寄给大书铺，每篇卖过二十元。当然要寻别的事，例如教书，讲文学。研究是要用理智，要冷静的，而创作须情感，至少总得发点热，于是忽冷忽热，弄得头昏，——这也是职业和嗜好不能合一的苦处。苦倒也罢了，结果还是什么都弄不好，那证据，是试翻世界文学史，那里面的人，几乎没有兼做教授的。

还有一种坏处，是一做教员，未免有顾忌；教授有教授的架子，不能畅所欲言。这或者有人要反驳：那么，你畅所欲言就是了，何必如此小心。然而这是事前的风凉话，一到有事，不知不觉地他也要从众来攻击的。而教授自身，纵使自以为怎样放达，下意识里总不免有架子在。所以在外国，称为“教授小说”的东西倒并不少，但是不大有人说好，至少，是总难免有令人发烦的炫学的地方。

所以我想，研究文学是一件事，做文章又是一件事。

第二，我常被询问：要弄文学，应该看什么书？这实在是一个极难回答的问题。先前也曾有几位先生给青年开过一大篇书目。但从我看来，这是没有什么用处的，因为我觉得那都是开书目的先生自己想要看或者未必想要看的书目。我以为倘要弄旧的呢，倒不如姑且靠着张之洞的《书目答问》去摸门径去。倘是新的，研究文学，则自己先看看各种的小本子，如本间久雄的《新文学概论》，厨川白村的《苦闷的象征》，瓦浪斯基们的《苏俄的文艺论战》之类，然后自己再想想，再博览下去。因为文学的理论不像算学，二二一定得四，所以议论很纷歧。如第三种，便是俄国的两派的争论，——我附带说一句，近来听说连俄国的小说也不大有人看了，似乎一看见“俄”字就吃惊，其实苏俄的新创作何尝有人绍介，此刻译出的几本，都是革命前的作品，作者在那边都已经被看作反革命的了。倘要看看文艺作品呢，则先看几种名家的选本，从中觉得谁的作品自己最爱看，然后再看这一个作者的专集，然后再从文学史上看看他在史上的位置；倘要知道得更详细，就看一两本这人的传记，那便可以大略了解了。如果专是请教别人，则各人的嗜好不同，总是格不相入的。

第三，说几句关于批评的事。现在因为出版物太多了，——其实有什么呢，而读者因为不胜其纷纭，便渴望批评，于是批评家也便应运而起。批评这东西，对于读者，至少对于和这批评家趣旨相近的读者，是有用的。但中国现在，似乎应该暂作别论。往往有人误以为批评家对于创作是操生杀之权，占文坛的最高位的，就忽而变成批评家；他的灵魂上挂了刀。但是怕自己的立论不周密，便主张主观，有时怕自己的观察别人不看重，又主张客观；有时说自己的作文的根柢全是同情，有时将校对者骂得一文不值。凡中国的批评文字，我总是越看越胡涂，如果当真，就要无路可走。印度人是早知道的，有一个很普通的比喻。他们说：一个老翁和一个孩子用一匹驴子驮着货物去出卖，货卖去了，孩子骑驴回来，老翁跟着走。但路人责备他了，说是不晓事，叫老年人徒步。他们便换了一个地位，而旁人又说老人忍心；老人忙将孩子抱到鞍鞒上，后来看见的人却说他们残酷；于是都下来，走了不久，可又有人笑他们了，说他们是呆子，空着现成的驴子却不骑。于是老人对孩子叹息道，我们只剩了一个办法了，是我们两人抬着驴子走。无论读，无论做，倘若旁征博访，结果是往往会弄到抬驴子走的。

不过我并非要大家不看批评，不过说看了之后，仍要看看本书，自己思索，自己做主。看别的书也一样，仍要自己思索，自己观察。倘只看书，便变成书厨，即使自己觉得有趣，而那趣味其实是已在逐渐硬化，逐渐死去了。我先前反对青年躲进研究室，也就是这意思，至今有些学者，还将这话算作我的一条罪状哩。

听说英国的培那特萧（Bernard Shaw），有过这样意思的话：世间最不行的是读书者。因为他只能看别人的思想艺术，不用自己。这也就是勖本华尔（Schopenhauer）之所谓脑子里给别人跑马。较好的是思索者。因为能用自己的生活力了，但还不免是空想，所以更好的是观察者，他用自己的眼睛去读世间这一部活书。

这是的确的，实地经验总比看，听，空想确凿。我先前吃过干荔支，罐头荔支，陈年荔支，并且由这些推想过新鲜的好荔支。这回吃过了，和我所猜想的不同，非到广东来吃就永不会知道。但我对于萧的所说，还要加一点骑墙的议论。萧是爱尔兰人，立论也不免有些偏激的。我以为假如从广东乡下找一个没有历练的人，叫他从上海到北京或者什么地方，然后问他观察所得，我恐怕是很有限的，因为他没有练习过观察力。所以要观察，还是先要经过思索和读书。

总之，我的意思是很简单的：我们自动的读书，即嗜好的读书，请教别人是大抵无用，只好先行泛览，然后决择而入于自己所爱的较专的一门或几门；但专读书也有弊病，所以必须和实社会接触，使所读的书活起来。

（一九二七年）

（选自《而已集》）

无声的中国

——二月十六日在香港青年会讲

以我这样没有什么可听的无聊的讲演，又在这样大雨的时候，竟还有这许多来听的诸君，我首先应当声明我的郑重的感谢。

我现在所讲的题目是:《无声的中国》。

现在，浙江，陕西，都在打仗，那里的人民哭着呢还是笑着呢，我们不知道。香港似乎很太平，住在这里的中国人，舒服呢还是不很舒服呢，别人也不知道。

发表自己的思想，感情给大家知道的是要用文章的，然而拿文章来达意，现在一般的中国人还做不到。这也怪不得我们；因为那文字，先就是我们的祖先留传给我们的可怕的遗产。人们费了多年的工夫，还是难于运用。因为难，许多人便不理它了，甚至于连自己的姓也写不清是张还是章，或者简直不会写，或者说道：Chang。虽然能说话，而只有几个人听到，远处的人们便不知道，结果也等于无声。又因为难，有些人便当作宝贝，像玩把戏似的，之乎者也，只有几个人懂，——其实是不知道可真懂，而大多数的人们却不懂得，结果也等于无声。

文明人和野蛮人的分别，其一，是文明人有文字，能够把他们的思想，感情，藉此传给大众，传给将来。中国虽然有文字，现在却已经和大家不相干，用的是难懂的古文，讲的是陈旧的古意思，所有的声音，都是过去的，都就是只等于零的。所以，大家不能互相了解，正像一大盘散沙。

将文章当作古董，以不能使人认识，使人懂得为好，也许是有趣的事罢。但是，结果怎样呢？是我们已经不能将我们想说的话说出来。我们受了损害，受了侮辱，总是不能说出些应说的话。拿最近的事情来说，如中日战争，拳匪事件，民元革命这些大事件，一直到现在，我们可有一部像样的著作？民国以来，也还是谁也不作声。反而在外国，倒常有说起中国的，但那都不是中国人自己的声音，是别人的声音。

这不能说话的毛病，在明朝是还没有这样厉害的；他们还比较地能够说些要说的话。待到满州人以异族侵入中国，讲历史的，尤其是讲宋末的事情的人被杀害了，讲时事的自然也被杀害了。所以，到乾隆年间，人民大家便更不敢用文章来说话了。所谓读书人，便只好躲起来读经，校刊古书，做些古时的文章，和当时毫无关系的文章。有些新意，也还是不行的；不是学韩，便是学苏。韩愈苏轼他们，用他们自己的文章来说当时要说的话，那当然可以的。我们却并非唐宋时人，怎么做和我们毫无关系的时候的文章呢。即使做得像，也是唐宋时代的声音，韩愈苏轼的声音，而不是我们现代的声音。然而直到现在，中国人却还要着这样的旧戏法。人是有的，没有声音，寂寞得很。——人会没有声音的么？没有，可以说：是死了。倘要说得客气一点，那就是：已经哑了。

要恢复这多年无声的中国，是不容易的，正如命令一个死掉的人道："你活过来！"我虽然并不懂得宗教，但我以为正如想出现一个宗教上之所谓"奇迹"一样。

首先来尝试这工作的是"五四运动"前一年，胡适之先生所提倡的"文学革命"。"革命"这两个字，在这里不知道可害怕，有些地方是一听到就害怕的。但这和文学两字连起来的"革命"，却没有法国革命的"革命"那么可怕，不过是革新，改换一个字，就很平和了，我们就称为"文学革命"罢，中国文字上，这样的花样是很多的。那大意也并不可怕，不过说：我们不必再去费尽心机，学说古代的死人的话，要说现代的活人的话；不要将文章看作古董，要做容易懂得的白话的文章。然而，单是文学革新是不够的，因为腐败思想，能用古文做，也能用白话做。所以后来就有人提倡思想革新。思想革新的结果，是发生社会革新运动。这运动一发生，自然一面就发生反动，于是便酿成战斗……。

但是，在中国，刚刚提起文学革新，就有反动了。不过白话文却渐渐风行起来，不大受阻碍。这是怎么一回事呢？就因为当时又有钱玄同先生提倡废止汉字，用罗马字母来替代。这本也不过是一种文字革新，很平常的，但被不喜欢改革的中国人听见，就大不得了了，于是便放过了比较的平和的文学革命，而竭力来骂钱玄同。白话乘了这一个机会，居然减去了许多敌人，反而没有阻碍，能够流行了。

中国人的性情是总喜欢调和，折中的。譬如你说，这屋子太暗，须在这里开一个窗，大家一定不允许的。但如果你主张拆掉屋顶，他们就会来调和，愿意开窗了。没有更激烈的主张，他们总连平和的改革也不肯行。那时白话文之得以通行，就因为有废掉中国字而用罗马字母的议论的缘故。

其实，文言和白话的优劣的讨论，本该早已过去了，但中国是总不肯早早解决的，到现在还有许多无谓的议论。例如，有的说：古文各省人都能懂，白话就各处不同，反而不能互相了解了。殊不知这只要教育普及和交通发达就好，那时就人人都能懂较为易解的白话文；至于古文，何尝各省人都能懂，便是一省里，也没有许多人懂得的。有的说：如果都用白话文，人们便不能看古书，中国的文化就灭亡了。

其实呢，现在的人们大可以不必看古书，即使古书里真有好东西，也可以用白话来译出的，用不着那么心惊胆战。他们又有人说，外国尚且译中国书，足见其好，我们自己倒不看么？殊不知埃及的古书，外国人也译，非洲黑人的神话，外国人也译，他们别有用意，即使译出，也算不了怎样光荣的事的。

近来还有一种说法，是思想革新紧要，文字改革倒在其次，所以不如用浅显的文言来作新思想的文章，可以少招一重反对。这话似乎也有理。然而我们知道，连他长指甲都不肯剪去的人，是决不肯剪去他的辫子的。

因为我们说着古代的话，说着大家不明白，不听见的话，已经弄得像一盘散沙，痛痒不相关了。我们要活过来，首先就须由青年们不再说孔子孟子和韩愈柳宗元们的话。时代不同，情形也两样，孔子时代的香港不这样，孔子口调的"香港论"是无从做起的，"吁嗟阔哉香港也"，不过是笑话。

我们要说现代的，自己的话；用活着的白话，将自己的思想，感情直白地说出来。但是，这也要受前辈先生非笑的。他们说白话文卑鄙，没有价值；他们说年青人作品幼稚，贻笑大方。我们中国能做文言的有多少呢，其余的都只能说白话，难道这许多中国人，就都是卑鄙，没有价值的么？至于幼稚，尤其没有什么可羞，正如孩子对于老人，毫没有什么可羞一样。幼稚是会生长，会成熟的，只不要衰老，腐败，就好。倘说待到纯熟了才可以动手，那是虽是村妇也不至于这样蠢。她的孩子学走路，即使跌倒了，她决不至于叫孩子从此躺在床上，待到学会了走法再下地面来的。

青年们先可以将中国变成一个有声的中国。大胆地说话，勇敢地进行，忘掉了一切利害，推开了古人，将自己的真心的话发表出来。——真，自然是不容易的。譬如态度，就不容易真，讲演时候就不是我的真态度，因为我对朋友，孩子说话时候的态度是不这样的。——但总可以说些较真的话，发些较真的声音。只有真的声音，才能感动中国的人和世界的人；必须有了真的声音，才能和世界的人同在世界上生活。

我们试想现在没有声音的民族是那几种民族。我们可听到埃及人的声音？可听到安南，朝鲜的声音？印度除了泰戈尔，别的声音可还有？

我们此后实在只有两条路：一是抱着古文而死掉，一是舍掉古文而生存。

（一九二七年二月十六日）

（选自《三闲集》）

序跋类编 › › › › ›

目　　录

《域外小说集》序

我们在日本留学时候，有一种茫漠的希望：以为文艺是可以转移性情，改造社会的。因为这意见，便自然而然的想到介绍外国新文学这一件事。但做这事业，一要学问，二要同志，三要工夫，四要资本，五要读者。第五样逆料不得，上四样在我们却几乎全无：于是又自然而然的只能小本经营，姑且尝试，这结果便是译印《域外小说集》。

当初的计画，是筹办了连印两册的资本，待到卖回本钱，再印第三第四，以至第X册的。如此继续下去，积少成多，也可以约略绍介了各国名家的著作了。于是准备清楚，在一九〇九年的二月，印出第一册，到六月间，又印出了第二册。寄售的地方，是上海和东京。

半年过去了，先在就近的东京寄售处结了帐。计第一册卖去了二十一本，第二册是二十本，以后可再也没有人买了。那第一册何以多卖一本呢？就因为有一位极熟的友人，怕寄售处不遵定价，额外需索，所以亲去试验一回，果然划一不二，就放了心，第二本不再试验了——但由此看来，足见那二十位读者，是有出必看，没有一人中止的，我们至今很感谢。

至于上海，是至今还没有详细知道。听说也不过卖出了二十册上下，以后再没有人买了。于是第三册只好停板，已成的书，便都堆在上海寄售处堆货的屋子里。过了四五年，这寄售处不幸被了火，我们的书和纸板，都连同化成灰烬；我们这过去的梦幻似的无用的劳力，在中国也就完全消灭了。

到近年，有几位著作家，忽然又提起《域外小说集》，因而也常有问到《域外小说集》的人。但《域外小说集》却早烧了没有法子呈教。几个友人，因此很有劝告重印，以及想法张罗的。为了这机会，我也就从久不开封的纸裹里，寻出自己留下的两本书来。

我看这书的译文，不但句子生硬，“诘屈聱牙”，而且也有极不行的地方，委实配不上再印。只是他的本质，却在现在还有存在的价值，便在将来也该有存在的价值。其中许多篇，也还值得译成白话，教他尤其通行。可惜我没有这一大段工夫，——只有《酋长》这一篇，曾用白话译了，登在《新青年》上，——所以只好姑且重印了文言的旧译，暂时塞责了。但从别一方面看来，这书的再来，或者也不是无意义。

当初的译本，只有两册，所以各国作家，偏而不全；现在重行编定，也愈见得有畸重畸轻的弊病。我归国之后，偶然也还替乡僻的日报，以及不流行的杂志上，译些小品，只要草稿在身边的，也都趁便添上；一总三十七篇，我的文言译的短篇，可以说全在里面了。只是其中的迦尔洵的《四日》，安特来夫的《谩》和《默》这三篇，是我的大哥翻译的。

当初的译文里，很用几个偏僻的字，现在都改去了，省得印刷局特地铸造；至于费解的处所，也仍旧用些小注，略略说明；作家的略传，便附在卷末——我对于所译短篇，偶然有一点意见的，也就在略传里说了。

《域外小说集》初出的时候，见过的人，往往摇头说，“以为他才开头，却已完了！”那时短篇小说还很少，读书人看惯了一二百回的章回体，所以短篇便等于无物。现在已不是那时候，不必虑了，我所忘不掉的，是曾见一种杂志上，也登载一篇显克微支的《乐人扬珂》，和我的译本只差了几个字，上面却加上两行小字道“滑稽小说！”这事使我到现在，还感到一种空虚的苦痛。但不相信人间的心理，在世界上，真会差异到这地步。

这三十多篇短篇里，所描写的事物，在中国大半免不得很隔膜；至于迦尔洵作中的人物，恐怕几于极无，所以更不容易理会。同是人类，本来决不至于不能互相了解；但时代国土习惯成见，都能够遮蔽人的心思，所以往往不能镜一般明，照见别人的心了。幸而现在已不是那时候，这一节，大约也不必虑的。

倘使这《域外小说集》不因为我的译文，却因为他本来的实质，能使读者得到一点东西，我就自己觉得是极大的幸福了。

一九二〇年三月二十日，记于北京。

（选自《译文序跋集》）

《呐喊》自序

我在年青时候也曾经做过许多梦，后来大半忘却了，但自己也并不以为可惜。所谓回忆者，虽说可以使人欢欣，有时也不免使人寂寞，使精神的丝缕还牵着已逝的寂寞的时光，又有什么意味呢，而我偏苦于不能全忘却，这不能全忘的一部分，到现在便成了《呐喊》的来由。

我有四年多，曾经常常，——几乎是每天，出入于质铺和药店里，年纪可是忘却了，总之是药店的柜台正和我一样高，质铺的是比我高一倍，我从一倍高的柜台外送上衣服或首饰去，在侮蔑里接了钱，再到一样高的柜台上给我久病的父亲去买药。回家之后，又须忙别的事了，因为开方的医生是最有名的，以此所用的药引也奇特；冬天的芦根，经霜三年的甘蔗，蟋蟀要原对的，结子的平地木，……多不是容易办到的东西。然而我的父亲终于日重一日的亡故了。

有谁从小康人家而坠入困顿的么，我以为在这途路中，大概可以看见世人的真面目；我要到N进K学堂去了，仿佛是想走异路，逃异地，去寻求别样的人们。我的母亲没有法，办了八元的川资，说是由我的自便；然而伊哭了，这正是情理中的事，因为那时读书应试是正路，所谓学洋务，社会上便以为是一种走投无路的人，只得将灵魂卖给鬼子，要加倍的奚落而且排斥的，而况伊又看不见自己的儿子了。然而我也顾不得这些事，终于到N去进了K学堂了，在这学堂里，我才知道世上所有所谓格致，算学，地理，历史，绘图和体操。生理学并不教，但我们却看到些木版的《全体新论》和《化学卫生论》之类了。我还记得先前的医生的议论和方药，和现在所知道的比较起来，便渐渐的悟得中医不过是一种有意的或无意的骗子，同时又很起了对于被骗的病人和他的家族的同情；而且从译出的历史上，又知道了日本维新是大半发端于西方医学的事实。

因为这些幼稚的知识，后来便使我的学籍列在日本一个乡间的医学专门学校里了。我的梦很美满，预备卒业回来，救治像我父亲似的被误的病人的疾苦，战争时候便去当军医，一面又促进了国人对于维新的信仰。我已不知道教授微生物学的方法，现在又有了怎样的进步了，总之那时是用了电影，来显示微生物的形状的，因此有时讲义的一段落已完，而时间还没有到，教师便映些风景或时事的画片给学生看，以用去这多余的光阴。其时正当日俄战争的时候，关于战事的画片自然也就比较的多了，我在这一个讲堂中，便须常常随喜我那同学们的拍手和喝采。有一回，我竟在画片上忽然会见我久违的许多中国人了，一个绑在中间，许多站在左右，一样是强壮的体格，而显出麻木的神情。据解说，则绑着的是替俄国做了军事上的侦探，正要被日军砍下头颅来示众，而围着的便是来赏鉴这示众的盛举的人们。

这一学年没有完毕，我已经到了东京了，因为从那一回以后，我便觉得医学并非一件紧要事，凡是愚弱的国民，即使体格如何健全，如何茁壮，也只能做毫无意义的示众的材料和看客，病死多少是不必以为不幸的。所以我们的第一要著，是在改变他们的精神，而善于改变精神的是，我那时以为当然要推文艺，于是想提倡文艺运动了。在东京的留学生很有学法政理化以至警察工业的，但没有人治文学和美术；可是在冷淡的空气中，也幸而寻到几个同志了，此外又邀集了必须的几个人，商量之后，第一步当然是出杂志，名目是取"新的生命"的意思，因为我们那时大抵带些复古的倾向，所以只谓之《新生》。

《新生》的出版之期接近了，但最先就隐去了若干担当文字的人，接着又逃走了资本，结果只剩下不名一钱的三个人。创始时候既已背时，失败时候当然无可告语，而其后却连这三个人也都为各自的运命所驱策，不能在一处纵谈将来的好梦了，这就是我们的并未产生的《新生》的结局。

我感到未尝经验的无聊，是自此以后的事。我当初是不知其所以然的；后来想，凡有一人的主张，得了赞和，是促其前进的，得了反对，是促其奋斗的，独有叫喊于生人中，而生人并无反应，既非赞同，也无反对，如置身毫无边际的荒原，无可措手的了，这是怎样的悲哀呵，我于是以我所感到者为寂寞。

这寂寞又一天一天的长大起来，如大毒蛇，缠住了我的灵魂了。

然而我虽然自有无端的悲哀，却也并不愤懑，因为这经验使我反省，看见自己了：就是我决不是一个振臂一呼应者云集的英雄。

只是我自己的寂寞是不可不驱除的，因为这于我太痛苦。我于是用了种种法，来麻醉自己的灵魂，使我沉入于国民中，使我回到古代去，后来也亲历或旁观过几样更寂寞更悲哀的事，都为我所不愿追怀，甘心使他们和我的脑一同消灭在泥土里的，但我的麻醉法却也似乎已经奏了功，再没有青年时候的慷慨激昂的意思了。

S会馆里有三间屋，相传是往昔曾在院子里的槐树上缢死过一个女人的，现在槐树已经高不可攀了，而这屋还没有人住；许多年，我便寓在这屋里钞古碑。客中少有人来，古碑中也遇不到什么问题和主义，而我的生命却居然暗暗的消去了，这也就是我惟一的愿望。夏夜，蚊子多了，便摇着蒲扇坐在槐树下，从密叶缝里看那一点一点的青天，晚出的槐蚕又每每冰冷的落在头颈上。

那时偶或来谈的是一个老朋友金心异，将手提的大皮夹放在破桌上，脱下长衫，对面坐下了，因为怕狗，似乎心房还在怦怦的跳动。

“你钞了这些有什么用？”有一夜，他翻着我那古碑的钞本，发了研究的质问了。

“没有什么用。”

“那么，你钞他是什么意思呢？”

“没有什么意思。”

“我想，你可以做点文章……”

我懂得他的意思了，他们正办《新青年》，然而那时仿佛不特没有人来赞同，并且也还没有人来反对，我想，他们许是感到寂寞了，但是说：

“假如一间铁屋子，是绝无窗户而万难破毁的，里面有许多熟睡的人们，不久都要闷死了，然而是从昏睡入死灭，并不感到就死的悲哀。现在你大嚷起来，惊起了较为清醒的几个人，使这不幸的少数者来受无可挽救的临终的苦楚，你倒以为对得起他们么？”

“然而几个人既然起来，你不能说决没有毁坏这铁屋的希望。”

是的，我虽然自有我的确信，然而说到希望，却是不能抹杀的，因为希望是在于将来，决不能以我之必无的证明，来折服了他之所谓可有，于是我终于答应他也做文章了，这便是最初的一篇《狂人日记》。从此以后，便一发而不可收，每写些小说模样的文章，以敷衍朋友们的嘱托，积久就有了十余篇。

在我自己，本以为现在是已经并非一个切迫而不能已于言的人了，但或者也还未能忘怀于当日自己的寂寞的悲哀罢，所以有时候仍不免呐喊几声，聊以慰藉那在寂寞里奔驰的猛士，使他不惮于前驱。至于我的喊声是勇猛或是悲哀，是可憎或是可笑，那倒是不暇顾及的；但既然是呐喊，则当然须听将令的了，所以我往往不恤用了曲笔，在《药》的瑜儿的坟上平空添上一个花环，在《明天》里也不叙单四嫂子竟没有做到看见儿子的梦，因为那时的主将是不主张消极的。至于自己，却也并不愿将自以为苦的寂寞，再来传染给也如我那年青时候似的正做着好梦的青年。

这样说来，我的小说和艺术的距离之远，也就可想而知了，然而到今日还能蒙着小说的名，甚而至于且有成集的机会，无论如何总不能不说是一件侥幸的事，但侥幸虽使我不安于心，而悬揣人间暂时还有读者，则究竟也仍然是高兴的。

所以我竟将我的短篇小说结集起来，而且付印了，又因为上面所说的缘由，便称之为《呐喊》。

一九二二年十二月三日，鲁迅记于北京。

（选自《呐喊》）

《热风》题记

现在有谁经过西长安街一带的，总可以看见几个衣履破碎的穷苦孩子叫卖报纸。记得三四年前，在他们身上偶而还剩有制服模样的残余；再早，就更体面，简直是童子军的拟态。

那是中华民国八年，即西历一九一九年，五月四日北京学生对于山东问题的示威运动以后，因为当时散传单的是童子军，不知怎的竟惹了投机家的注意，童子军式的卖报孩子就出现了。其年十二月，日本公使小幡西吉抗议排日运动，情形和今年大致相同；只是我们的卖报孩子却穿破了第一身新衣以后，便不再做，只见得年不如年地显出穷苦。

我在《新青年》的《随感录》中做些短评，还在这前一年，因为所评论的多是小问题，所以无可道，原因也大都忘却了。但就现在的文字看起来，除几条泛论之外，有的是对于扶乩，静坐，打拳而发的；有的是对于所谓“保存国粹”而发的；有的是对于那时旧官僚的以经验自豪而发的；有的是对于上海《时报》的讽刺画而发的。记得当时的《新青年》是正在四面受敌之中，我所对付的不过一小部分；其他大事，则本志具在，无须我多言。

五四运动之后，我没有写什么文字，现在已经说不清是不做，还是散失消灭的了。但那时革新运动，表面上却颇有些成功，于是主张革新的也就蓬蓬勃勃，而且有许多还就是在先讥笑，嘲骂《新青年》的人们，但他们却是另起了一个冠冕堂皇的名目：新文化运动。这也就是后来又将这名目反套在《新青年》身上，而又加以嘲骂讥笑的，正如笑骂白话文的人，往往自称最得风气之先，早经主张过白话文一样。

再后，更无可道了。只记得一九二一年中的一篇是对于所谓“虚无哲学”而发的；更后一年则大抵对于上海之所谓“国学家”而发，不知怎的那时忽而有许多人都自命为国学家了。

自《新青年》出版以来，一切应之而嘲骂改革，后来又赞成改革，后来又嘲骂改革者，现在拟态的制服早已破碎，显出自身的本相来了，真所谓“事实胜于雄辩”，又何待于纸笔喉舌的批评。所以我的应时的浅薄的文字，也应该置之不顾，一任其消灭的；但几个朋友却以为现状和那时并没有大两样，也还可以存留，给我编辑起来了。这正是我所悲哀的。我以为凡对于时弊的攻击，文字须与时弊同时灭亡，因为这正如白血轮之酿成疮疖一般，倘非自身也被排除，则当它的生命的存留中，也即证明着病菌尚在。

但如果凡我所写，的确都是冷的呢？则它的生命原来就没有，更谈不到中国的病证究竟如何。然而，无情的冷嘲和有情的讽刺相去本不及一张纸，对于周围的感受和反应，又大概是所谓“如鱼饮水冷暖自知”的；我却觉得周围的空气太寒冽了，我自说我的话，所以反而称之曰《热风》。

一九二五年十一月三日之夜，鲁迅。

（选自《热风》）

《华盖集》题记

在一年的尽头的深夜中，整理了这一年所写的杂感，竟比收在《热风》里的整四年中所写的还要多。意见大部分还是那样，而态度却没有那么质直了，措辞也时常弯弯曲曲，议论又往往执滞在几件小事情上，很足以贻笑于大方之家。然而那又有什么法子呢。我今年偏遇到这些小事情，而偏有执滞于小事情的脾气。

我知道伟大的人物能洞见三世，观照一切，历大苦恼，尝大欢喜，发大慈悲。但我又知道这必须深入山林，坐古树下，静观默想，得天眼通，离人间愈远遥，而知人间也愈深，愈广；于是凡有言说，也愈高，愈大；于是而为天人师。我幼时虽曾梦想飞空，但至今还在地上，救小创伤尚且来不及，那有余暇使心开意豁，立论都公允妥洽，平正通达，像"正人君子"一般；正如沾水小蜂，只在泥土上爬来爬去，万不敢比附洋楼中的通人，但也自有悲苦愤激，决非洋楼中的通人所能领会。

这病痛的根柢就在我活在人间，又是一个常人，能够交着"华盖运"。

我平生没有学过算命，不过听老年人说，人是有时要交"华盖运"的。这"华盖"在他们口头上大概已经讹作"镬盖"了，现在加以订正。所以，这运，在和尚是好运：顶有华盖，自然是成佛作祖之兆。但俗人可不行，华盖在上，就要给罩住了，只好碰钉子。我今年开手作杂感时，就碰了两个大钉子：一是为了《咬文嚼字》，一是为了《青年必读书》。署名和匿名的豪杰之士的骂信，收了一大捆，至今还塞在书架下。此后又突然遇见了一些所谓学者，文士，正人，君子等等，据说都是讲公话，谈公理，而且深不以"党同伐异"为然的。可惜我和他们太不同了，所以也就被他们伐了几下，——但这自然是为"公理"之故，和我的"党同伐异"不同。这样，一直到现下还没有完结，只好"以待来年"。

也有人劝我不要做这样的短评。那好意，我是很感激的，而且也并非不知道创作之可贵。然而要做这样的东西的时候，恐怕也还要做这样的东西，我以为如果艺术之宫里有这么麻烦的禁令，倒不如不进去；还是站在沙漠上，看看飞沙走石，乐则大笑，悲则大叫，愤则大骂，即使被沙砾打得遍身粗糙，头破血流，而时时抚摩自己的凝血，觉得若有花纹，也未必不及跟着中国的文士们去陪莎士比亚吃黄油面包之有趣。

然而只恨我的眼界小，单是中国，这一年的大事件也可以算是很多的了，我竟往往没有论及，似乎无所感触。我早就很希望中国的青年站出来，对于中国的社会，文明，都毫无忌惮地加以批评，因此曾编印《莽原周刊》，作为发言之地，可惜来说话的竟很少。在别的刊物上，倒大抵是对于反抗者的打击，这实在是使我怕敢想下去的。

现在是一年的尽头的深夜，深得这夜将尽了，我的生命，至少是一部分的生命，已经耗费在写这些无聊的东西中，而我所获得的，乃是我自己的灵魂的荒凉和粗糙。但是我并不惧惮这些，也不想遮盖这些，而且实在有些爱他们了，因为这是我转辗而生活于风沙中的瘢痕。凡有自己也觉得在风沙中转辗而生活着的，会知道这意思。

我编《热风》时，除遗漏的之外，又删去了好几篇。这一回却小有不同了，一时的杂感一类的东西，几乎都在这里面。

一九二五年十二月三十一日之夜，记于绿林书屋东壁下。

（选自《华盖集》）

为半农题记《何典》后，作

还是两三年前，偶然在光绪五年（1879）印的《申报馆书目续集》上看见《何典》题要，这样说：

> “《何典》十回。是书为过路人编定，缠夹二先生评，而太平客人为之序。书中引用诸人，有曰活鬼者，有曰穷鬼者，有曰活死人者，有曰臭花娘者，有曰畔房小姐者：阅之已堪喷饭。况阅其所记，无一非三家村俗语；无中生有，忙里偷闲。其言，则鬼话也；其人，则鬼名也；其事，则开鬼心，扮鬼脸，钓鬼火，做鬼戏，搭鬼棚也。语曰，‘出于何典’？而今而后，有人以俗语为文者，曰‘出于《何典》’而已矣。”

疑其颇别致，于是留心访求，但不得；常维钧多识旧书肆中人，因托他搜寻，仍不得。今年半农告我已在厂甸庙市中无意得之，且将校点付印；听了甚喜。此后半农便将校样陆续寄来，并且说希望我做一篇短序，他知道我是至多也只能做短序的。然而我还很踌躇，我总觉得没有这种本领。我以为许多事是做的人必须有这一门特长的，这才做得好。譬如，标点只能让汪原放，做序只能推胡适之，出版只能由亚东图书馆；刘半农，李小峰，我，皆非其选也。然而我却决定要写几句。为什么呢？只因为我终于决定要写几句了。

还未开手，而躬逢战争，在炮声和流言当中，很不宁帖，没有执笔的心思。夹着是得知又有文士之徒在什么报上骂半农了，说《何典》广告怎样不高尚，不料大学教授而竟堕落至于斯。这颇使我凄然，因为由此记起了别的事，而且也以为“不料大学教授而竟堕落至于斯”。从此一见《何典》，便感到苦痛，再也说不出一句话。

是的，大学教授要堕落下去。无论高的或矮的，白的或黑的，或灰的。不过有些是别人谓之堕落，而我谓之困苦。我所谓困苦之一端，便是失了身分。我曾经做过《论“他妈的！”》早有青年道德家乌烟瘴气地浩叹过了，还讲身分么？但是也还有些讲身分。我虽然“深恶而痛绝之”于那些戴着面具的绅士，却究竟不是“学匪”世家；见了所谓“正人君子”固然决定摇头，但和歪人奴子相处恐怕也未必融洽。用了无差别的眼光看，大学教授做一个滑稽的，或者甚而至于夸张的广告何足为奇？就是做一个满嘴“他妈的”的广告也何足为奇？然而呀，这里用得着然而了，我是究竟生在十九世纪的，又做过几年官，和所谓“孤桐先生”同部，官——上等人——气骤不易退，所以有时也觉得教授最相宜的也还是上讲台。又要然而了，然而必须有够活的薪水，兼差倒可以。这主张在教育界大概现在已经有一致赞成之望，去年在什么公理会上一致攻击兼差的公理维持家，今年也颇有一声不响地去兼差的了，不过“大报”上决不会登出来，自己自然更未必做广告。

半农到德法研究了音韵好几年，我虽然不懂他所做的法文书，只知道里面很夹些中国字和高高低低的曲线，但总而言之，书籍具在，势必有人懂得。所以他的正业，我以为也还是将这些曲线教给学生们。可是北京大学快要关门大吉了；他兼差又没有。那么，即使我是怎样的十足上等人，也不能反对他印卖书。既要印卖，自然想多销，既想多销，自然要做广告，既做广告，自然要说好。难道有自己印了书，却发广告说这书很无聊，请列位不必看的么？说我的杂感无一读之价值的广告，那是西滢（即陈源）做的。——顺便在此给自己登一个广告罢：陈源何以给我登这样的反广告的呢，只要一看我的《华盖集》就明白。主顾诸公，看呀！快看呀！每本大洋六角，北新书局发行。

想起来已经有二十多年了，以革命为事的陶焕卿，穷得不堪，在上海自称会稽先生，教人催眠术以糊口。有一天他问我，可有什么药能使人一嗅便睡去的呢？我明知道他怕施术不验，求助于药物了。其实呢，在大众中试验催眠，本来是不容易成功的。我又不知道他所寻求的妙药，爱莫能助。两三月后，报章上就有投书（也许是广告）出现，说会稽先生不懂催眠术，以此欺人。清政府却比这干鸟人灵敏得多，所以通缉他的时候，有一联对句道：“著《中国权力史》，学日本催眠术。”

《何典》快要出版了，短序也已经迫近交卷的时候。夜雨潇潇地下着，提起笔，忽而又想到用麻绳做腰带的困苦的陶焕卿，还夹杂些和《何典》不相干的思想。但序文已经迫近了交卷的时候，只得写出来，而且还要印上去。我并非将半农比附“乱党”，——现在的中华民国虽由革命造成，但许多中华民国国民，都仍以那时的革命者为乱党，是明明白白的，——不过说，在此时，使我回忆从前，念及几个朋友，并感到自己的依然无力而已。

但短序总算已经写成，虽然不像东西，却究竟结束了一件事。我还将此时的别的心情写下，并且发表出去，也作为《何典》的广告。

五月二十五日之夜，碰着东壁下，书。

（一九二六年）

（选自《华盖集续编》）

《华盖集续编》小引

还不满一整年，所写的杂感的分量，已有去年一年的那么多了。秋来住在海边，目前只见云水，听到的多是风涛声，几乎和社会隔绝。如果环境没有改变，大概今年不见得再有什么废话了罢。灯下无事，便将旧稿编集起来；还豫备付印，以供给要看我的杂感的主顾们。

这里面所讲的仍然并没有宇宙的奥义和人生的真谛。不过是，将我所遇到的，所想到的，所要说的，一任它怎样浅薄，怎样偏激，有时便都用笔写了下来。说得自夸一点，就如悲喜时节的歌哭一般，那时无非借此来释愤抒情，现在更不想和谁去抢夺所谓公理或正义。你要那样，我偏要这样是有的；偏不遵命，偏不磕头是有的；偏要在庄严高尚的假面上拨它一拨也是有的，此外却毫无什么大举。名副其实，“杂感”而已。

从一月以来的，大略都在内了；只删去了一篇。那是因为其中开列着许多人，未曾，也不易遍征同意，所以不好擅自发表。

书名呢？年月是改了，情形却依旧，就还叫《华盖集》。然而年月究竟是改了，因此只得添上两个字：“续编”。

一九二六年十月十四日，鲁迅记于厦门。

（选自《华盖集续编》）

《坟》题记

将这些体式上截然不同的东西，集合了做成一本书样子的缘由，说起来是很没有什么冠冕堂皇的。首先就因为偶尔看见了几篇将近二十年前所做的所谓文章。这是我做的么？我想。看下去，似乎也确是我做的。那是寄给《河南》的稿子，因为那编辑先生有一种怪脾气，文章要长，愈长，稿费便愈多。所以如《摩罗诗力说》那样，简直是生凑。倘在这几年，大概不至于那么做了。又喜欢做怪句子和写古字，这是受了当时的《民报》的影响；现在为排印的方便起见，改了一点，其余的便都由他。这样生涩的东西，倘是别人的，我恐怕不免要劝他“割爱”，但自己却总还想将这存留下来，而且也并不“行年五十而知四十九年非”，愈老就愈进步。其中所说的几个诗人，至今没有人再提起，也是使我不忍抛弃旧稿的一个小原因。他们的名，先前是怎样地使我激昂呵，民国告成以后，我便将他们忘却了，而不料现在他们竟又时时在我的眼前出现。

其次，自然因为还有人要看，但尤其是因为又有人憎恶着我的文章。说话说到有人厌恶，比起毫无动静来，还是一种幸福。天下不舒服的人们多着，而有些人们却一心一意在造专给自己舒服的世界。这是不能如此便宜的，也给他们放一点可恶的东西在眼前，使他有时小不舒服，知道原来自己的世界也不容易十分美满。苍蝇的飞鸣，是不知道人们在憎恶他的；我却明知道，然而只要能飞鸣就偏要飞鸣。我的可恶有时自己也觉得，即如我的戒酒，吃鱼肝油，以望延长我的生命，倒不尽是为了我的爱人，大大半乃是为了我的敌人，——给他们说得体面一点，就是敌人罢——要在他的好世界上多留一些缺陷。君子之徒曰：你何以不骂杀人不眨眼的军阀呢？斯亦卑怯也已！但我是不想上这些诱杀手段的当的。木皮道人说得好，“几年家软刀子割头不觉死”，我就要专指斥那些自称“无枪阶级”而其实是拿着软刀子的妖魔。即如上面所引的君子之徒的话，也就是一把软刀子。假如遭了笔祸了，你以为他就尊你为烈士了么？不，那时另有一番风凉话。倘不信，可看他们怎样评论那死于三一八惨杀的青年。

此外，在我自己，还有一点小意义，就是这总算是生活的一部分的痕迹。所以虽然明知道过去已经过去，神魂是无法追蹑的，但总不能那么决绝，还想将糟粕收敛起来，造成一座小小的新坟，一面是埋藏，一面也是留恋。至于不远的踏成平地，那是不想管，也无从管了。

我十分感谢我的几个朋友，替我搜集，抄写，校印，各费去许多追不回来的光阴。我的报答，却只能希望当这书印钉成工时，或者可以博得各人的真心愉快的一笑。别的奢望，并没有什么；至多，但愿这本书能够暂时躺在书摊上的书堆里，正如博厚的大地，不至于容不下一点小土块。再进一步，可就有些不安分了，那就是中国人的思想，趣味，目下幸而还未被所谓正人君子所统一，譬如有的专爱瞻仰皇陵，有的却喜欢凭吊荒冢，无论怎样，一时大概总还有不惜一顾的人罢。只要这样，我就非常满足了；那满足，盖不下于取得富家的千金云。

一九二六年十月三十大风之夜，鲁迅记于厦门。

（选自《坟》）

写在《坟》后面

在听到我的杂文已经印成一半的消息的时候，我曾经写了几行题记，寄往北京去。当时想到便写，写完便寄，到现在还不满二十天，早已记不清说了些甚么了。今夜周围是这么寂静，屋后面的山脚下腾起野烧的微光；南普陀寺还在做牵丝傀儡戏，时时传来锣鼓声，每一间隔中，就更加显得寂静。电灯自然是辉煌着，但不知怎地忽有淡淡的哀愁来袭击我的心，我似乎有些后悔印行我的杂文了。我很奇怪我的后悔；这在我是不大遇到的，到如今，我还没有深知道所谓悔者究竟是怎么一回事。但这心情也随即逝去，杂文当然仍在印行，只为想驱逐自己目下的哀愁，我还要说几句话。

记得先已说过：这不过是我的生活中的一点陈迹。如果我的过往，也可以算作生活，那么，也就可以说，我也曾工作过了。但我并无喷泉一般的思想，伟大华美的文章，既没有主义要宣传，也不想发起一种什么运动。不过我曾经尝得，失望无论大小，是一种苦味，所以几年以来，有人希望我动动笔的，只要意见不很相反，我的力量能够支撑，就总要勉力写几句东西，给来者一些极微末的欢喜。人生多苦辛，而人们有时却极容易得到安慰，又何必惜一点笔墨，给多尝些孤独的悲哀呢？于是除小说杂感之外，逐渐又有了长长短短的杂文十多篇。其间自然也有为卖钱而作的，这回就都混在一处。我的生命的一部分，就这样地用去了，也就是做了这样的工作。然而我至今终于不明白我一向是在做什么。比方做土工的罢，做着做着，而不明白是在筑台呢还在掘坑。所知道的是即使是筑台，也无非要将自己从那上面跌下来或者显示老死；倘是掘坑，那就当然不过是埋掉自己。总之：逝去，逝去，一切一切，和光阴一同早逝去，在逝去，要逝去了。——不过如此，但也为我所十分甘愿的。

然而这大约也不过是一句话。当呼吸还在时，只要是自己的，我有时却也喜欢将陈迹收存起来，明知不值一文，总不能绝无眷恋，集杂文而名之曰《坟》，究竟还是一种取巧的掩饰。刘伶喝得酒气熏天，使人荷锸跟在后面，道：死便埋我。虽然自以为放达，其实是只能骗骗极端老实人的。

所以这书的印行，在自己就是这么一回事。至于对别人，记得在先也已说过，还有愿使偏爱我的文字的主顾得到一点喜欢；憎恶我的文字的东西得到一点呕吐，——我自己知道，我并不大度，那些东西因我的文字而呕吐，我也很高兴的。别的就什么意思也没有了。倘若硬要说出好处来，那么，其中所介绍的几个诗人的事，或者还不妨一看；最末的论"费厄泼赖"这一篇，也许可供参考罢，因为这虽然不是我的血所写，却是见了我的同辈和比我年幼的青年们的血而写的。

偏爱我的作品的读者，有时批评说，我的文字是说真话的。这其实是过誉，那原因就因为他偏爱。我自然不想太欺骗人，但也未尝将心里的话照样说尽，大约只要看得可以交卷就算完。我的确时时解剖别人，然而更多的是更无情面地解剖我自己，发表一点，酷爱温暖的人物已经觉得冷酷了，如果全露出我的血肉来，末路正不知要到怎样。我有时也想就此驱除旁人，到那时还不唾弃我的，即使是枭蛇鬼怪，也是我的朋友，这才真是我的朋友。倘使并这个也没有，则就是我一个人也行。但现在我并不。因为，我还没有这样勇敢，那原因就是我还想生活，在这社会里。还有一种小缘故，先前也曾屡次声明，就是偏要使所谓正人君子也者之流多不舒服几天，所以自己便特地留几片铁甲在身上，站着，给他们的世界上多有一点缺陷，到我自己厌倦了，更脱掉了的时候为止。

倘说为别人引路，那就更不容易了，因为连我自己还不明白应当怎么走。中国大概很有些青年的"前辈"和"导师"罢，但那不是我，我也不相信他们。我只很确切地知道一个终点，就是：坟。然而这是大家都知道的，无须谁指引。问题是在从此到那的道路。那当然不只一条，我可正不知那一条好，虽然至今有时也还在寻求。在寻求中，我就怕我未熟的果实偏偏毒死了偏爱我的果实的人，而憎恨我的东西如所谓正人君子也者偏偏都矍铄，所以我说话常不免含胡，中止，心里想：对于偏爱我的读者的赠献，或者最好倒不如是一个"无所有"。我的译著的印本，最初，印一次是一千，后来加五百，近时是二千至四千，每一增加，我自然是愿意的，因为能赚钱，但也伴着哀愁，怕于读者有害，因此作文就时常更谨慎，更踌躇。有人以为我信笔写来，直抒胸臆，其实是不尽然的，我的顾忌并不少。我自己早知道毕竟不是什么战士了，而且也不能算前驱，就有这么多的顾忌和回忆。还记得三四年前，有一个学生来买我的书，从衣袋里掏出钱来放在我手里，那钱上还带着体温。这体温便烙印了我的心，至今要写文字时，还常使我怕毒害了这类的青年，迟疑不敢下笔。我毫无顾忌地说话的日子，恐怕要未必有了罢。但也偶尔想，其实倒还是毫无顾忌地说话，对得起这样的青年。但至今也还没有决心这样做。

今天所要说的话也不过是这些，然而比较的却可以算得真实。此外，还有一点余文。

记得初提倡白话的时候，是得到各方面剧烈的攻击的。后来白话渐渐通行了，势不可遏，有些人便一转而引为自己之功，美其名曰“新文化运动”。又有些人便主张白话不妨作通俗之用，又有些人却道白话要做得好，仍须看古书。前一类早已二次转舵，又反过来嘲骂“新文化”了；后二类是不得已的调和派，只希图多留几天僵尸，到现在还不少。我曾在杂感上掊击过的。

新近看见一种上海出版的期刊，也说起要做好白话须读好古文，而举例为证的人名中，其一却是我。这实在使我打了一个寒噤。别人我不论，若是自己，则曾经看过许多旧书，是的确的，为了教书，至今也还在看。因此耳濡目染，影响到所做的白话上，常不免流露出它的字句，体格来。但自己却正苦于背了这些古老的鬼魂，摆脱不开，时常感到一种使人气闷的沉重。就是思想上，也何尝不中些庄周韩非的毒，时而很随便，时而很峻急。孔孟的书我读得最早，最熟，然而倒似乎和我不相干。大半也因为懒惰罢，往往自己宽解，以为一切事物，在转变中，是总有多少中间物的。动植之间，无脊椎和脊椎动物之间，都有中间物；或者简直可以说，在进化的链子上，一切都是中间物。当开首改革文章的时候，有几个不三不四的作者，是当然的，只能这样，也需要这样。他的任务，是在有些警觉之后，喊出一种新声；又因为从旧垒中来，情形看得较为分明，反戈一击，易制强敌的死命。但仍应该和光阴偕逝，逐渐消亡，至多不过是桥梁中的一木一石，并非什么前途的目标，范本。跟着起来便该不同了，倘非天纵之圣，积习当然也不能顿然荡除，但总得更有新气象。以文字论，就不必更在旧书里讨生活，却将活人的唇舌作为源泉，使文章更加接近语言，更加有生气。至于对于现在人民的语言的穷乏欠缺，如何救济，使他丰富起来，那也是一个很大的问题，或者也须在旧文中取得若干资料，以供使役，但这并不在我现在所要说的范围以内，姑且不论。

我以为我倘十分努力，大概也还能够博采口语，来改革我的文章。但因为懒而且忙，至今没有做。我常疑心这和读了古书很有些关系，因为我觉得古人写在书上的可恶思想，我的心里也常有，能否忽而奋勉，是毫无把握的。我常常诅咒我的这思想，也希望不再见于后来的青年。去年我主张青年少读，或者简直不读中国书，乃是用许多苦痛换来的真话，决不是聊且快意，或什么玩笑，愤激之辞。古人说，不读书便成愚人，那自然也不错的。然而世界却正由愚人造成，聪明人决不能支持世界，尤其是中国的聪明人。现在呢，思想上且不说，便是文辞，许多青年作者又在古文，诗词中摘些好看而难懂的字面，作为变戏法的手巾，来装潢自己的作品了。我不知这和劝读古文说可有相关，但正在复古，也就是新文艺的试行自杀，是显而易见的。

不幸我的古文和白话合成的杂集，又恰在此时出版了，也许又要给读者若干毒害。只是在自己，却还不能毅然决然将他毁灭，还想借此暂时看看逝去的生活的余痕。惟愿偏爱我的作品的读者也不过将这当作一种纪念，知道这小小的丘陇中，无非埋着曾经活过的躯壳。待再经若干岁月，又当化为烟埃，并纪念也从人间消去，而我的事也就完毕了。上午也正在看古文，记起了几句陆士衡的吊曹孟德文，便拉来给我的这一篇作结——

既睎古以遗累，信简礼而薄葬。
彼裘绂于何有，贻尘谤于后王。
嗟大恋之所存，故虽哲而不忘。
览遗籍以慷慨，献兹文而凄伤！

一九二六，一一，一一，夜。鲁迅。

（选自《坟》）

写在《劳动问题》之前

还记得去年夏天住在北京的时候，遇见张我军君，听到他说过这样意思的话："中国人似乎都忘记了台湾了，谁也不大提起。"他是一个台湾的青年。

我当时就像受了创痛似的，有点苦楚；但口上却道："不。那倒不至于的。只因为本国太破烂，内忧外患，非常之多，自顾不暇了，所以只能将台湾这些事情暂且放下。……"

但正在困苦中的台湾的青年，却并不将中国的事情暂且放下。他们常希望中国革命的成功，赞助中国的改革，总想尽些力，于中国的现在和将来有所裨益，即使是自己还在做学生。

张秀哲君是我在广州才遇见的。我们谈了几回，知道他已经译成一部《劳动问题》给中国，还希望我做一点简短的序文。我是不善于作序。也不赞成作序的；况且对于劳动问题，一无所知，尤其没有开口的资格。我所能负责说出来的，不过是张君于中日两国的文字，俱极精通，译文定必十分可靠这一点罢了。

但我这回却很愿意写几句话在这一部译本之前，只要我能够。我虽然不知道劳动问题，但译者在游学中尚且为民众尽力的努力与诚意，我是觉得的。

我只能以这几句话表出我个人的感激。但我相信，这努力与诚意，读者也一定都会觉得的。这实在比无论什么序文都有力。

一九二七年四月十一日，鲁迅识于广州中山大学。

（选自《而已集》）

《尘影》题辞

在我自己，觉得中国现在是一个进向大时代的时代。但这所谓大，并不一定指可以由此得生，而也可以由此得死。

许多为爱的献身者，已经由此得死。在其先，玩着意中而且意外的血的游戏，以愉快和满意，以及单是好看和热闹，赠给身在局内而旁观的人们；但同时也给若干人以重压。

这重压除去的时候，不是死，就是生。这才是大时代。

在异性中看见爱，在百合花中看见天堂，在拾煤渣的老妇人的魂灵中看见拜金主义，世界现在常为受机关枪拥护的仁义所治理，在此时此地听到这样的消息，我委实身心舒服，如喝好酒。然而《尘影》所赍来的，却是重压。

现在的文艺，是往往给人不舒服的，没有法子。要不然，只好使自己逃出文艺，或者从文艺推出人生。

谁更为仁义和钞票写照，为三道血的“难看”传神呢？我看见一篇《尘影》，它的愉快和重压留与各色的人们。

然而在结末的“尘影”中却又给我喝了一口好酒。

他将小宝留下，不告诉我们后来是得死，还是得生。作者不愿意使我们太受重压罢。但这是好的，因为我觉得中国现在是进向大时代的时代。

一九二七年十二月七日，鲁迅记于上海。

（选自《而已集》）

当陶元庆君的绘画展览时

我所要说的几句话

陶元庆君绘画的展览，我在北京所见的是第一回。记得那时曾经说过这样意思的话：他以新的形，尤其是新的色来写出他自己的世界，而其中仍有中国向来的魂灵——要字面免得流于玄虚，则就是：民族性。

我觉得我的话在上海也没有改正的必要。

中国现今的一部份人，确是很有些苦闷。我想，这是古国的青年的迟暮之感。世界的时代思潮早已六面袭来，而自己还拘禁在三千年陈的桎梏里。于是觉醒，挣扎，反叛，要出而参与世界的事业——我要范围说得小一点：文艺之业。倘使中国之在世界上不算在错，则这样的情形我以为也是对的。

然而现在外面的许多艺术界中人，已经对于自然反叛，将自然割裂，改造了。而文艺史界中人，则舍了用惯的向来以为是“永久”的旧尺，另以各时代各民族的固有的尺，来量各时代各民族的艺术，于是向埃及坟中的绘画赞叹，对黑人刀柄上的雕刻点头，这往往使我们误解，以为要再回到旧日的桎梏里。而新艺术家们勇猛的反叛，则震惊我们的耳目，又往往不能不感服。但是，我们是迟暮了，并未参与过先前的事业，于是有时就不过敬谨接收，又成了一种可敬的身外的新桎梏。

陶元庆君的绘画，是没有这两重桎梏的。就因为内外两面，都和世界的时代思潮合流，而又并未梏亡中国的民族性。

我于艺术界的事知道得极少，关于文字的事较为留心些。就如白话，从中，更就世所谓“欧化语体”来说罢。有人斥道：你用这样的语体，可惜皮肤不白，鼻梁不高呀！诚然，这教训是严厉的。但是，皮肤一白，鼻梁一高，他用的大概是欧文，不是欧化语体了。正唯其皮不白，鼻不高而偏要“的呵吗呢”，并且一句里用许多的“的”字，这才是为世诟病的今日的中国的我辈。

但我并非将欧化文来比拟陶元庆君的绘画。意思只在说：他并非“之乎者也”，因为用的是新的形和新的色；而又不是“Yes”“No”，因为他究竟是中国人。所以，用密达尺来量，是不对的，但也不能用什么汉朝的虑？尺或清朝的营造尺，因为他又已经是现今的人。我想，必须用存在于现今想要参与世界上的事业的中国人的心里的尺来量，这才懂得他的艺术。

一九二七年十二月十三日，鲁迅于上海记。

（选自《而已集》）

《而已集》题辞

这半年我又看见了许多血和许多泪，
然而我只有杂感而已。

泪揩了，血消了；
屠伯们逍遥复逍遥，
用钢刀的，用软刀的。
然而我只有“杂感”而已。

连“杂感”也被“放进了应该去的地方”时，
我于是只有“而已”而已！

以上的八句话，是在一九二六年十月十四夜里，编完那年那时为止的杂感集后，写在末尾的，现在便取来作为一九二七年的杂感集的题辞。一九二八年十月三十日，鲁迅校讫记。

（选自《而已集》）

《三闲集》序言

我的第四本杂感《而已集》的出版，算起来已在四年之前了。去年春天，就有朋友催促我编集此后的杂感。看看近几年的出版界，创作和翻译，或大题目的长论文，是还不能说它寥落的，但短短的批评，纵意而谈，就是所谓“杂感”者，却确乎很少见。我一时也说不出这所以然的原因。

但粗粗一想，恐怕这“杂感”两个字，就使志趣高超的作者厌恶，避之惟恐不远了。有些人们，每当意在奚落我的时候，就往往称我为“杂感家”，以显出在高等文人的眼中的鄙视，便是一个证据。还有，我想，有名的作家虽然未必不改换姓名，写过这一类文字，但或者不过图报私怨，再提恐或玷其令名，或者别有深心，揭穿反有妨于战斗，因此就大抵任其消灭了。

“杂感”之于我，有些人固然看作“死症”，我自已确也因此很吃过一点苦，但编集是还想编集的。只因为翻阅刊物，剪帖成书，也是一件颇觉麻烦的事，因此拖延了大半年，终于没有动过手。一月二十八日之夜，上海打起仗来了，越打越凶，终于使我们只好单身出走，书报留在火线下，一任它烧得精光，我也可以靠这“火的洗礼”之灵，洗掉了“不满于现状”的“杂感家”这一个恶谥。殊不料三月底重回旧寓，书报却丝毫也没有损，于是就东翻西觅，开手编辑起来了，好像大病新愈的人，偏比平时更要照照自己的瘦削的脸，摩摩枯皱的皮肤似的。

我选编集一九二八至二九年的文字，篇数少得很，但除了五六回在北平上海的讲演，原就没有记录外，别的也仿佛并无散失。我记得起来了，这两年正是我极少写稿，没处投稿的时期。我是在二七年被血吓得目瞪口呆，离开广东的，那些吞吞吐吐，没有胆子直说的话，都载在《而已集》里。但我到了上海，却遇见文豪们的笔尖的围剿了，创造社，太阳社，“正人君子”们的新月社中人，都说我不好，连并不标榜文派的现在多升为作家或教授先生们，那时的文字里，也得时常暗暗地奚落我几句，以表示他们的高明。我当初还不过是“有闲即是有钱”，“封建余孽”或“没落者”，后来竟被判为主张杀青年的棒喝主义者了。这时候，有一个从广东自云避祸逃来，而寄住在我的寓里的廖君，也终于忿忿的对我说道："我的朋友都看不起我，不和我来往了，说我和这样的人住在一处。"

那时候，我是成了"这样的人"的。自己编着的《语丝》，实乃无权，不单是有所顾忌（详见卷末《我和〈语丝〉的始终》），至于别处，则我的文章一向是被"挤"才有的，而目下正在"剿"，我投进去干什么呢。所以只写了很少的一点东西。

现在我将那时所做的文字的错的和至今还有可取之处的，都收纳在这一本里。至于对手的文字呢，《鲁迅论》和《中国文艺论战》中虽然也有一些，但那都是峨冠博带的礼堂上的阳面的大文，并不足以窥见全体，我想另外搜集也是"杂感"一流的作品，编成一本，谓之《围剿集》。如果和我的这一本对比起来，不但可以增加读者的趣味，也更能明白别一面的，即阴面的战法的五花八门。这些方法一时恐怕不会失传，去年的"左翼作家都为了卢布"说，就是老谱里面的一着。自问和文艺有些关系的青年，仿照固然可以不必，但也不妨知道知道的。

其实呢，我自己省察，无论在小说中，在短评中，并无主张将青年来"杀，杀，杀"的痕迹，也没有怀着这样的心思。我一向是相信进化论的，总以为将来必胜于过去，青年必胜于老人，对于青年，我敬重之不暇，往往给我十刀，我只还他一箭。然而后来我明白我倒是错了。这并非唯物史观的理论或革命文艺的作品蛊惑我的，我在广东，就目睹了同是青年，而分成两大阵营，或则投书告密，或则助官捕人的事实！我的思路因此轰毁，后来便时常用了怀疑的眼光去看青年，不再无条件的敬畏了。然而此后也还为初初上阵的青年们呐喊几声，不过也没有什么大帮助。

这集子里所有的，大概是两年中所作的全部，只有书籍的序引，却只将觉得还有几句话可供参考之作，选录了几篇。当翻检书报时，一九二七年所写而没有编在《而已集》里的东西，也忽然发见了一点，我想，大约《夜记》是因为原想另成一书，讲演和通信是因为浅薄或不关紧要，所以那时不收在内的。

但现在又将这编在前面，作为《而已集》的补遗了。我另有了一样想头，以为只要看一篇讲演和通信中所引的文章，便足可明白那时香港的面目。我去讲演，一共两回，第一天是《老调子已经唱完》，现在寻不到底稿了，第二天便是这《无声的中国》，粗浅平庸到这地步，而竟至于惊为"邪说"，禁止在报上登载的。是这样的香港。但现在是这样的香港几乎要遍中国了。

我有一件事要感谢创造社的，是他们"挤"我看了几种科学底文艺论，明白了先前的文学史家们说了一大堆，还是纠缠不清的疑问。并且因此译了一本蒲力汗诺夫的《艺术论》，以救正我——还因我而及于别人——的只信进化论的偏颇。但是，我将编《中国小说史略》时所集的材料，印为《小说旧闻钞》，以省青年的检查之力，而成仿吾以无产阶级之名，指为“有闲”，而且“有闲”还至于有三个，却是至今还不能完全忘却的。我以为无产阶级是不会有这样锻炼周纳法的，他们没有学过“刀笔”。编成而名之曰《三闲集》，尚以射仿吾也。

一九三二年四月二十四日之夜，编讫并记。

（选自《三闲集》）

《二心集》序言

这里是一九三〇年与三一年两年间的杂文的结集。

当三〇年的时候，期刊已渐渐的少见，有些是不能按期出版了，大约是受了逐日加紧的压迫。《语丝》和《奔流》，则常遭邮局的扣留，地方的禁止，到底也还是敷延不下去。那时我能投稿的，就只剩了一个《萌芽》，而出到五期，也被禁止了，接着是出了一本《新地》。所以在这一年内，我只做了收在集内的不到十篇的短评。

此外还曾经在学校里演讲过两三回，那时无人记录，讲一些什么，此刻连自己也记不清楚了。只记得在有一个大学里演讲的题目，是《象牙塔和蜗牛庐》。大意是说，象牙塔里的文艺，将来决不会出现于中国，因为环境并不相同，这里是连摆这“象牙之塔”的处所也已经没有了；不久可以出现的，恐怕至多只有几个“蜗牛庐”。蜗牛庐者，是三国时所谓“隐逸”的焦先曾经居住的那样的草窠，大约和现在江北穷人手搭的草棚相仿，不过还要小，光光的伏在那里面，少出，少动，无衣，无食，无言。因为那时是军阀混战，任意杀掠的时候，心里不以为然的人，只有这样才可以苟延他的残喘。但蜗牛界里那里会有文艺呢，所以这样下去，中国的没有文艺，是一定的。这样的话，真可谓已经大有蜗牛气味的了，不料不久就有一位勇敢的青年在政府机关的上海《民国日报》上给我批评，说我的那些话使他非常看不起，因为我没有敢讲共产党的话的勇气。谨案在“清党”以后的党国里，讲共产主义是算犯大罪的，捕杀的网罗，张遍了全中国，而不讲，却又为党国的忠勇青年所鄙视。这实在只好变了真的蜗牛，才有“庶几得免于罪戾”的幸福了。

而这时左翼作家拿着苏联的卢布之说，在所谓“大报”和小报上，一面又纷纷的宣传起来，新月社的批评家也从旁很卖了些力气。有些报纸，还拾了先前的创造社派的几个人的投稿于小报上的话，讥笑我为“投降”，有一种报则载起《文坛贰臣传》来，第一个就是我，——但后来好像并不再做下去了。

卢布之谣，我是听惯了的。大约六七年前，《语丝》在北京说了几句涉及陈源教授和别的“正人君子”们的话的时候，上海的《晶报》上就发表过“现代评论社主角”唐有壬先生的信札，说是我们的言动，都由于墨斯科的命令。这又正是祖传的老谱，宋末有所谓“通虏”，清初又有所谓“通海”，向来就用了这类的口实，害过许多人们的。所以含血喷人，已成了中国士君子的常经，实在不单是他们的识见，只能够见到世上一切都靠金钱的势力。至于“贰臣”之说，却是很有些意思的，我试一反省，觉得对于时事，即使未尝动笔，有时也不免于腹诽，“臣罪当诛兮天皇圣明”，腹诽就决不是忠臣的行径。但御用文学家的给了我这个徽号，也可见他们的“文坛”上是有皇帝的了。

去年偶然看见了几篇梅林格（Franz Mehring）的论文，大意说，在坏了下去的旧社会里，倘有人怀一点不同的意见，有一点携贰的心思，是一定要大吃其苦的。而攻击陷害得最凶的，则是这人的同阶级的人物。他们以为这是最可恶的叛逆，比异阶级的奴隶造反还可恶，所以一定要除掉他。我才知道中外古今，无不如此，真是读书可以养气，竟没有先前那样“不满于现状”了，并且仿《三闲集》之例而变其意，拾来做了这一本书的名目。然而这并非在证明我是无产者。一阶级里，临末也常常会自己互相闹起来的，就是《诗经》里说过的那“兄弟阋于墙”，——但后来却未必“外御其侮”。例如同是军阀，就总在整年的大家相打，难道有一面是无产阶级么？而且我时时说些自己的事情，怎样地在“碰壁”，怎样地在做蜗牛，好像全世界的苦恼，萃于一身，在替大众受罪似的：也正是中产的智识阶级分子的坏脾气。只是原先是憎恶这熟识的本阶级，毫不可惜它的溃灭，后来又由于事实的教训，以为惟新兴的无产者才有将来，却是的确的。

自从一九三一年二月起，我写了较上年更多的文章，但因为揭载的刊物有些不同，文字必得和它们相称，就很少做《热风》那样简短的东西了；而且看看对于我的批评文字，得了一种经验，好像评论做得太简括，是极容易招得无意的误解，或有意的曲解似的。又，此后也不想再编《坟》那样的论文集，和《壁下译丛》那样的译文集，这回就连较长的东西也收在这里面，译文则选了一篇《现代电影与有产阶级》附在末尾，因为电影之在中国，虽然早已风行，但这样扼要的论文却还少见，留心世事的人们，实在很有一读的必要的。还有通信，如果只有一面，读者也往往很不容易了然，所以将紧要一点的几封来信，也擅自一并编进去了。

一九三二年四月三十日之夜，编讫并记。

（选自《二心集》）

《自选集》自序

我做小说，是开手于一九一八年，《新青年》上提倡“文学革命”的时候的。这一种运动，现在固然已经成为文学史上的陈迹了，但在那时，却无疑地是一个革命的运动。

我的作品在《新青年》上，步调是和大家大概一致的，所以我想，这些确可以算作那时的“革命文学”。

然而我那时对于“文学革命”，其实并没有怎样的热情。见过辛亥革命，见过二次革命，见过袁世凯称帝，张勋复辟，看来看去，就看得怀疑起来，于是失望，颓唐得很了。民族主义的文学家在今年的一种小报上说，“鲁迅多疑”，是不错的，我正在疑心这批人们也并非真的民族主义文学者，变化正未可限量呢。不过我却又怀疑于自己的失望，因为我所见过的人们，事件，是有限得很的，这想头，就给了我提笔的力量。

“绝望之为虚妄，正与希望相同。”

既不是直接对于“文学革命”的热情，又为什么提笔的呢？想起来，大半倒是为了对于热情者们的同感。这些战士，我想，虽在寂寞中，想头是不错的，也来喊几声助助威罢。首先，就是为此。自然，在这中间，也不免夹杂些将旧社会的病根暴露出来，催人留心，设法加以疗治的希望。但为达到这希望计，是必须与前驱者取同一的步调的，我于是删削些黑暗，装点些欢容，使作品比较的显出若干亮色，那就是后来结集起来的《呐喊》，一共有十四篇。

这些也可以说，是“遵命文学”。不过我所遵奉的，是那时革命的前驱者的命令，也是我自己所愿意遵奉的命令，决不是皇上的圣旨，也不是金元和真的指挥刀。

后来《新青年》的团体散掉了，有的高升，有的退隐，有的前进，我又经验了一回同一战阵中的伙伴还是会这么变化，并且落得一个“作家”的头衔，依然在沙漠中走来走去，不过已经逃不出在散漫的刊物上做文字，叫作随便谈谈。有了小感触，就写些短文，夸大点说，就是散文诗，以后印成一本，谓之《野草》。得到较整齐的材料，则还是做短篇小说，只因为成了游勇，布不成阵了，所以技术虽然比先前好一些，思路也似乎较无拘束，而战斗的意气却冷得不少。新的战友在那里呢？我想，这是很不好的。于是集印了这时期的十一篇作品，谓之《彷徨》，愿以后不再这模样。

> “路漫漫其修远兮，吾将上下而求索。”

不料这大口竟夸得无影无踪。逃出北京，躲进厦门，只在大楼上写了几则《故事新编》和十篇《朝花夕拾》。前者是神话，传说及史实的演义，后者则只是回忆的记事罢了。

此后就一无所作，“空空如也”。

可以勉强称为创作的，在我至今只有这五种，本可以顷刻读了的，但出版者要我自选一本集。推测起来，恐怕因为这么一办，一者能够节省读者的费用，二则，以为由作者自选，该能比别人格外明白罢。对于第一层，我没有异议；至第二层，我却觉得也很难。因为我向来就没有格外用力或格外偷懒的作品，所以也没有自以为特别高妙，配得上提拔出来的作品。没有法，就将材料，写法，都有些不同，可供读者参考的东西，取出二十二篇来，凑成了一本，但将给读者一种“重压之感”的作品，却特地竭力抽掉了。这是我现在自有我的想头的：

> “并不愿将自以为苦的寂寞，再来传染给也如我那年青时候似的正做着好梦的青年。”

然而这又不似做那《呐喊》时候的故意的隐瞒，因为现在我相信，现在和将来的青年是不会有这样的心境的了。

一九三二年十二月十四日，鲁迅于上海寓居记。

（选自《南腔北调集》）

《两地书》序言

这一本书，是这样地编起来的——

一九三二年八月五日，我得到霁野，静农，丛芜三个人署名的信，说漱园于八月一日晨五时半，病殁于北平同仁医院了，大家想搜集他的遗文，为他出一本纪念册，问我这里可还藏有他的信札没有。这真使我的心突然紧缩起来。因为，首先，我是希望着他能够全愈的，虽然明知道他大约未必会好；其次，是我虽然明知道他未必会好，却有时竟没有想到，也许将他的来信统统毁掉了，那些伏在枕上，一字字写出来的信。

我的习惯，对于平常的信，是随复随毁的，但其中如果有些议论，有些故事，也往往留起来。直到近三年，我才大烧毁了两次。

五年前，国民党清党的时候，我在广州，常听到因为捕甲，从甲这里看见乙的信，于是捕乙，又从乙家搜得丙的信，于是连丙也捕去了，都不知道下落，古时候有牵牵连连的“瓜蔓抄”，我是知道的，但总以为这是古时候的事，直到事实给了我教训，我才分明省悟了做今人也和做古人一样难。然而我还是漫不经心，随随便便。待到一九三〇年我签名于自由大同盟，浙江省党部呈请中央通缉“堕落文人鲁迅等”的时候，我在弃家出走之前，忽然心血来潮，将朋友给我的信都毁掉了。这并非为了消灭“谋为不轨”的痕迹，不过以为因通信而累及别人，是很无谓的，况且中国的衙门是谁都知道只要一碰着，就有多么的可怕。后来逃过了这一关，搬了寓，而信札又积起来，我又随随便便了，不料一九三一年一月，柔石被捕，在他的衣袋里搜出有我名字的东西来，因此听说就在找我。自然罗，我只得又弃家出走，但这回是心血潮得更加明白，当然先将所有信札完全烧掉了。

因为有过这样的两回事，所以一得到北平的来信，我就担心，怕大约未必有，但还是翻箱倒箧的寻了一通，果然无踪无影。朋友的信一封也没有，我们自己的信倒寻出来了，这也并非对于自己的东西特别看作宝贝，倒是因为那时时间很有限，而自己的信至多也不过蔓在自身上，因此放下了的。此后这些信又在枪炮的交叉火线下，躺了二三十天，也一点没有损失。其中虽然有些缺少，但恐怕是自己当时没有留心，早经遗失，并不是由于什么官灾兵燹的。

一个人如果一生没有遇到横祸，大家决不另眼相看，但若坐过牢监，到过战场，则即使他是一个万分平凡的人，人们也总看得特别一点。我们对于这些信，也正是这样。先前是一任他垫在箱子底下的，但现在一想起他曾经几乎要打官司，要遭炮火，就觉得他好像有些特别，有些可爱似的了。夏夜多蚊，不能静静的写字，我们便略照年月，将他编了起来，因地而分为三集，统名之曰《两地书》。

这是说：这一本书，在我们自己，一时是有意思的，但对别人，却并不如此。其中既没有死呀活呀的热情，也没有花呀月呀的佳句；文辞呢，我们都未曾研究过“尺牍精华”或“书信作法”，只是信笔写来，大背文律，活该进“文章病院”的居多。所讲的又不外乎学校风潮，本身情况，饭菜好坏，天气阴晴，而最坏的是我们当日居漫天幕中，幽明莫辨，讲自己的事倒没有什么，但一遇到推测天下大事，就不免胡涂得很，所以凡有欢欣鼓舞之词，从现在看起来，大抵成了梦呓了。如果定要恭维这一本书的特色，那么，我想，恐怕是因为他的平凡罢。这样平凡的东西，别人大概是不会有，即有也未必存留的，而我们不然，这就只好谓之也是一种特色。

然而奇怪的是竟又会有一个书店愿意来印这一本书。要印，印去就是，这倒仍然可以随随便便，不过因此也就要和读者相见了，却使我又得加上两点声明在这里，以免误解。其一，是：我现在是左翼作家联盟中之一人，看近来书籍的广告，大有凡作家一旦向左，则旧作也即飞升，连他孩子时代的啼哭也合于革命文学之概，不过我们的这书是不然的，其中并无革命气息。其二，常听得有人说，书信是最不掩饰，最显真面的文章，但我也并不，我无论给谁写信，最初，总是敷敷衍衍，口是心非的，即在这一本中，遇有较为紧要的地方，到后来也还是往往故意写得含胡些，因为我们所处，是在“当地长官”，邮局，校长……，都可以随意检查信件的国度里。但自然，明白的话，是也不少的。

还有一点，是信中的人名，我将有几个改掉了，用意有好有坏，并不相同。此无他，或则怕别人见于我们的信里，于他有些不便，或则单为自己，省得又是什么“听候开审”之类的麻烦而已。

回想六七年来，环绕我们的风波也可谓不少了，在不断的挣扎中，相助的也有，下石的也有，笑骂诬蔑的也有，但我们紧咬了牙关，却也已经挣扎着生活了六七年。其间，含沙射影者都逐渐自己没入更黑暗的处所去了，而好意的朋友也已有两个不在人间，就是漱园和柔石。我们以这一本书为自己记念，并以感谢好意的朋友，并且留赠我们的孩子，给将来知道我们所经历的真相，其实大致是如此的。

一九三二年十二月十六日。鲁迅。

（选自《两地书》）

《守常全集》题记

我最初看见守常先生的时候，是在独秀先生邀去商量怎样进行《新青年》的集会上，这样就算认识了。不知道他其时是否已是共产主义者。总之，给我的印象是很好的：诚实，谦和，不多说话。《新青年》的同人中，虽然也很有喜欢明争暗斗，扶植自己势力的人，但他一直到后来，绝对的不是。

他的模样是颇难形容的，有些儒雅，有些朴质，也有些凡俗。所以既像文士，也像官吏，又有些像商人。这样的商人，我在南边没有看见过，北京却有的，是旧书店或笺纸店的掌柜。一九二六年三月十八日，段祺瑞们枪击徒手请愿的学生的那一次，他也在群众中，给一个兵抓住了，问他是何等样人。答说是“做买卖的”。兵道：“那么，到这里来干什么？滚你的罢！”一推，他总算逃得了性命。

倘说教员，那时是可以死掉的。

然而到第二年，他终于被张作霖们害死了。

段将军的屠戮，死了四十二人，其中有几个是我的学生，我实在很觉得一点痛楚；张将军的屠戮，死的好像是十多人，手头没有记录，说不清楚了，但我所认识的只有一个守常先生。在厦门知道了这消息之后，椭圆的脸，细细的眼睛和胡子，蓝布袍，黑马褂，就时时出现在我的眼前，其间还隐约看见绞首台。痛楚是也有些的，但比先前淡漠了。这是我历来的偏见：见同辈之死，总没有像见青年之死的悲伤。

这回听说在北平公然举行了葬式，计算起来，去被害的时候已经七年了。这是极应该的。我不知道他那时被将军们所编排的罪状，——大概总不外乎“危害民国”罢。然而仅在这短短的七年中，事实就铁铸一般的证明了断送民国的四省的并非李大钊，却是杀戮了他的将军！

那么，公然下葬的宽典，该是可以取得的了。然而我在报章上，又看见北平当局的禁止路祭和捕拿送葬者的新闻。我也不知道为什么，但这回恐怕是“妨害治安”了罢。倘其果然，则铁铸一般的反证，实在来得更加神速：看罢，妨害了北平的治安的是日军呢还是人民！

但革命的先驱者的血，现在已经并不希奇了。单就我自己说罢，七年前为了几个人，就发过不少激昂的空论，后来听惯了电刑，枪毙，斩决，暗杀的故事，神经渐渐麻木，毫不吃惊，也无言说了。我想，就是报上所记的“人山人海”去看枭首示众的头颅的人们，恐怕也未必觉得更兴奋于看赛花灯的罢。血是流得太多了。

不过热血之外，守常先生还有遗文在。不幸对于遗文，我却很难讲什么话。因为所执的业，彼此不同，在《新青年》时代，我虽以他为站在同一战线上的伙伴，却并未留心他的文章，譬如骑兵不必注意于造桥，炮兵无须分神于驭马，那时自以为尚非错误。所以现在所能说的，也不过：一，是他的理论，在现在看起来，当然未必精当的；二，是虽然如此，他的遗文却将永住，因为这是先驱者的遗产，革命史上的丰碑。一切死的和活的骗子的一迭迭的集子，不是已在倒塌下来，连商人也“不顾血本”的只收二三折了么？

以过去和现在的铁铸一般的事实来测将来，洞若观火！

一九三三年五月二十九夜，鲁迅谨记。

这一篇，是T先生要我做的，因为那集子要在和他有关系的G书局出版。我谊不容辞，只得写了这一点，不久，便在《涛声》上登出来。但后来，听说那遗集稿子的有权者另托C书局去印了，至今没有出版，也许是暂时不会出版的罢，我虽然很后悔乱作题记的孟浪，但我仍然要在自己的集子里存留，记此一件公案。十二月三十一夜，附识。

（选自《南腔北调集》）

《伪自由书》前记

这一本小书里的，是从本年一月底起至五月中旬为止的寄给《申报》上的《自由谈》的杂感。

我到上海以后，日报是看的，却从来没有投过稿，也没有想到过，并且也没有注意过日报的文艺栏，所以也不知道《申报》在什么时候开始有了《自由谈》，《自由谈》里是怎样的文字。大约是去年的年底罢，偶然遇见郁达夫先生，他告诉我说，《自由谈》的编辑新换了黎烈文先生了，但他才从法国回来，人地生疏，怕一时集不起稿子，要我去投几回稿。我就漫应之曰：那是可以的。

对于达夫先生的嘱咐，我是常常“漫应之曰：那是可以的”的。直白的说罢，我一向很回避创造社里的人物。这也不只因为历来特别的攻击我，甚而至于施行人身攻击的缘故，大半倒在他们的一副“创造”脸。虽然他们之中，后来有的化为隐士，有的化为富翁，有的化为实践的革命者，有的也化为奸细，而在“创造”这一面大纛之下的时候，却总是神气十足，好像连出汗打嚏，也全是“创造”似的。我和达夫先生见面得最早，脸上也看不出那么一种创造气，所以相遇之际，就随便谈谈；对于文学的意见，我们恐怕是不能一致的罢，然而所谈的大抵是空话。但这样的就熟识了，我有时要求他写一篇文章：他一定如约寄来，则他希望我做一点东西，我当然应该漫应曰可以。但应而至于“漫”，我已经懒散得多了。

但从此我就看看《自由谈》，不过仍然没有投稿。不久，听到了一个传闻，说《自由谈》的编辑者为了忙于事务，连他夫人的临蓐也不暇照管，送在医院里，她独自死掉了。几天之后，我偶然在《自由谈》里看见一篇文章，其中说的是每日使婴儿看看遗照，给他知道曾有这样一个孕育了他的母亲。我立刻省悟了这就是黎烈文先生的作品，拿起笔，想做一篇反对的文章，因为我向来的意见，是以为倘有慈母，或是幸福，然若生而失母，却也并非完全的不幸，他也许倒成为更加勇猛，更无挂碍的男儿的。但是也没有竟做，改为给《自由谈》的投稿了，这就是这本书里的第一篇《崇实》；又因为我旧日的笔名有时不能通用，便改题了“何家干”，有时也用“干”或“丁萌”。

这些短评，有的由于个人的感触，有的则出于时事的刺戟，但意思都极平常，说话也往往很晦涩，我知道《自由谈》并非同人杂志，“自由”更当然不过是一句反话，我决不想在这上面去驰骋的。我之所以投稿，一是为了朋友的交情，一则在给寂寞者以呐喊，也还是由于自己的老脾气。然而我的坏处，是在论时事不留面子，砭锢弊常取类型，而后者尤与时宜不合。盖写类型者，于坏处，恰如病理学上的图，假如是疮疽，则这图便是一切某疮某疽的标本，或和某甲的疮有些相像，或和某乙的疽有点相同。而见者不察，以为所画的只是他某甲的疮，无端侮辱，于是就必欲制你画者的死命了。例如我先前的论叭儿狗，原也泛无实指，都是自觉其有叭儿性的人们自来承认的。这要制死命的方法，是不论文章的是非，而先问作者是那一个；也就是别的不管，只要向作者施行人身攻击了。自然，其中也并不全是含愤的病人，有的倒是代打不平的侠客。总之，这种战术，是陈源教授的“鲁迅即教育部佥事周树人”开其端，事隔十年，大家早经忘却了，这回是王平陵先生告发于前，周木斋先生揭露于后，都是做着关于作者本身的文章，或则牵连而至于左翼文学者。此外为我所看见的还有好几篇，也都附在我的本文之后，以见上海有些所谓文学家的笔战，是怎样的东西，和我的短评本身，有什么关系。但另有几篇，是因为我的感想由此而起，特地并存以便读者的参考的。

我的投稿，平均每月八九篇，但到五月初，竟接连的不能发表了，我想，这是因为其时讳言时事而我的文字却常不免涉及时事的缘故。这禁止的是官方检查员，还是报馆总编辑呢，我不知道，也无须知道。现在便将那些都归在这一本里，其实是我所指摘，现在都已由事实来证明的了，我那时不过说得略早几天而已。是为序。

一九三三年七月十九夜，于上海寓庐，鲁迅记。

（选自《伪自由书》）

《南腔北调集》题记

一两年前，上海有一位文学家，现在是好像不在这里了，那时候，却常常拉别人为材料，来写她的所谓“素描”。我也没有被赦免。据说，我极喜欢演说，但讲话的时候是口吃的，至于用语，则是南腔北调。前两点我很惊奇，后一点可是十分佩服了。真的，我不会说绵软的苏白，不会打响亮的京腔，不入调，不入流，实在是南腔北调。而且近几年来，这缺点还有开拓到文字上去的趋势;《语丝》早经停刊，没有了任意说话的地方，打杂的笔墨，是也得给各个编辑者设身处地地想一想的，于是文章也就不能划一不二，可说之处说一点，不能说之处便罢休。即使在电影上，不也有时看得见黑奴怒形于色的时候，一有同是黑奴而手里拿着皮鞭的走过来，便赶紧低下头去么？我也毫不强横。

一俯一仰，居然又到年底，邻近有几家放鞭爆，原来一过夜，就要“天增岁月人增寿”了。静着没事，有意无意的翻出这两年所作的杂文稿子来，排了一下，看看已经足够印成一本，同时记得了那上面所说的“素描”里的话，便名之曰《南腔北调集》，准备和还未成书的将来的《五讲三嘘集》配对。我在私塾里读书时，对过对，这积习至今没有洗干净，题目上有时就玩些什么《偶成》，《漫与》，《作文秘诀》，《捣鬼心传》，这回却闹到书名上来了。这是不足为训的。

其次，就自己想：今年印过一本《伪自由书》，如果这也付印，那明年就又有一本了。于是自己觉得笑了一笑。这笑，是有些恶意的，因为我这时想到了梁实秋先生，他在北方一面做教授，一面编副刊，一位喽罗儿就在那副刊上说我和美国的门肯（H. L. Mencken）相像，因为每年都要出一本书。每年出一本书就会像每年也出一本书的门肯，那么，吃大菜而做教授，真可以等于美国的白璧德了。低能好像是也可以传授似的。但梁教授极不愿意因他而牵连白璧德，是据说小人的造谣；不过门肯却正是和白璧德相反的人，以我比彼，虽出自徒孙之口，骨子里却还是白老夫子的鬼魂在作怪。指头一拨，君子就翻一个筋斗，我觉得我到底也还有手腕和眼睛。

不过这是小事情。举其大者，则一看去年一月八日所写的《“非所计也”》，就好像着了鬼迷，做了恶梦，胡里胡涂，不久就整两年。怪事随时袭来，我们也随时忘却，倘不重温这些杂感，连我自己做过短评的人，也毫不记得了。一年要出一本书，确也可以使学者们摇头的，然而只有这一本，虽然浅薄，却还借此存留一点遗闻逸事，以中国之大，世变之亟，恐怕也未必就算太多了罢。

两年来所作的杂文，除登在《自由谈》上者外，几乎都在这里面；书的序跋，却只选了自以为还有几句可取的几篇。曾经登载这些的刊物，是《十字街头》，《文学月报》，《北斗》，《现代》，《涛声》，《论语》，《申报月刊》，《文学》等，当时是大抵用了别的笔名投稿的；但有一篇没有发表过。

一九三三年十二月三十一日之夜，于上海寓斋记。

（选自《南腔北调集》）

《准风月谈》前记

自从中华民国建国二十有二年五月二十五日《自由谈》的编辑刊出了“吁请海内文豪，从兹多谈风月”的启事以来，很使老牌风月文豪摇头晃脑的高兴了一大阵，讲冷话的也有，说俏皮话的也有，连只会做“文探”的叭儿们也翘起了它尊贵的尾巴。但有趣的是谈风云的人，风月也谈得，谈风月就谈风月罢，虽然仍旧不能正如尊意。

想从一个题目限制了作家，其实是不能够的。假如出一个“学而时习之”的试题，叫遗少和车夫来做八股，那做法就决定不一样。自然，车夫做的文章可以说是不通，是胡说，但这不通或胡说，就打破了遗少们的一统天下。古话里也有过：柳下惠看见糖水，说“可以养老”，盗跖见了，却道可以粘门闩。他们是弟兄，所见的又是同一的东西，想到的用法却有这么天差地远。“月白风清，如此良夜何？”好的，风雅之至，举手赞成。但同是涉及风月的“月黑杀人夜，风高放火天”呢，这不明明是一联古诗么？

我的谈风月也终于谈出了乱子来，不过也并非为了主张“杀人放火”。其实，以为“多谈风月”，就是“莫谈国事”的意思，是误解的。“漫谈国事”倒并不要紧，只是要“漫”，发出去的箭石，不要正中了有些人物的鼻梁，因为这是他的武器，也是他的幌子。

从六月起的投稿，我就用种种的笔名了，一面固然为了省事，一面也省得有人骂读者们不管文字，只看作者的署名。然而这么一来，却又使一些看文字不用视觉，专靠嗅觉的“文学家”疑神疑鬼，而他们的嗅觉又没有和全体一同进化，至于看见一个新的作家的名字，就疑心是我的化名，对我呜呜不已，有时简直连读者都被他们闹得莫名其妙了。现在就将当时所用的笔名，仍旧留在每篇之下，算是负着应负的责任。

还有一点和先前的编法不同的，是将刊登时被删改的文字大概补上去了，而且旁加黑点，以清眉目。这删改，是出于编辑或总编辑，还是出于官派的检查员的呢，现在已经无从辨别，但推想起来，改点句子，去些讳忌，文章却还能连接的处所，大约是出于编辑的，而胡乱删削，不管文气的接不接，语意的完不完的，便是钦定的文章。

日本的刊物，也有禁忌，但被删之处，是留着空白，或加虚线，使读者能够知道的。中国的检查官却不许留空白，必须接起来，于是读者就看不见检查删削的痕迹，一切含胡和恍忽之点，都归在作者身上了。这一种办法，是比日本大有进步的，我现在提出来，以存中国文网史上极有价值的故实。

去年的整半年中，随时写一点，居然在不知不觉中又成一本了。当然，这不过是一些拉杂的文章，为"文学家"所不屑道。然而这样的文字，现在却也并不多，而且"拾荒"的人们，也还能从中检出东西来，我因此相信这书的暂时的生存，并且作为集印的缘故。

一九三四年三月十日，于上海记。

（选自《准风月谈》）

《集外集》序言

听说：中国的好作家是大抵“悔其少作”的，他在自定集子的时候，就将少年时代的作品尽力删除，或者简直全部烧掉。我想，这大约和现在的老成的少年，看见他婴儿时代的出屁股，衔手指的照相一样，自愧其幼稚，因而觉得有损于他现在的尊严，——于是以为倘使可以隐蔽，总还是隐蔽的好。但我对于自己的“少作”，愧则有之，悔却从来没有过。出屁股，衔手指的照相，当然是惹人发笑的，但自有婴年的天真，决非少年以至老年所能有。况且如果少时不作，到老恐怕也未必就能作，又怎么还知道悔呢？

先前自己编了一本《坟》，还留存着许多文言文，就是这意思；这意思和方法，也一直至今没有变。但是，也有漏落的：是因为没有留存着底子，忘记了。也有故意删掉的：是或者因为看去好像抄译，却又年远失记，连自己也怀疑；或者因为不过对于一人，一时的事，和大局无关，情随事迁，无须再录；或者因为本不过开些玩笑，或是出于暂时的误解，几天之后，便无意义，不必留存了。

但使我吃惊的是霁云先生竟抄下了这么一大堆，连三十多年前的时文，十多年前的新诗，也全在那里面。这真好像将我五十多年前的出屁股，衔手指的照相，装潢起来，并且给我自己和别人来赏鉴。连我自己也诧异那时的我的幼稚，而且近乎不识羞。但是，有什么法子呢？这的确是我的影像，——由它去罢。

不过看起来也引起我一点回忆。例如最先的两篇，就是我故意删掉的。一篇是“雷锭”的最初的绍介，一篇是斯巴达的尚武精神的描写，但我记得自己那时的化学和历史的程度并没有这样高，所以大概总是从什么地方偷来的，不过后来无论怎么记，也再也记不起它们的老家；而且我那时初学日文，文法并未了然，就急于看书，看书并不很懂，就急于翻译，所以那内容也就可疑得很。而且文章又多么古怪，尤其是那一篇《斯巴达之魂》，现在看起来，自己也不免耳朵发热。但这是当时的风气，要激昂慷慨，顿挫抑扬，才能被称为好文章，我还记得“被发大叫，抱书独行，无泪可挥，大风灭烛”是大家传诵的警句。但我的文章里，也有受着严又陵的影响的，例如“涅伏”，就是“神经”的腊丁语的音译，这是现在恐怕只有我自己懂得的了。以后又受了章太炎先生的影响，古了起来，但这集子里却一篇也没有。

以后回到中国来，还给日报之类做了些古文，自己不记得究竟是什么了，霁云先生也找不出，我真觉得侥幸得很。

以后是抄古碑。再做就是白话；也做了几首新诗。我其实是不喜欢做新诗的——但也不喜欢做古诗——只因为那时诗坛寂寞，所以打打边鼓，凑些热闹；待到称为诗人的一出现，就洗手不作了。我更不喜欢徐志摩那样的诗，而他偏爱到各处投稿，《语丝》一出版，他也就来了，有人赞成他，登了出来，我就做了一篇杂感，和他开一通玩笑，使他不能来，他也果然不来了。这是我和后来的“新月派”积仇的第一步；语丝社同人中有几位也因此很不高兴我。不过不知道为什么没有收在《热风》里，漏落，还是故意删掉的呢，已经记不清，幸而这集子里有，那就是了。

只有几篇讲演，是现在故意删去的。我曾经能讲书，却不善于讲演，这已经是大可不必保存的了。而记录的人，或者为了方音的不同，听不很懂，于是漏落，错误；或者为了意见的不同，取舍因而不确，我以为要紧的，他并不记录，遇到空话，却详详细细记了一大通；有些则简直好像是恶意的捏造，意思和我所说的正是相反的。凡这些，我只好当作记录者自己的创作，都将它由我这里删掉。

我惭愧我的少年之作，却并不后悔，甚而至于还有些爱，这真好像是“乳犊不怕虎”，乱攻一通，虽然无谋，但自有天真存在。现在是比较的精细了，然而我又别有其不满于自己之处。我佩服会用拖刀计的老将黄汉升，但我爱莽撞的不顾利害而终于被部下偷了头去的张翼德；我却又憎恶张翼德型的不问青红皂白，抡板斧“排头砍去”的李逵，我因此喜欢张顺的将他诱进水里去，淹得他两眼翻白。

一九三四年十二月二十日夜，鲁迅记于上海之卓面书斋。

（选自《集外集》）

《花边文学》序言

我的常常写些短评，确是从投稿于《申报》的《自由谈》上开头的；集一九三三年之所作，就有了《伪自由书》和《准风月谈》两本。后来编辑者黎烈文先生真被挤轧得苦，到第二年，终于被挤出了，我本也可以就此搁笔，但为了赌气，却还是改些作法，换些笔名，托人抄写了去投稿，新任者不能细辨，依然常常登了出来。一面又扩大了范围，给《中华日报》的副刊《动向》，小品文半月刊《太白》之类，也间或写几篇同样的文字。聚起一九三四年所写的这些东西来，就是这一本《花边文学》。

这一个名称，是和我在同一营垒里的青年战友，换掉姓名挂在暗箭上射给我的。那立意非常巧妙：一，因为这类短评，在报上登出来的时候往往围绕一圈花边以示重要，使我的战友看得头疼；二，因为“花边”也是银元的别名，以见我的这些文章是为了稿费，其实并无足取。至于我们的意见不同之处，是我以为我们无须希望外国人待我们比鸡鸭优，他却以为应该待我们比鸡鸭优，我在替西洋人辩护，所以是“买办”。那文章就附在《倒提》之下，这里不必多说，此外，倒也并无什么可记之事。只为了一篇《玩笑只当它玩笑》，又曾引出过一封文公直先生的来信，笔伐的更严重了，说我是“汉奸”，现在和我的复信都附在本文的下面。其余的一些鬼鬼祟祟，躲躲闪闪的攻击，离上举的两位还差得很远，这里都不转载了。

“花边文学”可也真不行。一九三四年不同一九三五年，今年是为了《闲话皇帝》事件，官家的书报检查处忽然不知所往，还革掉七位检查官，日报上被删之处，也好像可以留着空白（术语谓之“开天窗”）了。但那时可真厉害，这么说不可以，那么说又不成功，而且删掉的地方，还不许留下空隙，要接起来，使作者自己来负吞吞吐吐，不知所云的责任。在这种明诛暗杀之下，能够苟延残喘，和读者相见的，那么，非奴隶文章是什么呢？

我曾经和几个朋友闲谈。一个朋友说，现在的文章，是不会有骨气的了，譬如向一种日报上的副刊去投稿罢，副刊编辑先抽去几根骨头，总编辑又抽去几根骨头，检查官又抽去几根骨头，剩下来还有什么呢？我说：我是自己先抽去了几根骨头的，否则，连“剩下来”的也不剩。所以，那时发表出来的文字，有被抽四次的可能，——现在有些人不在拚命表彰文天祥方孝孺么，幸而他们是宋明人，如果活在现在，他们的言行是谁也无从知道的。

因此除了官准的有骨气的文章之外，读者也只能看看没有骨气的文章。我生于清朝，原是奴隶出身，不同二十五岁以内的青年，一生下来就是中华民国的主子，然而他们不经世故，偶尔“忘其所以”也就大碰其钉子。我的投稿，目的是在发表的，当然不给它见得有骨气，所以被“花边”所装饰者，大约也确比青年作家的作品多，而且奇怪，被删掉的地方倒很少。一年之中，只有三篇，现在补全，仍用黑点为记。我看《论秦理斋夫人事》的末尾，是申报馆的总编辑删的，别的两篇，却是检查官删的：这里都显着他们不同的心思。

今年一年中，我所投稿的《自由谈》和《动向》，都停刊了；《太白》也不出了。我曾经想过：凡是我寄文稿的，只寄开初的一两期还不妨，假使接连不断，它就总归活不久。于是从今年起，我就不大做这样的短文，因为对于同人，是回避他背后的闷棍，对于自己，是不愿做开路的呆子，对于刊物，是希望它尽可能的长生。所以有人要我投稿，我特别敷延推宕，非“摆架子”也，是带些好意——然而有时也是恶意——的“世故”：这是要请索稿者原谅的。

一直到了今年下半年，这才看见了新闻记者的“保护正当舆论”的请愿和智识阶级的言论自由的要求。要过年了，我不知道结果怎么样。然而，即使从此文章都成了民众的喉舌，那代价也可谓大极了：是北五省的自治。这恰如先前的不敢恳请“保护正当舆论”和要求言论自由的代价之大一样：是东三省的沦亡。不过这一次，换来的东西是光明的。然而，倘使万一不幸，后来又复换回了我做“花边文学”一样的时代，大家试来猜一猜那代价该是什么罢……

一九三五年十二月二十九之夜，鲁迅记。

（选自《花边文学》）

《且介亭杂文》序言

近几年来，所谓“杂文”的产生，比先前多，也比先前更受着攻击。例如自称“诗人”邵洵美，前“第三种人”施蛰存和杜衡即苏汶，还不到一知半解程度的大学生林希隽之流，就都和杂文有切骨之仇，给了种种罪状的。然而没有效，作者多起来，读者也多起来了。

其实“杂文”也不是现在的新货色，是“古已有之”的，凡有文章，倘若分类，都有类可归，如果编年，那就只按作成的年月，不管文体，各种都夹在一处，于是成了“杂”。分类有益于揣摩文章，编年有利于明白时势，倘要知人论世，是非看编年的文集不可的，现在新作的古人年谱的流行，即证明着已经有许多人省悟了此中的消息。况且现在是多么切迫的时候，作者的任务，是在对于有害的事物，立刻给以反响或抗争，是感应的神经，是攻守的手足。潜心于他的鸿篇巨制，为未来的文化设想，固然是很好的，但为现在抗争，却也正是为现在和未来的战斗的作者，因为失掉了现在，也就没有了未来。

战斗一定有倾向。这就是邵施杜林之流的大敌，其实他们所憎恶的是内容，虽然披了文艺的法衣，里面却包藏着“死之说教者”，和生存不能两立。

这一本集子和《花边文学》，是我在去年一年中，在官民的明明暗暗，软软硬硬的围剿“杂文”的笔和刀下的结集，凡是写下来的，全在这里面。当然不敢说是诗史，其中有着时代的眉目，也决不是英雄们的八宝箱，一朝打开，便见光辉灿烂。我只在深夜的街头摆着一个地摊，所有的无非几个小钉，几个瓦碟，但也希望，并且相信有些人会从中寻出合于他的用处的东西。

一九三五年十二月三十日，记于上海之且介亭。

（选自《且介亭杂文》）

《且介亭杂文二集》序言

昨天编完了去年的文字，取发表于日报的短论以外者，谓之《且介亭杂文》；今天再来编今年的，因为除做了几篇《文学论坛》，没有多写短文，便都收录在这里面，算是《二集》。

过年本来没有什么深意义，随便那天都好，明年的元旦，决不会和今年的除夕就不同，不过给人事借此时时算有一个段落，结束一点事情，倒也便利的。倘不是想到了已经年终，我的两年以来的杂文，也许还不会集成这一本。

编完以后，也没有什么大感想。要感的感过了，要写的也写过了，例如“以华制华”之说罢，我在前年的《自由谈》上发表时，曾大受傅公红蓼之流的攻击，今年才又有人提出来，却是风平浪静。一定要到得“不幸而吾言中”，这才大家默默无言，然而为时已晚，是彼此都大可悲哀的。我宁可如邵洵美辈的《人言》之所说：“意气多于议论，捏造多于实证。”

我有时决不想在言论界求得胜利，因为我的言论有时是枭鸣，报告着大不吉利事，我的言中，是大家会有不幸的。在今年，为了内心的冷静和外力的迫压，我几乎不谈国事了，偶尔触着的几篇，如《什么是讽刺》，如《从帮忙到扯淡》，也无一不被禁止。别的作者的遭遇，大约也是如此的罢，而天下太平，直到华北自治，才见有新闻记者恳求保护正当的舆论。我的不正当的舆论，却如国土一样，仍在日即于沦亡，但是我不想求保护，因为这代价，实在是太大了。

单将这些文字，过而存之，聊作今年笔墨的记念罢。

一九三五年十二月三十一日，鲁迅记于上海之且介亭。

（选自《且介亭杂文二集》）

白莽作《孩儿塔》序

春天去了一大半了，还是冷；加上整天的下雨，淅淅沥沥，深夜独坐，听得令人有些凄凉，也因为午后得到一封远道寄来的信，要我给白莽的遗诗写一点序文之类；那信的开首说道："我的亡友白莽，恐怕你是知道的罢。……"——这就使我更加惆怅。

说起白莽来，——不错，我知道的。四年之前，我曾经写过一篇《为了忘却的记念》，要将他们忘却。他们就义了已经足有五个年头了，我的记忆上，早又蒙上许多新鲜的血迹；这一提，他的年青的相貌就又在我的眼前出现，像活着一样，热天穿着大棉袍，满脸油汗，笑笑的对我说道："这是第三回了。自己出来的。前两回都是哥哥保出，他一保就要干涉我，这回我不去通知他了。……"——我前一回的文章上是猜错的，这哥哥才是徐培根，航空署长，终于和他成了殊途同归的兄弟；他却叫徐白，较普通的笔名是殷夫。

一个人如果还有友情，那么，收存亡友的遗文真如捏着一团火，常要觉得寝食不安，给它企图流布的。这心情我很了然，也知道有做序文之类的义务。我所惆怅的是我简直不懂诗，也没有诗人的朋友，偶尔一有，也终至于闹开，不过和白莽没有闹，也许是他死得太快了罢。现在，对于他的诗，我一句也不说——因为我不能。

这《孩儿塔》的出世并非要和现在一般的诗人争一日之长，是有别一种意义在。这是东方的微光，是林中的响箭，是冬末的萌芽，是进军的第一步，是对于前驱者的爱的大纛，也是对于摧残者的憎的丰碑。一切所谓圆熟简练，静穆幽远之作，都无须来作比方，因为这诗属于别一世界。

那一世界里有许多许多人，白莽也是他们的亡友。单是这一点，我想，就足够保证这本集子的存在了，又何需我的序文之类。

一九三六年三月十一夜，鲁迅记于上海之且介亭。

（选自《且介亭杂文末编》）

书简类编 〉〉〉〉〉

目　　录

北京通信

蕴儒，培良两兄：

昨天收到两份《豫报》，使我非常快活，尤其是见了那《副刊》。因为它那蓬勃的朝气，实在是在我先前的豫想以上。你想：从有着很古的历史的中州，传来了青年的声音，仿佛在豫告这古国将要复活，这是一件如何可喜的事呢？

倘使我有这力量，我自然极愿意有所贡献于河南的青年。但不幸我竟力不从心，因为我自己也正站在歧路上，——或者，说得较有希望些：站在十字路口。站在歧路上是几乎难于举足，站在十字路口，是可走的道路很多。我自己，是什么也不怕的，生命是我自己的东西，所以我不妨大步走去，向着我自以为可以走去的路；即使前面是深渊，荆棘，狭谷，火坑，都由我自己负责。然而向青年说话可就难了，如果盲人瞎马，引入危途，我就该得谋杀许多人命的罪孽。

所以，我终于还不想劝青年一同走我所走的路；我们的年龄，境遇，都不相同，思想的归宿大概总不能一致的罢。但倘若一定要问我青年应当向怎样的目标，那么，我只可以说出我为别人设计的话，就是：一要生存，二要温饱，三要发展。有敢来阻碍这三事者，无论是谁，我们都反抗他，扑灭他！

可是还得附加几句话以免误解，就是：我之所谓生存，并不是苟活；所谓温饱，并不是奢侈；所谓发展，也不是放纵。

中国古来，一向是最注重于生存的，什么“知命者不立于岩墙之下”咧，什么“千金之子坐不垂堂”咧，什么“身体发肤受之父母不敢毁伤”咧，竟有父母愿意儿子吸鸦片的，一吸，他就不至于到外面去，有倾家荡产之虞了。可是这一流人家，家业也决不能长保，因为这是苟活。苟活就是活不下去的初步，所以到后来，他就活不下去了。意图生存，而太卑怯，结果就得死亡。以中国古训中教人苟活的格言如此之多，而中国人偏多死亡，外族偏多侵入，结果适得其反，可见我们蔑弃古训，是刻不容缓的了。这实在是无可奈何，因为我们要生活，而且不是苟活的缘故。

中国人虽然想了各种苟活的理想乡，可惜终于没有实现。但我却替他们发见了，你们大概知道的罢，就是北京的第一监狱。这监狱在宣武门外的空地里，不怕邻家的火灾；每日两餐，不虑冻馁；起居有定，不会伤生；构造坚固，不会倒塌；禁卒管着，不会再犯罪；强盗是决不会来抢的。住在里面，何等安全，真真是“千金之子坐不垂堂”了。但阙少的就有一件事：自由。

古训所教的就是这样的生活法，教人不要动。不动，失错当然就较少了，但不活的岩石泥沙，失错不是更少么？我以为人类为向上，即发展起见，应该活动，活动而有若干失错，也不要紧。惟独半死半生的苟活，是全盘失错的。因为他挂了生活的招牌，其实却引入到死路上去！

我想，我们总得将青年从牢狱里引出来，路上的危险，当然是有的，但这是求生的偶然的危险，无从逃避。想逃避，就须度那古人所希求的第一监狱式生活了，可是真在第一监狱里的犯人，都想早些释放，虽然外面并不比狱里安全。

北京暖和起来了；我的院子里种了几株丁香，活了；还有两株榆叶梅，至今还未发芽，不知道他是否活着。

昨天闹了一个小乱子，许多学生被打伤了；听说还有死的，我不知道确否。其实，只要听他们开会，结果不过是开会而已，因为加了强力的迫压，遂闹出开会以上的事来。俄国的革命，不就是从这样的路径出发的么？

夜深了，就此搁笔，后来再谈罢。

鲁迅。五月八日夜。

（一九二五年）

（选自《华盖集》）

答 KS 君

KS 兄：

我很感谢你的殷勤的慰问，但对于你所愤慨的两点和几句结论，我却并不谓然，现在略说我的意见——

第一，章士钊将我免职，我倒并没有你似的觉得诧异，他那对于学校的手段，我也并没有你似的觉得诧异，因为我本就没有预期章士钊能做出比现在更好的事情来。我们看历史，能够据过去以推知未来，看一个人的已往的经历，也有一样的效用。你先有了一种无端的迷信，将章士钊当作学者或智识阶级的领袖看，于是从他的行为上感到失望，发生不平，其实是作茧自缚；他这人本来就只能这样，有着更好的期望倒是你自己的误谬。使我较为感到有趣的倒是几个向来称为学者或教授的人们，居然也渐次吞吞吐吐地来说微温话了，什么"政潮"咧，"党"咧，仿佛他们都是上帝一样，超然象外，十分公平似的。谁知道人世上并没有这样一道矮墙，骑着而又两脚踏地，左右稳妥，所以即使吞吞吐吐，也还是将自己的魂灵枭首通衢，挂出了原想竭力隐瞒的丑态。丑态，我说，倒还没有什么丢人，丑态而蒙着公正的皮，这才催人呕吐。但终于使我觉得有趣的是蒙着公正的皮的丑态，又自己开出帐来发表了。仿佛世界上还有光明，所以即使费尽心机，结果仍然是一个瞒不住。

第二，你这样注意于《甲寅周刊》，也使我莫明其妙。《甲寅》第一次出版时，我想，大约章士钊还不过熟读了几十篇唐宋八大家文，所以模仿吞剥，看去还近于清通。至于这一回，却大大地退步了，关于内容的事且不说，即以文章论，就比先前不通得多，连成语也用不清楚，如"每下愈况"之类。尤其害事的是他似乎后来又念了几篇骈文，没有融化，而急于挦撦，所以弄得文字庞杂，有如泥浆混着沙砾一样。即如他那《停办北京女子师范大学呈文》中有云，"钊念儿女乃家家所有良用痛心为政而人人悦之亦无是理"，旁加密圈，想是得意之笔了。但比起何栻《齐姜醉遣晋公子赋》的"公子固翩翩绝世未免有情少年而碌碌因人安能成事"来，就显得字句和声调都怎样陋弱可哂。何栻比他高明得多，尚且不能入作者之林，章士钊的文章更于何处讨生活呢？况且，前载公文，接着就是通信，精神虽然是自己广告性的半官报，形式却成了公报尺牍合璧了，我中国自有文字以来，实在没有过这样滑稽体式的著作。这种东西，用处只有一种，就是可以借此看看社会的暗角落里，有着怎样灰色的人们，以为现在是攀附显现的时候了，也都吞吞吐吐的来开口。至于别的用处，我委实至今还想不出来。倘说这是复古运动的代表，那可是只见得复古派的可怜，不过以此当作讣闻，公布文言文的气绝罢了。

所以，即使真如你所说，将有文言白话之争，我以为也该是争的终结，而非争的开头，因为《甲寅》不足称为敌手，也无所谓战斗。倘要开头，他们还得有一个更通古学，更长古文的人，才能胜对垒之任，单是现在似的每周印一回公牍和游谈的堆积，纸张虽白，圈点虽多，是毫无用处的。

鲁迅。八月二十日。

（一九二五年）

（选自《华盖集》）

上海通信

小峰兄：

别后之次日，我便上车，当晚到天津。途中什么事也没有，不过刚出天津车站，却有一个穿制服的，大概是税吏之流罢，突然将我的提篮拉住，问道“什么？”我刚答说“零用什物”时，他已经将篮摇了两摇，扬长而去了。幸而我的篮里并无人参汤榨菜汤或玻璃器皿，所以毫无损失，请勿念。

从天津向浦口，我坐的是特别快车，所以并不嚣杂，但挤是挤的。我从七年前护送家眷到北京以后，便没有坐过这车；现在似乎男女分坐了，间壁的一室中本是一男三女的一家，这回却将男的逐出，另外请进一个女的去。将近浦口，又发生一点小风潮，因为那四口的一家给茶房的茶资太少了，一个长壮伟大的茶房便到我们这里来演说，“使之闻之”。其略曰：钱是自然要的。一个人不为钱为什么？然而自己只做茶房图几文茶资，是因为良心还在中间，没有到这边（指腋下介）去！自己也还能卖掉田地去买枪，招集了土匪，做个头目；好好地一玩，就可以升官，发财了。然而良心还在这里（指胸骨介），所以甘心做茶房，赚点小钱，给儿女念念书，将来好好过活。……但，如果太给自己下不去了，什么不是人做的事要做也会做出来！我们一堆共有六个人，谁也没有反驳他。听说后来是添了一块钱完事。

我并不想步勇敢的文人学士们的后尘，在北京出版的周刊上斥骂孙传芳大帅。不过一到下关，记起这是投壶的礼义之邦的事来，总不免有些滑稽之感。在我的眼睛里，下关也还是七年前的下关，无非那时是大风雨，这回却是晴天。赶不上特别快车了，只好趁夜车，便在客寓里暂息。挑夫（即本地之所谓“夫子”）和茶房还是照旧地老实；板鸭，插烧，油鸡等类，也依然价廉物美。喝了二两高粱酒，也比北京的好。这当然只是“我以为”；但也并非毫无理由：就因为它有一点生的高粱气味，喝后合上眼，就如身在雨后的田野里一般。

正在田野里的时候，茶房来说有人要我出去说话了。出去看时，是几个人和三四个兵背着枪，究竟几个，我没有细数；总之是一大群。其中的一个说要看我的行李。问他先看那一个呢？他指定了一个麻布套的皮箱。给他解了绳，开了锁，揭开盖，他才蹲下去在衣服中间摸索。摸索了一会，似乎便灰心了，站起来将手一摆，一群兵便都“向后转”，往外走出去了。那指挥的临走时还对我点点头，非常客气。我和现任的“有枪阶级”接洽，民国以来这是第一回。我觉得他们倒并不坏；假使他们也如自称“无枪阶级”的善造“流言”，我就要连路也不能走。

向上海的夜车是十一点钟开的，客很少，大可以躺下睡觉，可惜椅子太短，身子必须弯起来。这车里的茶是好极了，装在玻璃杯里，色香味都好，也许因为我喝了多年井水茶，所以容易大惊小怪了罢，然而大概确是很好的。因此一共喝了两杯，看看窗外的夜的江南，几乎没有睡觉。

在这车上，才遇见满口英语的学生，才听到“无线电”“海底电”这类话。也在这车上，才看见弱不胜衣的少爷，绸衫尖头鞋，口嗑南瓜子，手里是一张《消闲录》之类的小报，而且永远看不完。这一类人似乎江浙特别多，恐怕投壶的日子正长久哩。

现在是住在上海的客寓里了；急于想走。走了几天，走得高兴起来了，很想总是走来走去。先前听说欧洲有一种民族，叫作“吉柏希”的，乐于迁徙，不肯安居，私心窃以为他们脾气太古怪，现在才知道他们自有他们的道理，倒是我胡涂。

这里在下雨，不算很热了。

鲁迅。八月三十日，上海。

（一九二六年）

（选自《华盖集续编》）

厦门通信

H.M.兄：

我到此快要一个月了，懒在一所三层楼上，对于各处都不大写信。这楼就在海边，日夜被海风呼呼地吹着。海滨很有些贝壳，检了几回，也没有什么特别的。四围的人家不多，我所知道的最近的店铺，只有一家，卖点罐头食物和糕饼，掌柜的是一个女人，看年纪大概可以比我长一辈。

风景一看倒不坏，有山有水。我初到时，一个同事便告诉我：山光海气，是春秋早暮都不同。还指给我石头看：这块像老虎，那块像癞虾蟆，那一块又像什么什么……。我忘记了，其实也不大相像。我对于自然美，自恨并无敏感，所以即使恭逢良辰美景，也不甚感动。但好几天，却忘不掉郑成功的遗迹。离我的住所不远就有一道城墙，据说便是他筑的。一想到除了台湾，这厦门乃是满人入关以后我们中国的最后亡的地方，委实觉得可悲可喜。台湾是直到一六八三年，即所谓"圣祖仁皇帝"二十二年才亡的，这一年，那"仁皇帝"们便修补"十三经"和"二十一史"的刻板。现在呢，有些国民巴不得读经；殿板"二十一史"也变成了宝贝，古董藏书家不惜重资，购藏于家，以贻子孙云。然而郑成功的城却很寂寞，听说城脚的沙，还被人盗运去卖给对面鼓浪屿的谁，快要危及城基了。有一天我清早望见许多小船，吃水很重，都张着帆驶向鼓浪屿去，大约便是那卖沙的同胞。

周围很静；近处买不到一种北京或上海的新的出版物，所以有时也觉得枯寂一些，但也看不见灰烟瘴气的《现代评论》。这不知是怎的，有那么许多正人君子，文人学者执笔，竟还不大风行。

这几天我想编我今年的杂感了。自从我写了这些东西，尤其是关于陈源的东西以后，就很有几个自称"中立"的君子给我忠告，说你再写下去，就要无聊了。我却并非因为忠告，只因环境的变迁，近来竟没有什么杂感，连结集旧作的事也忘却了。前几天的夜里，忽然听到梅兰芳"艺员"的歌声，自然是留在留声机里的，像粗糙而钝的针尖一般，刺得我耳膜很不舒服。于是我就想到我的杂感，大约也刺得佩服梅"艺员"的正人君子们不大舒服罢，所以要我不再做。然而我的杂感是印在纸上的，不会振动空气，不愿见，不翻他开来就完了，何必冒充了中立来哄骗我。我愿意我的东西躺在小摊上，被愿看的买去，却不愿意受正人君子赏识。世上爱牡丹的或者是最多，但也有喜欢曼陀罗花或无名小草的，朋其还将霸王鞭种在茶壶里当盆景哩。不过看看旧稿，很有些太不清楚了，你可以给我抄一点么？

此时又在发风，几乎日日这样，好像北京，可是其中很少灰土。我有时也偶然去散步，在丛葬中，这是Borel讲厦门的书上早就说过的：中国全国就是一个大墓场。墓碑文很多不通：有写先妣某而没有儿子的姓名的；有头上横写着地名的；还有刻着“敬惜字纸”四字的，不知道叫谁敬惜字纸。这些不通，就因为读了书之故。假如问一个不识字的人，坟里的人是谁，他道父亲；再问他什么名字，他说张二；再问他自己叫什么，他说张三。照直写下来，那就清清楚楚了。而写碑的人偏要舞文弄墨，所以反而越舞越胡涂，他不知道研究“金石例”的，从元朝到清朝就终于没有了局。

我还同先前一样；不过太静了，倒是什么也不想写。

鲁迅。九月二十三日。

（一九二六年）

（选自《华盖集续编》）

厦门通信（二）

小峰兄：

《语丝》百一和百二期，今天一同收到了。许多信件一同收到，在这里是常有的事，大约每星期有两回。我看了这两期的《语丝》特别喜欢，恐怕是因为他们已经超出了一百期之故罢。在中国，几个人组织的刊物要出到一百期，实在是不容易的。

我虽然在这里，也常想投稿给《语丝》，但是一句也写不出，连“野草”也没有一茎半叶。现在只是编讲义。为什么呢？这是你一定了然的：为吃饭。吃了饭为什么呢？倘照这样下去，就是为了编讲义。吃饭是不高尚的事，我倒并不这样想。然而编了讲义来吃饭，吃了饭来编讲义，可也觉得未免近于无聊。别的学者们教授们又作别论，从我们平常人看来，教书和写东西是势不两立的，或者死心塌地地教书，或者发狂变死地写东西，一个人走不了方向不同的两条路。

忽然记起一件事来了，还是夏天罢，《现代评论》上仿佛曾有正人君子之流说过：因为骂人的小报流行，正经的文章没有人看，也不能印了。我很佩服这些学者们的大才。不知道你可能替我调查一下，他们有多少正经文章的稿子“藏于家”，给我开一个目录？但如果是讲义，或者什么民法八万七千六百五十四条之类，那就不必开，我不要看。

今天又接到漱园兄的信，说北京已经结冰了。这里却还只穿一件夹衣，怕冷就晚上加一件棉背心。宋玉先生的什么“皇天平分四时兮窃独悲此廪秋，白露既下百草兮奄离披此梧楸”等类妙文，拿到这里来就完全是“无病呻吟”。白露不知可曾“下”了百草，梧楸却并不离披，景象大概还同夏末相仿。我的住所的门前有一株不认识的植物，开着秋葵似的黄花。我到时就开着花的了，不知道他是什么时候开起的；现在还开着；还有未开的蓓蕾，正不知道他要到什么时候才肯开完。“古已有之”，“于今为烈”，我近来很有些怕敢看他了。还有鸡冠花，很细碎，和江浙的有些不同，也红红黄黄地永是这样一盆一盆站着。

我本来不大喜欢下地狱，因为不但满眼只有刀山剑树，看得太单调，苦痛也怕很难当。现在可又有些怕上天堂了。四时皆春，一年到头请你看桃花，你想够多么乏味？即使那桃花有车轮般大，也只能在初上去的时候，暂时吃惊，决不会每天做一首“桃之夭夭”的。

然而荷叶却早枯了；小草也有点萎黄。这些现象，我先前总以为是所谓“严霜”之故，于是有时候对于那“凛秋”不免口出怨言，加以攻击。然而这里却没有霜，也没有雪，凡萎黄的都是“寿终正寝”，怪不得别个。呜呼，牢骚材料既被减少，则又有何话之可说哉！

现在是连无从发牢骚的牢骚，也都发完了。再谈罢。从此要动手编讲义。

鲁迅。十一月七日。

（一九二六年）

（选自《华盖集续编》）

厦门通信（三）

小峰兄：

二十七日寄出稿子两篇，想已到。其实这一类东西，本来也可做可不做，但是一则因为这里有几个少年希望我耍几下，二则正苦于没有文章做，所以便写了几张，寄上了。本地也有人要我做一点批评厦门的文字，然而至今一句也没有做，言语不通，又不知各种底细，从何说起。例如这里的报纸上，先前连日闹着“黄仲训霸占公地”的笔墨官司，我至今终于不知道黄仲训何人，曲折怎样，如果竟来批评，岂不要笑断真的批评家的肚肠。但别人批评，我是不妨害的。以为我不准别人批评者，诬也；我岂有这么大的权力。不过倘要我做编辑，那么，我以为不行的东西便不登，我委实不大愿意做一个莫名其妙的什么运动的傀儡。

前几天，卓治睁大着眼睛对我说，别人胡骂你，你要回骂。还有许多人要看你的东西，你不该默不作声，使他们迷惑。你现在不是你自己的了。我听了又打了一个寒噤，和先前听得有人说青年应该学我的多读古文时候相同。呜呼，一戴纸冠，遂成公物，负“帮忙”之义务，有回骂之必须，然则固不如从速坍台，还我自由之为得计也。质之高明，未识以为然否？

今天也遇到了一件要打寒噤的事。厦门大学的职务，我已经都称病辞去了。百无可为，溜之大吉。然而很有几个学生向我诉苦，说他们是看了厦门大学革新的消息而来的，现在不到半年，今天这个走，明天那个走，叫他们怎么办？这实在使我夹脊梁发冷，哑口无言。不料“思想界权威者”或“思想界先驱者”这一顶“纸糊的假冠”，竟又是如此误人子弟。几回广告（却并不是我登的），将他们从别的学校里骗来，而结果是自己倒跑掉了，真是万分抱歉。我很惋惜没有人在北京早做黑幕式的记事，将学生们拦住。“见面时一谈，不见时一战”哲学，似乎有时也很是误人子弟的。

你大约还不知道底细，我最初的主意，倒的确想在这里住两年，除教书之外，还希望将先前所集成的《汉画象考》和《古小说钩沈》印出。这两种书自己印不起，也不敢请你印。因为看的人一定很少，折本无疑，惟有有钱的学校才合适。乃至到了这里，看看情形，便将印《汉画象考》的希望取消，并且自己缩短年限为一年。其实是已经可以走了，但看着语堂的勤勉和为故乡做事的热心，我不好说出口。后来豫算不算数了，语堂力争；听说校长就说，只要你们有稿子拿来，立刻可以印。于是我将稿子拿出去，放了大约至多十分钟罢，拿回来了，从此没有后文。这结果，不过证明了我确有稿子，并不欺骗。那时我便将印《古小说钩沈》的意思也取消，并且自己再缩短年限为半年。语堂是除办事教书之外，还要防暗算，我看他在不相干的事情上，弄得力尽神疲，真是冤枉之至。

前天开会议，连国学院的周刊也几乎印不成了；然而校长的意思，却要添顾问，如理科主任之流，都是顾问，据说是所以联络感情的。我真不懂厦门的风俗，为什么研究国学，就会伤理科主任之流的感情，而必用顾问的绳，将他络住？联络感情法我没有研究过；兼士又已辞职，所以我决计也走了。现在去放假不过三星期，本来暂停也无妨，然而这里对于教职员的薪水，有时是锱铢必较的，离开学校十来天也想扣，所以我不想来沾放假中的薪水的便宜，至今天止，扣足一月。昨天已经出题考试，作一结束了。阅卷当在下月，但是不取分文。看完就走，刊物请暂勿寄来，待我有了驻足之所，当即函告，那时再寄罢。

临末，照例要说到天气。所谓例者，我之例也；怕有批评家指为我要勒令天下青年都照我的例，所以特此声明：并非如此。天气，确已冷了。草也比先前黄得多；然而我那门前的秋葵似的黄花却还在开着，山里也还有石榴花。苍蝇不见了，蚊子间或有之。

夜深了，再谈罢。

鲁迅。十二月三十一日。

再：睡了一觉醒来，听到柝声，已经是五更了。这是学校的新政，上月添设，更夫也不止一人。我听着，才知道各人的打法是不同的，声调最分明地可以区别的有两种——

托，托，托，托托！

托，托，托托！托。

打更的声调也有派别，这是我先前所不知道的。并以奉告，当作一件新闻。

（一九二七年）

（选自《华盖集续编》）

海上通信

小峰兄：

前几天得到来信，因为忙于结束我所担任的事，所以不能即刻奉答。现在总算离开厦门坐在船上了。船正在走，也不知道是在什么海上。总之一面是一望汪洋，一面却看见岛屿。但毫无风涛，就如坐在长江的船上一般。小小的颠簸自然是有的，不过这在海上就算不得颠簸；陆上的风涛要比这险恶得多。

同舱的一个是台湾人，他能说厦门话，我不懂；我说的蓝青官话，他不懂。他也能说几句日本话，但是，我也不大懂得他。于是乎只好笔谈，才知道他是丝绸商。我于丝绸一无所知，他于丝绸之外似乎也毫无意见。于是乎他只得睡觉，我就独霸了电灯写信了。

从上月起，我本在搜集材料，想趁寒假的闲空，给《唐宋传奇集》做一篇后记，准备付印，不料现在又只得搁起来。至于《野草》，此后做不做很难说，大约是不见得再做了，省得人来谬托知己，舐皮论骨，什么是“入于心”的。但要付印，也还须细看一遍，改正错字，颇费一点工夫。因此一时也不能寄上。

我直到十五日才上船，因为先是等上月份的薪水，后来是等船。在最后的一星期中，住着实在很为难，但也更懂了一些新的世故，就是，我先前只以为要饭碗不容易，现在才知道不要饭碗也是不容易的。我辞职时，是说自己生病，因为我觉得无论怎样的暴主，还不至于禁止生病；倘使所生的并非气厥病，也不至于牵连了别人。不料一部分的青年不相信，给我开了几次送别会，演说，照相，大抵是逾量的优礼，我知道有些不妥了，连连说明：我是戴着“纸糊的假冠”的，请他们不要惜别，请他们不要忆念。但是，不知怎地终于发生了改良学校运动，首先提出的是要求校长罢免大学秘书刘树杞博士。

听说三年前，这里也有一回相类的风潮，结果是学生完全失败，在上海分立了一个大夏大学。那时校长如何自卫，我不得而知；这回是说我的辞职，和刘博士无干，乃是胡适之派和鲁迅派相排挤，所以走掉的。这话就登在鼓浪屿的日报《民钟》

上，并且已经加以驳斥。但有几位同事还大大地紧张起来，开会提出质问；而校长却答复得很干脆:没有说这话。有的还不放心，更给我放散别种的谣言，要减轻“排挤说”的势力。真是“天下纷纷，何时定乎？”如果我安心在厦门大学吃饭，或者没有这些事的罢，然而这是我所意料不到的。

校长林文庆博士是英国籍的中国人，开口闭口，不离孔子，曾经做过一本讲孔教的书，可惜名目我忘记了。听说还有一本英文的自传，将在商务印书馆出版；现在正做着《人种问题》。他待我实在是很隆重，请我吃过几回饭；单是饯行，就有两回。不过现在“排挤说”倒衰退了；前天所听到的是他在宣传，我到厦门，原是来捣乱，并非豫备在厦门教书的，所以北京的位置都没有辞掉。

现在我没有到北京，“位置说”大概又要衰退了罢，新说如何，可惜我已在船上，不得而知。据我的意料，罪孽一定是日见其深重的，因为中国向来就是“当面输心背面笑”，正不必“新的时代”的青年才这样。对面是“吾师”和“先生”，背后是毒药和暗箭，领教了已经不只两三次了。

新近还听到我的一件罪案，是关于集美学校的。厦门大学和集美学校，都是秘密世界，外人大抵不大知道。现在因为反对校长，闹了风潮了。先前，那校长叶渊定要请国学院里的人们去演说，于是分为六组，每星期一组，凡两人。第一次是我和语堂。那招待法也很隆重，前一夜就有秘书来迎接。此公和我谈起，校长的意思是以为学生应该专门埋头读书的。我就说，那么我却以为也应该留心世事，和校长的尊意正相反，不如不去的好罢。他却道不妨，也可以说说。于是第二天去了，校长实在沉鸷得很，殷勤劝我吃饭。我却一面吃，一面愁。心里想，先给我演说就好了，听得讨厌，就可以不请我吃饭；现在饭已下肚，倘使说话有背谬之处，适足以加重罪孽，如何是好呢。午后讲演，我说的是照例的聪明人不能做事，因为他想来想去，终于什么也做不成等类的话。那时校长坐在我背后，我看不见。直到前几天，才听说这位叶渊校长也说集美学校的闹风潮，都是我不好，对青年人说话，那里可以说人是不必想来想去的呢。当我说到这里的时候，他还在后面摇摇头。

我的处世，自以为退让得尽够了，人家在办报，我决不自行去投稿；人家在开会，我决不自己去演说。硬要我去，自然也可以的，但须任凭我说一点我所要说的话，否则，我宁可一声不响，算是死尸。但这里却必须我开口说话，而话又须合于校长之意。我不是别人，那知道别人的意思呢？“先意承志”的妙法，又未曾学过。其被摇头，实活该也。

但从去年以来，我居然大大地变坏，或者是进步了。虽或受着各方面的斫刺，似乎已经没有创伤，或者不再觉得痛楚；即使加我罪案，也并不觉着一点沉重了。这是我经历了许多旧的和新的世故之后，才获得的。我已经管不得许多，只好从退让到无可退避之地，进而和他们冲突，蔑视他们，并且蔑视他们的蔑视了。

我的信要就此收场。海上的月色是这样皎洁；波面映出一大片银鳞，闪烁摇动；此外是碧玉一般的海水，看去仿佛很温柔。我不信这样的东西是会淹死人的。但是，请你放心，这是笑话，不要疑心我要跳海了，我还毫没有跳海的意思。

鲁迅。一月十六夜，海上。

（一九二七年）

（选自《华盖集续编》）

通　信

小峰兄：

收到了几期《语丝》，看见有《鲁迅在广东》的一个广告，说是我的言论之类，都收集在内。后来的另一广告上，却变成"鲁迅著"了，我以为这不大好。

我到中山大学的本意，原不过是教书。然而有些青年大开其欢迎会。我知道不妙，所以首先第一回演说，就声明我不是什么"战士"，"革命家"。倘若是的，就应该在北京，厦门奋斗；但我躲到"革命后方"的广州来了，这就是并非"战士"的证据。

不料主席的某先生——他那时是委员——接着演说，说这是我太谦虚，就我过去的事实看来，确是一个战斗者，革命者。于是礼堂上劈劈拍拍一阵拍手，我的"战士"便做定了。拍手之后，大家都已走散，再向谁去推辞？我只好咬着牙关，背了"战士"的招牌走进房里去，想到敝同乡秋瑾姑娘，就是被这种劈劈拍拍的拍手拍死的。我莫非也非"阵亡"不可么？

没有法子，姑且由它去罢。然而苦矣！访问的，研究的，谈文学的，侦探思想的，要做序，题签的，请演说的，闹得个不亦乐乎。我尤其怕的是演说，因为它有指定的时候，不听拖延。临时到来一班青年，连劝带逼，将你绑了出去。而所说的话是大概有一定的题目的。命题作文，我最不擅长。否则，我在清朝不早进了秀才了么？然而不得已，也只好起承转合，上台去说几句。但我自有定例：至多以十分钟为限。可是心里还是不舒服，事前事后，我常常对熟人叹息说：不料我竟到"革命的策源地"来做洋八股了。

还有一层，我凡有东西发表，无论讲义，演说，是必须自己看过的。但那时太忙，有时不但稿子没有看，连印出了之后也没有看。这回变成书了，我也今天才知道，而终于不明白究竟是怎么一回事，里面是怎样的东西。现在我也不想拿什么费话来捣乱，但以我们多年的交情，希望你最好允许我实行下列三样——

一，将书中的我的演说，文章等都删去。

二，将广告上的著者的署名改正。

三，将这信在《语丝》上发表。

这样一来，就只剩了别人所编的别人的文章，我当然心安理得，无话可说了。但是，还有一层，看了《鲁迅在广东》，是不足以很知道鲁迅之在广东的。我想，要后面再加上几十页白纸，才可以称为“鲁迅在广东”。

回想起我这一年的境遇来，有时实在觉得有味。在厦门，是到时静悄悄，后来大热闹；在广东，是到时大热闹，后来静悄悄。肚大两头尖，像一个橄榄。我如有作品，题这名目是最好的，可惜被郭沫若先生占先用去了。但好在我也没有作品。

至于那时关于我的文字，大概是多的罢。我还记得每有一篇登出，某教授便魂不附体似的对我说道：“又在恭维你了！看见了么？”我总点点头，说，“看见了。”谈下去，他照例说，“在西洋，文学是只有女人看的。”我也点点头，说，“大概是的罢。”心里却想：战士和革命者的虚衔，大约不久就要革掉了罢。

照那时的形势看来，实在也足令认明了我的“纸糊的假冠”的才子们生气。但那形势是另有缘故的，以非急切，姑且不谈。现在所要说的，只是报上所表见的，乃是一时的情形；此刻早没有假冠了，可惜报上并不记载。但我在广东的鲁迅自己，是知道的，所以写一点出来，给憎恶我的先生们平平心——

一，“战斗”和“革命”，先前几乎有修改为“捣乱”的趋势，现在大约可以免了。但旧衔似乎已经革去。

二，要我做序的书，已经托故取回。期刊上的我的题签，已经撤换。

三，报上说我已经逃走，或者说我到汉口去了。写信去更正，就没收。

四，有一种报上，竭力不使它有“鲁迅”两字出现，这是由比较两种报上的同一记事而知道的。

五，一种报上，已给我另定了一种头衔，曰：杂感家。评论是“特长即在他的尖锐的笔调，此外别无可称。”然而他希望我们和《现代评论》合作。为什么呢？他说：“因为我们细考两派文章思想，初无什么大别。”（此刻我才知道，这篇文章是转录上海的《学灯》的。原来如此，无怪其然。写完之后，追注。）

六，一个学者，已经说是我的文字损害了他，要将我送官了，先给我一个命令道：“暂勿离粤，以俟开审！”

阿呀，仁兄，你看这怎么得了呀！逃掉了五色旗下的“铁窗斧钺风味”，而在青天白日之下又有“缧绁之忧”了。“孔子曰：‘非其罪也。’以其子妻之。”怕未必有这样侥幸的事罢，唉唉，呜呼！

但那是其实没有什么的，以上云云，真是“小病呻吟”。我之所以要声明，不过希望大家不要误解，以为我是坐在高台上指挥“思想革命”而已。尤其是有几位青年，纳罕我为什么近来不开口。你看，再开口，岂不要永“勿离粤，以俟开审”了么？语有之曰：是非只为多开口，烦恼皆因强出头。此之谓也。

我所遇见的那些事，全是社会上的常情，我倒并不觉得怎样。我所感到悲哀的，是有几个同我来的学生，至今还找不到学校进，还在颠沛流离。我还要补足一句，是：他们都不是共产党，也不是亲共派。其吃苦的原因，就在和我认得。所以有一个，曾得到他的同乡的忠告道：“你以后不要再说你是鲁迅的学生了罢。”在某大学里，听说尤其严厉，看看《语丝》，就要被称为“语丝派”；和我认识，就要被叫为“鲁迅派”的。

这样子，我想，已经够了，大足以平平正人君子之流的心了。但还要声明一句，这是一部分的人们对我的情形。此外，肯忘掉我，或者至今还和我来往，或要我写字或讲演的人，偶然也仍旧有的。

《语丝》我仍旧爱看，还是他能够破破我的岑寂。但据我看来，其中有些关于南边的议论，未免有一点隔膜。譬如，有一回，似乎颇以“正人君子”之南下为奇，殊不知《现代》在这里，一向是销行很广的。相距太远，也难怪。我在厦门，还只知道一个共产党的总名，到此以后，才知道其中有CP和CY之分。一直到近来，才知道非共产党而称为什么Y什么Y的，还不止一种。我又仿佛感到有一个团体，是自以为正统，而喜欢监督思想的。我似乎也就在被监督之列，有时遇见盘问式的访问者，我往往疑心就是他们。但是否的确如此，也到底摸不清，即使真的，我也说不出名目，因为那些名目，多是我所没有听到过的。

以上算是牢骚。但我觉得正人君子这回是可以审问我了：“你知道苦了罢？你改悔不改悔？”大约也不但正人君子，凡对我有些好意的人，也要问的。我的仁兄，你也许即是其一。我可以即刻答复：“一点不苦，一点不悔。而且倒很有趣的。”

土耳其鸡的鸡冠似的彩色的变换，在“以俟开审”之暇，随便看看，实在是有趣的。你知道没有？一群正人君子，连拜服“孤桐先生”的陈源教授即西滢，都舍弃了公理正义的栈房的东吉祥胡同，到青天白日旗下来“服务”了。《民报》的广告在我的名字上用了“权威”两个字，当时陈源教授多么挖苦呀。这回我看见《闲话》出版的广告，道：“想认识这位文艺批评界的权威的，——尤其不可不读《闲话》！”这真使我觉得飘飘然，原来你不必“请君入瓮”，自己也会爬进来！

但那广告上又举出一个曾经被称为“学棍”的鲁迅来，而这回偏尊之曰“先生”，居然和这“文艺批评界的权威”并列，却确乎给了我一个不小的打击。我立刻自觉：

阿呀，痛哉，又被钉在木板上替“文艺批评界的权威”做广告了。两个“权威”，一个假的和一个真的，一个被“权威”挖苦的“权威”和一个挖苦“权威”的“权威”。呵呵！

祝你安好。我是好的。

鲁迅。九，三。

（一九二七年）

（选自《而已集》）

答有恒先生

有恒先生：

你的许多话，今天在《北新》上看见了。我感谢你对于我的希望和好意，这是我看得出来的。现在我想简略地奉答几句，并以寄和你意见相仿的诸位。

我很闲，决不至于连写字工夫都没有。但我的不发议论，是很久了，还是去年夏天决定的，我豫定的沉默期间是两年。我看得时光不大重要，有时往往将它当作儿戏。

但现在沉默的原因，却不是先前决定的原因，因为我离开厦门的时候，思想已经有些改变。这种变迁的径路，说起来太烦，姑且略掉罢，我希望自己将来或者会发表。单就近时而言，则大原因之一，是：我恐怖了。而且这种恐怖，我觉得从来没有经验过。

我至今还没有将这“恐怖”仔细分析。姑且说一两种我自己已经诊察明白的，则：

一，我的一种妄想破灭了。我至今为止，时时有一种乐观，以为压迫，杀戮青年的，大概是老人。这种老人渐渐死去，中国总可比较地有生气。现在我知道不然了，杀戮青年的，似乎倒大概是青年，而且对于别个的不能再造的生命和青春，更无顾惜。如果对于动物，也要算“暴殄天物”。我尤其怕看的是胜利者的得意之笔：“用斧劈死”呀，……“乱枪刺死”呀……。我其实并不是急进的改革论者，我没有反对过死刑。但对于凌迟和灭族，我曾表示过十分的憎恶和悲痛，我以为二十世纪的人群中是不应该有的。斧劈枪刺，自然不说是凌迟，但我们不能用一粒子弹打在他后脑上么？结果是一样的，对方的死亡。但事实是事实，血的游戏已经开头，而角色又是青年，并且有得意之色。我现在已经看不见这出戏的收场。

二，我发见了我自己是一个……。是什么呢？我一时定不出名目来。我曾经说过：中国历来是排着吃人的筵宴，有吃的，有被吃的。被吃的也曾吃人，正吃的也会被吃。但我现在发见了，我自己也帮助着排筵宴。先生，你是看我的作品的，我现在发一个问题：看了之后，使你麻木，还是使你清楚；使你昏沉，还是使你活泼？倘所觉的是后者，那我的自己裁判，便证实大半了。中国的筵席上有一种“醉虾”，虾越鲜活，吃的人便越高兴，越畅快。我就是做这醉虾的帮手，弄清了老实而不幸的青年的脑子和弄敏了他的感觉，使他万一遭灾时来尝加倍的苦痛，同时给憎恶他的人们赏玩这较灵的苦痛，得到格外的享乐。我有一种设想，以为无论讨赤军，讨革军，倘捕到敌党的有智识的如学生之类，一定特别加刑，甚于对工人或其他无智识者。为什么呢，因为他可以看见更锐敏微细的痛苦的表情，得到特别的愉快。倘我的假设是不错的，那么，我的自己裁判，便完全证实了。

所以，我终于觉得无话可说。

倘若再和陈源教授之流开玩笑罢，那是容易的，我昨天就写了一点。然而无聊，我觉得他们不成什么问题。他们其实至多也不过吃半只虾或呷几口醉虾的醋。况且听说他们已经别离了最佩服的“孤桐先生”，而到青天白日旗下来革命了。我想，只要青天白日旗插远去，恐怕“孤桐先生”也会来革命的。不成问题了，都革命了，浩浩荡荡。

问题倒在我自己的落伍。还有一点小事情。就是，我先前的弄“刀笔”的罚，现在似乎降下来了。种牡丹者得花，种蒺藜者得刺，这是应该的，我毫无怨恨。但不平的是这罚仿佛太重一点，还有悲哀的是带累了几个同事和学生。

他们什么罪孽呢，就因为常常和我往来，并不说我坏。凡如此的，现在就要被称为“鲁迅党”或“语丝派”，这是“研究系”和“现代派”宣传的一个大成功。所以近一年来，鲁迅已以被“投诸四裔”为原则了。不说不知道，我在厦门的时候，后来是被搬在一所四无邻居的大洋楼上了，陪我的都是书，深夜还听到楼下野兽“唔唔”地叫。但我是不怕冷静的，况且还有学生来谈谈。然而来了第二下的打击：三个椅子要搬去两个，说是什么先生的少爷已到，要去用了。这时我实在很气愤，便问他：倘若他的孙少爷也到，我就得坐在楼板上么？不行！没有搬去，然而来了第三下的打击，一个教授微笑道：又发名士脾气了。厦门的天条，似乎是名士才能有多于一个的椅子的。“又”者，所以形容我常发名士脾气也，《春秋》笔法，先生，你大概明白的罢。还有第四下的打击，那是我临走的时候了，有人说我之所以走，一因为没有酒喝，二因为看见别人的家眷来了，心里不舒服。这还是根据那一次的“名士脾气”的。

这不过随便想到一件小事。但，即此一端，你也就可以原谅我吓得不敢开口之情有可原了罢。我知道你是不希望我做醉虾的。我再斗下去，也许会“身心交病”。然而“身心交病”，又会被人嘲笑的。自然，这些都不要紧。但我何苦呢，做醉虾？

不过我这回最侥幸的是终于没有被做成为共产党。曾经有一位青年，想以独秀办《新青年》，而我在那里做过文章这一件事，来证成我是共产党。但即被别一位青年推翻了，他知道那时连独秀也还未讲共产。退一步，“亲共派”罢，终于也没有弄成功。倘我一出中山大学即离广州，我想，是要被排进去的；但我不走，所以报上

"逃走了""到汉口去了"的闹了一通之后，倒也没有事了。天下究竟还有光明，没有人说我有"分身法"。现在是，似乎没有什么头衔了，但据"现代派"说，我是"语丝派的首领"。这和生命大约并无什么直接关系，或者倒不大要紧的，只要他们没有第二下。倘如"主角"唐有壬似的又说什么"墨斯科的命令"，那可就又有些不妙了。

笔一滑，话说远了，赶紧回到"落伍"问题去。我想，先生，你大约看见的，我曾经叹息中国没有敢"抚哭叛徒的吊客"。而今何如？你也看见，在这半年中，我何尝说过一句话？虽然我曾在讲堂上公表过我的意思，虽然我的文章那时也无处发表，虽然我是早已不说话，但这都不足以作我的辩解。总而言之，现在倘再发那些四平八稳的"救救孩子"似的议论，连我自己听去，也觉得空空洞洞了。

还有，我先前的攻击社会，其实也是无聊的。社会没有知道我在攻击，倘一知道，我早已死无葬身之所了。试一攻击社会的一分子的陈源之类，看如何？而况四万万也哉？我之得以偷生者，因为他们大多数不识字，不知道，并且我的话也无效力，如一箭之入大海。否则，几条杂感，就可以送命的。民众的罚恶之心，并不下于学者和军阀。近来我悟到凡带一点改革性的主张，倘于社会无涉，才可以作为"废话"而存留，万一见效，提倡者即大概不免吃苦或杀身之祸。古今中外，其揆一也。即如目前的事，吴稚晖先生不也有一种主义的么？而他不但不被普天同愤，且可以大呼"打倒……严办"者，即因为赤党要实行共产主义于二十年之后，而他的主义却须数百年之后或者才行，由此观之，近于废话故也。人那有遥管十余代以后的灰孙子时代的世界的闲情别致也哉？

话已经说得不少，我想收梢了。我感于先生的毫无冷笑和恶意的态度，所以也诚实的奉答，自然，一半也借此发些牢骚。但我要声明，上面的说话中，我并不含有谦虚，我知道我自己，我解剖自己并不比解剖别人留情面。好几个满肚子恶意的所谓批评家，竭力搜索，都寻不出我的真症候。所以我这回自己说一点，当然不过一部分，有许多还是隐藏着的。

我觉得我也许从此不再有什么话要说，恐怖一去，来的是什么呢，我还不得而知，恐怕不见得是好东西罢。但我也在救助我自己，还是老法子：一是麻痹，二是忘却。一面挣扎着，还想从以后淡下去的"淡淡的血痕中"看见一点东西，誊在纸片上。

鲁迅。九，四。

（一九二七年）

（选自《而已集》）

日记类编 › › › › ›

目　录

马上日记

豫　序

在日记还未写上一字之前，先做序文，谓之豫序。

我本来每天写日记，是写给自己看的；大约天地间写着这样日记的人们很不少。假使写的人成了名人，死了之后便也会印出；看的人也格外有趣味，因为他写的时候不像做《内感篇》外冒篇似的须摆空架子，所以反而可以看出真的面目来。我想，这是日记的正宗嫡派。

我的日记却不是那样。写的是信札往来，银钱收付，无所谓面目，更无所谓真假。例如：二月二日晴，得A信；B来。三月三日雨，收C校薪水X元，复D信。一行满了，然而还有事，因为纸张也颇可惜，便将后来的事写入前一天的空白中。总而言之：是不很可靠的。但我以为B来是在二月一，或者二月二，其实不甚有关系，即便不写也无妨；而实际上，不写的时候也常有。我的目的，只在记上谁有来信，以便答复，或者何时答复过，尤其是学校的薪水，收到何年何月的几成几了，零零星星，总是记不清楚，必须有一笔帐，以便检查，庶几乎两不含胡，我也知道自己有多少债放在外面，万一将来收清之后，要成为怎样的一个小富翁。此外呢，什么野心也没有了。

吾乡的李慈铭先生，是就以日记为著述的，上自朝章，中至学问，下迄相骂，都记录在那里面。果然，现在已有人将那手迹用石印印出了，每部五十元，在这样的年头，不必说学生，就是先生也无从买起。那日记上就记着，当他每装成一函的时候，早就有人借来借去的传钞了，正不必老远的等待“身后”。这虽然不像日记的正脉，但若有志在立言，意存褒贬，欲人知而又畏人知的，却不妨模仿着试试。什么做了一点白话，便说是要在一百年后发表的书里面的一篇，真是其蠢臭为不可及也。

我这回的日记，却不是那样的“有厚望焉”的，也不是原先的很简单的，现在还没有，想要写起来。四五天以前看见半农，说是要编《世界日报》的副刊去，你得寄一点稿。那自然是可以的喽。然而稿子呢？这可着实为难。看副刊的大抵是学生，都是过来人，做过什么“学而时习之不亦说乎论”或“人心不古议”的，一定知道做文章是怎样的味道。有人说我是“文学家”，其实并不是的，不要相信他们的话，那证据，就是我也最怕做文章。

然而既然答应了，总得想点法。想来想去，觉得感想倒偶尔也有一点的，平时接着一懒，便搁下，忘掉了。如果马上写出，恐怕倒也是杂感一类的东西。于是乎我就决计：一想到，就马上写下来，马上寄出去，算作我的画到簿。因为这是开首就准备给第三者看的，所以恐怕也未必很有真面目，至少，不利于己的事，现在总还要藏起来，愿读者先明白这一点。

如果写不出，或者不能写了，马上就收场。所以这日记要有多么长，现在一点不知道。

一九二六年六月二十五日，记于东壁下。

六月二十五日

晴。

生病。——今天还写这个，仿佛有点多事似的。因为这是十天以前的事，现在倒已经可以算得好起来了。不过余波还没有完，所以也只好将这作为开宗明义章第一。谨案才子立言，总须大嚷三大苦难：一曰穷，二曰病，三曰社会迫害我。那结果，便是失掉了爱人；若用专门名词，则谓之失恋。我的开宗明义虽然近似第二大苦难，实际上却不然，倒是因为端午节前收了几文稿费，吃东西吃坏了，从此就不消化，胃痛。我的胃的八字不见佳，向来就担不起福泽的。也很想看医生。中医，虽然有人说是玄妙无穷，内科尤为独步，我可总是不相信。西医呢，有名的看资贵，事情忙，诊视也潦草，无名的自然便宜些，然而我总还有些踌躇。事情既然到了这样，当然只好听凭敝胃隐隐地痛着了。

自从西医割掉了梁启超的一个腰子以后，责难之声就风起云涌了，连对于腰子不很有研究的文学家也都“仗义执言”。同时，“中医了不得论”也就应运而起；腰子有病，何不服黄蓍欤？什么有病，何不吃鹿茸欤？但西医的病院里确也常有死尸抬出。我曾经忠告过G先生：你要开医院，万不可收留些看来无法挽回的病人；治好了走出，没有人知道，死掉了抬出，就哄动一时了，尤其是死掉的如果是“名流”。我的本意是在设法推行新医学，但G先生却似乎以为我良心坏。这也未始不可以那么想，——由他去罢。

但据我看来，实行我所说的方法的医院可很有，只是他们的本意却并不在要使新医学通行。新的本国的西医又大抵模模胡胡，一出手便先学了中医一样的江湖诀，和水的龙胆丁几两日份八角；漱口的淡硼酸水每瓶一元。至于诊断学呢，我似的门外汉可不得而知。总之，西方的医学在中国还未萌芽，便已近于腐败。我虽然只相信西医，近来也颇有些望而却步了。

前几天和季茀谈起这些事，并且说，我的病，只要有熟人开一个方就好，用不着向什么博士化冤钱。第二天，他就给我请了正在继续研究的 Dr.H. 来了。开了一个方，自然要用稀盐酸，还有两样这里无须说；我所最感谢的是又加些 Sirup Simpel 使我喝得甜甜的，不为难。向药房去配药，可又成为问题了，因为药房也不免有模模胡胡的，他所没有的药品，也许就替换，或者竟删除。结果是托 Fraeulein H. 远远地跑到较大的药房去。

这样一办，加上车钱，也还要比医院的药价便宜到四分之三。

胃酸得了外来的生力军，强盛起来，一瓶药还未喝完，痛就停止了。我决定多喝它几天。但是，第二瓶却奇怪，同一的药房，同一的药方，药味可是不同一了；不像前一回的甜，也不酸。我检查我自己，并不发热，舌苔也不厚，这分明是药水有些蹊跷。喝了两回，坏处倒也没有；幸而不是急病，不大要紧，便照例将它喝完。去买第三瓶时，却附带了严重的质问；那回答是：也许糖分少了一点罢。这意思就是说紧要的药品没有错。中国的事情真是稀奇，糖分少一点，不但不甜，连酸也不酸了，的确是“特别国情”。

现在多攻击大医院对于病人的冷漠，我想，这些医院，将病人当作研究品，大概是有的，还有在院里的“高等华人”，将病人看作下等研究品，大概也是有的。不愿意的，只好上私人所开的医院去，可是诊金药价都很贵。请熟人开了方去买药呢，药水也会先后不同起来。

这是人的问题。做事不切实，便什么都可疑。吕端大事不胡涂，犹言小事不妨胡涂点，这自然很足以显示我们中国人的雅量，然而我的胃痛却因此延长了。在宇宙的森罗万象中，我的胃痛当然不过是小事，或者简直不算事。

质问之后的第三瓶药水，药味就同第一瓶一样了。先前的闷胡卢，到此就很容易打破，就是那第二瓶里，是只有一日分的药，却加了两日分的水的，所以药味比正当的要薄一半。

虽然连吃药也那么蹭蹬，病却也居然好起来了。病略见好，H 就攻击我头发长，说为什么不赶快去剪发。

这种攻击是听惯的，照例“着毋庸议”。但也不想用功，只是清理抽屉。翻翻废纸，其中有一束纸条，是前几年钞写的；这很使我觉得自己也日懒一日了，现在早不想做这类事。那时大概是想要做一篇攻击近时印书，胡乱标点之谬的文章的，废纸中就钞有很奇妙的例子。要塞进字纸篓里时，觉得有几条总还是爱不忍释，现在钞几条在这里，马上印出，以便“有目共赏”罢。其余的便作为换取火柴之助——

“国朝陈锡路黄奶余话云。唐傅奕考礵道经众本。有项羽妾。本齐武平五年彭城人。开项羽妾冢。得之。”（上海进步书局石印本《茶香室丛钞》卷四第二叶。）

“国朝欧阳泉点勘记云。欧阳修醉翁亭。记让泉也。本集及滁州石刻。并同诸选本。作酿泉。误也。”（同上卷八第七叶。）

“袁石公典试秦中。后颇自悔。其少作诗文。皆粹然一出于正。”（上海士林精舍石印本《书影》卷一第四叶。）

“考……顺治中，秀水又有一陈忱，……著诚斋诗集，不出户庭，录读史随笔，同姓名录诸书。”（上海亚东图书馆排印本《水浒续集两种序》第七叶。）

标点古文，确是一种小小的难事，往往无从下笔；有许多处，我常疑心即使请作者自己来标点，怕也不免于迟疑。但上列的几条，却还不至于那么无从索解。末两条的意义尤显豁，而标点也弄得更聪明。

六月二十六日

晴。

上午，得霁野从他家乡寄来的信，话并不多，说家里有病人，别的一切人也都在毫无防备的将被疾病袭击的恐怖中；末尾还有几句感慨。

午后，织芳从河南来，谈了几句，匆匆忙忙地就走了，放下两个包，说这是“方糖”，送你吃的，怕不见得好。织芳这一回有点发胖，又这么忙，又穿着方马褂，我恐怕他将要做官了。

打开包来看时，何尝是“方”的，却是圆圆的小薄片，黄棕色。吃起来又凉又细腻，确是好东西。但我不明白织芳为什么叫它“方糖”？但这也就可以作为他将要做官的一证。

景宋说这是河南一处什么地方的名产，是用柿霜做成的；性凉，如果嘴角上生些小疮之类，用这一搽，便会好。怪不得有这么细腻，原来是凭了造化的妙手，用柿皮来滤过的。可惜到他说明的时候，我已经吃了一大半了。连忙将所余的收起，豫备将来嘴角上生疮的时候，好用这来搽。

夜间，又将藏着的柿霜糖吃了一大半，因为我忽而又以为嘴角上生疮的时候究竟不很多，还不如现在趁新鲜吃一点。不料一吃，就又吃了一大半了。

六月二十八日

晴，大风。

上午出门，主意是在买药，看见满街挂着五色国旗；军警林立。走到丰盛胡同中段，被军警驱入一条小胡同中。少顷，看见大路上黄尘滚滚，一辆摩托车驰过；少顷，又是一辆；少顷，又是一辆；又是一辆；又是一辆……。车中人看不分明，但见金边帽。车边上挂着兵，有的背着扎红绸的板刀；小胡同中人都肃然有敬畏之意。又少顷，摩托车没有了，我们渐渐溜出，军警也不作声。

溜到西单牌楼大街，也是满街挂着五色国旗，军警林立。一群破衣孩子，各各拿着一把小纸片，叫道：欢迎吴玉帅号外呀！一个来叫我买，我没有买。

将近宣武门口，一个黄色制服，汗流满面的汉子从外面走进来，忽而大声道：草你妈！许多人都对他看，但他走过去了，许多人也就不看了。走进宣武门城洞下，又是一个破衣孩子拿着一把小纸片，但却默默地将一张塞给我，接来一看，是石印的李国恒先生的传单，内中大意，是说他的多年痔疮，已蒙一个国手叫作什么先生的医好了。

到了目的地的药房时，外面正有一群人围着看两个人的口角；一柄浅蓝色的旧洋伞正挡住药房门。我推那洋伞时，斤量很不轻；终于伞底下回过一个头来，问我"干什么？"我答说进去买药。他不作声，又回头去看口角去了，洋伞的位置依旧。我只好下了十二分的决心，猛力冲锋；一冲，可就冲进去了。

药房里只有帐桌上坐着一个外国人，其余的店伙都是年青的同胞，服饰干净漂亮。不知怎地，我忽而觉得十年以后，他们便都要变为高等华人，而自己却现在就有下等人之感。于是乎恭恭敬敬地将药方和瓶子捧呈给一位分开头发的同胞。

"八毛五分。"他接了，一面走，一面说。

"喂！"我实在耐不住，下等脾气又发作了。药价八毛，瓶子钱照例五分，我是知道的。现在自己带了瓶子，怎么还要付五分钱呢？这一个"喂"字的功用就和国骂的"他妈的"相同，其中含有这么多的意义。

"八毛！"他也立刻懂得，将五分钱让去，真是"从善如流"，有正人君子的风度。

我付了八毛钱，等候一会，药就拿出来了。我想，对付这一种同胞，有时是不宜于太客气的。于是打开瓶塞，当面尝了一尝。

"没有错的。"他很聪明，知道我不信任他。

"唔。"我点头表示赞成。其实是，还是不对，我的味觉不至于很麻木，这回觉得太酸了一点了，他连量杯也懒得用，那稀盐酸分明已经过量。然而这于我倒毫无妨碍的，我可以每回少喝些，或者对上水，多喝它几回。所以说"唔"；"唔"者，介乎两可之间，莫明其真意之所在之答话也。

“回见回见！”我取了瓶子，走着说。

“回见。不喝水么？”

“不喝了。回见。”

我们究竟是礼教之邦的国民，归根结蒂，还是礼让。让出了玻璃门之后，在大毒日头底下的尘土中趱行，行到东长安街左近，又是军警林立。我正想横穿过去，一个巡警伸手拦住道：不成！我说只要走十几步，到对面就好了。他的回答仍然是：不成！那结果，是从别的道路绕。

绕到L君的寓所前，便打门，打出一个小使来，说L君出去了，须得午饭时候才回家。我说，也快到这个时候了，我在这里等一等罢。他说：不成！你贵姓呀？这使我很狼狈，路既这么远，走路又这么难，白走一遭，实在有些可惜。我想了十秒钟，便从衣袋里挖出一张名片来，叫他进去禀告太太，说有这么一个人，要在这里等一等，可以不？约有半刻钟，他出来了，结果是：也不成！先生要三点钟才回来哩，你三点钟再来罢。

又想了十秒钟，只好决计去访C君，仍在大毒日头底下的尘土中趱行，这回总算一路无阻，到了。打门一问，来开门的答道：去看一看可在家。我想：这一次是大有希望了。果然，即刻领我进客厅，C君也跑出来。我首先就要求他请我吃午饭。于是请我吃面包，还有葡萄酒；主人自己却吃面。那结果是一盘面包被我吃得精光，虽然另有奶油，可是四碟菜也所余无几了。

吃饱了就讲闲话，直到五点钟。

客厅外是很大的一块空地方，种着许多树。一株频果树下常有孩子们徘徊；C君说，那是在等候频果落下来的；因为有定律：谁拾得就归谁所有。我很笑孩子们耐心，肯做这样的迂远事。然而奇怪，到我辞别出去时，我看见三个孩子手里已经各有一个频果了。

回家看日报，上面说：“……吴在长辛店留宿一宵。除上述原因外，尚有一事，系吴由保定启程后，张其锽曾为吴卜一课，谓二十八日入京大利，必可平定西北。二十七日入京欠佳。吴颇以为然。此亦吴氏迟一日入京之由来也。”因此又想起我今天“不成”了大半天，运气殊属欠佳，不如也卜一课，以觇晚上的休咎罢。但我不明卜法，又无筮龟，实在无从措手。后来发明了一种新法，就是随便拉过一本书来，闭了眼睛，翻开，用手指指下去，然后张开眼，看指着的两句，就算是卜辞。

用的是《陶渊明集》，如法泡制，那两句是：“寄意一言外，兹契谁能别。”详了一会，竟不知道是怎么一回事。

（一九二六年）

（选自《华盖集续编》）

马上日记之二

七月七日

晴。

每日的阴晴，实在写得自己也有些不耐烦了，从此想不写。好在北京的天气，大概总是晴的时候多；如果是梅雨期内，那就上午晴，午后阴，下午大雨一阵，听到泥墙倒塌声。不写也罢，又好在我这日记，将来决不会有气象学家拿去做参考资料的。

上午访素园，谈谈闲天，他说俄国有名的文学者毕力涅克（Boris Piliniak）上月已经到过北京，现在是走了。

我单知道他曾到日本，却不知道他也到中国来。

这两年中，就我所听到的而言，有名的文学家来到中国的有四个。第一个自然是那最有名的泰戈尔即“竺震旦”，可惜被戴印度帽子的震旦人弄得一榻胡涂，终于莫名其妙而去；后来病倒在意大利，还电召震旦“诗哲”前往，然而也不知道“后事如何”。现在听说又有人要将甘地扛到中国来了，这坚苦卓绝的伟人，只在印度能生，在英国治下的印度能活的伟人，又要在震旦印下他伟大的足迹。但当他精光的脚还未踏着华土时，恐怕乌云已在出岫了。

其次是西班牙的伊本纳兹（BlascoIbáñez），中国倒也早有人绍介过；但他当欧战时，是高唱人类爱和世界主义的，从今年全国教育联合会的议案看来，他实在很不适宜于中国，当然谁也不理他，因为我们的教育家要提倡民族主义了。

还有两个都是俄国人。一个是斯吉泰烈支（Skitalez），一个就是毕力涅克。两个都是假名字。斯吉泰烈支是流亡在外的。毕力涅克却是苏联的作家，但据他自传，从革命的第一年起，就为着买面包粉忙了一年多。以后，便做小说，还吸过鱼油，这种生活，在中国大概便是整日叫穷的文学家也未必梦想到。

他的名字，任国桢君辑译的《苏俄的文艺论战》里是出现过的，作品的译本却一点也没有。日本有一本《伊凡和马理》（*Ivan and Maria*），格式很特别，单是这一点，在中国的眼睛——中庸的眼睛——里就看不惯。文法有些欧化，有些人尚且如同眼睛里著了玻璃粉，何况体式更奇于欧化。悄悄地自来自去，实在要算是造化的。

还有，在中国，姓名仅仅一见于《苏俄的文艺论战》里的里培进司基（U. Libedinsky），日本却也有他的小说译出了，名曰《一周间》。他们的介绍之速而且多实在可骇。我们的武人以他们的武人为祖师，我们的文人却毫不学他们文人的榜样，这就可预卜中国将来一定比日本太平。

但据《伊凡和马理》的译者尾濑敬止氏说，则作者的意思，是以为“频果的花，在旧院落中也开放，大地存在间，总是开放”的。那么，他还是不免于念旧。然而他眼见，身历了革命了，知道这里面有破坏，有流血，有矛盾，但也并非无创造，所以他决没有绝望之心。这正是革命时代的活着的人的心。诗人勃洛克（Alexander Block）也如此。他们自然是苏联的诗人，但若用了纯马克斯流的眼光来批评，当然也还是很有可议的处所。不过我觉得托罗兹基（Trotsky）的文艺批评，倒还不至于如此森严。

可惜我还没有看过他们最新的作者的作品《一周间》。

革命时代总要有许多文艺家萎黄，有许多文艺家向新的山崩地塌般的大波冲进去，乃仍被吞没，或者受伤。被吞没的消灭了；受伤的生活着，开拓着自己的生活，唱着苦痛和愉悦之歌。待到这些逝去了，于是现出一个较新的新时代，产出更新的文艺来。

中国自民元革命以来，所谓文艺家，没有萎黄的，也没有受伤的，自然更没有消灭，也没有苦痛和愉悦之歌。这就是因为没有新的山崩地塌般的大波，也就是因为没有革命。

七月八日

上午，往伊东医士寓去补牙，等在客厅里，有些无聊。四壁只挂着一幅织出的画和两副对，一副是江朝宗的，一副是王芝祥的。署名之下，各有两颗印，一颗是姓名，一颗是头衔；江的是“迪威将军”，王的是“佛门弟子”。

午后，密斯高来，适值毫无点心，只得将宝藏着的搽嘴角生疮有效的柿霜糖装在碟子里拿出去。我时常有点心，有客来便请他吃点心；最初是“密斯”和“密斯得”一视同仁，但密斯得有时委实利害，往往吃得很彻底，一个不留，我自己倒反有“向隅”之感。如果想吃，又须出去买来。于是很有戒心了，只得改变方针，有万不得已时，则以落花生代之。这一著很有效，总是吃得不多，既然吃不多，我便开始敦劝了，有时竟劝得怕吃落花生如织芳之流，至于因此逡巡逃走。从去年夏天发明了这一种花生政策以后，至今还在继续厉行。但密斯们却不在此限，她们的胃似乎比他们要小五分之四，或者消化力要弱到十分之八，很小的一个点心，也大抵要留下一半，倘是一片糖，就剩下一角。拿出来陈列片时，吃去一点，于我的损失是极微的，“何必改作”？

密斯高是很少来的客人，有点难于执行花生政策。恰巧又没有别的点心，只好献出柿霜糖去了。这是远道携来的名糖，当然可以见得郑重。

我想，这糖不大普通，应该先说明来源和功用。但是，密斯高却已经一目了然了。她说：这是出在河南汜水县的；用柿霜做成。颜色最好是深黄；倘是淡黄，那便不是纯柿霜。这很凉，如果嘴角这些地方生疮的时候，便含着，使它渐渐从嘴角流出，疮就好了。

她比我耳食所得的知道得更清楚，我只好不作声，而且这时才记起她是河南人。请河南人吃几片柿霜糖，正如请我喝一小杯黄酒一样，真可谓“其愚不可及也”。

茭白的心里有黑点的，我们那里称为灰茭，虽是乡下人也不愿意吃，北京却用在大酒席上。卷心白菜在北京论斤论车地卖，一到南边，便根上系着绳，倒挂在水果铺子的门前了，买时论两，或者半株，用处是放在阔气的火锅中，或者给鱼翅垫底。但假如有谁在北京特地请我吃灰茭，或北京人到南边时请他吃煮白菜，则即使不至于称为“笨伯”，也未免有些乖张罢。

但密斯高居然吃了一片，也许是聊以敷衍主人的面子的。到晚上我空口坐着，想：这应该请河南以外的别省人吃的，一面想，一面吃，不料这样就吃完了。

凡物总是以希为贵。假如在欧美留学，毕业论文最好是讲李太白，杨朱，张三；研究萧伯讷，威尔士就不大妥当，何况但丁之类。《但丁传》的作者跋忒莱尔（A. J. Butler）就说关于但丁的文献实在看不完。待到回了中国，可就可以讲讲萧伯讷，威尔士，甚而至于莎士比亚了。何年何月自己曾在曼殊斐儿墓前痛哭，何月何日何时曾在何处和法兰斯点头，他还拍着自己的肩头说道：你将来要有些像我的！至于“四书”“五经”之类，在本地似乎究以少谈为是。虽然夹些“流言”在内，也未必便于“学理和事实”有妨。

（一九二六年）

（选自《华盖集续编》）

马上支日记

前几天会见小峰，谈到自己要在半农所编的副刊上投点稿，那名目是《马上日记》。小峰怃然曰，回忆归在《旧事重提》中，目下的杂感就写进这日记里面去……。意思之间，似乎是说：你在《语丝》上做什么呢？——但这也许是我自己的疑心病。我那时可暗暗地想：生长在敢于吃河豚的地方的人，怎么也会这样拘泥？政党会设支部，银行会开支店，我就不会写支日记的么？因为《语丝》上须投稿，而这暗想马上就实行了，于是乎作支日记。

六月二十九日

晴。

早晨被一个小蝇子在脸上爬来爬去爬醒，赶开，又来；赶开，又来；而且一定要在脸上的一定的地方爬。打了一回，打它不死，只得改变方针：自己起来。

记得前年夏天路过S州，那客店里的蝇群却着实使人惊心动魄。饭菜搬来时，它们先追逐着赏鉴；夜间就停得满屋，我们就枕，必须慢慢地，小心地放下头去，倘若猛然一躺，惊动了它们，便轰的一声，飞得你头昏眼花，一败涂地。到黎明，青年们所希望的黎明，那自然就照例地到你脸上来爬来爬去了。但我经过街上，看见一个孩子睡着，五六个蝇子在他脸上爬，他却睡得甜甜的，连皮肤也不牵动一下。在中国过活，这样的训练和涵养工夫是万不可少的。与其鼓吹什么“捕蝇”，倒不如练习这一种本领来得切实。

什么事都不想做。不知道是胃病没有全好呢，还是缺少了睡眠时间。仍旧懒懒地翻翻废纸，又看见几条《茶香室丛钞》式的东西。已经团入字纸篓里的了，又觉得“弃之不甘”，挑一点关于《水浒传》的，移录在这里罢——

宋洪迈《夷坚甲志》十四云：“绍兴二十五年，吴傅朋说除守安丰军，自番阳遣一卒往呼吏士，行至舒州境，见村民穰穰，十百相聚，因弛担观之。其人曰，吾村有妇人为虎衔去，其夫不胜愤，独携刀往探虎穴，移时不反，今谋往救也。久之，民负死妻归，云，初寻迹至穴，虎牝牡皆不在，有二子戏岩窦下，即杀之，而隐其中以俟。少顷，望牝者衔一人至，倒身入穴，不知人藏其中也。吾急持尾，断其一足。虎弃所衔人，踉蹡而窜；徐出视之，果吾妻也，死矣。虎曳足行数十步，堕涧中。吾复入窦伺，牡者俄咆跃而至，亦以尾先入，又如前法杀之。妻冤已报，无憾矣。乃邀邻里往视，舁四虎以归，分烹之。"案《水浒传》叙李逵沂岭杀四虎事，情状极相类，疑即本此等传说作之。《夷坚甲志》成于乾道初（1165），此条题云《舒民杀四虎》。

宋庄季裕《鸡肋编》中云："浙人以鸭儿为大讳。北人但知鸭羹虽甚热，亦无气。后至南方，乃始知鸭若只一雄，则虽合而无卵，须二三始有子，其以为讳者，盖为是耳，不在于无气也。"案《水浒传》叙郓哥向武大索麦稃，"武大道：'我屋里又不养鹅鸭，那里有这麦稃？'郓哥道：'你说没麦稃，怎地栈得肥䐛䐛地，便颠倒提起你来也不妨，煮你在锅里也没气？'武大道：'含鸟猢狲！倒骂得我好。我的老婆又不偷汉子，我如何是鸭？'……"鸭必多雄始孕，盖宋时浙中俗说，今已不知。然由此可知《水浒传》确为旧本，其著者则浙人；虽庄季裕，亦仅知鸭羹无气而已。《鸡肋编》有绍兴三年（1133）序，去今已将八百年。

元陈泰《所安遗集》《江南曲序》云："余童丱时，闻长老言宋江事，未究其详。至治癸亥秋九月十六日，过梁山泊，舟遥见一峰，嵘嵲雄跨，问之篙师，曰，此安山也，昔宋江事处，绝湖为池，阔九十里，皆蕖荷菱芡，相传以为宋妻所植。宋之为人，勇悍狂侠，其党如宋者三十六人。至今山下有分赃台，置石座三十六所，俗所谓'去时三十六，归时十八双'，意者其自誓之辞也。始予过此，荷花弥望，今无复存者，惟残香相送耳。因记王荆公诗云：'三十六陂春水，白头想见江南。'味其词，作《江南曲》以叙游历，且以慰宋妻种荷之意云。（原注：曲因蠹损无存。）"案宋江有妻在梁山泺中，且植芰荷，仅见于此；而谓江勇悍狂侠，亦与今所传性格绝殊，知《水浒》故事，宋元来异说多矣。泰字志同，号所安，茶陵人，延祐甲寅（1314），以《天马赋》中省试第十二名，会试赐乙卯科张起岩榜进士第，由翰林庶吉士改授龙南令，卒官。至曾孙朴，始集其遗文为一卷。成化丁未，来孙铨等又并补遗重刊之。《江南曲》即在补遗中，而失其诗。近《涵芬楼秘笈》第十集收金侃手写本，则并序失之矣。"舟遥见一峰"及"昔宋江事处"二句，当有脱误，未见别本，无以正之。

七月一日

晴。

上午，空六来谈；全谈些报纸上所载的事，真伪莫辨。许多工夫之后，他走了，他所谈的我几乎都忘记了，等于不谈。只记得一件：据说吴佩孚大帅在一处宴会的席上发表，查得赤化的始祖乃是蚩尤，因为“蚩”“赤”同音，所以蚩尤即“赤尤”，“赤尤”者，就是“赤化之尤”的意思；说毕，合座为之“欢然”云。

太阳很烈，几盆小草花的叶子有些垂下来了，浇了一点水。田妈忠告我：浇花的时候是每天必须一定的，不能乱；一乱，就有害。我觉得有理，便踌躇起来；但又想，没有人在一定的时候来浇花，我又没有一定的浇花的时候，如果遵照她的学说，那些小花可只好晒死罢了。即使乱浇，总胜于不浇；即使有害，总胜于晒死罢。便继续浇下去，但心里自然也不大踊跃。下午，叶子都直起来了，似乎不甚有害，这才放了心。

灯下太热，夜间便在暗中呆坐着，凉风微动，不觉也有些“欢然”。人倘能够“超然象外”，看看报章，倒也是一种清福。我对于报章，向来就不是博览家，然而这半年来，已经很遇见了些铭心绝品。远之，则如段祺瑞执政的《二感篇》，张之江督办的《整顿学风电》，陈源教授的《闲话》；近之，则如丁文江督办（？）的自称“书呆子”演说，胡适之博士的英国庚款答问，牛荣声先生的“开倒车”论（见《现代评论》七十八期），孙传芳督军的与刘海粟先生论美术书。但这些比起赤化源流考来，却又相去不可以道里计。今年春天，张之江督办明明有电报来赞成枪毙赤化嫌疑的学生，而弄到底自己还是逃不出赤化。这很使我莫明其妙；现在既知道蚩尤是赤化的祖师，那疑团可就冰释了。蚩尤曾打炎帝，炎帝也是“赤魁”。炎者，火德也，火色赤；帝不就是首领么？所以三一八惨案，即等于以赤讨赤，无论那一面，都还是逃不脱赤化的名称。

这样巧妙的考证天地间委实不很多，只记得先前在日本东京时，看见《读卖新闻》上逐日登载着一种大著作，其中有黄帝即亚伯拉罕的考据。大意是日本称油为“阿蒲拉”（Abura），油的颜色大概是黄的，所以“亚伯拉”就是“黄”。至于“帝”，是与“罕”形近，还是与“可汗”音近呢，我现在可记不真确了，总之：阿伯拉罕即油帝，油帝就是黄帝而已。篇名和作者，现在也都忘却，只记得后来还印成一本书，而且还只是上卷。但这考据究竟还过于弯曲，不深究也好。

七月二日

晴。

午后，在前门外买药后，绕到东单牌楼的东亚公司闲看。这虽然不过是带便贩卖一点日本书，可是关于研究中国的就已经很不少。因为或种限制，只买了一本安冈秀夫所作的《从小说看来的支那民族性》就走了，是薄薄的一本书，用大红深黄做装饰的，价一元二角。

傍晚坐在灯下，就看看那本书，他所引用的小说有三十四种，但其中也有其实并非小说和分一部为几种的。蚊子来叮了好几口，虽然似乎不过一两个，但是坐不住了，点起蚊烟香来，这才总算渐渐太平下去。

安冈氏虽然很客气，在绪言上说，“这样的也不仅只支那人，便是在日本，怕也有难于漏网的。”但是，“一测那程度的高下和范围的广狭，则即使夸称为支那的民族性，也毫无应该顾忌的处所，”所以从支那人的我看来，的确不免汗流浃背。只要看目录就明白了：一，总说；二，过度置重于体面和仪容；三，安运命而肯罢休；四，能耐能忍；五，乏同情心多残忍性；六，个人主义和事大主义；七，过度的俭省和不正的贪财；八，泥虚礼而尚虚文；九，迷信深；十，耽享乐而淫风炽盛。

他似乎很相信Smith的*Chinese Characteristies*，常常引为典据。这书在他们，二十年前就有译本，叫作《支那人气质》；但是支那人的我们却不大有人留心它。第一章就是Smith说，以为支那人是颇有点做戏气味的民族，精神略有亢奋，就成了戏子样，一字一句，一举手一投足，都装模装样，出于本心的分量，倒还是撑场面的分量多。这就是因为太重体面了，总想将自己的体面弄得十足，所以敢于做出这样的言语动作来。总而言之，支那人的重要的国民性所成的复合关键，便是这“体面”。

我们试来博观和内省，便可以知道这话并不过于刻毒。相传为戏台上的好对联，是“戏场小天地，天地大戏场”。大家本来看得一切事不过是一出戏，有谁认真的，就是蠢物。但这也并非专由积极的体面，心有不平而怯于报复，也便以万事是戏的思想了之。万事既然是戏，则不平也非真，而不报也非怯了。所以即使路见不平，不能拔刀相助，也还不失其为一个老牌的正人君子。

我所遇见的外国人，不知道可是受了Smith的影响，还是自己实验出来的，就很有几个留心研究着中国人之所谓“体面”或“面子”。但我觉得，他们实在是已经早有心得，而且应用了，倘若更加精深圆熟起来，则不但外交上一定胜利，还要取得上等“支那人”的好感情。这时须连“支那人”三个字也不说，代以“华人”，因为这也是关于“华人”的体面的。

我还记得民国初年到北京时，邮局门口的扁额是写着“邮政局”的，后来外人不干涉中国内政的叫声高起来，不知道是偶然还是什么，不几天，都一律改了“邮务局”了。外国人管理一点邮“务”，实在和内“政”不相干，这一出戏就一直唱到现在。

向来，我总不相信国粹家道德家之类的痛哭流涕是真心，即使眼角上确有珠泪横流，也须检查他手巾上可浸着辣椒水或生姜汁。什么保存国故，什么振兴道德，什么维持公理，什么整顿学风……心里可真是这样想？一做戏，则前台的架子，总与在后台的面目不相同。但看客虽然明知是戏，只要做得像，也仍然能够为它悲喜，于是这出戏就做下去了；有谁来揭穿的，他们反以为扫兴。

中国人先前听到俄国的“虚无党”三个字，便吓得屁滚尿流，不下于现在之所谓“赤化”。其实是何尝有这么一个“党”；只是“虚无主义者”或“虚无思想者”却是有的，是都介涅夫（I. Turgeniev）给创立出来的名目，指不信神，不信宗教，否定一切传统和权威，要复归那出于自由意志的生活的人物而言。但是，这样的人物，从中国人看来也就已经可恶了。然而看看中国的一些人，至少是上等人，他们的对于神，宗教，传统的权威，是“信”和“从”呢，还是“怕”和“利用”？只要看他们的善于变化，毫无特操，是什么也不信从的，但总要摆出和内心两样的架子来。要寻虚无党，在中国实在很不少；和俄国的不同的处所，只在他们这么想，便这么说，这么做，我们的却虽然这么想，却是那么说，在后台这么做，到前台又那么做……将这种特别人物，另称为“做戏的虚无党”或“体面的虚无党”以示区别罢，虽然这个形容词和下面的名词万万联不起来。

夜，寄品青信，托他向孔德学校去代借《闾邱辨囿》。

夜半，在决计睡觉之前，从日历上将今天的一张撕去，下面这一张是红印的。我想，明天还是星期六，怎么便用红字了呢？仔细看时，有两行小字道：“马厂誓师再造共和纪念”。我又想，明天可挂国旗呢？……于是，不想什么，睡下了。

七月三日

晴。

热极，上半天玩，下半天睡觉。

晚饭后在院子里乘凉，忽而记起万牲园，因此说：那地方在夏天倒也很可看，可惜现在进不去了。田妈就谈到那管门的两个长人，说最长的一个是她的邻居，现在已经被美国人雇去，往美国了，薪水每月有一千元。

这话给了我一个很大的启示。我先前看见《现代评论》上保举十一种好著作，杨振声先生的小说《玉君》即是其中的一种，理由之一是因为做得“长”。我于这理由一向总有些隔膜，到七月三日即“马厂誓师再造共和纪念”的晚上这才明白了：

"长"，是确有价值的。《现代评论》的以"学理和事实"并重自许，确也说得出，做得到。

今天到我的睡觉时为止，似乎并没有挂国旗，后半夜补挂与否，我不知道。

七月四日

晴。

早晨，仍然被一个蝇子在脸上爬来爬去爬醒，仍然赶不走，仍然只得自己起来。品青的回信来了，说孔德学校没有《图邱辨囿》。

也还是因为那一本《从小说看来的支那民族性》。因为那里面讲到中国的肴馔，所以也就想查一查中国的肴馔。我于此道向来不留心，所见过的旧记，只有《礼记》里的所谓"八珍"，《酉阳杂俎》里的一张御赐菜帐和袁枚名士的《随园食单》。元朝有和斯辉的《饮馔正要》，只站在旧书店头翻了一翻，大概是元版的，所以买不起。唐朝的呢，有杨煜的《膳夫经手录》，就收在《闾邱辨囿》中。现在这书既然借不到，只好拉倒了。

近年尝听到本国人和外国人颂扬中国菜，说是怎样可口，怎样卫生，世界上第一，宇宙间第 n。但我实在不知道怎样的是中国菜。我们有几处是嚼葱蒜和杂合面饼，有几处是用醋，辣椒，腌菜下饭；还有许多人是只能舐黑盐，还有许多人是连黑盐也没得舐。中外人士以为可口，卫生，第一而第 n 的，当然不是这些；应该是阔人，上等人所吃的肴馔。但我总觉得不能因为他们这么吃，便将中国菜考列一等，正如去年虽然出了两三位"高等华人"，而别的人们也还是"下等"的一般。

安冈氏的论中国菜，所引据的是威廉士的《中国》（*Middle Kingdom by Williams*），在最末《耽享乐而淫风炽盛》这一篇中。其中有这么一段——

> "这好色的国民，便在寻求食物的原料时，也大概以所想像的性欲底效能为目的。从国外输入的特殊产物的最多数，就是认为含有这种效能的东西。……在大宴会中，许多菜单的最大部分，即是想像为含有或种特殊的强壮剂底性质的奇妙的原料所做。……"

我自己想，我对于外国人的指摘本国的缺失，是不很发生反感的，但看到这里却不能不失笑。筵席上的中国菜诚然大抵浓厚，然而并非国民的常食；中国的阔人诚然很多淫昏，但还不至于将肴馔和壮阳药并合。"纣虽不善，不如是之甚也。"研究中国的外国人，想得太深，感得太敏，便常常得到这样——比"支那人"更有性底敏感——的结果。

安冈氏又自己说——

> “笋和支那人的关系，也与虾正相同。彼国人的嗜笋，可谓在日本人以上。虽然是可笑的话，也许是因为那挺然翘然的姿势，引起想像来的罢。”

会稽至今多竹。竹，古人是很宝贵的，所以曾有“会稽竹箭”的话。然而宝贵它的原因是在可以做箭，用于战斗，并非因为它“挺然翘然”像男根。多竹，即多笋；因为多，那价钱就和北京的白菜差不多。我在故乡，就吃了十多年笋，现在回想，自省，无论如何，总是丝毫也寻不出吃笋时，爱它“挺然翘然”的思想的影子来。因为姿势而想像它的效能的东西是有一种的，就是肉苁蓉，然而那是药，不是菜。总之，笋虽然常见于南边的竹林中和食桌上，正如街头的电干和屋里的柱子一般，虽“挺然翘然”，和色欲的大小大概是没有什么关系的。

然而洗刷了这一点，并不足证明中国人是正经的国民。要得结论，还很费周折罢。可是中国人偏不肯研究自己。安冈氏又说，“去今十余年前，有……称为《留东外史》这一种不知作者的小说，似乎是记事实，大概是以恶意地描写日本人的性底不道德为目的的。然而通读全篇，较之攻击日本人，倒是不识不知地将支那留学生的不品行，特地费了力招供出来的地方更其多，是滑稽的事。”这是真的，要证明中国人的不正经，倒在自以为正经地禁止男女同学，禁止模特儿这些事件上。

我没有恭逢过奉陪“大宴会”的光荣，只是经历了几回中宴会，吃些燕窝鱼翅。现在回想，宴中宴后，倒也并不特别发生好色之心。但至今觉得奇怪的，是在磐，蒸，煨的烂熟的肴馔中间，夹着一盘活活的醉虾。据安冈氏说，虾也是与性欲有关系的；不但从他，我在中国也听到过这类话。然而我所以为奇怪的，是在这两极端的错杂，宛如文明烂熟的社会里，忽然分明现出茹毛饮血的蛮风来。而这蛮风，又并非将由蛮野进向文明，乃是已由文明落向野蛮，假如比前者为白纸，将由此开始写字，则后者便是涂满了字的黑纸罢。一面制礼作乐，尊孔读经，“四千年声明文物之邦”，真是火候恰到好处了，而一面又坦然地放火杀人，奸淫掳掠，做着虽蛮人对于同族也还不肯做的事……全个中国，就是这样的一席大宴会！

我以为中国人的食物，应该去掉煮得烂熟，萎靡不振的；也去掉全生，或全活的。应该吃些虽然熟，然而还有些生的带着鲜血的肉类……。

正午，照例要吃午饭了，讨论中止。菜是：干菜，已不“挺然翘然”的笋干，粉丝，腌菜。对于绍兴，陈源教授所憎恶的是“师爷”和“刀笔吏的笔尖”，我所憎恶的是饭菜。《嘉泰会稽志》已在石印了，但还未出版，我将来很想查一查，究竟绍兴遇着过多少回大饥馑，竟这样地吓怕了居民，仿佛明天便要到世界末日似的，专喜欢储藏干物品。有菜，就晒干；有鱼，也晒干；有豆，又晒干；有笋，又晒得它不像样；菱角是以富于水分，肉嫩而脆为特色的，也还要将它风干……。听说探险北极的人，因为只吃罐头食物，得不到新东西，常常要生坏血病；倘若绍兴人肯带了干菜之类去探险，恐怕可以走得更远一点罢。

晚，得乔峰信并丛芜所译的布宁的短篇《轻微的欷歔》稿，在上海的一个书店里默默地躺了半年，这回总算设法讨回来了。

中国人总不肯研究自己。从小说来看民族性，也就是一个好题目。此外，则道士思想（不是道教，是方士）与历史上大事件的关系，在现今社会上的势力；孔教徒怎样使“圣道”变得和自己的无所不为相宜；战国游士说动人主的所谓“利”“害”是怎样的，和现今的政客有无不同；中国从古到今有多少文字狱；历来“流言”的制造散布法和效验等等，可以研究的新方面实在多。

七月五日

晴。

晨，景宋将《小说旧闻钞》的一部分理清送来。自己再看了一遍，到下午才毕，寄给小峰付印。天气实在热得可以。

觉得疲劳。晚上，眼睛怕见灯光，熄了灯躺着，仿佛在享福。听得有人打门，连忙出去开，却是谁也没有，跨出门去根究，一个小孩子已在暗中逃远了。

关了门，回来，又躺下，又仿佛在享福。一个行人唱着戏文走过去，余音袅袅，道，“咿，咿，咿！”不知怎地忽然想起今天校过的《小说旧闻钞》里的强汝询老先生的议论来。这位先生的书斋就叫作求有益斋，则在那斋中写出来的文章的内容，也就可想而知。他自己说，诚不解一个人何以无聊到要做小说，看小说。但于古小说的判决却从宽，因为他古，而且昔人已经著录了。

憎恶小说的也不只是这位强先生，诸如此类的高论，随处可以闻见。但我们国民的学问，大多数却实在靠着小说，甚至于还靠着从小说编出来的戏文。虽是崇奉关岳的大人先生们，倘问他心目中的这两位“武圣”的仪表，怕总不免是细着眼睛的红脸大汉和五绺长须的白面书生，或者还穿着绣金的缎甲，脊梁上还插着四张尖角旗。

近来确是上下同心，提倡着忠孝节义了，新年到庙市上去看年画，便可以看见许多新制的关于这类美德的图。然而所画的古人，却没有一个不是老生，小生，老旦，小旦，末，外，花旦……。

七月六日

晴。

午后，到前门外去买药。配好之后，付过钱，就站在柜台前喝了一回份。其理由有三：一，已经停了一天了，应该早喝；二，尝尝味道，是否不错的；三，天气太热，实在有点口渴了。

不料有一个买客却看得奇怪起来。我不解这有什么可以奇怪的；然而他竟奇怪起来了，悄悄地向店伙道：

“那是戒烟药水罢？”

“不是的！”店伙替我维持名誉。

“这是戒大烟的罢？”他于是直接地问我了。

我觉得倘不将这药认作“戒烟药水”，他大概是死不瞑目的。人生几何，何必固执，我便似点非点的将头一动，同时请出我那“介乎两可之间”的好回答来：

“唔唔……。”

这既不伤店伙的好意，又可以聊慰他热烈的期望，该是一帖妙药。果然，从此万籁无声，天下太平，我在安静中塞好瓶塞，走到街上了。

到中央公园，径向约定的一个僻静处所，寿山已先到，略一休息，便开手对译《小约翰》。这是一本好书，然而得来却是偶然的事。大约二十年前，我在日本东京的旧书店头买到几十本旧的德文文学杂志，内中有着这书的绍介和作者的评传，因为那时刚译成德文。觉得有趣，便托丸善书店去买来了；想译，没有这力。后来也常常想到，但总为别的事情岔开；直到去年，才决计在暑假中将它译好，并且登出广告去，而不料那一暑假过得比别的时候还艰难。今年又记得起来，翻检一过，疑难之处很不少，还是没有这力。问寿山可肯同译，他答应了，于是开手；并且约定，必须在这暑假期中译完。

晚上回家，吃了一点饭，就坐在院子里乘凉。田妈告诉我，今天下午，斜对门的谁家的婆婆和儿媳大吵了一通嘴。据她看来，婆婆自然有些错，但究竟是儿媳妇太不合道理了。问我的意思，以为何如。我先就没有听清吵嘴的是谁家，也不知道是怎样的两个婆媳，更没有听到她们的来言去语，明白她们的旧恨新仇。现在要我加以裁判，委实有点不敢自信，况且我又向来并不是批评家。我于是只得说：这事我无从断定。

但是这句话的结果很坏。在昏暗中，虽然看不见脸色，耳朵中却听到：一切声音都寂然了。静，沉闷的静；后来还有人站起，走开。

我也无聊地慢慢地站起，走进自己的屋子里，点了灯，躺在床上看晚报；看了几行，又无聊起来了，便碰到东壁下去写日记，就是这《马上支日记》。

院子里又渐渐地有了谈笑声，说论声。

今天的运气似乎很不佳：路人冤我喝“戒烟药水”，田妈说我……。她怎么说，我不知道。但愿从明天起，不再这样。

（一九二六年）

（选自《华盖集续编》）

附录

鲁迅论散文创作

《中国小说的历史的变迁》（节选）

……

我想，在文艺作品发生的次序中，恐怕是诗歌在先，小说在后的。诗歌起于劳动和宗教。其一，因劳动时，一面工作，一面唱歌，可以忘却劳苦，所以从单纯的呼叫发展开去，直到发挥自己的心意和感情，并偕有自然的韵调；其二，是因为原始民族对于神明，渐因畏惧而生敬仰，于是歌颂其威灵，赞叹其功烈，也就成了诗歌的起源。至于小说，我以为倒是起于休息的。人在劳动时，既用歌吟以自娱，借它忘却劳苦了，则到休息时，亦必要寻一种事情以消遣闲暇。这种事情，就是彼此谈论故事，而这谈论故事，正就是小说的起源。——所以诗歌是韵文，从劳动时发生的；小说是散文，从休息时发生的。

（选自《鲁迅全集》，第九卷）

《怎么写》（节选）

——夜记之一

……

这期刊，听说在广西是被禁止的了，广东倒还有。我得到的是第三卷第二十九至三十二期。照例的坏脾气，从三十二期倒看上去，不久便翻到第一篇《日记文学》，也是达夫先生做的，于是便不再去寻《在方向转换的途中》，变成看谈文学了。我这种模模胡胡的看法，自己也明知道是不对的，但“怎么写”的问题，却就出在那里面。

作者的意思，大略是说凡文学家的作品，多少总带点自叙传的色彩的，若以第三人称来写出，则时常有误成第一人称的地方。而且叙述这第三人称的主人公的心理状态过于详细时，读者会疑心这别人的心思，作者何以会晓得得这样精细？于是那一种幻灭之感，就使文学的真实性消失了。所以散文作品中最便当的体裁，是日记体，其次是书简体。

这诚然也值得讨论的。但我想，体裁似乎不关重要。上文的第一缺点，是读者的粗心。但只要知道作品大抵是作者借别人以叙自己，或以自己推测别人的东西，便不至于感到幻灭，即使有时不合事实，然而还是真实。其真实，正与用第三人称时或误用第一人称时毫无不同。倘有读者只执滞于体裁，只求没有破绽，那就以看新闻记事为宜，对于文艺，活该幻灭。而其幻灭也不足惜，因为这不是真的幻灭，正如查不出大观园的遗迹，而不满于《红楼梦》者相同。倘作者如此牺牲了抒写的自由，即使极小部分，也无异于削足适履的。

第二种缺陷，在中国也已经是颇古的问题。纪晓岚攻击蒲留仙的《聊斋志异》，就在这一点。两人密语，决不肯泄，又不为第三人所闻，作者何从知之？所以他的《阅微草堂笔记》，竭力只写事状，而避去心思和密语。但有时又落了自设的陷阱，于是只得以《春秋左氏传》的“浑良夫梦中之噪”来解嘲。他的支绌的原因，是在要使读者信一切所写为事实，靠事实来取得真实性，所以一与事实相左，那真实性也随即灭亡。如果他先意识到这一切是创作，即是他个人的造作，便自然没有一切挂碍了。

一般的幻灭的悲哀，我以为不在假，而在以假为真。记得年幼时，很喜欢看变戏法，猢狲骑羊，石子变白鸽，最末是将一个孩子刺死，盖上被单，一个江北口音的人向观众装出撒钱模样道：Huazaa！ Huazaa！大概是谁都知道，孩子并没有死，喷出来的是装在刀柄里的苏木汁，Huazaa一够，他便会跳起来的。但还是出神地看着，明明意识着这是戏法，而全心沉浸在这戏法中。万一变戏法的定要做得真实，买了小棺材，装进孩子去，哭着抬走，倒反索然无味了。这时候，连戏法的真实也消失了。

我宁看《红楼梦》，却不愿看新出的《林黛玉日记》，它一页能够使我不舒服小半天。《板桥家书》我也不喜欢看，不如读他的《道情》。我所不喜欢的是他题了家书两个字。那么，为什么刻了出来给许多人看的呢？不免有些装腔。幻灭之来，多不在假中见真，而在真中见假。日记体，书简体，写起来也许便当得多罢，但也极容易起幻灭之感；而一起则大抵很厉害，因为它起先模样装得真。

《越缦堂日记》近来已极风行了，我看了却总觉得他每次要留给我一点很不舒服的东西。为什么呢？一是钞上谕。大概是受了何焯的故事的影响的，他提防有一天要蒙“御览”。二是许多墨涂。写了尚且涂去，该有许多不写的罢？三是早给人家看，钞，自以为一部著作了。我觉得从中看不见李慈铭的心，却时时看到一些做作，仿佛受了欺骗。翻翻一部小说，虽是很荒唐，浅陋，不合理，倒从来不起这样的感觉的。

听说后来胡适之先生也在做日记，并且给人传观了。照文学进化的理论讲起来，一定该好得多。我希望他提前陆续的印出。

但我想，散文的体裁，其实是大可以随便的，有破绽也不妨。做作的写作和日记，恐怕也还不免有破绽，而一有破绽，便破灭到不可收拾了。与其防破绽，不如忘破绽。

（一九二七年九月二十二日）

（选自《三闲集》）

《自选集》自序（节选）

……

后来《新青年》的团体散掉了，有的高升，有的退隐，有的前进，我又经验了一回同一战阵中的伙伴还是会这么变化，并且落得一个"作家"的头衔，依然在沙漠中走来走去，不过已经逃不出在散漫的刊物上做文字，叫作随便谈谈。有了小感触，就写些短文，夸大点说，就是散文诗，以后印成一本，谓之《野草》。得到较整齐的材料，则还是做短篇小说，只因为成了游勇，布不成阵了，所以技术虽然比先前好一些，思路也似乎较无拘束，而战斗的意气却冷得不少。新的战友在那里呢？我想，这是很不好的。于是集印了这时期的十一篇作品，谓之《彷徨》，愿以后不再这模样。

"路漫漫其修远兮，吾将上下而求索。"

不料这大口竟夸得无影无踪。逃出北京，躲进厦门，只在大楼上写了几则《故事新编》和十篇《朝花夕拾》。前者是神话，传说及史实的演义，后者则只是回忆的记事罢了。

此后就一无所作，"空空如也"。

可以勉强称为创作的，在我至今只有这五种，本可以顷刻读了的，但出版者要我自选一本集。推测起来，恐怕因为这么一办，一者能够节省读者的费用，二则，以为由作者自选，该能比别人格外明白罢。对于第一层，我没有异议；至第二层，我却觉得也很难。因为我向来就没有格外用力或格外偷懒的作品，所以也没有自以为特别高妙，配得上提拔出来的作品。没有法，就将材料，写法，都有些不同，可供读者参考的东西，取出二十二篇来，凑成了一本，但将给读者一种"重压之感"

的作品，却特地竭力抽掉了。这是我现在自有我的想头的：

“并不愿将自以为苦的寂寞，再来传染给也如我那年青时候似的正做着好梦的青年。”

然而这又不似做那《呐喊》时候的故意的隐瞒，因为现在我相信，现在和将来的青年是不会有这样的心境的了。

一九三二年十二月十四日，鲁迅于上海寓居记。

（选自《南腔北调集》）

《小品文的危机》

仿佛记得一两月之前，曾在一种日报上见到记载着一个人的死去的文章，说他是收集“小摆设”的名人，临末还有依稀的感喟，以为此人一死，“小摆设”的收集者在中国怕要绝迹了。

但可惜我那时不很留心，竟忘记了那日报和那收集家的名字。

现在的新的青年恐怕也大抵不知道什么是“小摆设”了。但如果他出身旧家，先前曾有玩弄翰墨的人，则只要不很破落，未将觉得没用的东西卖给旧货担，就也许还能在尘封的废物之中，寻出一个小小的镜屏，玲珑剔透的石块，竹根刻成的人像，古玉雕出的动物，锈得发绿的铜铸的三脚癞虾蟆：这就是所谓“小摆设”。先前，它们陈列在书房里的时候，是各有其雅号的，譬如那三脚癞虾蟆，应该称为“蟾蜍砚滴”之类，最末的收集家一定都知道，现在呢，可要和它的光荣一同消失了。

那些物品，自然决不是穷人的东西，但也不是达官富翁家的陈设，他们所要的，是珠玉扎成的盆景，五彩绘画的磁瓶。那只是所谓士大夫的“清玩”。在外，至少必须有几十亩膏腴的田地，在家，必须有几间幽雅的书斋；就是流寓上海，也一定得生活较为安闲，在客栈里有一间长包的房子，书桌一顶，烟榻一张，瘾足心闲，摩挲赏鉴。然而这境地，现在却已经被世界的险恶的潮流冲得七颠八倒，像狂涛中的小船似的了。

然而就是在所谓“太平盛世”罢，这“小摆设”原也不是什么重要的物品。在方寸的象牙版上刻一篇《兰亭序》，至今还有“艺术品”之称，但倘将这挂在万里长城的墙头，或供在云冈的丈八佛像的足下，它就渺小得看不见了，即使热心者竭力指点，也不过令观者生一种滑稽之感。何况在风沙扑面，狼虎成群的时候，谁还有这许多闲工夫，来赏玩琥珀扇坠，翡翠戒指呢。他们即使要悦目，所要的也是耸立于风沙中的大建筑，要坚固而伟大，不必怎样精；即使要满意，所要的也是匕首和投枪，要锋利而切实，用不着什么雅。

美术上的“小摆设”的要求，这幻梦是已经破掉了，那日报上的文章的作者，就直觉地知道。然而对于文学上的“小摆设”——“小品文”的要求，却正在越加旺盛起来，要求者以为可以靠着低诉或微吟，将粗犷的人心，磨得渐渐的平滑。这就是想别人一心看着《六朝文絜》，而忘记了自己是抱在黄河决口之后，淹得仅仅露出水面的树梢头。

但这时却只用得着挣扎和战斗。

而小品文的生存，也只仗着挣扎和战斗的。晋朝的清言，早和它的朝代一同消歇了。唐末诗风衰落，而小品放了光辉。但罗隐的《谗书》，几乎全部是抗争和愤激之谈；皮日休和陆龟蒙自以为隐士，别人也称之为隐士，而看他们在《皮子文薮》和《笠泽丛书》中的小品文，并没有忘记天下，正是一榻胡涂的泥塘里的光彩和锋铓。明末的小品虽然比较的颓放，却并非全是吟风弄月，其中有不平，有讽刺，有攻击，有破坏。这种作风，也触着了满洲君臣的心病，费去许多助虐的武将的刀锋，帮闲的文臣的笔锋，直到乾隆年间，这才压制下去了。以后呢，就来了“小摆设”。

“小摆设”当然不会有大发展。到五四运动的时候，才又来了一个展开，散文小品的成功，几乎在小说戏曲和诗歌之上。这之中，自然含着挣扎和战斗，但因为常常取法于英国的随笔（Essay），所以也带一点幽默和雍容；写法也有漂亮和缜密的，这是为了对于旧文学的示威，在表示旧文学之自以为特长者，白话文学也并非做不到。以后的路，本来明明是更分明的挣扎和战斗，因为这原是萌芽于“文学革命”以至“思想革命”的。但现在的趋势，却在特别提倡那和旧文章相合之点，雍容，漂亮，缜密，就是要它成为“小摆设”，供雅人的摩挲，并且想青年摩挲了这“小摆设”，由粗暴而变为风雅了。

然而现在已经更没有书桌；雅片虽然已经公卖，烟具是禁止的，吸起来还是十分不容易。想在战地或灾区里的人们来鉴赏罢——谁都知道是更奇怪的幻梦。这种小品，上海虽正在盛行，茶话酒谈，遍满小报的摊子上，但其实是正如烟花女子，已经不能在弄堂里拉扯她的生意，只好涂脂抹粉，在夜里躄到马路上来了。

小品文就这样的走到了危机。但我所谓危机，也如医学上的所谓“极期”（Krisis）一般，是生死的分歧，能一直得到死亡，也能由此至于恢复。麻醉性的作品，是将与麻醉者和被麻醉者同归于尽的。生存的小品文，必须是匕首，是投枪，能和读者一同杀出一条生存的血路的东西；但自然，它也能给人愉快和休息，然而这并不是“小摆设”，更不是抚慰和麻痹，它给人的愉快和休息是休养，是劳作和战斗之前的准备。

八月二十七日。

（选自《南腔北调集》）

《由聋而哑》(节选)

……

因为多年买空卖空的结果，文界就荒凉了，文章的形式虽然比较的整齐起来，但战斗的精神却较前有退无进。文人虽因捐班或互捧，很快的成名，但为了出力的吹，壳子大了，里面反显得更加空洞。于是误认这空虚为寂寞，像煞有介事的说给读者们；其甚者还至于摆出他心的腐烂来，算是一种内面的宝贝。散文，在文苑中算是成功的，但试看今年的选本，便是前三名，也即令人有“貂不足，狗尾续”之感。用秕谷来养青年，是决不会壮大的，将来的成就，且要更渺小，那模样，可看尼采所描写的“末人”。

但绍介国外思潮，翻译世界名作，凡是运输精神的粮食的航路，现在几乎都被聋哑的制造者们堵塞了，连洋人走狗，富户赘郎，也会来哼哼的冷笑一下。他们要掩住青年的耳朵，使之由聋而哑，枯涸渺小，成为“末人”，非弄到大家只能看富家儿和小瘪三所卖的春宫，不肯罢手。甘为泥土的作者和译者的奋斗，是已经到了万不可缓的时候了，这就是竭力运输些切实的精神的粮食，放在青年们的周围，一面将那些聋哑的制造者送回黑洞和朱门里面去。

八月二十九日。

（选自《准风月谈》）

《做文章》

沈括的《梦溪笔谈》里，有云：“往岁士人，多尚对偶为文，穆修张景辈始为平文，当时谓之‘古文’。穆张尝同造朝，待旦于东华门外，方论文次，适见有奔马，践死一犬，二人各记其事以较工拙。穆修曰：‘马逸，有黄犬，遇蹄而毙。’张景曰：‘有犬，死奔马之下。’时文体新变，二人之语皆拙涩，当时已谓之工，传之至今。”

骈文后起，唐虞三代是不骈的，称“平文”为“古文”，便是这意思。由此推开去，如果古者言文真是不分，则称“白话文”为“古文”，似乎也无所不可，但和林语堂先生的指为“白话的文言”的意思又不同。两人的大作，不但拙涩，主旨先就不一，穆说的是马踏死了犬，张说的是犬给马踏死了，究竟是着重在马，还是在犬呢？较明白稳当的还是沈括的毫不经意的文章：“有奔马，践死一犬。”

因为要推倒旧东西，就要着力，太着力，就要“做”太“做”，便不但“生涩”，有时简直是“格格不吐”了，比早经古人“做”得圆熟了的旧东西还要坏。而字数论旨，都有些限制的“花边文学”之类，尤其容易生这生涩病。

太做不行，但不做，却又不行。用一段大树和四枝小树做一只凳，在现在，未免太毛糙，总得刨光它一下才好。但如全体雕花，中间挖空，却又坐不来，也不成其为凳子了。高尔基说，大众语是毛胚，加了工的是文学。我想，这该是很中肯的指示了。

七月二十日。
（一九三四年）
（选自《花边文学》）

《做“杂文”也不易》(节选)

……

不错，比起高大的天文台来，“杂文”有时确很像一种小小的显微镜的工作，也照秽水，也看脓汁，有时研究淋菌，有时解剖苍蝇。从高超的学者看来，是渺小，污秽，甚而至于可恶的，但在劳作者自己，却也是一种“严肃的工作”，和人生有关，并且也不十分容易做。现在就用林先生自己的文章来做例子罢，那开头是——

> “最近以来，有些杂志报章副刊上很时行的争相刊载着一种散文非散文，小品非小品的随感式的短文，形式既绝对无定型，不受任何文学制作之体裁的束缚，内容则无所不谈，范围更少有限制。为其如此，故很难加以某种文学作品的称呼；在这里，就暂且名之为杂文吧。”

“沉默，金也。”有一些人，是往往会“开口见喉咙”的，林先生也逃不出这例子。他的“散文”的定义，是并非中国旧日的所谓“骈散”“整散”的“散”，也不是现在文学上和“韵文”相对的不拘韵律的“散文”（Prose）的意思：胡里胡涂。但他的所谓“严肃的工作”是说得明明白白的：形式要有“定型”，要受“文学制作之体裁的束缚”；内容要有所不谈；范围要有限制。这“严肃的工作”是什么呢？就是“制艺”，普通叫“八股”。

做这样的文章，抱这样的“文学观”的林希隽先生反对着“杂文”，已经可以不必多说，明白“杂文”的不容易做，而且那任务的重要了；杂志报章上的缺不了它，“杂文家”的放不掉它，也可见正非“投机取巧”，“客观上”是大有必要的。

况且《现代》九月号卷头的三篇大作，虽然自名为“文艺独白”，但照林先生的看法来判断，“散文非散文，小品非小品”，其实也正是“杂文”。但这并不是矛盾。

用“杂文”攻击“杂文”，就等于“以杀止杀”。先前新月社宣言里说，他们主张宽容，但对于不宽容者，却不宽容，也正是这意思。那时曾有一个“杂文家”批评他们说，那就是刽子手，他是不杀人的，他的偶然杀人，是因为世上有杀人者。但这未免“无所不谈”，太不“严肃”了。

林先生临末还问中国的作家：“俄国为什么能够有《和平与战争》这类伟大的作品产生？……而我们的作家呢，岂就永远写写杂文而引为莫大的满足么？”我们为这暂时的“杂文家”发愁的也只在这一点：现在竟也累得来做“在材料的捃摭上尤是俯拾皆是，用不着挖空心思去搜集采取”的“杂文”，不至于忘记研究“俄国为什么能够有《和平与战争》这类伟大的作品产生”么？

但愿这只是我们的“杞忧”，他的“杂文”也许独不会“非特丝毫无需要之处，反且是一种恶劣的倾向”。

（选自《集外集拾遗补编》）

《人生识字胡涂始》（节选）

……

例如我自己，是常常会用些书本子上的词汇的。虽然并非什么冷僻字，或者连读者也并不觉得是冷僻字。然而假如有一位精细的读者，请了我去，交给我一枝铅笔和一张纸，说道，“您老的文章里，说过这山是‘崚嶒’的，那山是‘巉岩’的，那究竟是怎么一副样子呀？您不会画画儿也不要紧，就钩出一点轮廓来给我看看罢。请，请，请……”这时我就会腋下出汗，恨无地洞可钻。因为我实在连自己也不知道“崚嶒”和“巉岩”究竟是什么样子，这形容词，是从旧书上钞来的，向来就并没有弄明白，一经切实的考查，就糟了。此外如“幽婉”，“玲珑”，“蹒跚”，“嗫嚅”……之类，还多得很。

说是白话文应该“明白如话”，已经要算唱厌了的老调了，但其实，现在的许多白话文却连“明白如话”也没有做到。倘要明白，我以为第一是在作者先把似识非识的字放弃，从活人的嘴上，采取有生命的词汇，搬到纸上来；也就是学学孩子，只说些自己的确能懂的话。至于旧语的复活，方言的普遍化，那自然也是必要的，但一须选择，二须有字典以确定所含的意义，这是另一问题，在这里不说它了。

四月二日。

（一九三五年）

（选自《且介亭杂文二集》）

《〈恋歌〉译者附记》

罗马尼亚的文学的发展，不过在本世纪的初头，但不单是韵文，连散文也有大进步。本篇的作者索陀威奴（Mihail Sadoveanu）便是住在不加勒斯多（Bukharest）的写散文的好手。他的作品，虽然常常有美丽迷人的描写，但据怀干特（G. Weigane）教授说，却并非幻想的出产，到是取之于实际生活的。例如这一篇《恋歌》，题目虽然颇像有些罗曼的，但前世纪的罗马尼亚的大森林的景色，地主和农奴的生活情形，却实在写得历历如绘。

可惜我不明白他的生平事迹；仅知道他生于巴斯凯尼（Pascani），曾在法尔谛舍尼和约希（Faliticene und Jassy）进过学校，是二十世纪初最好的作家。他的最成熟的作品中，有写穆尔陶（Moldau）的乡村生活的《古泼来枯的客栈》（*Grîsma lui mos Precu*，1905）有写战争，兵丁和囚徒生活的《科波拉司乔治回忆记》（*Amintirile caprarului Gheorghita*，1906）和《阵中故事》（*Povestiri din razboiu*，1905）；也有长篇。但被别国译出的，却似乎很少。

现在这一篇是从作者同国的波尔希亚（Eleonora Borcia）女士的德译本选集里重译出来的，原是大部的《故事集》（*Povestiri*，1904）中之一。这选集的名字，就叫《恋歌及其他》（*Das Liebeslied und andere Erzählungen*）是《莱克兰世界文库》（*Reclam's Universal，Bibliothek*）的第五千零四十四号。

（一九三五年）

《致许广平信》

（前缺。）

那一首诗，意气也未尝不盛，但此种猛烈的攻击，只宜用散文，如“杂感”之类，而造语还须曲折，否，即容易引起反感。诗歌较有永久性，所以不甚合于做这样题目。

沪案以后，周刊上常有极锋利肃杀的诗，其实是没有意思的，情随事迁，即味如嚼蜡。我以为感情正烈的时候，不宜做诗，否则锋铓太露，能将“诗美”杀掉。这首诗有此病。

我自己是不会做诗的，只是意见如此。编辑者对于投搞，照例不加批评，现遵来信所嘱，妄说几句，但如投稿者并未要知道我的意见，仍希不必告知。

迅。六月二十八日。

（一九二五年）

《致孙用信》

孙用先生：

蒙寄译稿四篇，其中散文两篇，我以为是很好的，拟登《奔流》上。惟译诗则因海涅诗现在已多有从原文直接翻译者，PETÖFI 诗又不全，故奉还，希察收为幸。

鲁迅启上 六月十六日

（一九二九年）

《致董永舒信》

永舒先生：

……

《雪朝》我看了一遍，这还不能算短篇小说，因为局面小，描写也还简略，但作为一篇随笔看，是要算好的。此后如要创作，第一须观察，第二是要看别人的作品，但不可专看一个人的作品，以防被他束缚住，必须博采众家，取其所长，这才后来能够独立。我所取法的，大抵是外国的作家。

但看别人的作品，也很有难处，就是经验不同，即不能心心相印。所以常有极要紧，极精采处，而读者不能感到，后来自己经验了类似的事，这才了然起来。例如描写饥饿罢，富人是无论如何都不会懂的，如果饿他几天，他就明白那好处。

……

鲁迅启上 八月十三日

（一九三三年）

《致郑振铎信》

西谛先生：

……

小品文本身并无功过，今之被人诟病，实因过事张扬，本不能诗者争作打油诗；凡袁宏道李日华文，则誉为字字佳妙，于是反感随起。总之，装腔作势，是这回的大病根。其实，文人作文，农人掘锄，本是平平常常，若照相之际，文人偏要装作粗人，玩什么“荷锄带笠图”，农夫则在柳下捧一本书，装作“深柳读书图”之类，就要令人肉麻。现已非晋，或明，而《论语》及《人间世》作者，必欲作飘逸闲放语，此其所以难也。

……

迅 顿首 六月二日夜

（一九三四年）

《致黄源信》

……

七月份的《文学》，我大约仍然只能做二则“论坛”，至于散文，实在为难。一，固然由于忽译忽作，有些不顺手；二，也因为议论不容易发，如果顾忌太多，做起来就变成“洋八股”了。而且我想，第一期有一篇我的散文，也不足以资号召。

五月二十八日

（一九三五年）

关于《朝花夕拾》

参见《朝花花夕拾·小引》。

参见《朝花夕拾·后记》。

前几天会见小峰，谈到自己要在半农所编的副刊上投点稿，那名目是《马上日记》。小峰怃然曰，回忆归在《旧事重提》中，目下的杂感就写进这日记里面去。……意思之间，似乎是说：你在《语丝》上做什么呢？——但这也许是我自己的疑心病。我那时可暗暗地想：生长在敢于吃河豚的地方的人，怎么也会这样拘泥？政党会设支部，银行会开支店，我就不会写支日记的么？因为《语丝》上须投稿，而这暗想马上就实行了，于是乎作支日记。

《华盖集续编·马上支日记》

《旧事重提》我还想做四篇，尽今年登完，但能否如愿，也殊难说，因为在此琐事仍然多。

1926年10月7日，致韦素园

……少吸烟卷，可不知道是怎么一回事，大约因为编讲义，只要调查，无须思索之故罢。但近几天可又多吸了一点，因为我连做了四篇《旧事重提》。这东西还有两篇便完，拟下月再做，从明天起，又要编讲义了。

《两地书·五四》

《旧事重提》又做了一篇，今寄上。这书是完结了。明年如何？如撰者尚多，仍可出版，我当另寻题目作文，或登《小约翰》，因另行整理《小约翰》的工夫，看来是没有的了。

1926 年 11 月 20 日，致韦素园

《旧事重提》我想插画数张，自己搜集。但现在无暇，当略迟。

1927 年 4 月 9 日，致台静农

《朝花夕拾》改定稿，已挂号寄上，想已到。

1927 年 9 月 22 日，致李霁野

书面的事，说起来很难，我托了几个人，都无回信。本地，是无法可想的，似乎只能画一个军人骑在马上往前跑。（就是所谓“革命！革命！”）《朝花夕拾》我托过春台，没有画来，他与北新闹开，不知怎的和新月社去联合了。让我再想一想看。

1927 年 9 月 25 日，致李霁野

此书封面及《朝花夕拾》书面，已托春台去画，成后即寄上。于书之第一页后面，希添上“孙福熙作书面”一行。

1927 年 10 月 4 日，致台静农

《小约翰》及《朝花夕拾》两书面，本拟都托春台画，但他现在生病，所以只好先托其画《小约翰》的一张，而今尚未成。（成后即寄上）《朝花夕拾》第一页的后

面，且勿印“孙福熙作书面”字样。

1927年10月14日，致李霁野

《朝花夕拾》后记中之“曹娥”一图，描得不好。如原底子尚在，请将这一图改用铜板，那么，线虽细，也无妨了。

1927年10月17日，致李霁野

《朝花夕拾》上的插图，我在上海无处觅，我想就用已经制好的那一个罢，不必换了。但书面我想不再请人画。琉璃厂淳菁阁（？）似乎有陈师曾画的信笺，望便中给我买几张（要花样不同的）寄来，我想选一张，自己写一个书名，就作为书面。

1928年1月31日，致李霁野

《朝花夕拾》应如何印法，我毫无意见，因为我不知道情形，仍请就近看情形决定。

1928年2月22日，致李霁野

黄纸，我觉得不能用于《朝花夕拾》书面，另看机会罢。

1928年3月14日，致李霁野

《朝花夕拾》封面已托陶君去画，成即寄上。

1928年3月14日，致李霁野

《朝花夕拾》封面，今天陶君已画来，但系三色，怕北京印不好，便托他去印，计二千，成即寄上。不知够否？倘不够，当续印。

该书第一页上，望加上“陶元庆作画面”字样。

1928年3月31日，致李霁野

《朝花夕拾》封面昨刚印好，共二千张，当于明日托舍弟由商务馆寄上。

1928年7月17日，致李霁野

《朝花夕拾》封面，全是陶元庆君去印的，现在他不在上海，我竟不知道在那里印，又无别人可托，所以已于前日将锌板三块，托周建人寄回，请照原底在北京印，附上样张一枚。致于价值，我只记得将账两张，托小峰拨汇，（他钱已交来）似乎有一二十元（但已记不清），现若只有六元多，那也许他失落一张账，弄错了。

1928年4月20日，致李霁野

《朝花夕拾》如有出版处所，译出来也好，但其中有关中国风俗和琐事太多，不注解看不懂，注解一多，读起来又无味了。

1934年4月11日，致增田涉

未名社现在是几乎消灭了，那存在期，也并不长久。然而自素园经营以来，绍介了果戈理（N. Gogol），陀思妥也夫斯基（F. Dostoevsky），安特列夫（L. Andreev），绍介了望·蔼覃（F. van Eeden），绍介了爱伦堡（I. Ehrenburg）的《烟袋》和拉夫列涅夫（B. lavrenev）的《四十一》。还印行了《未名新集》，其中有丛芜的《君山》，静农的《地之子》和《建塔者》，我的《朝花夕拾》，在那时候，也都还算是相当可看的作品。事实不为轻簿阴险的小儿留情，曾几何年，他们就都已烟消火灭，然而未名社的译作，在文苑里却至今没有枯死。

《且介亭杂文·忆韦素园君》

直到一九二六年的秋天，一个人住在厦门的石屋里，对着大海，翻着古书，四近无生人气，心里空空洞洞。而北京的未名社，却不绝的来信，催促杂志做文章。这时我不愿意想到目前；于是回忆在心里出土了，写了十篇《朝花夕拾》……

《故事新编·序言》

关于《二十四孝图》

见《朝花夕拾·后记》。

关于《无常》

见《朝花夕拾·后记》。

我以为绍兴有两种特色的鬼，一种是表现对于死的无可奈何，而且随随便便的“无常”，我已经在《朝花夕拾》里得了绍介给全国读者的光荣了，这回就轮到别一种。

《且介亭杂文末编·女吊》

关于《从百草园到三味书屋》

前回寄上文稿一篇（《旧事重提》之六），想已早到。……

我竟什么也做不出。一者这学校孤立海滨，和社会隔离，一点刺激也没有；二者我因为编讲义，天天看中国旧书，弄得什么思想都没有了，而且仍然没有整段的时间。

1926年10月4日，致韦丛芜等

关于《藤野先生》

十一月二十五日惠札收到。《某氏集》（按：指一九三五年增田涉和佐藤春夫共译的《鲁迅选集》——原书注）请全权办理。我看要放进去的，是一篇也没有了。只有《藤野先生》一文，请译出补进去，《范爱农》写法较差，还是割爱为佳。

1934年12月2日，致增田涉

藤野先生是三十年前仙台医学专门学校的解剖学教授，这名字是真名。那个学校则现在已变为大学了，三四年前曾托友人去打听过，他已经不在那学校里了。现在是否还活着是问题。如果活着的话，我想他已经有七十岁左右了。

1935 年 6 月 27 日，致山本初枝

关于《范爱农》

《范爱农》一篇，自然还是登在 24 期上，作一结束。来年第一期，创作大约没有了，拟译一篇《说“幽默”》，是日本鹤见祐辅作的，虽浅，却颇清楚明白，约有十面，十五以前可寄出。此后，则或作译，殊难定，因为此间百事须自己经营，繁琐极了，无暇思索；译呢，买不到一本新书，没有材料。这样下去，是要淹死在死海里了，薪水虽不欠，又有何用？我决计于学期末离开，或者可以较有活气。那时再看。倘万不得已，就用《小约翰》充数。

1936 年 12 月 8 日，致韦素园
见 1934 年 12 月 2 日致增田涉。

关于《野草》

当我沉默着的时候，我觉得充实；我将开口，同时感到空虚。

过去的生命已经死亡。我对于这死亡有大欢喜，因为我借此知道它曾经存活。死亡的生命已经朽腐。我对于这朽腐有大欢喜，因为我借此知道它还非空虚。

生命的泥委弃在地面上，不生乔木，只生野草，这是我的罪过。

野草，根本不深，花叶不美，然而吸取露，吸取水，吸取陈死人的血和肉，各各夺取它的生存。当生存时，还是将遭践踏，将遭删刈，直至于死亡而朽腐。

但我坦然，欣然。我将大笑，我将歌唱。

我自爱我的野草，但我憎恶这以野草作装饰的地面。

地火在地下运行，奔突；熔岩一旦喷出，将烧尽一切野草，以及乔木，于是并且无可朽腐。

但我坦然，欣然。我将大笑，我将歌唱。

天地有如此静穆，我不能大笑而且歌唱。天地即不如此静穆，我或者也将不能。我以这一丛野草，在明与暗，生与死，过去与未来之际，献于友与仇，人与兽，爱者与不爱者之前作证。

为我自己，为友与仇，人与兽，爱者与不爱者，我希望这野草的死亡与朽腐，火速到来。要不然，我先就未曾生存，这实在比死亡与朽腐更其不幸。

去罢，野草，连着我的题辞！

1927年4月26日，鲁迅记于广州之白云楼上。

《野草·题辞》
（选自《野草》）

《野草》向登《语丝》，北新又印《乌合丛书》，不能忽然另出。《野草丛刊》亦不妥。我想不如用《未名新集》，即以《君山》为第一本，《坟》独立，如《小说史略》一样。

1926年11月21日，致韦素园

至于《野草》，此后做不做很难说，大约是不见得再做了，省得人来谬托知己，舐皮论骨，什么是"入于心"的。但要付印，也还须细看一遍，改正错字，颇费一点工夫。因此一时也不能寄上。

（1927年1月16日）
《华盖集续编·海上通信》

见本书《朝花夕拾·小引》。

冯Y. S.先生由他的友人给我看《野草》的英文译本，并且要我说几句话。可惜我不懂英文，只能自己说几句。但我希望，译者将不嫌我只做了他所希望的一半的。

这二十多篇小品，如每篇末尾所注，是一九二四至二六年在北京所作，陆续发表于期刊《语丝》上的。大抵仅仅是随时的小感想。因为那时难于直说，所以有时措辞就很含胡了。

现在举几个例罢。因为讽刺当时盛行的失恋诗，作《我的失恋》，因为憎恶社会上旁观者之多，作《复仇》第一篇，又因为惊异于青年之消沉，作《希望》。《这样的战士》，是有感于文人学士们帮助军阀而作。《腊叶》，是为爱我者的想要保存我而作的。段祺瑞政府枪击徒手民众后，作《淡淡的血痕中》，其时我已避居别处；奉天派和直隶派军阀战争的时候，作《一觉》，此后我就不能住在北京了。

所以，这也可以说，大半是废弛的地狱边沿的惨白色小花，当然不会美丽。但这地狱也必须失掉。这是由几个有雄辩和辣手，而那时还未得志的英雄们的脸色和语气所告诉我的。我于是作《失掉的好地狱》。

后来，我不再作这样的东西了。日在变化的时代，已不许这样的文章，甚而至于这样的感想存在。我想，这也许倒是好的罢。为译本而作的序言，也应该在这里结束了。

（1931 年 11 月 5 日）

《二心集·〈野草〉英文译本序》

我的那一本《野草》，技术并不算坏，但心情太颓唐了，因为那是我碰了许多钉子之后写出来的。我希望你脱离这种颓唐心情的影响。

1934 年 10 月 9 日，致萧军

关于《野草·题辞》

记得还是去年躲在厦门岛上的时候，因为太讨人厌了，终于得到“敬鬼神而远之”式的待遇，被供在图书馆楼上的一间屋子里。白天还有馆员，钉书匠，阅书的学生，夜九时后，一切星散，一所很大的洋楼里，除我以外，没有别人。我沉静下去了。寂静浓到如酒，令人微醺。望后窗外骨立的乱山中许多白点，是丛冢；一粒深黄色火，是南普陀寺的琉璃灯。前面则海天微茫，黑絮一般的夜色简直似乎要扑到心坎里。我靠了石栏远眺，听得自己的心音，四远还仿佛有无量悲哀，苦恼，零落，死灭，都杂入这寂静中，使它变成药酒，加色，加味，加香。这时，我曾经想要写，但是不能写，无从写。这也就是我所谓“当我沉默着的时候，我觉得充实，我将开口，同时感到空虚”。

《三闲集·怎么写——夜记之一》

现在的人间也还是“大王好见，小鬼难当”的处所，出路是有的。何以无呢？只因多鬼祟，他们将一切路都要糟塌了。这些都不要，才是出路。自己坦坦白白，声明了因为没法子，只好暂在炮屁股上挂一挂招牌，倒也是出路的萌芽。

“地火在地下运行，奔突；熔岩一旦喷出，将烧尽一切野草，以及乔木，于是并且无可朽腐。”

“但我坦然，欣然。我将大笑，我将歌唱。”（《野草》序）

还只说说，而革命文学家似乎不敢看见了，如果因此觉得没有了出路，那可实在是很可怜，令我也有些不忍再动笔了。

《三闲集·路》

《野草》的题词，系书店删去，是无意的漏落，他们常是这么模模胡胡的——，还是因为触了当局的讳忌，有意删掉的，我可不知道。《不周山》系自己所删，第二版上就没有了，后来编入《故事新编》里，改名《补天》。

《故事新编》还只是一些草稿，现在文化生活出版社要给我付印，正在整理，大约明年正二月间，可印成的罢。

《集外集》中一篇文章的重出，我看只是编者未及细查之故。

1935年11月23日，致邱遇

蒙惠函谨悉。《竖琴》的前记，是被官办的检查处删去的，去年上海有这么一个机关，专司秘密压迫言论，出版之书，无不遭其暗中残杀，直到杜重远的《新生》事件，被日本所指摘，这才暗暗撤销。《野草》的序文，想亦如此，我曾向书店说过几次，终于不补。

……

经历一多，便能从前因而知后果，我的预测时时有验，只不过由此一端，但近来文网日益，虽有所感，也不能和读者相见了。

1936年2月19日，致夏传经

关于《我的失恋》

那稿子不过是三段打油诗，题作《我的失恋》，是看见当时“啊呀啊唷，我要死了”之类的失恋诗盛行，故意做一首用“由她去罢”收场的东西，开开玩笑的。这诗后来又添了一段，登在《语丝》上，再后来就收在《野草》中。

《三闲集·我和〈语丝〉的始终》

见《〈野草〉英文译本序》。

关于《复仇》

见《〈野草〉英文译本序》。

不动笔诚然最好。我在《野草》中，曾记一男一女，持刀对立旷野中，无聊人竟随而往，以为必有事件，慰其无聊，而二人从此毫无动作，以致无聊人仍然无聊，至于老死，题曰《复仇》，亦是此意。但此亦不过愤激之谈，该二人或相爱，或相杀，还是照所欲而行的为是。因为天下究竟非文氓之天下也。

1934 年 5 月 16 日，致郑振铎

关于《希望》

见《〈野草〉英文译本序》。

关于《过客》

我所说的话，常与所想的不同，至于何以如此，则我已在《呐喊》的序上说过：不愿将自己的思想，传染给别人。何以不愿，则因为我的思想太黑暗，而自己终不能确知是否正确之故。至于“还要反抗”，倒是真的，但我知道这“所以反抗之故”，与小鬼截然不同。你的反抗，是为了希望光明的到来罢？我想，一定是如此的。但我的反抗，却不过是与黑暗捣乱。大约我的意见，小鬼很有几点不大了然，这是年龄、经历、环境等等不同之故，不足为奇。例如我是诅咒“人间苦”而不嫌恶“死”的，因为“苦”可以设法减轻而“死”是必然的事，虽曰“尽头”，也不足悲哀。而你却不高兴听这类话，——但是，为什么将好好的活人看作“废物”的？这就比不做“痛苦流涕的文字”还“该打”！又如来信说，凡有死的同我有关的，同时我就憎恨所有与我无关的……，而我正相反，同我有关的活着，我倒不放心，死了，我就安心，这意思也在《过客》中说过，都与小鬼的不同。

《两地书 · 二四》

关于《失掉的好地狱》

见《〈野草〉英文译本序》。

关于《这样的战士》

见《〈野草〉英文译本序》。

关于《腊叶》

见《〈野草〉英文译本序》。

关于《淡淡的血痕中》

见《〈野草〉英文译本序》。

关于《一觉》

见《〈野草〉英文译本序》。

见《朝花夕拾·小引》。